NÃO OLHE!

BEST-SELLER DA AMAZON

FML PEPPER

NÃO OLHE!

valentina

Rio de Janeiro, 2024
6ª Edição

Copyright © 2014 by FML Pepper

CAPA E PROJETO GRÁFICO
Marina Ávila

FOTO DE CAPA
Susan Fox / Trevillion Images

FOTO DE 4ª CAPA
Stefan Körber / Dollar Photo Club

FOTO DA AUTORA
Simone Mascarenhas

DIAGRAMAÇÃO
editoríarte

Impresso no Brasil
Printed in Brazil
2024

CIP-BRASIL. CATALOGAÇÃO NA PUBLICAÇÃO
SINDICATO NACIONAL DOS EDITORES DE LIVROS, RJ

P479n
6.ed.

Pepper, FML

Não olhe! / FML Pepper. – 6. ed. – Rio de Janeiro: Valentina, 2024.
352p. ; 23 cm. (Trilogia Não pare!; 2)

Sequência de: Não pare!
Continua com: Não fuja!
ISBN 978-85-65859-69-1

1. Romance brasileiro. I. Título. II. Série.

15-25369

CDD: 869.93
CDU: 821.134.3(81)-3

Todos os livros da Editora Valentina estão em conformidade com
o novo Acordo Ortográfico da Língua Portuguesa.

Todos os direitos desta edição reservados à

Editora Valentina
Rua Santa Clara 50/1107 – Copacabana
Rio de Janeiro – 22041-012
Tel/Fax: (21) 3208-8777
www.editoravalentina.com.br

PARA ALEXANDRE, HOJE E SEMPRE.

"Porque em esperança fomos salvos."

ROMANOS, 8:24

CAPÍTULO 1

Existe vida após a morte?

Bom, isso depende. Depende do que você considera "vida". Depende do que a morte significa em sua vida. Para mim, dependia do fato quase incompreensível de que, para me sentir viva, tudo que eu mais desejava era estar nos braços da minha Morte. Uma morte personificada na figura de um homem cheio de cicatrizes, de fulgurantes olhos azul-turquesa e um rosto tão perfeito e atormentado quanto as suas atitudes. Uma Morte que poderia me tirar a vida com um simples sopro, porém, vil e inescrupulosa, resolveu fazer isso com requintes de crueldade, reduzindo meu coração em pedaços.

— Não desista, por favor, não desista — implorava o choro compulsivo. A sensação era de que haviam incendiado meu corpo, eletrocutado e mergulhado em ácido, tudo ao mesmo tempo.

Liberei um gemido de dor ao sentir um relâmpago trespassar meus músculos e contrair meu esqueleto. Uma substância congelante entrou em contato com minha pele em chamas. Escuridão, agonia, sufocamento.

— Fica comigo, Nina. Por favor, reaja — tornou a implorar a voz distante. — Por favor...

Meus pulmões ardiam. Manchas negras bloqueavam a luz. A dor cedeu um pouco e, naquele instante, tentei reaver meu cérebro ou sentir meu coração, encontrá-los, entender quem eu era, onde estava, mas me vi perdida, abandonada dentro de um corpo inerte. E escorregando... Não havia onde me segurar.

— Me perdoa. — A voz parecia desesperada. — Por favor, reaja, Tesouro. — Soluços. — Eu... eu não posso te perder.

Aquela voz... A sombra da intuição me alertava sobre o perigo de tê-la por perto. Eu deveria odiá-la, rechaçá-la, mas, por uma razão inexplicável, minha alma regozijou-se, feliz. Finquei as unhas no chão. Eu não podia escorregar. Subitamente, uma sensação revigorante rasgou meu peito, como se tivessem injetado oxigênio em meus pulmões. Eu precisava suportar.

— Arrrh!!! — Outra descarga elétrica desceu pela minha coluna, incendiando minhas veias e artérias. O fogo ainda lutava contra aquilo que parecia querer me arrancar da inércia e do torpor. Ardor e congelamento intercalavam-se num frenesi.

A consciência ligeiramente mais presente. Água fria abria caminho e invadia uma área carbonizada, que eu já não contava mais que existisse em meu corpo febril. Rosto, barriga, costas, pernas, seios, tudo sendo despertado por carícias e gotas d'água geladas.

Novo choque. Senti a pulsação atrás do fogo ceder. Os dedos abrasadores das chamas reduziram sua fúria e se abriram, dando espaço para que o bálsamo em forma de gotas geladas amenizassem os danos. Atônita, traguei uma enorme quantidade de ar e abri os olhos, mas pouco consegui enxergar. O planeta ainda rodava, sombrio e silencioso. Demorou algum tempo até que eu conseguisse captar pequenos ruídos e esboçar um mínimo movimento de cabeça e mãos. Atordoamento e emoção. *Eu estava viva?* As imagens ao meu redor eram de um filme fora de foco. Panos encharcados em água fria cobriam minha pele e eram trocados ininterruptamente. *Aquele corpo nu e deitado sobre uma manta felpuda à margem de um córrego congelado era meu?*

— Nina? Oh, misericordioso Tyron! — soltou emocionado um vulto negro, prostrando-se de joelhos no chão ao meu lado. — Tesouro, você consegue me ouvir? Nina? — Agoniado, o vulto colocou outra compressa em minha testa e aproximou seu rosto do meu. — Fique tranquila. Vou cuidar de você. — Sinos de alerta ecoaram em minha cabeça. Senti nova onda de dor e calor e tornei a apagar.

— Finalmente, Tesouro! — Abri os olhos e, para me desorientar ainda mais, a primeira coisa que vi foi o sorriso estonteante de Richard. Um ciclone de imagens estilhaçadas rodopiava em minha memória. Meus sentimentos perdidos num nevoeiro de mágoa. Meu orgulho falou mais alto e me obrigou a desviar o olhar. Não sabia se a dormência que me invadia tinha origem na febre ou na profunda decepção que ele me causara. — Já era tempo.

— Você?! Onde estou? — indaguei atordoada, as emoções embaralhadas dentro do peito: medo, alívio, dor, ódio, atração. Não conseguia pensar direito. Chequei ao redor e não havia sinal de um ser vivente sequer. *Para onde ele havia me levado? O que havia acontecido?*

Seu sorriso perdeu o brilho, e, como de costume, ele simplesmente não respondeu.

— Não bastou tudo o que você fez comigo? — tomando coragem, deixei meus olhos encontrarem os dele. Arrependi-me de imediato. No lugar de meus pulmões senti dois blocos de gelo, e me peguei prendendo a respiração.

— Calma. Seu raciocínio está prejudicado. Você não tem condições de conversar neste momento.

— O que você ainda quer de mim, Richard?

Ele demorou alguns segundos, mas, quando veio a resposta, tinha os olhos vidrados nos meus.

— Tudo.

— Esqueça! — balbuciei num frio sopro de amargura, que rachou minha pele e coagulou minhas veias. — Não sobrou nada da Nina neste corpo.

— Sobrou muito mais do que eu poderia desejar. — Alargou o sorriso e me pegou desprevenida. Não consegui desviar o olhar. Encurralada, não sabia como escapar. Sua postura amistosa mexeu com uma parte dentro de mim que eu fazia questão de sufocar: a parte masoquista. — Quero cuidar de você, Nina — acrescentou com o olhar profundo, o azul-turquesa resplandecendo como a água do mar num lindo dia de verão.

— Não há mais como eu confiar em você — afirmei, fechando os olhos por um momento e me concentrando na respiração. Não conseguia entender o rumo daquela conversa. A tontura ia e voltava. *O que é que estava acontecendo ali, afinal de contas?* — Como pretende "cuidar de mim", se você já me rifou, Richard?

Ele torceu ligeiramente os lábios e, estudando-me por um longo momento, lançou-me um olhar cheio de malícia, como se um pensamento indecente estivesse rondando sua cabeça. Foi o suficiente para fazer meu estúpido coração bombear mais sangue e minhas mãos começarem a suar. Tive raiva de mim. *Como, apesar de tudo que ele havia me feito passar, meu corpo idiota reagia daquela maneira?*

— Eu comprei todas as rifas, Tesouro.

Engoli em seco.

— Até parece.

— Beba. Você ainda está febril. Precisa se hidratar — pediu com inusitada delicadeza. Ele estava estranho demais para o meu gosto.

— O que aconteceu comigo, afinal? — Eu tentava a todo custo retornar à realidade, mas era impedida pelos meus pensamentos irritantemente lerdos. Sentia-me perdida, quase demente. Difícil encontrar coerência entre o que Richard dizia e o que meu cérebro processava.

— Você não aguentou meu... — ele titubeou. — Simplesmente não aguentou. — O sorriso foi varrido de seus lábios e ele virou o rosto. Seu olhar pairou perdido em algum lugar distante e cinzento. Acompanhei o movimento e então escapuli da bolha em que me encontrava e me vi diante de um deserto lunar, uma atmosfera sombria. Não havia sol. Não havia vento. Não havia dunas de areia ou calor. Não havia qualquer sinal de vida. Só a cor cinza. A região ao meu redor era mais que árida, era mórbida. A sensação era de que estávamos sobre um tapete feito de lava vulcânica resfriada. De suas trincas brotava uma névoa fantasmagórica.

Oh, céus! Eu estava no Vértice?

— Isso aqui não é o Saara... Estou morta? — Um medo súbito infiltrou-se naquela pergunta e perdi o ar. A morte parecia ser uma boa explicação para tudo.

Ele abriu um sorriso que não chegou aos olhos.

— Foi por pouco, mas não.

— Então onde está John? Onde estão todos os outros? — continuei, recuperando meu raciocínio lógico.

— Fora de ação por algum tempo. — Arqueou as grossas sobrancelhas negras.

— Você deu um jeito em todos eles? Assim como fez com Phil? — Cerrei os punhos e indaguei com acidez, mas ele não se incomodou, pelo contrário.

— Vejo que está realmente melhor, Tesouro.

— Não me chame nunca mais assim. — Projetei meu corpo para frente e o ameacei com os dentes trincados.

— Se é o que deseja... — Nada abalava seu bom humor e aquilo começava a me irritar.

— Aonde pensa que está me levando?

— É melhor não se mexer — advertiu-me e senti o ar se deslocar com a sua aproximação. Recuei. — Você ainda está muito fraca, Nina. Sua musculatura...

Não lhe dei ouvidos e tentei me levantar. Se realmente eu estava viva, tinha que escapar da influência dele, precisava me afastar antes que fosse tarde demais. Minhas pernas bambearam no mesmo instante, vi tudo girar e... caí. Só não fui de cara no chão porque

Richard me segurou pela cintura, colando meu corpo ao dele com incrível rapidez.

— Ah! — gemi com o rosto afundado em seu peitoral de aço, enquanto minha cabeça girava, procurando sair da vertigem.

— O controle da musculatura é o último a ser restaurado — explicou, afagando meu rosto e arrumando uma mecha do meu cabelo. Um bracelete negro com o desenho em alto-relevo de uma rosa destacava-se em seu pulso.

— Eu... eu... — Ficar ali agarrada a ele em nada ajudava a minha debilitada determinação.

— Vai passar. Creio que amanhã você já estará com movimentos normais de braços e pernas. Eu já tive isso em um acidente quando era criança. Acredite.

Ouvi-lo contar sobre sua infância era tão... tão inesperado, tão bonito e tão... humano! *Não, Nina! Não caia nessa conversa fiada! Ele não é confiável!*, berrava desesperadamente minha razão.

— Você perdeu sangue, foi tomada por febre e eu ainda... — ele travou e eu gelei por dentro.

— Você o quê, Richard?

Era possível ouvir as batidas do meu coração enquanto presenciava sua testa se encher de vincos.

— Beijei você, Tesouro. Para piorar as coisas — murmurou. — Eu podia ter te matado. Houve uma fuga muito grande de energia.

— Que pena — ironizei. — Ficou arrasado por não ter conseguido?

Ele demorou a responder. Suas pupilas vacilaram, estreitando-se por um segundo, e sua fisionomia se modificou, ficando imediatamente séria.

— Pelo contrário. Fui agraciado — rebateu num sussurro e o azul em seus olhos escureceu. Procurei em minha memória, mas não encontrei nenhuma pista. Eu não reconheci aquele semblante grave e pensativo. Richard era uma incógnita, uma esfinge a ser decifrada. — Não sei como consegui tal graça, mas Tyron teve misericórdia de mim e nada sério aconteceu com você — disse em um tom baixo e, balançando a cabeça de um lado para outro, tornou a abrir a boca, porém, enfim, calou-se. Aquela reação me desestruturou.

Como assim? Richard perdeu o ar? Aquela fisionomia indecifrável era de sofrimento? *Impossível!*, gritou a voz da razão dentro de mim. *Já esqueceu com quem está lidando, sua tola?*

— Então… então você vai me libertar?

Ele estreitou os lábios em uma linha fina e olhou para o chão.

— É claro que não, Nina — balbuciei sem ânimo para mim mesma, começando a compreender a péssima situação em que me encontrava. — Ainda vai me entregar para seu líder?

Ele franziu a testa e confirmou com a cabeça.

— Eu preciso.

— Pois eu preferiria que você tivesse me deixado morrer — rebati feroz e me encolhi, a fraqueza ameaçando retornar. Ele pegou uma de minhas mãos e, admirando-a, aninhou-a dentro da dele. Palma contra palma.

O calafrio estava de volta.

— Não diga isso. — Sua voz saiu rouca e sem aquela força habitual. — Eu não espero que você me perdoe, Tesouro, mas vou fazer tudo o que estiver ao meu alcance para que um dia você volte a ter confiança em mim. — Por mais que não quisesse acreditar, pude captar sofrimento naquela confissão. — Não vou causar nenhum mal a você. Eu juro. Nem eu, nem ninguém — acrescentou taciturno. Seu olhar perdido conseguiu me afetar ainda mais que suas frases impactantes, chacoalhando tudo ao meu redor. Percebi que não era apenas minha cabeça que girava. A Terra inteira perdera seu eixo de rotação. *Respire, Nina. Concentre-se. Você sabe que tudo que ele diz é mentira.*

— Então sai da minha vida — ordenei sem convicção e sem olhar para ele. — Se realmente se importa comigo, me liberta.

Richard levantou meu queixo, deixando a corrente de arrepios passear por minha pele e eriçar todos os pelos de minha nuca, e me encarou com intensidade. Havia uma tempestade elétrica acontecendo em seus magnéticos olhos azuis.

— É o que eu deveria fazer, mas não posso, Tesouro.

— Por que não? — enfrentei-o e vi seu corpo enrijecer, seu semblante tornar a ficar frio, o olhar petrificado.

13
NÃO OLHE!

— Porque sou egoísta demais e porque você não sobreviveria um dia sequer. — Havia uma fúria velada na voz dele. — Basta! Agora você precisa descansar — determinou e me envolveu num abraço tenso.

Quis me esquivar, mas meu coração quicou no peito quando percebi que, com um raríssimo olhar terno, Richard afagava meus cabelos e começava a me embalar com minha música favorita: "Wish you were here", do Pink Floyd.

So, so you think you can tell Heaven from Hell, blue skies from pain.
Can you tell a green field from a cold steel rail?
A smile from a veil?
Do you think you can tell?
Did they get you to trade your heroes for ghosts?
Hot ashes for trees?
Hot air for a cool breeze?
Cold comfort for change?
Did you exchange a walk on part in the war for a lead role in a cage?
How I wish, how I wish you were here.
We're just two lost souls swimming in a fish bowl, year after year,
Running over the same old ground.
What have we found?
The same old fears.
Wish you were here.

— Feliz aniversário, Tesouro!

CAPÍTULO 2

— Abram o portão!

Fui acordada por um comando incisivo, mas era muito difícil processar o que acontecia. As imagens permaneciam borradas, as falas interrompidas e meu raciocínio fragmentado.

— É Rick, abram! — acatou uma voz distante.

Um rangido estrondoso ecoou, como se pesadas barras de ferro estivessem se chocando umas com as outras. Inúmeras vozes inundaram o ambiente. Quase um tumulto.

— Onde estou? — balbuciei em estado letárgico. Era quase noite.

— Shhhh! Você tinha que acordar logo agora? Fique quieta — reclamou, cobrindo meu rosto com uma manta e me apertando ainda mais contra seu corpo.

Senti o familiar calafrio se espalhando por minha pele e a fraqueza aumentar. O pano se deslocou ligeiramente, deixando um de meus olhos a descoberto. Estávamos sobre um cavalo e atravessávamos os portões de ferro que vedavam uma estreita passagem na base de uma montanha negra. A fenda se abria para uma câmara tão ampla que era impossível enxergar seus limites. Tudo ao meu redor não era apenas negro, era sombrio. *Para onde Richard estava me levando? Por quanto tempo fiquei desacordada?* Meu queixo quase despencou quando vi de onde vinha a ínfima claridade que atingia o local: de uma abertura em formato esférico bem no topo daquela montanha negra. *Minha nossa! Estávamos no interior de um vulcão adormecido! Seria possível? Existiriam vulcões extintos no deserto do Saara?*

— Richard está sozinho! — Um grito ecoou na penumbra.

— Ele está trazendo uma mercadoria diferente — berrou um homem de péssima aparência. As fisionomias hostis espelhavam o ambiente ao redor.

— Abram caminho — ordenou Richard, forçando o animal pela multidão de mendigos.

— Deixe-me ver o que trazes consigo, resgatador — instigou uma mulher maltrapilha que se aproximava de nós. Havia vestígios de sangue em seu rosto sujo.

— Afaste-se! — rosnou Richard, e um músculo contraiu em sua mandíbula. A mulher não lhe deu atenção e avançou. Ela parecia uma espécie de líder e era seguida de perto por uma multidão agitada.

— Por que não queres que nos aproximemos da sua prisioneira? — bradou a mendiga com aparência maligna enquanto fazia sinal para que os demais nos cercassem. — Por Tyron, é ela! — soltou subitamente, estupefata.

— Desapareçam! — O comando de Richard saiu frio como o aço, mas perigosamente calmo.

— Pelo visto já fostes enfeitiçado, resgatador. Deve ser enlouquecedora a sensação que uma híbrida pode lhe dar, não é mesmo? — A mulher continuava a desafiá-lo.

Como ela sabia?

O corpo de Richard enrijeceu ao som da palavra "híbrida".

— Eu vou querer sentir também — acrescentou o homem mal--encarado ao lado da líder.

— Quem tocar um dedo nela morre — advertiu Richard com os dentes cerrados. — Não vou avisar novamente. Saiam da minha frente — ameaçou feroz, empinando o corcel negro nas patas traseiras.

— Onde estão os outros, Richard? — A mendiga tinha um sorriso diabólico. — Ah! Entendi... — Soltou uma gargalhada sinistra e comandou: — Peguem-na!

Dois homens precipitaram-se em nossa direção.

Senti um puxão em minha perna, seguido de um solavanco.

— Arrrh! — Richard urrou, quando, como num passe de mágica, um punhal surgiu em sua mão. Nosso cavalo girou e desatou a lançar coices no ar. Quando o animal recolocou as quatro patas de volta ao chão, finalmente compreendi o que acabara de acontecer: *mortes!* A velocidade com que Richard esfaqueava os pobres coitados que o atacavam foi assustadora. Até que um deles caiu morto, com o punhal cravado no crânio antes mesmo de ameaçar pular sobre nós. Ao se livrar do punhal, Richard precisou desembainhar sua espada. Um outro chegou a agarrar uma de minhas pernas, mas sua cabeça tombou antes do próprio corpo. Richard o decapitou num piscar de olhos.

— Desapareçam antes que eu mate a todos, seus vermes! — vociferou Richard encarando a mulher. — E começarei por você.

A líder o enfrentou com o olhar, mas não arriscou. Ameaçada, ela levantou a mão direita e fez uma espécie de código com os dedos, o suficiente para a multidão de mendigos abrir passagem para nós. Com a espada em punho, Richard saiu galopando acelerado por um caminho esculpido nas rochas negras. Uma imponente construção surgiu após cavalgarmos por uma área que parecia abandonada havia muito tempo. As formações rochosas escurecidas mais faziam lembrar um palácio consumido pelo fogo. Um palácio negro. Seus altos muros eram resguardados por um exército em prontidão, mas não houve problemas com a nossa aproximação. Os enormes portões se abriram sem a necessidade de qualquer tipo de comando ou negociação. Aguardavam por nós.

— Agora você vai saber quem realmente sou e tenho o pressentimento de que não vai gostar, Tesouro — confessou com o olhar ardente e suas gemas azul-turquesa chegaram a me queimar. Eu estava zonza, fraca demais para entender ou reagir. — Bem-vinda ao meu mundo.

Mundo dele? O que ele queria dizer com aquilo? Quem é você afinal, Richard?

— Abram caminho! É Richard! — anunciou eufórico um homem lá do passadiço. — Ele está com a híbrida!

Quando os portões se fecharam atrás de nós, deparei-me com um dos pátios que cercava o castelo negro e vulcânico. Ele era largo, mas pouco extenso, e cem metros adiante havia um novo muro de pedras escuras, da mesma proporção que o primeiro. No passadiço do segundo muro, pude avistar homens sacudindo os braços euforicamente. Sem cerimônia, lançavam seus gritos de vitória, saudações e vivas no ar.

Minha captura seria o motivo de toda aquela alegria? Por que aquele lugar era tão protegido?

— Por Tyron! Você conseguiu! — Prestando continência para Richard, um homem armado da cabeça aos pés vibrou alegremente. Ele vinha à frente de um grupo de rapazes que trajavam roupas pretas semelhantes às usadas por guerreiros árabes da Antiguidade.

— Já se esqueceu com quem está falando, homem? — a resposta de Richard saiu cheia de convencimento. Podia sentir seus músculos dilatados, como se ele estivesse estufando o peito de satisfação.

— Rick conseguiu! Rick conseguiu! — berrava animado um grupo de adolescentes que vinha correndo em nossa direção. Todos também de preto. — Ganhamos. A híbrida é de Thron!

"Thron?" Que maluquice é essa? O frio terrível na minha barriga subia ao pescoço. *Meu Deus! Não podia ser!* Eu não queria aceitar as evidências, mas uma coisa era certa: o local onde estava era absurdamente inóspito. Mesmo sob a escuridão, era palpável a diferença em relação a tudo que eu já tinha visto na vida. E olha que eu já havia conhecido muito lugar esdrúxulo em minhas andanças pelo mundo com minha errante mãe.

— Avisem a Shakur! — ouvi um grito e, em seguida, o som estridente de cornetas.

Cornetas?

— Você é mesmo uma lenda, resgatador! — exaltou um sujeito que se aproximava de nós. Um bracelete preto, igual ao que Richard usava, brilhou em seu pulso.

— Eu sei. — A resposta saiu com jeito casual.

Primeira certeza: Richard era convencido.

— Sthepan, mande evacuar a saída leste. Há sombras demais por lá — comandou Richard ao segundo rapaz.

— É pra já, Rick.

— Liquidem a líder e racionem a comida por trinta dias. Pão e água, duas vezes ao dia. É bom que eles aprendam com quem estão lidando.

— Liquidar? — O sujeito pareceu titubear.

— Algum problema? — indagou Richard.

— De forma alguma, Rick — afinou o rapaz.

— Bom. E avise aos outros que, da próxima vez, a represália será muito pior. — Havia ferocidade embutida na sua voz.

— Pode deixar. Eu aviso, Rick. — O sujeito se afastou de cabeça baixa.

Segunda certeza: Richard era vingativo.

— Ora, ora! Já era tempo! — saudou um homem que chegava a cavalo. — Se eu perdesse a aposta, ia te caçar, resgatador. Nem que precisasse ir ao *Vértice*!

— Morris! — respondeu Richard em tom amistoso. — Você nunca perdeu dinheiro comigo. Não seria agora.

— É verdade — gargalhou o tal do Morris, com sua volumosa barba negra e invejável porte atlético. Aliás, todos por ali eram tão corpulentos que dava a impressão de que passavam a metade do dia numa academia malhando forte. Estava explicada a origem dos músculos definidos de Richard. — A galera está em polvorosa, Rick! Shakur mandou liberar a bebida.

— Bebida pra todo mundo?!

— Isso mesmo. Ele prometeu que apareceria no grande salão caso você trouxesse a híbrida para Thron.

— Shakur aparecer em público? Tá de brincadeira comigo? — indagou Richard estupefato.

— É sério. Ele disse que comemoraria esse grande dia. Não sei por qual motivo o pessoal ficou mais eufórico: se é pela híbrida, pelo aparecimento de Shakur ou pela liberação da bebida.

Richard soltou uma risada alta.

— Não dá para acreditar. Precisamos comemorar então! Estou sedento.

— Só sedento? — O colega arqueou uma das sobrancelhas. — Você está há mais de sessenta luas fora, homem!

— Faminto também — confessou Richard, abrindo um sorriso cafajeste.

O que ele queria dizer por faminto? Será que era o que eu estava pensando? Que vontade de dar um bom soco na cara dele e me mandar dali! *Mas ir para onde? E como faria isso se mal conseguia me mexer!* Meu inútil corpo simplesmente não respondia a nenhum comando.

— O chefe está impaciente, quer ver a híbrida. — Senti as mãos de Richard me apertando ao som daquela notícia. — Depois a gente farreia, homem.

— Onde ele está?

— Mandei um encarregado avisá-lo da sua chegada. Shakur logo estará no salão principal — respondeu Morris acelerado. — Vá rápido! Todos estão loucos para ver a prenda.

"Prenda?" Não conseguia engolir aquela palavra, mas, de repente, me veio à lembrança a ironia de meu próprio destino: eu era uma mercadoria valiosa. No câmbio negro, algo em torno de sete mil moedas de ouro...

O zum-zum-zum da multidão que nos aguardava após atravessar o segundo muro era intenso e ficava cada vez mais ensurdecedor à medida que avançávamos. Aglomerando-se pelo pátio e na estreita escadaria que dava acesso ao castelo, as pessoas não conseguiam conter a empolgação. Carregando-me em seus braços, Richard desceu do cavalo e, a cada degrau que subíamos, a multidão berrava, emitia sons estranhos, gargalhava, brindava de felicidade. Para minha surpresa, Richard sorria como nunca, desfrutando ao máximo de seu momento de glória. Quando o gigantesco portão de ferro se abriu, além de tonta, quase fiquei surda. Um alvoroço incontrolável pairou sobre nós. Saudações, música estridente, risadas ensandecidas e gritos de excitação ecoaram à nossa volta.

— Sinta-se em casa — discretamente Richard piscou as pupilas para mim e, com a cabeça, apontou para a multidão que nos cercava.

Olhei ao redor e fui acometida por um misto de aturdimento e felicidade. Boquiaberta, procurei uma resposta que explicasse a sensação que me invadia a alma. E ela estava ali. Escancarada! *Todos tinham pupilas iguais às minhas!* Lagárticas e verticais. Eu era normal ali e não mais uma aberração. Igual a todos.

Meu Deus do céu! Então eu realmente estava em Zyrk? Agora não era apenas a minha musculatura que se encontrava paralisada. Meu cérebro entrara em choque, assombrado. *De duas, uma: ou eu havia enlouquecido de vez ou realmente estava em outra dimensão!*

— Rick! Rick! Rick! Rick! — O coro da multidão o ovacionava.

Ali, Richard era quase um rei: admirado, querido, respeitado. Sem a menor cerimônia, ele abaixou o capuz da minha manta e levantou meu corpo para que todos pudessem me ver, ou melhor, para que todos admirassem a híbrida, o maior de todos os troféus. *Idiota!* O cretino se sentia um deus e parecia aguardar que todos se ajoelhassem diante dele e o reverenciassem. *Sim. Ele tinha razão. Ele era pior do que eu poderia imaginar. Seu convencimento me enojava.*

— Rick! Rick! Rick! Rick! — Quanto mais eles o saudavam, mais ele me levantava.

Exibido, caminhava por uma passarela de pedras negras reluzentes em direção a um trono talhado nas mesmas rochas brilhantes. O lugar era escuro, sem janelas e absurdamente claustrofóbico, apesar de amplo e do pé-direito altíssimo. A fumaça liberada das tochas nos nichos talhados nas paredes criava uma atmosfera abafada. Não fosse pela música alta e a animação de seus ocupantes, seria um ambiente lúgubre e assustador.

A silhueta de um homem de porte largo nos aguardava no trono. De longe não consegui visualizar seu rosto, mas, pelo que todos descreviam, aquele devia ser o temido Shakur. Richard sorriu quando viu o líder solicitando que ele se aproximasse. As pessoas olhavam excitadas para mim e para o líder. Eufóricas, repetiam em uníssono o apelido de Richard, dispensando-lhe sorrisos e tapinhas de saudação e reconhecimento.

— Venha para cá, lindo! — chamou uma voz feminina no meio da multidão. — Estamos sentindo sua falta.

Não devia, mas detestei ouvir aquilo.

Não deu para ver de onde veio a voz, mas Richard parecia saber de quem era porque alargou ainda mais o sorriso de satisfação.

— Estou morrendo de saudade, baby — gritou dengosa outra garota que apareceu rapidamente no meu campo de visão.

— Eu vivendo. — Richard soltou uma gargalhada alta, mas não parou sua caminhada em direção ao líder. — Diga a Raymond que hoje você será minha.

Baby? Será dele? Ora seu... Deixe de ser ridícula, Nina! A voz da razão ralhava comigo. *Afinal, qual a surpresa, hein? O que você achou, sua bobinha? Que ele era um rapaz lindo e casto que estava esperando por você, a donzela encantada, desde os primórdios da humanidade? Se enxerga, garota!*

— Negativo! — Outra voz feminina rompeu o salão e os rapazes se contorceram de rir. O cheiro de álcool ia longe. — Hoje você é meu, Rick!

— Olá, galega — saudou ele, reduzindo o passo em meio àquela loucura de pessoas alvoroçadas. A garota segurava uma caneca cheia de bebida. Era loura e, para o meu desagrado, atraente. — Chegue mais perto — pediu em tom lascivo. Ela concordou satisfeita e a multidão foi à loucura. Risadas se ouviram de todos os lados.

Ótimo! Agora tinha a "galega" também. Não conseguia acreditar que eu estava ali, como uma estátua boçal, bem no meio daquele tiroteio de flertes de quinta categoria. Tentei esboçar algum movimento, mas não consegui mexer um único músculo sequer. *Argh!*

— Mais perto — mandou Richard. Sua voz estava leve, sem tensão. — Na minha boca — continuou e ela soltou um gemidinho.

Aquela conversa apimentada já estava me enjoando. Náuseas de raiva e ciúmes. Constatações: 1) zirquinianos não eram tão insensíveis assim; 2) Richard era um galinha; 3) Richard não valia nada; e 4) eu continuava insanamente atraída por ele.

— A bebida, galega — explicou com urgência, mas seu tom era brincalhão. — Ponha na minha boca. Estou com as duas mãos ocupadas.
Ah, tá!

— Tenho um jeito melhor — ronronava a loura. Então ela levou a caneca à boca por um momento e, no instante seguinte, vinha ao encontro do rosto dele. Richard sorriu e abriu os lábios sem a menor cerimônia.

O quê?! Ela ia usar a própria boca para colocar a bebida na boca dele? Os dois iam se beijar ali e agora? E eu no meio? Vadia! Cretino! Nunca em toda a minha vida me senti tão humilhada, tão insignificante! Meu ódio era tanto, que achei que minhas entranhas acabariam explodindo.

A loura aproximou o rosto e, por um milésimo de segundo (somente um milésimo!), pude perdoá-la. Provavelmente também havia sido hipnotizada por aqueles olhos azul-turquesa. *Quem não seria?* Richard continuava com um sorriso torto no rosto e abriu os lábios ainda mais. A loura eliminou completamente a distância entre eles e os dois lábios se encontraram. Fechei os olhos. Era demais para mim.

— Deixe isso para depois, Richard! — Um rugido rompeu no ar, a galega se afastou e todos se calaram. Tremi ao escutar a voz do líder.

Richard obedeceu ao comando no mesmo instante acelerando os passos em direção ao altar onde Shakur nos aguardava de pé. O líder era, de fato, uma figura assustadora. Uma máscara metálica negra ocultava a metade direita do seu rosto e o restante do corpo era completamente coberto por roupas da mesma cor.

— Quietos todos! Parem a música! — ordenou Shakur. Apesar do enorme alvoroço, o líder foi obedecido sem a menor contestação. — Deixe-me ver a híbrida.

Carregando-me em seus braços, Richard me levou até ele.

— Os sinais vitais estão recuperados, mas ainda está fraca, muito fraca — adiantou-se.

— Eu percebi — rebateu o líder. Experimentei um aperto no peito e meu coração pulsar mais forte quando Shakur pousou seus olhos nos meus. Podia jurar que, por uma fração de segundo, vi um discreto trepidar de suas pupilas e um pesar, quase uma tristeza, substituir sua expressão exultante. — Coloque a híbrida aqui. — Ele apontou para um assento de pedra com estofamento bordado em negro e dourado. — Collin e os outros estão...?

— Vivos — respondeu Richard, acomodando-me com cuidado e se afastando sem me olhar.

— Bom — soltou satisfeito o líder. — Você conseguiu.

— Eu disse que conseguiria — relembrou Richard cheio de convencimento. — Eu trouxe a híbrida para Thron, conforme combinamos.

— Você será a lenda de *Zyrk*, Rick. Daqui a mil anos os zirquinianos ainda falarão de você, o resgatador que trouxe a híbrida para a terceira dimensão! — bradou satisfeito para que todos o ouvissem.

Fato: eu estava mesmo em Zyrk.

— E o nosso trato?

— Trato é trato. — Shakur soltou uma risada diabólica. — Não sou de me surpreender com facilidade, mas você está tão à frente dos demais, que me impressionou, meu jovem. Inclusive na ambição. — E, virando-se para a multidão, anunciou em alto e bom som: — Guardem esse momento na memória, thronianos! Sintam-se felizes e exultantes por presenciar o dia mais importante da história de *Zyrk*! Saúdam Richard de Thron, o maior de todos os guerreiros e futuro líder deste clã quando eu não mais existir!

Então este era o trato: a híbrida pelo trono de Thron! Richard novamente havia me vendido!

Por mais estranho que pudesse parecer, não fiquei decepcionada com aquela descoberta. As atitudes de Richard não me surpreendiam mais.

Antes mesmo de Shakur concluir a frase, berros de satisfação, brindes e urros de alegria foram despejados no salão. A multidão foi ao delírio com aquela notícia.

— Salve, Rick! Salve, Rick! — Um senhor comandou os vivas que, em seguida tomaram proporções tão gigantescas quanto tudo por ali. Richard era mais que querido, era idolatrado pelos thronianos. — Rick! Rick! Rick!

Sorrindo de orelha a orelha, Richard não conseguia esconder o contentamento que lhe impregnava a alma. E isso ficou ainda mais evidente com uma atitude de Shakur, que pareceu surpreender não só a ele, mas toda a multidão. Quando Richard se ajoelhou para beijar-lhe a mão, Shakur ordenou que ele se levantasse e o puxou para um abraço. Nem mesmo a horripilante máscara negra pôde camuflar o orgulho do líder. Richard, por sua vez, ficou tão pequenino, que até pareceu ter encolhido ao tamanho de um garoto para caber no abraço do titã. Seu semblante autoritário e confiante foi substituído por um de pura felicidade e subordinação. O brilho em seus olhos confirmava o que era óbvio: ele tinha mais que respeito por Shakur, ele realmente o admirava. E o afeto parecia recíproco.

— E Collin? — questionou um homem, interrompendo o encanto do momento e o abraço dos dois.

— Eu mesmo darei a notícia a ele. O infeliz vai espernear um bocado. — Shakur olhou para Richard e riram. Como um eco, a risada dos dois se espalhou entre os presentes. *Pelo visto, Collin não era muito querido por ali.*

— Ele e os demais devem chegar amanhã, no sol do oeste — explicou Richard recuperando a habitual fisionomia marrenta. — Vão precisar de escolta.

— Você não precisou — rebateu o líder. — Tudo bem. Vou providenciar. Agora chega de histórias e vá farrear. Imagino que esteja doido por umas noites de baderna.

— Não sou de ferro, senhor — respondeu com um meio sorriso. Shakur repuxou os lábios e assentiu com a cabeça.

— Tranquem os portões! À exceção do grupo de Collin, ninguém entra ou sai de Thron até segunda ordem! — trovejou o líder do altar onde estávamos apenas eu, ele e Richard. — Fora os treinamentos, terão folga nas próximas quatro luas. A bebida será liberada por quatro noites! Thron está em festa. Retornem à música e aproveitem!

Gritos enlouquecidos foram emitidos, demonstrando a euforia das pessoas com a surpreendente notícia. Elas já não prestavam mais atenção ao que acontecia no altar e se dispersaram pelo salão.

— Eu sei que você ficou muito tempo longe, mas não exagere — consegui escutar Shakur em uma conversa particular com Richard.

Na verdade, mais parecia um pai aconselhando um filho chegado a travessuras. — Da última vez que isso aconteceu, você me deu muito trabalho.

— Vou tentar me controlar. — Havia uma petulância indescritível em seu tom de voz.

— Espero. — Shakur achou graça de alguma coisa. — Precisarei de você dentro de sete luas e o quero cem por cento recuperado. É bom que descanse também e... tudo certo, resgatador? — indagou Shakur ao notar que Richard me observava com olhar indecifrável.

— Ela precisa de cuidados — murmurou ele.

— Vou mandar levar a híbrida para o aposento ao lado do meu.

— Rick, venha! — gritou uma mulher no meio do salão, mostrando para ele uma caneca cheia de bebida.

— Acho que elas estão com saudades. — Shakur achava graça.

— Preciso ir, senhor — replicou Richard com a fisionomia restaurada e presunçosa. — Senão não conseguirei dar conta de todas.

"Todas?"

— Você merece. E... Rick? — indagou o líder, assim que o cretino alcançou a escadaria em direção à multidão.

— Pois não, meu senhor?

— Como disfarçaram o desaparecimento da híbrida?

— Ora, Shakur, desaparecimento é fato comum na segunda dimensão. Está superpovoada. Os humanos se reproduzem como coelhos — criticou. — Por sinal, precisamos de mais resgatadores. Tivemos baixas e os que restaram estão sobrecarregados.

— O que fizeram com a família da garota?

— Ela não tinha família. Só a mãe. Mas não precisei fazer nada, meu senhor. Quando cheguei, outro já havia dado cabo.

Stela! Senti nova onda de dor em meu peito, mas me obriguei a não pensar sobre a perda de minha mãe. Tinha de suportar o que quer que viesse pela frente até conseguir reunir minhas forças, meu raciocínio e, principalmente, minha honra e identidade.

O líder apertou os lábios, meneou a cabeça e fez um gesto para que ele se afastasse.

Alguns serviçais chegaram para me carregar no exato momento em que vi Richard pegar a caneca das mãos da mulher que o chamava e, após entornar todo o conteúdo garganta abaixo, afundar os lábios no pescoço dela, avançando pelo decote avantajado do vestido da vadia. Duas outras garotas se aproximaram e, antes que me retirassem dali, eu ainda o vi passando as mãos pela cintura delas, puxando-as para perto dele. *Tá na cara que ele não vale nada, Nina. Por que sofre à toa, garota? Já não chega o que ele te fez?* Meu orgulho mais que ferido, completamente estraçalhado, tentava me alertar. Precisava tomar vergonha na cara e dar atenção a ele.

— As ervas ajudaram bastante, meu senhor. Agora é só ela dormir — comunicou uma senhora franzina. — Amanhã estará recuperada e conseguirá andar e falar. Precisará apenas se alimentar, mas acho que, se forçar isso hoje, é capaz de vomitar e liberar energia. Se isso acontecer, talvez haja perda da memória recente, quiçá algum dano neurológico.

— É o suficiente por hoje. Bom trabalho, Tori. Agora pode se retirar — respondeu Shakur sem parar de me estudar.

— Boa noite, Majestade — desejou a mulher, deixando-me a sós com o líder.

A figura amedrontadora de Shakur mexeu comigo de uma forma bem diferente da que eu podia esperar: ela me despertou compaixão e não medo. De perto, era possível distinguir aquilo que passava despercebido a distância: uma horrível cicatriz de queimadura avançava do lado direito ocultado pela máscara metálica e atingia parte da hemiface esquerda. *Estaria todo o lado direito tomado por ela? Seria por isso que ele usava aquele disfarce? Para não assustar ainda mais as pessoas? Teria acontecido o mesmo com seu corpo?*

Shakur se aproximou da cama onde eu estava e senti um arrepio se espalhar por minha pele. *Ah, não! O que ele poderia querer comigo?* Ameacei me levantar, mas ele segurou meu braço. À diferença dos calafrios que experimentei com outros zirquinianos, o que senti quando Shakur me tocou foi uma espécie de contratura muscular generalizada, uma sensação paralisante, que transpassou meu corpo e não me deixou reagir.

— Shhhh!

Acuada e fraca, fechei os olhos. Quando voltei a abri-los, deparei-me com o líder me cobrindo com um cobertor feito de pele de carneiro, num gesto espantosamente zeloso. Então ele se afastou sem pronunciar uma única palavra e saiu, batendo com força a porta que dava para o aposento ao lado. A descarga adrenérgica produzida por aquele breve contato com Shakur foi aos poucos se dissipando e sendo substituída por outra reconfortante, como se magicamente meu corpo tivesse recebido uma recarga de energia.

Estranho.

CAPÍTULO 3

— Finalmente! — comemorou Tori assim que acordei. Ela estava sentada num banquinho de madeira ao lado da cama. Barulho de algazarra preenchia os corredores do lado de fora do aposento.

— Há quanto tempo estou desacordada? — indaguei sobressaltada, porém com certo alívio de perceber meu corpo respondendo aos meus comandos.

— Duas luas.

— Como assim? — fiz a pergunta sem olhar para ela. Naquele momento eu estava sentada e mais preocupada em checar os movimentos de pernas e braços.

— Dois dias. Contamos os dias pelo número de luas — explicou. — O sono é reparador. Vejo que está melhor, híbrida. Vista isso.

— Para que esse vestido? — questionei ao vê-la segurando um vestido sem mangas com a parte de cima bem justa e que terminava em uma saia longa e volumosa. Ele era negro e se mesclava perfeitamente com tudo ao meu redor.

— Você vai para a festa — determinou Tori de forma enérgica. Ela era uma senhora miúda, com os cabelos grisalhos e o rosto repleto de rugas.

— Quem disse? — rebati no mesmo tom, pondo-me de pé pela primeira vez.

— São ordens, híbrida. — Suas pupilas tremeram e eu vacilei. Por um instante, eu havia me esquecido de onde estava. Observar um ser semelhante a mim era tão assustador quanto hipnotizante.

— De quem?

— Shakur. Ele quer que você se alimente.

Ele não manda em mim!, é o que eu queria berrar, mas tive a sensatez de me manter calada.

— Eu não estou com fome — menti.

— Sua energia está inconstante e um pouco de comida lhe fará bem — constatou. — Aproveite o raro bom humor do líder e não o aborreça, garota. Você não imagina como sua tolerância é curta e do que ele é capaz de fazer se for contrariado. — Ela repuxou os lábios, enigmática.

Tori nem precisaria me acompanhar até o grande salão. Bastaria seguir o estridente som da música e das risadas altas. Em meio à animação da festa, para meu alívio, minha chegada passou despercebida.

— Vá! E cuidado com o que fala — instruiu, empurrando-me agitada em direção a uma pomposa mesa onde o líder se encontrava. Assim como o trono mais adiante, a mesa era feita de uma pedra negra e brilhosa. Shakur estava sozinho e olhava em nossa direção.

— Sente-se aqui. — Shakur mostrou a cadeira a seu lado assim que me aproximei. A mesa ficava na parte superior do salão, próxima ao altar. Não me recordava de tê-la visto ali na véspera. — Coma — mandou. Olhei para a comida disposta e, mesmo estando faminta, não consegui segurar a ânsia em meu estômago. Cobras, lagartos, pombos e outros bichos que eu não consegui reconhecer jaziam praticamente crus nas travessas à minha frente. *Ugh! Aquela era a comida dos zirquinianos? Nem morta eu colocaria aquilo na boca!* — Coma. — Impaciente, ele tornou a ordenar ao ver meu estado catatônico.

Aquele era seu bom humor?

— Eu não estou com...

— Coma, híbrida, se não quiser que eu empurre tudo por sua goela abaixo — ameaçou.

Um déjà vu! Claro! Os modos rudes de Richard espelhavam-se nos do sinistro líder a quem ele admirava. Apavorada, procurei algum pedaço entre as carnes que estivesse mais cozido, ou melhor, menos cru. Detectei uma coxa meio queimada de uma ave pequena e a puxei. Prendendo a respiração, enfiei os dentes nela enquanto Shakur me observava, indecifrável, por detrás da máscara negra. O sabor não era ruim, mas também não era bom. Insosso. Se aquela era a comida de festa, estava na cara o porquê das pessoas por ali serem loucas por bebida. Para minha sorte, o líder se deu por satisfeito depois de algumas mordidas e parou de me encarar.

— Estou com sede — avisei, e ele levantou o braço. Num piscar de olhos, um homem colocava uma caneca de alumínio transbordando um líquido vermelho-amarronzado bem na minha frente.

— Não exagere — determinou intransigente.

Que tipo de bebida era aquela? Fui surpreendida com o sabor e a textura. Ela era espessa, adocicada e esquentava minha garganta de uma maneira muito suave. *Seria alcoólica?* Pouco importava agora. Após alguns goles, era a bebida mais deliciosa que já havia experimentado na vida!

— Chega! — ordenou Shakur ao ver como eu sorvia o líquido com avidez. Ele fez outro gesto com as mãos e a caneca desapareceu da minha frente, sendo substituída por uma cheia d'água.

Percebi que a maioria das pessoas não tinha autorização para subir até a área onde eu e Shakur estávamos, mas isso não as impedia de se aproximarem até a base da escadaria para me observar. Constatei que quase não havia mulheres por ali.

Senti um calafrio arrebatador percorrer minha pele e, instantaneamente, a coxa daquele maldito pássaro estufou em meu estômago e ameaçou voltar pela boca. O maldito calafrio era o mesmo que costumava eletrificar e atordoar a minha alma.

Richard.

Entre as numerosas risadas que pipocavam pelo salão, uma delas me atingiu como um tiro certeiro. Meu coração deu um disparo, senti uma enxurrada de sangue correr em minhas veias e minhas pernas ameaçaram bambear. Sorrindo e descontraído, Richard apareceu abraçando a tal galega e mais duas garotas, até que chegou um rapaz, que logo depois reconheci: o tal do Morris.

Que ótimo! Não havia quase mulheres por ali e as poucas presentes pareciam disputá-lo a tapa.

Um ódio enlouquecedor me queimou por dentro. Eu não queria admitir, mas sabia que, bem lá no fundo, estava louca da vida comigo por estar morrendo de ciúmes de um garoto que eu deveria odiar. Como se lesse meus pensamentos, Richard se virou e me encarou por um instante. Eu não desviei o olhar e mantive minha postura firme e interrogativa. Sua fisionomia se modificou, ficando imediatamente séria. De repente ele disse alguma coisa ao pé do ouvido delas, que a seguir soltaram novas risadas e, para minha surpresa, todos eles começaram a caminhar em minha direção. *Ah, não!* Mais sangue pulsava em meus ouvidos e um latejar furioso reverberava em meu crânio. *Ele não vai subir. Ele não vai subir. Ele...*

Subiu.

Droga!

— Shakur! — Os cinco o reverenciaram em uníssono.

— Sentem-se! Estou de saída — retrucou o todo-poderoso.

Boa! Eu encontrara minha saída estratégica. Iria embora com o líder.

— Ela não deveria estar descansando? — Richard questionou o líder.

Você não manda em mim, seu cretino. Agora eu fico.

— Já descansei bastante — rebati sarcástica. — Quero explorar um pouco mais o meu "novo lar".

— Ainda está fraca — respondeu ele entre os dentes, estudando-me com seu olhar felino. Ele não parecia estar bêbado. — Precisa dormir.

— Dormir? Ou você quer dizer "apagar"? Se for isso, acho que já dormi o suficiente para os próximos dez anos — devolvi com tom de voz desafiador. — Da próxima vez que eu quiser *dormir*, eu mesma fecho os olhos, não se preocupe. A não ser, é claro, que algum de vocês resolva sugar minha energia antes.

As pupilas de Richard tremeram por um segundo e acho que somente eu captei. Eu o estava tirando do sério. *Perfeito!*

— Que bom que já se entenderam! — gargalhou Morris, descontraindo o clima.

— Você fica encarregado de conduzir a híbrida para o aposento dela, Morris — finalizou Shakur, saindo dali sem olhar para trás.

— Eu conduzo a híbrida — intrometeu-se Richard, e meu coração tornou a tamborilar no peito.

O líder parou e, girando o rosto sobre o ombro, respondeu com a voz modificada:

— Não. Você ainda está muito tenso, Rick.

— Ele bebeu muito pouco até agora — explicou uma das garotas. Ela era bem morena e tinha longos cabelos negros.

— Acho que ele não está muito animado com a nossa companhia — instigou a mais baixa, fazendo falso beicinho. Ela tinha o rosto delicado, como o de uma boneca de porcelana, só que bêbada.

Algo dentro de mim adorou aquele comentário.

— Richard veio diferente desta missão — confessou a tal galega. Ela parecia me estudar com seus grandes olhos azuis. — Mas... nada que uma massagem *especial* não cure.

— Morris acompanha a híbrida e ponto final. — O líder fez uma breve varredura nos nossos rostos antes de se empertigar e sair.

— Vamos dançar, baby — ronronou a galega para Richard.

— Agora não.

— Você está muito parado, Rick — reclamou a morena.

— Venha cá — ele ordenou e ela obedeceu na mesma hora. — Vá dançar. Eu já te encontro — pediu, tascando um tapinha no bumbum dela. *Safado!*

— Promete?

33
NÃO OLHE!

Ele sorriu, debochado:

— Não, mas farei o possível.

— Ah, Rick! Você não presta!

Finalmente ouvi uma verdade.

— Vá e leve Sony com você.

— O quê? — guinchou a baixinha. — Ah, não! Deixa eu ficar com você, Rick! Deixa?

— Amanhã.

— Não vou pedir para você jurar — devolveu ela, fazendo-se de ofendida. Richard e Morris gargalharam. — Você dois são impossíveis!

— S-sobrou pra mim? — Bêbado, Morris achava graça de tudo. — Sou inocente na história.

— Ninguém é inocente aqui, Morris — adicionou a galega, satisfeita por ter restado apenas ela.

E eu.

— Você não comeu — constatou Richard olhando para o meu prato intocado.

— Estou cheia — enfrentei-o.

— Sei — murmurou. Então se virou para a loura e disse com entonação modificada e sedutora: — Galega, vá e prepare minha cama. Vou precisar de você.

— Por que não vamos logo?

— Porque ainda tenho alguns assuntos para tratar com Morris.

— Você pode fazer isso amanhã.

— Não me conteste! — ele rugiu e ela se encolheu no mesmo instante.

Terceira certeza: O humor de Richard era instável.

— Perdão. — A garota se retraiu e saiu, mas não sem antes me analisar da cabeça aos pés. — Não demora?

Ele não respondeu, apenas meneou a cabeça. Assim que ela se afastou ele se dirigiu a Morris.

— Eu levo a híbrida, Morris.

— N-negativo — soluçou o colega. — Q-quer arrumar problema pro meu lado?

— Você é que vai arrumar problema caso aconteça algo de errado com ela. E isso é bem possível no seu estado.

— Q-que estado? E-eu estou ótimo. Veja! — Morris quase caiu ao tentar se levantar. Richard riu.

— Está sim. Além do mais, aproveite suas últimas horas de descanso. Eu sei que você ficará de plantão nas próximas noites.

— O-obrigado, Rick. Você que manda!

— Venha — pediu Richard todo autoritário, puxando-me pela mão. — Está na hora de você comer alguma coisa.

— Quer me soltar!? Eu já comi — respondi apavorada só de imaginar o que ele pretendia me fazer comer.

Ele não me deu ouvidos e, comigo a tiracolo, saiu de lá a passos largos. Mesmo contra minha vontade, o simples contato de sua mão aprisionando a minha foi o suficiente para provocar uma torrente de arrepios por minha pele contrapondo-se à onda de calor que subia pelo meu pescoço.

— Para onde está me levando? — indaguei enquanto percorríamos um corredor escavado nas pedras carbonizadas. Carregando uma tocha acesa, Richard abria caminho pelo sombrio ambiente. Um odor desagradável, uma mistura de fumaça, umidade e mofo, entranhava-se por minhas narinas. Aquele castelo parecia ter saído de um filme de terror.

— Shhh! Você verá — respondeu sem olhar para trás, o que me permitia admirar seu andar altivo e ágil ao mesmo tempo, suas costas largas e os fartos cabelos negros. De banho tomado e com roupas limpas, ele estava mais lindo do que nunca.

Richard me conduziu para uma área de onde vinha alguma claridade e o som de pessoas conversando. Ao entrar, percebi que se tratava de uma cozinha. Como todos os demais aposentos do castelo, era escura, com o chão e as paredes feitos da mesma estrutura vulcânica da qual Thron era constituída. Para variar, não havia janelas e quatro enormes fogões a lenha ocupavam as quatro paredes do lugar. Apesar de todos eles terem chaminés que canalizavam o vapor para alguns pequenos buracos no teto, pouca diferença fazia. Uma fumaça claustrofóbica impregnava o ambiente. Sentadas ao redor de duas rústicas mesas de madeira, senhoras depenavam aves de todos os tipos e tamanhos. Elas ficaram paralisadas com a minha chegada, quase em choque. Eu estava no mesmo estado. *Ah, não! O que seria agora? Um urubu cru?*

— Fique aqui — mandou e eu obedeci, a náusea ameaçando retornar com força total.

Richard se afastou, cochichou no ouvido de uma delas que olhou para mim e, sorrindo, apontou para um nicho esculpido na parede de pedra. Nele havia jarros de vidro, uns com água outros cheios de uma bebida marrom, provavelmente a que estava sendo servida na festa. Potes de barro redondos encontravam-se dispostos aleatoriamente. Richard pegou o menor deles e veio em minha direção.

— Vamos — comandou animado, puxando-me pelo braço e deixando as mulheres perplexas. Com passadas rápidas, Richard me levou para um pátio que acreditei ser bem afastado do grande salão porque a barulheira ficara para trás, e um silêncio ao mesmo tempo sedutor e perigoso se fez presente. Estar a sós com ele não me parecia uma boa ideia.

— Coma. — Ele me entregou o pote e me apontou um banco de pedra. Tochas iluminavam o ambiente.

— Não, obrigada — respondi temerosa.

— Você vai gostar. — Ele me lançou uma piscadela e sua postura amistosa fez meu coração ameaçar uns passinhos de dança, mas minha razão deu-lhe uma rasteira. Sem nada a perder, destampei o pote e o que vi instantaneamente me fez salivar: tâmaras, nozes e amêndoas frescas.

— Obrigada — soltei aliviada e, sem hesitar, enfiei uma tâmara na boca.

Ele sorriu.

— Imaginei que você detestaria nossa comida — comentou com a fisionomia leve e desarmada. — Por enquanto, é tudo que tenho para oferecer. Assim que reabrirem os portões, vou buscar alimentos mais apetitosos.

— O que quer de mim afinal, Richard?

— Nina, vou te explicar, mas não agora. Isso tudo faz parte de um jogo.

— Sei — comecei ácida. — E ganha quem trapaceia mais? Se for isso, sua vitória já está garantida.

— Se você quer enxergar por esse lado...

— Ah, claro! — Abri um sorriso debochado. — Quantos lados mesmo eu tenho para enxergar?

Ele emudeceu.

— Vá direto ao ponto, ok? O que planeja fazer comigo?

— Nada. Você está a salvo. Nenhum clã tem condições de nos atacar.

— Por que não me levou para Kaller?

— Porque fiz Shakur enxergar o quanto era importante *ter* você em nosso poder, não *eliminar* você. E Kaller... Bem, ele... — Richard titubeou.

— Kaller o quê?

— Ele podia mudar de ideia e querer algo mais — retrucou impaciente, o rosto repentinamente tomado por uma sombra perturbadora.

Que ótimo!

— Então... Thron é tão mais forte assim que os demais clãs?

— Sim. E, com você em nosso poder, Thron se tornou imbatível.

— "Em nosso poder?" Entendi... — soltei sarcástica. — Eu me tornei uma prisioneira.

— Se quiser ficar viva, sim — fechou os olhos e uniu os lábios em uma linha fina.

Raiva e impotência cresciam dentro do meu peito.

— E se eu não quiser?

Ele franziu a testa.

— Nina, eu arrisquei minha cabeça por sua causa! — soltou exasperado.

— Conta outra! Você arriscou sua vida por sete mil moedas de ouro e pelo trono de Thron, isso sim!

— Eu sei que está brava e com razão. Mas existem mais coisas do que é capaz de imaginar. Se eu não tivesse feito o que fiz, você não teria sobrevivido.

Richard ameaçou se aproximar, mas eu me esquivei.

— Você ainda não conseguiu entender? — ele trovejou e segurou meus braços com força. — Tudo que eu fiz foi por você, garota!

— Hum... E o que planeja agora que conseguiu o que queria? — indaguei no mesmo tom. — Desfrutar das sensações que só uma híbrida é capaz de oferecer?

Ele arregalou os olhos, imediatamente soltou meus braços e recuou. *Pronto! Eu havia tocado na ferida.*

— Nina, eu não tive a intenção, eu...

Ele parecia arrependido, mas eu estava escaldada. Teria de ser tola o bastante para cair novamente na sua conversa fiada. Tornei a atacar:

— Ainda não consegui contabilizar, Richard, quantas personalidades você possui?

Ele fechou a cara e, após um momento de hesitação, respondeu com semblante sombrio:

— Muitas. E talvez você não goste de algumas delas.

— Por acaso alguma delas tem certeza do que sente? Ou são todas instáveis e cheias de dúvidas como essa que está diante de mim?

— Eu não tenho mais dúvidas. Quero dizer, eu...

Senti uma angústia imediata com a reação dele.

— Viu? Você nunca teve certeza do que sentia por mim, Richard. E ainda não tem — murmurei recuperando a respiração.

— Não é tão simples assim — rosnou. — Comparado a você, a híbrida, nós resgatadores thronianos somos a escória de *Zyrk*. E eu, especificamente, o pior exemplar zirquiniano. Você... você é... — ele travou.

— Sou o quê?

— Você é o nosso milagre — balbuciou sem me encarar.

— Milagre? — Um sorriso infeliz me escapava.

Ele fechou os olhos e abaixou a cabeça.

— E agora? O que Shakur pretende fazer comigo? — voltei ao ponto que me incomodava.

— Não sei, mas ele me prometeu que não faria mal algum.

— Shakur é uma pessoa de palavra? — alfinetei-o ao relembrar certos comentários do único zirquiniano que merecia minha confiança até então: John. — O que aconteceu com John? Ele está vivo? — inquiri com súbito aperto no peito.

Richard se enrijeceu no mesmo instante.

— Por que está preocupada com ele agora?

— Responda! — guinchei.

— Acho que sim — respondeu com a testa franzida.

— Acha?

— Não ouvi nenhum comentário contrário. Então, ele deve estar vivo.

Fechei os olhos, aliviada. Ao menos não carregaria comigo a culpa de ter sido a causa da morte dele também.

— Não fosse o John, eu estaria morta há muito tempo!

— Eu sei. Por favor, me perdoe. Eu não tinha noção, eu não... — suspirou. — Nina, a gente precisa conversar, mas não devemos ser vistos juntos a sós — acrescentou gentil e, no momento em que ameaçou tocar meu rosto, novamente me afastei. Ele franziu o cenho.

— Isso não vai ser problema para você, Richard. Com a quantidade de companhias que tem, você nunca estará a sós comigo.

— Hã?

— Olha, eu quero dormir e, se não me falha a memória, você já está atrasado para o seu encontro, não?

Ele tentou camuflar o sorriso travesso, mas emitia um brilho malicioso nos olhos. *Argh! Tinha dado na cara que ainda gostava dele!*

— Encontro? — Sua expressão cafajeste me tirou do sério. — Elas não significam nada para mim.

— Pois não parecia. Você estava bem animadinho — retruquei feroz. — Aliás, você estava... Hum, qual era a palavra mesmo? Ah, sim, você estava "faminto" por elas.

Ele finalmente escancarou o sorriso, fazendo-me perder a razão. *Droga! Não tinha antídoto contra seu sorriso deslumbrante.*

— A fome que eu tenho só uma pessoa pode saciar.

— E aquele papo de que os zirquinianos não sentem nada? Que só fazem... — calei enrubescida. — Que só se encontram para procriar?

O sorriso dele desapareceu e sua postura altiva foi substituída por uma pesarosa.

— É a pura verdade, entretanto...

— Entretanto? — imprensei-o.

— Nós temos curiosidades e a nosssa bebida nos permite sentir alguma coisa — confessou ainda sem me encarar enquanto passava os dedos pelas cicatrizes das mãos.

— O álcool? Então é isso! — exclamei, finalmente compreendendo o motivo do alvoroço em Thron.

— Não é bem o álcool, mas sim o Necwar. Contudo, nem de longe se compara ao que eu sinto por você, Tesouro.

Havia urgência em suas palavras.

— Eu vi como você olhava para elas, Richard — rebati. — Ninguém me contou.

— Se foi capaz de ver isso, será que ainda não conseguiu enxergar que me enfeitiçou?

Ele me olhou profundamente, um olhar em chamas. Perdi a linha do raciocínio.

— Eu? — quis parecer sarcástica, mas soou como um assovio fino.

Ele apertou os olhos e, após um momento de introspecção, ratificou de forma séria e cadenciada:

— Elas não significam nada para mim. Você, sim.

Senti meu escudo tombar e fiquei desarmada. Aquelas últimas palavras mexeram com algo bom dentro de mim. *Eu era importante para ele?*

— Agora não faz mais diferença o que você sente ou não por mim, Rick — quis bancar a durona, mas minha voz saiu fraca. Levantei-me rapidamente, certa de que, se não saísse logo dali, acabaria cedendo aos seus encantos e me arrependendo amargamente depois.

— Você não me quer mais? É isso? — Richard segurou meu braço e também se levantou. Estávamos perigosamente próximos.

Com uma fisionomia indecifrável, ele envolveu carinhosamente meu rosto entre suas enormes mãos, deixou seus olhos arderem nos meus e, antes que eu pudesse notar, já estava aprisionada dentro deles. Foi o suficiente para fazer minha respiração vacilar, minha pulsação acelerar, meu rosto corar. Fervi por dentro. *Jesus! Eu tinha que aguentar. Eu precisava ter domínio sobre minhas emoções!* Consciente do poder que exercia sobre mim, deixou seu nariz deslizar lentamente pela minha pele, gerando novos e enlouquecedores arrepios. Seus lábios úmidos passearam pelo meu pescoço, roçaram minha orelha e deslizaram com uma aprazível delicadeza pelo meu rosto até pararem diante dos meus que, por sua vez, estavam trêmulos e inseguros. Continuávamos nos encarando, paralisados naquela arriscada posição. Seus olhos azuis pareciam ímãs e me sugavam para seu campo magnético. Deles emanava uma energia voraz, hipnotizante e intimidadora. E agora? *Sim. Sim. Sim. Ele vai me beijar!* Meu corpo aplaudia, exultante de felicidade. *Ah, não. Droga! Nina, reaja!,* berrava a voz da razão, mas meu corpo não conseguiu resistir, aliás, tudo em mim já havia derretido por dentro. Eu estava entregue.

— Você sabe que ainda me quer, Tesouro. E muito — sussurrou cheio de convencimento em meu ouvido. Com um sorriso torto no rosto, comandou assim que se afastou de mim: — Respire, Nina.

— Hã? — traguei o ar com dificuldade. *Filho da mãe! Ele estava me testando!* — Nunca mais faça isso, seu... seu... — rosnei com o orgulho em frangalhos.

— Venha, sua energia está instável — pediu displicentemente, como se nada tivesse acontecido. — Vou levar você até seu quarto.

— Energia! — Desdenhei num rugido. — Rá!

— Nina, eu sou a sua morte. Esqueceu?

— Ah! Então ainda pretende me matar?

— Deixa de ser imatura! Você já é maior de idade! — retrucou impaciente.

— Maior de idade?! — engasguei.

— Sim, Tesouro. Em *Zyrk* você fica instantaneamente um ano mais velha. Agora tem dezoito anos, a maturidade zirquiniana.

— E-eu...

— Calma. É muita coisa para entender, mas, acredite, sou capaz de sentir a sua energia vital. E vejo que já passou da hora de você descansar.

— Eu não... Droga! — rebati e, segurando a lágrima que insistia em rolar, deixei cair a máscara de durona. — Será que não vê que minha vida virou de cabeça pra baixo, Rick? Eu perdi minha identidade e não tenho respostas para as perguntas que me assombram incessantemente. Que mundo é esse? Quem sou eu? Que futuro me aguarda?

O azul-turquesa de seus olhos cintilou. Ele passou as mãos pelos fartos cabelos e veio lentamente em minha direção.

— Eu sei — sussurrou com suavidade, encostando a testa na minha. — Eu vou dar todas as respostas que deseja assim que a sua energia estiver restaurada, ok? Agora você precisa descansar.

Por mais que eu não quisesse dar o braço a torcer, ele tinha razão: uma sensação de fraqueza tornava a se insinuar. Sem perder tempo ou pronunciar uma única palavra, ele me levou até meu quarto. Antes de eu entrar no aposento e sem que eu esperasse, Richard me puxou para junto de si, envolveu uma de minhas mãos com suavidade e beijou-a num gesto rápido.

— Lembre-se: nós não podemos ser vistos juntos — sussurrou e se foi.

— Nunca? — perguntei, mas já era tarde demais.

CAPÍTULO

— **Fiz algo para você** comer — disse Tori agitada assim que acordei. Para a minha surpresa, sua expressão não era carrancuda. Desde que chegara ali, era a primeira vez que me deparava com uma silenciosa Thron. — Não ficou do jeito que eu gostaria, mas acho que vai servir. — Abriu um sorriso tímido e me entregou uma trouxinha de pano.

Engoli em seco.

— Tori, eu...

— Fiz durante a madrugada. Abra.

Ah, não! Era só o que me faltava. Que tipo de animal caberia dentro daquele pequeno embrulho?

— Tori! O-obrigada! — gaguejei surpresa ao ver o conteúdo da trouxinha cinza: pão! E estava quente e fresquinho.

— Não tinha os ingredientes ideais, mas...

— Está ótimo! — Abri um sorriso e, imediatamente, enfiei os dentes nele. Meu corpo reclamava, desesperado por comida que realmente o sustentasse. As tâmaras e as nozes que Richard havia conseguido na véspera pouco supriram essa necessidade.

— Não podemos ter acesso a eles, mas, assim que reabrirem os portões, vou dar um jeito de conseguir os ingredientes certos e o pão ficará muito melhor — concluiu com as bochechas vermelhas. Tori parecia mais do que satisfeita com a minha reação, estava feliz. — Alimentando-se bem, sua energia ficará estável rapidamente.

— Por que vocês não têm acesso a certos ingredientes?

— Não podemos ter muitos tipos de distrações para o corpo. Não em Thron.

— Hã?

— Shakur acredita que uma comida saborosa nada mais é do que uma distração, um afago para o corpo. Por isso não permite o consumo de massas ou doces em Thron. Ele diz que um clã forte deve ter a sua tropa sempre alerta.

— Como é que é?! — Eu quase engasguei.

— Há muito tempo que o regulamento é assim — suspirou. — Só temos acesso às proteínas das carnes, mas ainda assim Shakur não permite que sejam bem-passadas ou com temperos. Servem apenas para nos manter fortes e dispostos.

— Mantê-los vivos. É o que quer dizer? — perguntei sarcástica.

— Dá certo. — Ela deu de ombros. — Desde então, o exército de Thron se tornou imbatível.

— E infeliz — balbuciei. Não sei se ela chegou a me ouvir. — Mas a bebida é liberada.

— Apenas o Necwar. É o único agrado que nosso líder consente. Mesmo assim, só de vez em quando. Acho que é porque ele adora e, além do mais, é uma criação dele — acrescentou com uma risadinha. — Nosso mundo deve ser um choque para você, não?

Assenti. Tudo ali era surreal demais para minha cabeça.

— Você fez o pão escondido? E só para mim, Tori? — perguntei comovida.

— Não resisti. Fiz um pra mim também — piscou, e eu achei graça da pitada de travessura em seu sorriso.

Ruídos no corredor, uma marcha forte e cadenciada a fizeram dar um pulo da cadeira e ir checar a porta.

— Aonde eles estão indo? — perguntei ao detectar a multidão de homens.

— Ao treinamento.

— Mesmo em dia de festa?

— Sempre. Shakur não abre mão dos treinos em hipótese alguma, estejam eles cansados ou doentes.

O líder era um tirano. Isso, sim!

— Shakur também participa desses treinos?

— Ele só treina com Richard e, nas raras vezes que o faz, é motivo para toda Thron parar.

— Por quê?

— Porque, mesmo na sua idade e com o corpo... — *Ela ia dizer "todo queimado"?* — ele continua assombrosamente forte e um exímio guerreiro.

— Posso vê-los treinar?

— De jeito nenhum — balançou a cabeça. — Shakur ordenou que não a deixasse sair do seu aposento, híbrida.

— O que há de mal em conhecer Thron, Tori? — insisti e segurei sua mão. — Por favor?

Tori estreitou os olhos e, após pensar por um instante, entregou-me uma vestimenta preta com capuz.

— Vista isso. Os thronianos que estão trabalhando na área de treinamento são obrigados a usar essa capa para a própria proteção e para não distrair os guerreiros — explicou. — Além do mais, Shakur nunca aparece cedo mesmo...

Sorri.

— Mas lembre-se: mantenha seu rosto coberto o tempo todo e não saia de perto de mim nem por um segundo sequer. — *Caramba! Para onde eu estava indo, afinal?* Tori percebeu minha aflição. — Fique tranquila. Se você não olhar diretamente nos olhos dos rapazes, não haverá risco algum. Eles estarão tão entretidos com as lutas, que passaremos despercebidas, ok?

— Ok.

Quando saímos do sombrio palácio negro, levei um choque. Outro de vários que me esperavam.

— Que horas são? — perguntei confusa ao verificar a exígua claridade. *Ainda era madrugada?*

— Poucas, após o sol do leste.

— Você quer dizer que é de manhã?

Ela assentiu.

Olhei para o céu através da grande abertura da cratera do vulcão e não havia nenhuma nuvem ou sinal de tempestade a caminho.

— É sempre escuro assim?

— Aqui em Thron, é.

Que horror! Eles viviam constantemente naquela penumbra?

Tori me conduziu à lateral do castelo, onde o silêncio proporcionado pelas espessas paredes de pedras foi rapidamente substituído por uma confusão de vozes e gritos eufóricos, quase uma algazarra. Deparei-me com um pátio de terra batida dividido em quadrados cujos limites eram demarcados por linhas brancas pintadas no chão. Tochas suspensas em cavaletes de madeira pouco ajudavam. O ambiente continuava relativamente escuro.

— Cada um destes quadrados é chamado de área de treinamento — explicou ela assim que chegamos ao local. — Apesar de ser difícil de visualizar — apontou para o aglomerado de homens ao redor dos quadrados —, as áreas são divididas em setores que vão aumentando em complexidade, dos cantos onde nós estamos para o centro. Os quadrados também aumentam suas dimensões até chegar ao maior e mais central deles, o Omega. Quando um guerreiro chega a ele, é porque alcançou um nível muito avançado na arte da luta — acrescentou. — Cubra bem o rosto e siga-me.

Era difícil escutar as explicações de Tori em meio aos gritos que se ouviam durante as lutas. Esgueirando-me por entre brechas em meio às aglomerações, vi que os quadrados periféricos eram ocupados por garotos novos, entre seus doze e quinze anos de idade, que lutavam com armas de madeira.

— Nossas mulheres e meninos também treinam — disse ela orgulhosa. — Mas em local separado.

À medida que caminhávamos para o centro, a idade dos soldados ia aumentando, assim como a periculosidade das armas que utilizavam. Espadas de diversos tamanhos e modelos, nunchakus, tonfas, adagas afiadíssimas cujas faíscas chegavam a *iluminar* o ambiente, além de outras armas que eu desconhecia, quando as lâminas se chocavam com estrondo e ferocidade. Em meio às animadas torcidas, os guerreiros suavam e berravam sem parar.

— Eles se machucam pra valer! — exclamei ao ver um homem urrar e estancar o sangue do braço atingido pela espada do adversário.

— Por acaso você acha que os inimigos que eles enfrentam em *Zyrk* são de mentirinha? — rebateu irônica.

— Então é muito mais do que um simples treinamento — devolvi assustada, e um rapaz moreno se virou em minha direção. Instintivamente, abaixei a cabeça e cobri meu rosto com o capuz. Tori percebeu e me retirou a passos largos dali.

— Se não tem estômago, é melhor não continuar — ralhou ela enquanto me conduzia de volta ao castelo.

— Eu tenho estômago — rosnei entre os dentes, mas mal fui ouvida porque uma sucessão de bramidos eufóricos preencheu o ambiente. Vinha do Omega. — Quem está lutando lá? — perguntei curiosa, apontando para o local de onde vinha a confusão. Um pressentimento me dizia que um par de selvagens olhos azul-turquesa talvez fosse a explicação para tamanha comoção.

— Quem mais poderia ser? — Tori revirou os olhos. — Richard, é claro.

— É claro — reagi ácida.

— Ele ficou dois meses fora e os soldados estavam loucos para voltar a treinar com o resgatador. Só com Rick eles conseguem ter noção do quanto suas habilidades progrediram.

— Eu quero ver.

— É melhor não.

— Por favor, Tori — implorei.

— Tudo bem então. Seja discreta e siga-me.

Assenti e, de cabeça baixa, fui seguindo Tori em direção ao Omega, a arena central do pátio de treinamento. Numa rápida espiada, vi que era maior e bem mais iluminado que os demais quadrados e, mesmo assim, parecia não haver espaço suficiente para a aglomeração de curiosos ao seu redor. Uma multidão de espectadores amontoava-se para conseguir assistir à luta em andamento. Tori era ágil e, segurando minha mão, foi conseguindo passagem por entre os homens com incrível rapidez. A atenção na luta era tanta que, para minha felicidade, ninguém notou a minha aproximação.

Quando Tori chegou à margem do Omega, meu coração acelerou.

Descalço, suado e com o cabelo escondido por uma bandana preta, Richard encontrava-se no centro do amplo quadrado de terra. Apesar de haver sangue nas mãos e os rasgos na camiseta preta denunciarem cortes no peito, sua face estava tranquila. Eu diria que ele estava até se divertindo. Para minha agonia, ele não lutava apenas contra um soldado, mas cinco homens o atacavam ao mesmo tempo.

— Por que ele está lutando contra cinco? — Minha voz saiu abafada por causa do capuz da vestimenta.

— Estes aí são os que sobraram — explicou ela ao pé do meu ouvido. — Richard sempre começa com doze.

Richard acabara de eliminar mais um deles. O público berrava eufórico, apostando quem seria o último guerreiro a ficar no Omega com ele.

— Ninguém aposta contra Richard? — indaguei em meio à confusão.

— Contra Rick? — Ela achou graça. — Para perder dinheiro?

— Ele é tão bom assim? — Tentei camuflar o inesperado orgulho que senti.

— O melhor — suspirou. — Acho que poderíamos dobrar esse número e ele ainda venceria com facilidade.

— Então ele nunca perdeu? — perguntei ao vê-lo eliminar outro adversário. A velocidade da luta chegava a assustar. Não havia nem um segundo de trégua. Os que permaneciam avançavam, sem permitir que Richard pudesse respirar.

— Só para uma pessoa.

— Quem? — Curiosa, virei meu rosto para ela.

Tori me olhou pelo canto do olho e, mordiscando o lábio, confessou:

— Shakur.

— Shakur?! — rebati incrédula. — Richard ganha de todos esses homens e perde para Shakur?

— Mais ou menos... — piscou. — Todos sabem que ele deixa nosso líder ganhar — sussurrou bem perto do meu ouvido. — Mas devo confessar que é uma ótima luta de se ver. Não é como essa confusão daí. — Apontou para a briga à nossa frente. — Os dois duelam com tanta desenvoltura, que chegam a nos hipnotizar.

Surpresa com aquela resposta, tornei a me concentrar na luta e meu coração foi à boca com o que acontecia diante dos meus olhos. Os três adversários remanescentes uniram forças e o cercaram. Richard limitava-se a se defender dos golpes. De repente, ele pisou em falso e, ao se desequilibrar, levou um dos joelhos ao chão. Aproveitando-se do momento, o mais alto dos três guerreiros cresceu por trás e apontou a afiada espada para suas costas desprotegidas. *Cristo! Ele ia matá-lo!*

— NÃO! — Meu berro saiu com estrondo e deve ter sido o mais alto por ali, porque senti todas as pessoas congelando ao meu redor enquanto minhas pernas ganhavam aceleração. Sem que eu me desse conta, o capuz havia saído de minha cabeça e, empurrando as pessoas que estavam em meu caminho, corri como uma louca em sua direção, na clara intenção de protegê-lo, de alertá-lo sobre o ataque traiçoeiro de seu adversário.

— Nina?! — Ainda abaixado, vi o rosto de Richard perder a cor quando se virou em minha direção. Seus olhos azuis estavam arregalados e as pupilas contraíram-se no mesmo instante. — Não! — ele vociferou. — Volta!

— Rick, cuidado! Atrás de você! — exclamei.

— Arrrh! — Com incrível reflexo, ele arqueou as costas antes que a espada adversária o atingisse em cheio, tendo passado apenas de raspão.

Apavorada e confusa, estanquei a corrida em direção ao centro do Omega, mas já era tarde.

— Sai daqui, garota! — bradou ele enquanto era acertado por novo golpe no braço esquerdo. As feridas pareciam não incomodá-lo tanto quanto a minha presença.

Fui trazida de volta à péssima situação em que me encontrava quando outros dois pares de mãos masculinas me agarraram com avidez. A multidão havia se esquecido da luta e todos os olhares se voltaram para mim.

— Afastem-se dela! — Tori ordenava aos berros, mas os rapazes não lhe davam ouvidos.

Tentei me soltar, mas eles me seguravam com força. Quando finalmente prestei atenção neles, deparei-me com um semblante de excitação e maldade que eu já conhecia. Uma sensação estranha tomou conta de meu corpo e senti minhas mãos começarem a esquentar e a formigar.

— Me solta, seus porcos! — gritei feroz e, debatendo-me, finquei minhas unhas no rosto de um deles com toda a força.

— Ahhh! Sua... — O sujeito tremeu de raiva e suas pupilas se contraíram enquanto ele fechava o punho. Ele ia me socar, mas, por mais incrível que possa parecer, não tive medo e o enfrentei com o olhar.

— Não se atreva! — o rugido animal de Richard fez não só a mão do rapaz congelar no ar mas todas as lutas no pátio paralisarem.

Um silêncio absoluto reinou por alguns segundos. Os poucos segundos que Richard gastou para se levantar como um raio e, girando nos calcanhares, passar o punhal na perna de um dos adversários e desacordar o seguinte com um golpe tão rápido que mal consegui captar o movimento. Num piscar de olhos, ele já tinha voado em minha direção e encarava os rapazes que me seguravam.

— Solta ela, Carlen — Richard advertiu o sujeito que ameaçava me socar e que agora me apertava contra o próprio corpo.

— Eu estou... — Havia euforia em seu tom de voz. — Eu estou sentindo! — berrou para que todos o escutassem. Um murmurinho se espalhou pelo lugar e a expressão facial de Richard ficou assustadora.

— Solte. A. Híbrida. Agora — ameaçou ele, destacando cada palavra e, sem esperar nem mais um segundo, saltou sobre nós. Um urro de dor lancinante. Olhei para o lado e Richard havia cravado um punhal no joelho de um deles. Antes mesmo do primeiro sujeito desabar, ele se colocou bem atrás de nós e torcia o braço do tal de Carlen com força, fazendo-o se curvar e consequentemente me soltar. Sem hesitar, Richard acertou-lhe uma violentíssima cotovelada.

— Você perdeu, Rick! — gritou um dos adversários da luta que Richard havia deixado para trás por minha causa. O rapaz interrompeu a investida de Richard sobre Carlen, paralisando-o com a ponta afiada de um punhal em seu pescoço.

Richard respirou como pôde com o metal pressionando sua glote, soltou sua arma e largou os braços ao lado do corpo.

— Você venceu, Sthepan — reconheceu ele em baixo tom após um momento de hesitação e vi uma veia latejar em seu pescoço.

A multidão foi à loucura, correndo para parabenizar o inusitado vencedor.

— O que deu em você, homem? — questionou Carlen atordoado, tentando estancar o sangue que jorrava do corte que Richard havia causado em seu supercílio.

Richard o encarou sem proferir uma só palavra. Com as mãos na cintura e visivelmente tenso, ele aguardou até que Carlen se retirasse dali, a multidão se dispersasse e alguma tranquilidade retornasse ao Omega. Sua fisionomia estava deformada, como se sentisse profunda raiva e, ao mesmo tempo, arrependimento por tudo que acabava de acontecer.

— V-você está bem? — perguntei preocupada enquanto ele me ajudava a levantar.

— Estou ótimo! — rugiu nervoso, e eu me encolhi. Era a primeira vez que ele perdia uma luta na vida, e eu sabia que a culpa era minha.

— E-eu não tive a intenção, achei que...

— Pois pare de achar — rosnou e, puxando-me com agressividade pelo braço, levou-me até uma estupefata Tori. — Você vai se encrencar com Shakur, Tori — ameaçou ele.

— Por Tyron! Não, Rick! Vamos, híbrida! — Tori praguejava enquanto me retirava dali às pressas.

Olhei para trás e vi Richard petrificado, a testa franzida, o olhar sombrio. Quem era Richard afinal? O vilão com doses de bondade ou o mocinho com nuanças de crueldade? O que havia por trás de sua fisionomia atormentada, suas ações desencontradas e seus sentimentos dúbios? Por mais que tentasse decifrá-lo, cada vez me sentia mais perdida e presa aos seus encantos.

E era só o começo.

CAPÍTULO 5

— **Nem pense em entrar.** Se tentar, morre — advertiu-me uma serviçal na tarde daquele dia ao constatar que eu olhava pensativa para a porta ao lado do meu aposento. Tori tinha ficado muito chateada e havia me proibido de sair depois do incidente no pátio de treinamento.

— É o quarto de Shakur, não é?

Ela confirmou com um balançar de cabeça. Toda de negro, a mulher era magra e usava o cabelo escuro preso num coque alto.

— Para o banho, híbrida — lançou rispidamente.

— Agora?

— Agora. É bom aprender a não questionar as ordens — alertou, puxando-me sem tato pelo braço. Comecei a desconfiar que o modo imperativo talvez fosse o único usado por ali. Com certeza era o preferido.

Fui seguindo a mulher por corredores desconhecidos do castelo, por entre o labirinto de fileiras de rochas, nichos e becos sem saída entrelaçados, um verdadeiro dédalo esculpido entre pedras carbonizadas. Pouquíssimas pessoas passaram por nós.

— Onde está todo mundo?

— Descansando para mais tarde. Se ainda não percebeu, Thron está em festa por sua causa, híbrida — resmungou entre os dentes, balbuciando em seguida: — E Shakur está mais estranho do que nunca. É a primeira vez que ele dá folga para todo mundo após os treinamentos. Quer dizer, "quase" todo mundo.

Ah! Ela estava enfurecida porque tinha que trabalhar enquanto a maioria aproveitava para descansar.

— Por aqui e...

— Ai!

— Cuidado, híbrida! As pedras estão molhadas — alertou rabugenta. — Não vá me arrumar problema!

Agarrei-me a uma reentrância na parede, e por pouco não caí. O caminho que fazíamos parecia de pedras ensaboadas, de tão escorregadio. Recuperei a respiração e continuei seguindo seus passos por um comprido túnel iluminado por tochas que desembocava em uma ampla câmara. A penumbra não foi capaz de me impedir de congelar com o que vi: água em abundância brotava de uma fenda da alta parede vulcânica e formava uma espécie de piscina natural na sua base. Arregalei os olhos e minha boca despencou quando identifiquei o que me aguardava.

— Vocês tomam banho aqui?... Juntos?

Não havia chuveiros individuais nem nada parecido. Homens e mulheres completamente nus banhavam-se sem o menor constrangimento bem na nossa frente. Eu travei.

— Lógico — respondeu ela como se fosse a coisa mais banal desse mundo.

E era. Para eles, mas não para mim. Zirquinianos não sentem atração física, certo? *Mas você é uma híbrida, Nina!*, alertava meu cérebro apavorado.

— Eu não vou entrar aí — disparei petrificada.

— Vai sim.

— Não vou ficar nua na frente de todos.

— Que bobagem! — Ela elevou as sobrancelhas e segurou o riso. — Ninguém se importa com *isso* por aqui.

— Mas eu sou uma híbrida!

— É verdade — retrucou com malícia e mordiscou o lábio inferior. — Nesse caso, não sei o que pode acontecer...

Sob o choque da inesperada notícia, comecei a me afastar, dando alguns passos para trás.

— Aonde pensa que vai, híbrida? — indagou ela impaciente, ameaçando me agarrar à força.

— Eu não vou...

— O que está acontecendo aqui, Mogy?

Aquela voz austera fez todos os pelos da minha nuca arrepiarem. Olhei por cima dos ombros e, ao vislumbrar a imagem tentadora, meus lábios despencaram de vez. Descalço, sem camisa e usando apenas uma calça preta, Richard tinha os cabelos úmidos e desarrumados, alguns fios caíam sobre seu rosto perfeito. Uma ferida recente destacava-se no abdome exposto e definido. As cicatrizes piscaram para mim e eu perdi o foco. *Oh, meu Deus! Ele era tão assustadoramente lindo...*

— Ela não quer tomar banho, Rick — reclamou a mulher. Suas bochechas estavam vermelhas de raiva.

— Shakur sabe que você a trouxe para tomar banho aqui? — indagou com semblante sério enquanto vestia a camisa.

— B-bem... aqui não — gaguejou. — Ele ordenou que a lavasse e...

— E você ia fazer a estupidez de misturá-la aos thronianos? Enlouqueceu de vez ou decidiu partir para o *Vértice* mais cedo? — rosnou ele.

A mulher arregalou os olhos e empalideceu.

— Vá! Eu resolvo isso.

— S-sim, Richard. Perdão.

Assim que a mulher desapareceu do nosso campo de visão, Richard entrelaçou seus dedos nos meus e, ainda sério, conduziu-me em outra direção.

— O que você pretende fazer?

— Shhhh! Quieta! — ordenou acelerando as passadas por caminhos cada vez mais estreitos e intrincados que os anteriores. — Aqui.

55
NÃO OLHE!

— Para onde está me levando? — indaguei preocupada quando, depois de cruzarmos um sem-fim de becos escuros, ele me apontou uma pequena abertura entre um aglomerado de pedras no chão.

— Vamos entrar aqui — avisou, checando os corredores a todo instante.

— De jeito nenhum — bati o pé, apavorada.

— Você não confia em mim?

— Não — retruquei no ato, e ele achou graça. *Pelo menos ele estava de bom humor!*

— Você quer tomar um banho com privacidade? — reformulou a pergunta com jeito malicioso.

Gelei. *O que ele queria dizer com aquilo?*

— Seu cheiro não está dos melhores... Quer ou não? — tornou a perguntar e, brincalhão, prendeu o nariz entre os dedos. Vê-lo descontraído me fez perder a razão. *Como alguém podia ser tão inconstante assim? Pela manhã, ele não parecia esse sujeito gentil que eu via agora na minha frente.*

Trêmula, assenti. Não reconhecia mais o odor do meu corpo e, de fato, eu precisava de um banho havia muito tempo. Durante todo o período em que fui refém deles na minha dimensão, poucas vezes tive a oportunidade de me lavar.

— Ótimo — soltou satisfeito. — Vou entrar neste buraco e esperar por você lá embaixo.

Temerosa, dei uma espiada na fenda próxima a meus pés e não consegui enxergar absolutamente nada.

— É muito alto?

— Eu te seguro.

— Você não respondeu à minha pergunta — insisti.

— Não confia em mim? — tornou a indagar.

— Você é burro ou não presta atenção? — Uma vingancinha básica.

— Boa garota! — Ele tornou a sorrir, mas no instante seguinte me observou com profundidade, uma emoção insondável no olhar ardente.

Desviei o rosto.

— Acredite em mim, Nina. Eu sei que às vezes sou um pouco rude, mas tudo que faço é para te proteger.

Ele segurou meus ombros delicadamente, deixando seu rosto a poucos centímetros do meu. O calor que emanava de suas mãos fazia minha pele arder, minhas vísceras queimarem e, para piorar, não sabia para onde olhar. Tinha certeza de que, se o encarasse, estaria perdida de vez. Fechei os olhos, mas fui traída pelo meu olfato. Recém-saído do banho, Richard exalava um cheiro tão viril e tentador que era difícil me concentrar no que ele dizia. *Que sensação enlouquecedora era aquela que ele provocava em mim?*

— Nada de ruim vai te acontecer, Nina. Nunca mais — disse ele educadamente, puxando meu queixo com cuidado em sua direção. Tornei a abrir os olhos e o vi piscar de volta. Então ele se abaixou e, com a agilidade de um gato, saltou no buraco. Fiquei parada ali como uma boba, meu coração dando saltos triplos mortais carpados dentro do peito. Naquele momento eu seria capaz de pular de um precipício por ele.

Richard assoviou.

Você vai ser louca de pular, Nina? Vai cair de novo na conversa fiada dele, sua tola? Tapei os ouvidos à minha razão, respirei fundo e, antes que eu desistisse da ideia, saltei no vazio.

— Aaaai!

Mal deu tempo de berrar e ele já me tinha aprisionada em seus braços de aço. Eu não conseguia enxergar nada, tamanha a escuridão, mas, para ser sincera, eu nem queria. Sentir sua respiração quente invadir meus cabelos e seu corpo me envolver sem cerimônia era ainda mais enlouquecedor do que os calafrios que ele me provocava. *Calafrios? Interessante... Richard não me causou calafrios.*

Ele acariciou meu rosto e soltou um suspiro.

— Venha comigo.

Segurando seu braço e tateando as paredes de rochas na escuridão, fui seguindo seu passo lento e preciso.

— Pronto! — avisou empolgado assim que fez um contorno para a direita. — Chegamos.

Quando minha visão finalmente conseguiu se adaptar, fui tomada por um alívio seguido de fascinação. Um filete de água quente drenava por uma fenda vulcânica e formara um diminuto lago negro. A pouca claridade incidia diretamente nele e, somando-se ao vapor que emanava da água, refletia a luz de uma forma diferente, cintilante, como se houvesse purpurina espalhada pelo ar.

— Que lindo! — exclamei atônita com aquela visão inesperada no ambiente sombrio de Thron.

— Descobri este lugar por acaso, quando ainda era pequeno — explicou em um tom baixo. — Um dia, escorreguei e caí naquele buraco em que acabamos de pular, mas, como ainda não tinha altura para retornar à superfície, comecei a procurar pedras soltas que pudesse fazer de escada e acabei me deparando com esta maravilha. — Ele olhava para o lago com fascínio. — Desde então é meu abrigo secreto. O lugar para onde fujo quando quero ficar a sós comigo mesmo.

— Ninguém conhece?

— Só eu — murmurou sem me encarar. — E agora, você.

Comecei a queimar por dentro. Vindo dele, sabia que aquilo era quase uma confissão. *Não lhe dê ouvidos, Nina! É tudo mentira!*

— Nem a galega? — alfinetei.

— Não, Tesouro. Só você.

— E por que eu, Richard?

— Porque não quero que nenhum dos meus a veja *assim...* — sua voz baixa ficou repentinamente rouca. — Você poderia despertar curiosidades desnecessárias e... ser afetada pela presença dos nossos... não vou deixar nenhum zirquiniano lhe fazer mal, nunca mais.

Ele realmente pretendia cuidar de mim? Eu devia odiá-lo por tudo que me causou, por minha vida arruinada. Mas, ao mesmo tempo, essa era a sua função: ele era um resgatador de vidas. Eu não podia mudar os fatos; tinha que aceitar de uma vez por todas que Richard era diferente de mim.

— E quanto às minhas dúvidas?

— Não temos muito tempo — alertou de forma amistosa, arqueando as sobrancelhas e sentando-se no chão de cascalhos negros. Imitei-o, acomodando-me ao seu lado. — O que quer saber?

Ele estava sereno.

— Que bracelete é esse que todos usam?

Que perguntinha ridícula!

No fundo, eu sabia que estava ganhando tempo. Não queria estragar o clima com a minha enxurrada de acusações.

— O brasão de Thron.

Ele pareceu surpreso e igualmente aliviado com aquela pergunta imbecil.

— O seu é o único com essa faixa vermelha ao redor. É porque você é o resgatador principal?

Ele assentiu com um piscar de olhos.

— Por que a flor? Não tem nada a ver com Thron — continuei.

— Ninguém sabe por que Shakur o modificou. — Deu de ombros. — Dizem que o brasão era um vulcão lançando chamas, mas isso foi há muitos anos, antes de sofrer um terrível acidente — comentou pensativo. — Shakur não permite que falemos sobre o assunto. Acho que o afeta demais. Até hoje, parece sofrer pelo que aconteceu.

— Por isso ele é tão intolerante?

— Talvez. Tyron não foi muito tolerante com ele também, não acha? A morte teria sido um fim decente para um guerreiro notável como Shakur e não... — Ele parecia respirar com dificuldade. — Não ficar do jeito que ficou. — Richard me encarou sombrio e, inclinando-se para frente, abraçou os joelhos. Sua camisa levantou e evidenciou o ferimento recente na linha da cintura. O lanho que, sem intenção, acabei causando por tê-lo distraído durante seu treinamento. Senti um discreto mal-estar ao ver um líquido transparente sair do corte ainda aberto. Hesitante, passei os dedos delicadamente ao redor da ferida. Ele se enrijeceu com o meu contato.

— Desculpe por isso — balbuciei.

— Foi de raspão — ele respondeu em tom baixo, segurando um sorriso irônico. — É apenas mais uma para a minha coleção.

— Por que tantas cicatrizes, Richard?

Ele se empertigou e seu olhar tornou a ficar duro.

— Elas te assustam? — indagou de forma casual, mas pude sentir a preocupação contida nas entrelinhas.

Balancei a cabeça negativamente.

— Imprudência. Esse é o porquê delas. — Ele soltou o ar que estava prendendo. — Mas, para falar a verdade, aprendi muito com elas também. Hoje, essas cicatrizes servem como alerta de falhas passadas. Erros estúpidos que não pretendo mais cometer — comentou, olhando para as próprias mãos.

— Hoje de manhã, eu... — titubeei ao retornar ao assunto. — Eu tive medo que aquele Sthepan te matasse. Eu não queria causar aquela confusão, não queria que você perdesse a luta... E-eu sinto muito.

— Isso acabaria acontecendo algum dia. — Richard fitou o vazio, taciturno. — Talvez minha força esteja começando a falhar.

— Não, Rick. Não está. Fui eu que te distraí. — Aproximei-me um pouco mais. — Fiquei maravilhada em te ver lutar. Você é simplesmente... magnífico! — Sem olhar para mim, ele virou a palma de uma das mãos para cima e, mais rápido que uma pulsação, meus dedos já haviam sido atraídos para ela e infiltravam-se entre os dele.

— Não tenho mais tanta certeza. — Ele envolveu minha mão com vontade, fechou os olhos e suspirou. Richard era sempre tão petulante, irradiava tanta vida, que algo dentro de mim não gostou de vê-lo abatido. — Não sou mais quem costumava ser quando... — Ele parou e me fuzilou com suas pedras azul-turquesa abrasadoras. — Quando estou perto de você, Nina. E isso pode complicar tudo.

— Complicar o quê?

— Minha racionalidade. — Sua voz readquiriu o tom rude que eu não gostava. — Perto de você não sou capaz de lutar com o espírito livre. Meus adversários logo... — Ele engoliu em seco, semicerrou os olhos e eu entendi o que ele não conseguiu dizer.

— Logo eles se darão conta disso e me usarão contra você — murmurei, sem saber ao certo se me sentia feliz ou arrasada com aquela constatação.

Ele confirmou com um leve aceno de cabeça.

— Por isso não devem nos ver juntos. — Suas pupilas vacilaram um instante enquanto sepultava o assunto. O alerta era real. — Mais alguma pergunta? — indagou friamente, mudando o rumo da conversa e soltando a minha mão.

— Onde está Ben? — Eu sentia falta do ingênuo companheiro de Richard.

— Ainda em missão. Deve retornar com o grupo de Collin.

— Por que vocês lutam com espadas e recursos tão arcaicos se conhecem as sofisticadas armas da minha dimensão?

— Porque apesar de coexistirmos, nossas dimensões apresentam uma distância evolutiva muito grande. Vocês estão anos à nossa frente e a tendência é que essa diferença aumente ainda mais.

— Eu não entendo.

— Minha espécie sempre foi vil e destrutiva, Nina, e, para piorar, cada geração vinha mais cruel que a sua antecessora. Para conter a onda de caos e miséria que se espalhava por *Zyrk* e ameaçava aniquilá-la de vez, há muitos anos um grupo de magos se uniu e criou o chamado Grande Conselho. Com a participação dos líderes dos quatro clãs, esse conselho determinou regras rígidas para o acasalamento do nosso povo o que permitiu a melhoria dos exemplares zirquinianos. — Richard abriu um sorriso sardônico.

— E?

— O caos foi controlado com mão de ferro, mas tivemos que pagar um preço alto: passamos a reproduzir ainda menos — suspirou. — Assim, ano após ano, *Zyrk* tem um número de habitantes significativamente menor que o da segunda dimensão e, como se não bastasse, boa parte desse contingente ainda é de péssima qualidade. — Havia um misto de raiva e frustração naquela explicação. *Estaria ele falando daquelas pessoas assustadoras que nos abordaram na entrada de Thron?*

— Por isso a falta de interesse no progresso...

— Até há interesse, mas é muito pequeno, se comparado à sua espécie. Poucos cérebros úteis acabam sendo sinônimo de baixo desenvolvimento de um povo. — Ele arqueou as sobrancelhas e, após abrir um sorriso desanimado, piscou. — Mas o pior de tudo é ter que deixar minha moto...

— Por que você não a trouxe? Por que não trazem esses recursos da segunda dimensão para cá?

— Porque, apesar do contrário ser possível, nada da sua dimensão pode entrar em *Zyrk*. Nada, à exceção disso — delicadamente tocou o meu cordão. O contato de seus dedos em minha pele me fez arrepiar, mas era um arrepio bom. Ele percebeu e recuou, balançando a cabeça de um lado para outro.

— O que foi, Rick?

— *Zyrk* é muito perigosa para você. Mesmo em Thron, você não estará segura — ponderou melancólico. — Viu o que aconteceu lá no campo de treinamento? Terei que te vigiar o tempo todo e não sei como farei isso quando estiver em missão, eu... — Franziu as sobrancelhas. — Deixa pra lá.

Respirei fundo e finalmente tomei coragem para começar a sabatina que me interessava:

— Algum dia vou poder voltar para a minha dimensão?

— Viva, não — confessou cabisbaixo.

Engoli em seco.

— Você sabia que ia me abandonar naquela pousada do Saara?

— Sim. — Ele tinha a testa lotada de vincos e parecia empregar força descomunal para falar. — Nunca me arrependi tanto na vida, Nina. Eu sentia algo estranho crescer dentro de mim toda vez que precisava me afastar de você. Só tive a dimensão do tamanho dessa dor, dessa dependência que meu espírito sentia do seu à medida que os dias iam passando e a sensação dentro do meu peito crescendo, queimando, destruindo minhas certezas. Depois que a abandonei naquela pousada, dias depois, eu ainda lutava para não querer você, mas se tornou um combate impossível de vencer. As sete mil moedas de ouro em meu bolso perderam o valor e fiquei perambulando por *Zyrk*, perdido em meu próprio mundo. Até que tive a ideia de convencer Shakur da importância de tê-la aqui conosco.

Ele me pegou desarmada. Definitivamente, eu não estava preparada para aquele tipo de confissão.

— Shakur não suspeitou de nada?

— Pelo contrário. Ele até me surpreendeu aceitando de bom grado a proposta — respondeu Richard, piscando para mim. — Ele disse que, se eu conseguisse resgatá-la do grupo de John e a trouxesse viva para cá, ele me passaria o trono quando morresse. Mas me fez jurar que...

— Quê?

— Que eu jamais permitiria que John entregasse você a Kaller. Mesmo que eu tivesse que... te matar.

— Por quê?

— Estratégia e poderio, Nina. É assim que Thron se mantém forte nestes tempos difíceis. Fazer o adversário perder uma jogada pode ser tão ou mais interessante do que ter os dados na mão.

— Shakur não questionou o fato de você ter enganado Collin, seu próprio filho?

— Não. — Ele mordeu o lábio, provavelmente achando graça de algo que eu disse. — Não é assim que as coisas funcionam entre mim e Shakur. Somos muito objetivos, pragmáticos em nossas ações. Shakur sabe que não entro em campo para perder — concluiu e, tornando a ficar com semblante ilegível, virou-se para o lago à nossa frente. Seu olhar distante me fez vacilar. — Não posso negar que tal acordo mexeu com meu orgulho, minha vaidade. Afinal, mesmo sem ser o filho de Shakur, eu deixaria de ser o resgatador principal daqui para me transformar no líder de Thron. Mais do que isso, eu seria o zirquiniano que traria a híbrida para a terceira dimensão. Meu nome seria gravado com letras de ouro na história de *Zyrk* — travou e, após um instante de meditação, murmurou: — Mas no fundo eu sabia que estava me enganando.

— Não demonstrou isso quando me resgatou do grupo de Collin e entrou portal adentro comigo nesta dimensão — devolvi ácida porque ainda recordava com amargura de sua postura fria e do semblante sombrio no exato momento em que me resgatou.

— Tem razão. — Franziu a testa e soltou o ar aprisionado. — Naquele momento eu ainda estava em conflito. Por mais que lutasse contra e estivesse decidido de que era o certo a fazer, foi só eu botar os olhos em você que minhas certezas se desintegraram. Percebi que, querendo ou não, todas elas tinham sido um mar de desculpas para salvá-la, que eu estava desesperado e disposto a tudo para mantê-la viva.

Meu Deus! Ele estava se declarando ou seria outra jogada de mestre?

— Sinto muito por tudo o que te causei, Nina, mas não tive saída — continuou, resgatando-me do transe. — Ou trazia você para cá ou você acabaria sendo... eliminada.

— E agora? O que tem em mente para mim?

— Mantê-la viva e a salvo dos meus. Mas, antes, você precisa estar com sua força recuperada e, para isso, um banho virá bem a calhar.

— Eu me sinto bem e ainda tenho muitas perguntas — rebati agitada ao vê-lo se levantar.

— Depois. Senão vão acabar dando por sua falta. — Balançava a cabeça enquanto alongava o corpo. — É melhor começar a se banhar — acrescentou com a fisionomia marota. — Eu não vou bisbilhotar.

Arregalei os olhos e, constrangida, perdi o raciocínio e a respiração. *Ai, não. E agora?*

— Quer que eu saia? Posso voltar em vinte minutos, se assim preferir. — Ele não conseguia esconder o sorriso torto no rosto.

— Prefiro, mas não vai me largar aqui, vai? — Já imaginava um daqueles filmes de terror onde a pessoa é encontrada morta e com o corpo em decomposição semanas depois.

— Claro que não! Depois desse trabalho todo para manter você viva? — assinalou com ar brincalhão enquanto se afastava. — Ah! Às vezes aparecem algumas cobras na água. Cuidado.

— O quê?! — guinchei, mas ele já havia desaparecido.

Cobras? Na água? Calma, Nina! Você consegue. Você tem vinte minutos. Dezenove. Dezoito. Falava em voz alta tentando afastar o pavor que me invadia enquanto retirava o volumoso vestido. *Raios! Seria tão mais fácil tirar minha calça jeans e minha camiseta!*

Dando uma última checada para ver se Richard não me espiava de algum canto qualquer, deixei cair a última camada do vestido, que mais parecia uma anágua dos tempos da minha bisavó. Completamente desconfortável, apavorada e nua, entrei pé ante pé no lago. Contando o tempo e checando qualquer movimento ao meu redor, fui lentamente caminhando em direção ao fundo e deixando a água morna lavar cada cantinho do meu corpo. *Como eu precisava daquele banho!* Uma sensação de calma e prazer me invadiu e me deixei levar por ela. Pensei em todas as explicações que Richard me dera, na sua luta para me manter viva, e senti meu espírito regozijar-se. A sensação era de bem-estar, como se estivesse lavando a minha alma também. Ouvi um ruído fino em meio a um mergulho. Assustada, procurei ao meu redor, mas não havia nada. Nada que pudesse enxergar, pois o vapor que emanava da água dificultava a visualização da parte do meu corpo que se encontrava submersa. Recuperei a respiração e, quando tornei a mergulhar, senti algo gelado tocar minha pele. Forcei a visão e quase surtei. Uma cobra! Uma não, um batalhão delas! E quanto mais eu tentava me afastar ou enxotá-las, mais elas me cercavam por todos os lados. Em pânico, comecei a berrar a plenos pulmões:

— Socorro, Richard! Rick!

— Nina? O que houve? — Ele chegou correndo.

— Cobras! Tem cobras por todo lado! Faz alguma coisa!

— Venha para a margem! — ele comandou lá da beirada. A visibilidade piorou por causa da grande quantidade de vapor que subia pela agitação da água.

— Não dá! Elas estão me cercando!

— Vou ter que entrar! — berrou de volta.

— Não!!! — Fui trazida à realidade: eu estava nua. — Fica aí!

— Eu não posso ajudar de onde estou!

— Ai!

Avançando sem a menor cerimônia, elas começaram a deslizar sobre minha pele. *Meu Deus!*

— O que houve? Nina? Eu vou entrar e pronto! — rugiu e desabotoou a calça.

— O que você está fazendo? — chiei com os olhos arregalados.

— Tirando a roupa. Não posso sair daqui com ela molhada!

— Não! — protestei. Neste momento, algo horroroso aconteceu e desatei a chorar desesperada: uma das cobras se enrolou na minha perna esquerda, seguida por outras. — Ah, na minha perna, Rick! Socorro!

Ouvi um mergulho e braçadas na água. Comecei a me debater feito uma louca e, em pânico, mal me dei conta que Richard estava a poucos metros de distância e me observava com o olhar vidrado. Com a água no umbigo, minha única reação foi levar as mãos aos seios, escondendo-os desajeitadamente. Porém, as malditas cobras continuavam a subir na minha perna e eu me remexia sem parar.

— Shhh! — disse ele, aproximando-se muito lentamente. — Fique quieta, Tesouro.

— Eu não consigo!

— Consegue sim — repetiu em tom baixo e cada vez mais perto. Em meio ao vapor, ele surgia como uma visão espetacular e senti meu ar e meu raciocínio escapando por todos os poros do meu corpo. Suas cicatrizes avermelhadas pelo calor destacavam-se na musculatura perfeita de seu peitoral e eram tão hipnotizantes quanto assustadoras. — Shhh! Não se mexa — ordenou novamente com suavidade enquanto fazia movimentos na água a seu redor.

Obedeci, fechei os olhos e aguardei com o coração na garganta. A minha dúvida naquele momento era se meu coração estava à beira de um suicídio, jogando-se para fora da minha boca devido às cobras ou pelo fato de Richard estar completamente despido e a uma mínima distância do meu corpo nu. A água morna parecia ter triplicado de temperatura e eu estava fervendo por dentro. Senti o sangue pulsando alucinadamente em meus ouvidos e descobri que não sabia mais respirar.

— Calma, calma — ele tornou a comandar. Sua voz estava mais perto ainda. *Oh Deus!*

Quando reabri os olhos, as malditas cobras já haviam se afastado e nadavam em direção a Richard. Todas, exceto a nojenta insistente que continuava subindo pela minha coxa em espiral.

— Ainda tem uma na minha perna esquerda — choraminguei aflita, dando chutes na água na inútil tentativa de me ver livre dela.

— Não faça isso! — Richard alertou sério, e parei no mesmo instante. O olhar dele era como um pavio aceso, deixando em chamas o ar entre nós. — Fique quieta. Vou removê-la.

Removê-la? Como assim? Ele ia mergulhar e puxá-la? Mesmo com todo aquele vapor ao nosso redor, o que ele seria capaz de enxergar do meu corpo submerso? Aquele pensamento me deixou mais apavorada do que ter o desgraçado réptil gelado do outro mundo grudado na minha pele.

— Shhh. Não se mexa — pediu, aproximando-se vagarosamente.

Como se fosse preciso pedir isso! Eu já estava em estado de choque!

No instante seguinte Richard surgiu na minha frente, com água na cintura. As gotas d'água reluziam em seu peitoral, o cabelo molhado e jogado para trás deixava o rosto ainda mais perfeito. Constrangida e sentindo meu sangue já em ebulição, eu me vi apertando os seios, como se pudesse escondê-los um pouco mais. Praticamente não havia espaço entre nós e ele estava ali: nu, lindo e... deixa pra lá. *Cristo Deus! E agora?*

Pane. Eu implorei por algum comando interno, mas meu cérebro deixara uma placa de aviso: *Fora de Expediente.* Filho da mãe! Ele havia parado de funcionar e me deixado na mão num momento como aquele?

— Shhh — tornou a pedir. — Eu não vou mergulhar, se é isso que te preocupa — explicou com a fisionomia marota, parecendo adivinhar meus constrangedores pensamentos. Às vezes me perguntava se ele não era capaz disso.

O brilho de malícia estava de volta aos seus magníficos olhos azul-turquesa. Como um felino faminto diante da presa acuada, Richard estudava sua aproximação. Minha pulsação disparou e enrubesci furiosamente sob seu exame minucioso. Desconcertada, senti um tremor involuntário e, agarrado na garganta, meu coração decidiu me sufocar no momento em que ele segurou a minha cintura e, sem parar de me encarar, começou a abaixar e deslizar as mãos pela lateral do meu corpo. Lentamente elas percorreram minhas coxas até chegarem à panturrilha esquerda. Nova descarga elétrica. Agora eu não sabia mais o que estava sentindo: Calor? Frio? Vergonha? Medo? Desejo? Uma coisa era certa: o choque tinha sido tão violento, que até a maldita cobra acabou sendo eletrocutada e se desprendeu.

— Pronto, agora está a salvo — sussurrou ele à medida que lentamente se levantava, sem se afastar de mim. Suas mãos agora percorriam minhas costas.

— Mas não de você — balbuciei sem coragem de encará-lo.

— Com certeza. — Acariciando meu queixo, Richard elevou meu rosto e eu me tornei um fio desencapado na água. Quando dei por mim, estava me afogando em seus olhos e não sabia como reagir. — Ah, Tesouro! O que eu não faria por você? O que eu não daria para ter você só para mim — suspirou e, segurando meu rosto entre suas enormes mãos, encostou a testa na minha.

Minha alma tremeu num misto de alegria e profunda tristeza. Deveria estar feliz com aquela confissão, mas ambos sabíamos que não havia interseção entre nós. Um era o dia; o outro, a noite. Senti um nó se formar na boca do estômago e um sentimento de perda de algo que nunca tive me invadiu. *Ele gosta mesmo de você, Nina!*, afirmava uma voz tímida dentro de mim, pegando-me de surpresa.

— Rick?

Ele tornou a me olhar com profundidade.

— O que foi, Tesouro?

— Você jura que não está me enganando novamente? Promete que vai cuidar de mim?

Um sorriso estonteante surgiu em sua face e senti todo o ar se esvair dos meus pulmões. Ele não era apenas sexy, viril e amedrontador: sua beleza era de tirar o fôlego. *Respira, Nina!*

— Sempre. Eu juro pela minha vida, Tesouro.

— Você nunca mais vai me abandonar?

— Nunca. E também não deixarei que ninguém te faça mal. Eu prometo. — Sua voz saiu rouca e suas pupilas me surpreenderam. Ao invés de se contraírem, elas se dilataram, prova real da emoção que fluía. Senti a amargura e o rancor que eu ainda trazia guardados dentro de mim começarem a se dissolver em minhas veias e uma sensação de euforia preencher os espaços vazios.

Feliz, fui capaz de fazer o que eu jamais imaginaria: deixei meus braços escorregarem, caindo ao lado da minha cintura. Os olhos dele se arregalaram, a respiração acelerou no mesmo instante e Richard me abraçou. Nossos corpos se colaram, o relevo de suas cicatrizes deixaram marcas na minha pele. Nosso sentimento palpável no ar, como uma explosão de centelhas flamejantes. *Cristo! O que era aquilo que Richard gerava em mim? O que eram aquelas contrações enlouquecedoras que atingiam todos os músculos do meu corpo?* Cega de desejo, eu queria que ele afundasse seus lábios nos meus e me beijasse com fúria, mas Richard limitava-se a me abraçar com avidez, como se estivesse desesperado.

— Ah, Tesouro! O que você está fazendo comigo? — gemeu e tornou a me olhar, suas pupilas completamente verticais agora. Todas as partes do seu rosto ficaram comprimidas em profundas linhas de tensão e emoção.

Aproximei-me perigosamente, mas, com sutileza, ele desviou o rosto e tocou o dedo indicador em meus lábios úmidos de desejo.

— Não podemos, Nina. — Havia frustração evaporando de sua voz.
— Por favor — pedi.
— Não — rebateu taciturno.
— Rick, eu...
— Consegui uma graça e não vou me arriscar a perder você novamente, Tesouro.
— É só um beijo. E você já me beijou antes.
— Não. — Seu tom era afável, mas incisivo. Tremi. Ele percebeu e tornou a me abraçar, puxando-me no mesmo instante para o aconchego do seu peitoral. Com o queixo em minha cabeça, confessou algo que me deixou ainda mais atordoada: — Não é só um beijo, Nina. Quando beijei você lá naquele deserto, eu... — hesitou.
— Você?
— Eu ainda não sentia nem metade, nem um décimo do que eu sinto agora por você. E, quanto maior a reação que você gera em mim, maiores são os riscos de eu sugar sua energia vital, por menor que seja o contato, entende?
— Você quer dizer que quanto mais me desejar, maiores os riscos de me matar?
— Exato. — Richard contraiu o corpo por um instante. — Além do mais, você ainda está fraca. Sua energia não está completamente recuperada.
— Mas eu não tenho mais sentido fraqueza, calafrio ou tontura quando estou perto de você — argumentei.
— Não? — Seus olhos brilharam com intensidade por um instante, mas, mesmo assim, passando nervosamente as mãos pelo cabelo, ele travou o maxilar. — Nós não podemos ter nenhum contato maior e ponto final. Ninguém tocará em você. Ninguém! — Visivelmente agitado, Richard finalizou a conversa com rispidez: — Vamos. Daqui a pouco darão por sua falta.

Richard se soltou de mim e, desconcertada, tornei a me cobrir. Lançando-me um sorriso incompreensível, virou de costas, nu, e saiu em direção à margem. *Como alguém podia mudar de atitude tão bruscamente?*

— Pode me seguir. Não vou olhar para trás — soltou com descaso.

Onde estava todo aquele carinho de dois segundos atrás? Seria puro fingimento? Meu sangue tornou a ferver, só que de raiva.

— Ninguém vai tocar em mim? — berrei feroz, e ele estancou o passo, mantendo-se de costas. — Ah, entendi! — rosnei. — Eu sou o seu grande troféu, não é mesmo, Richard? Todos podem olhar e admirar, mas nunca tocar em sua conquista, certo? É assim que vou passar o resto da vida enquanto você vai curtindo noitadas com as suas amiguinhas zirquinianas!?! É isso que planeja pra mim?

Ele não respondeu e continuou parado, mas pelo movimento de subir e descer de suas costas, a respiração estava acelerada.

— Responda! — ordenei furiosa.

Permanecendo de costas, Richard girou ligeiramente a cabeça na minha direção. Pude captar a angústia deformando os traços do seu perfil irretocável.

— Sim, Nina. É o que tenho em mente — confessou e me fez perder o chão.

— Não! — meu rugido saiu fraco e senti a lâmina da amargura amputando meus melhores sentimentos. — Por quê? Você é louco ou sádico? Por que faz isso comigo?

— Vamos embora! — Ele tornou a vestir sua repugnante couraça de indiferença.

— Responda!!! — berrei, segurando as lágrimas.

Imóvel, ele não respondeu. Após um tempo que pareceu infinito, Richard finalmente se virou para me encarar. Mesmo distante e em meio ao vapor que nos rodeava, era possível enxergar a tensão em sua face.

— Porque sou um zirquiniano, Nina, e porque você nunca poderá me dar o que as zirquinianas podem — disse com um sorriso frio. — Então bebo, fecho os olhos e imagino que é você que está ali comigo. Guardo seu perfume em minhas lembranças e, quando as possuo, fantasio que é você quem está em meus braços e meu corpo sente algum prazer. — Ele franziu a testa como se estivesse sentindo dor e acrescentou num sussurro:

— Mas eu trocaria todas as noites da minha vida e todas as mulheres do mundo, desta ou da sua dimensão, se pudesse ter você inteiramente para mim. Eu daria minha vida para que você fosse realmente minha, nem que fosse por uma única vez.

Meu queixo desabou. Aquela confissão me fez perder o chão. Richard tinha o peculiar dom de destruir todas as minhas certezas.

— Mas, como eu já disse antes — ele esfregou as mãos no rosto molhado e continuou com a voz restaurada e mordaz —, não vou mais arriscar sua vida e sou egoísta demais para abrir mão de você. Sinto muito.

Em outras palavras: pouco importava o sentimento que ele dizia ter por mim. Querendo ou não, eu seria sua prisioneira intocada para o resto da vida.

— Anda logo! — ordenou e recomeçou sua caminhada com passadas firmes em direção às roupas.

Eu o segui, mas notei que *elas* também me...

— Ah, não! — gemi logo atrás.

— São inofensivas — gargalhou ao confessar a farsa. Ele ainda não olhava para mim. — Só captam o movimento. Assim que você ficar imóvel, elas se afastarão.

— O quê?!

O que acabava de acontecer fora apenas uma encenação? Um joguinho para ele vir até mim e tirar uma casquinha?

— Você não vale nada! Você queria era ver meu corpo nu, seu cretino! — esbravejei irada.

— Eu não precisaria de artifícios, Tesouro — comentou com displicência ao alcançar a margem do lago. Antes de recolher as roupas no chão, sacudiu o corpo molhado sem o menor constrangimento.

— O que você quer dizer com isso? — indaguei confusa.

Sem que eu pudesse esperar, ele virou o corpo desnudo para mim e, exibido, abriu os braços e um sorriso cafajeste. Desviei o olhar, consumida pela ira e pela vergonha.

— Pode olhar. Não tem problema — soltou implicante. Permaneci de cabeça baixa. — Porém — ele continuou impertinente —, não posso negar que foi ótimo relembrar alguns detalhes do seu corpo. Podem me ajudar na hora H.

— "Relembrar?" — retruquei, mas ainda não tinha coragem de levantar a cabeça.

— Já pode olhar. — Ele soltou outra gargalhada endiabrada. — Vou esperar você na entrada do túnel. Quando acabar de se vestir, é só chamar.

Idiota!

Aguardei um pouco e, por fim, olhei. Richard não estava mais lá. *Ótimo!* Seguida pelas malditas cobras, trotei até a margem e, bufando, recoloquei o vestido. Não chamei por ele, como o cretino esperava. Pelo contrário, fui ao seu encontro, tateando pelas paredes do escuro corredor, e acabei trombando nele. Pelo visto, ele já havia notado minha aproximação, mas se fez de morto para me testar e ver até onde eu conseguiria ir.

— Muito bem — parabenizou-me e segurou meu braço. Era irritante o tom debochado de sua voz. — Da próxima vez, você pode vir sozinha.

— Não haverá uma próxima vez — disparei, desejando me livrar logo dele, mas não enxergava absolutamente nada e sabia que precisava de Richard para me conduzir até a saída. O medo e a claustrofobia falaram mais alto.

— Não? — Ele ria.

— Não voltarei aqui — rosnei. — Prefiro tomar banho com os outros a ficar a sós com você novamente.

Ele ficou mudo e senti seus dedos afundando em minha pele. Sem enxergá-lo, de repente notei sua respiração bem próxima à minha orelha direita, as mãos afastando os cabelos molhados do meu pescoço.

— Não. Você sabe que não prefere — sussurrou com a voz entrecortada e ameaçadora. — Vamos embora. Já demoramos demais.

Ele me tirou rapidamente dali e, muito sério, levou-me até o meu aposento sem pronunciar uma única palavra.

— Descanse, mas antes enxugue bem o cabelo — ordenou. — O ambiente em Thron é muito úmido e não quero que você se resfrie.

— Boa ideia! — debochei. — Adoeço, morro, e me livro logo de você e desse lugar horroroso! — trovejei e bati a porta do quarto na cara dele.

CAPÍTULO
6

Aquela nova discussão com Richard havia me desgastado mais do que eu poderia imaginar. Sentindo-me exausta, aproveitei a escuridão do lugar, afundei na cama e acabei dormindo do jeito que estava. Acordei tossindo, com o som de música e berros animados. Era bom despertar sem nenhuma serviçal voando em cima de mim, sem me dar a chance de ao menos terminar de abrir os olhos em paz. Com calma, pude observar pela primeira vez o quarto em que estava. Mas não havia no que reparar. Era vazio e triste. Alguém estivera por ali, pois as duas tochas presas entre as rugosidades da parede vulcânica se encontravam acesas. Iluminavam o lúgubre ambiente e davam destaque a um vestido semelhante ao que eu usava. Ele estava pendurado próximo a uma bancada talhada na mesma pedra negra que a cama. Um banquinho de madeira jazia sozinho em uma das paredes. E mais nada. Sem cor, sem vida.

Por que eu encontraria vida no lar das Mortes?

Enquanto eu me vestia, algo me chamou a atenção: a porta do quarto anexo estava apenas encostada. O quarto de Shakur! Recordei-me imediatamente das palavras ameaçadoras de Mogy, sobre o risco que estaria correndo se tentasse entrar no aposento do líder, mas não consegui segurar a curiosidade que me empurrava naquela direção. Eu precisava saber um pouco mais sobre aquele lugar e sobre as pessoas que me faziam prisioneira.

Controlando o peso de meus pés, fui me aproximando da única comunicação que separava nossos aposentos. Tentei espiar pela pequena abertura, mas foi impossível pela pouca claridade. Abri a porta lentamente e, como imaginei, não detectei sinal de vida lá dentro. Shakur devia estar na festa. Pisando em ovos, entrei no santuário do misterioso líder. Para minha decepção, não havia nada, ou melhor, nada de mais. O aposento tinha dois níveis e era bem maior que o meu, mas igualmente vazio e triste. Como em toda Thron, os móveis eram esculpidos naquele mesmo tipo de rocha negra. Talvez por isso um conjunto de mesa e cadeira de mogno destacava-se. A cadeira tinha o estofamento de veludo vinho, algo bem comum para a minha dimensão. Senti um aperto no peito quando avistei um pequeno vaso de cristal com água pela metade reinando sobre a mesa. Ele se parecia muito com o predileto de minha mãe e que, num acesso de travessura, quebrei quando era pequena. Mas não era só o vaso... Um odor familiar preenchia o ambiente e invadia minha memória. *Por quê? Eu o conhecia?* Disposta a identificar a procedência, comecei a subir os degraus em direção ao segundo nível quando meu coração veio à boca. Batidas aceleradas vibravam na porta.

— Majestade, acorde! É urgente! — sussurrava a voz desconhecida do lado de fora. Num misto de pavor e atordoamento, consegui captar um muxoxo e, em seguida, passos arrastados.

Cristo! Shakur estava ali!

Demorou alguns segundos até minhas pernas decidirem acordar do susto e me permitirem correr em direção ao meu quarto.

— Oh, não! — murmurei em pânico ao esbarrar na mesa de mogno e ver o vaso de cristal rodopiar no ar, escapando de minhas mãos. Lancei-me sobre o objeto em queda e, por um golpe de sorte, enfiei meus dedos de qualquer maneira dentro dele. Apesar de impedir que se espatifasse a poucos centímetros de alcançar o piso de pedra, uma boa quantidade de água esparramou por minhas pernas e pelo chão.

Novas batidas na porta. Os passos que vinham do segundo nível estavam próximos. Equilibrando o vaso de cristal perigosamente entre dois dedos, mal conseguia respirar e controlar o tremor frenético em meu corpo. Recoloquei o objeto de qualquer maneira sobre a mesa e saí dali correndo, encostando a porta atrás de mim. Tomada por uma nova descarga de adrenalina e alívio, senti minhas pernas ganharem consistência de gelatina e deixei meu corpo tombar, escorregando sem forças até o chão. Mesmo respirando com dificuldade, não deu para ficar alheia ao tenso diálogo no aposento do líder e resolvi espiar pela minúscula abertura.

— Espero que tenha um bom motivo para interromper meu descanso, soldado — ameaçou Shakur ao abrir a porta.

O quarto do líder permanecia na penumbra e a única claridade era proveniente do corredor em que o soldado estava. Com muito esforço, consegui identificar a silhueta de Shakur de costas para mim. Ele trajava uma capa negra com capuz.

— E t-tenho, senhor. — Tropeçando nas palavras, o sujeito deixava claro seu estado de tensão. — Von der Hess!

— O que tem ele?

— Mandou um mensageiro avisar que, caso concorde, virá para Thron durante a madrugada.

— Como é que é?! — trovejou Shakur. — Que maluquice é essa?

— Sim, meu senhor — continuou o homem com a voz sobressaltada. — O mago de Marmon disse que tem uma proposta irrecusável para lhe fazer.

Shakur soltou uma gargalhada estrondosa.

— Essa é a melhor piada de todos os tempos! Quem aquele crápula pensa que sou para cair num truque barato como esse?

— Ele disse que o senhor não vai se arrepender.

— Pois relembre Von der Hess que quem dá as cartas do jogo sou eu. Aliás, diga-lhe que a partida já acabou e eu ganhei. Eu tenho a híbrida! — bradou.

— Mas, Shakur, ele...

— Vá e faça o que digo, soldado! Avise-o de que será um homem morto se teimar em aparecer aqui.

— É que... — insistia o mensageiro, temeroso.

— Você está passando dos limites, soldado. É melhor parar se quiser continuar respirando.

— Tome isso, senhor.

Detectei a silhueta do pobre coitado estendendo-lhe o que parecia ser um pequeno embrulho.

— O que é? — indagou Shakur desconfiado.

— Von der Hess mandou dizer que o senhor entenderia quando abrisse. Que ele não seria louco de tentar enganá-lo em seu próprio território, senhor.

— Sei — matutou o líder, manuseando o objeto. Após um longo momento, resolveu ceder à curiosidade e abriu o embrulho. — Por Tyron! — Shakur soltou um gemido e cambaleou para trás, amparando-se em uma pilastra de pedra. — Não pode ser!

— Vossa Majestade está bem? — perguntou aflito o subalterno, aproximando-se na intenção de ajudar o líder. A porta se abriu um pouco mais e a claridade do corredor foi suficiente para atingir a parte exposta do rosto de Shakur. Pude perceber o assombro em sua face com a visualização do tal conteúdo.

— Fique exatamente onde está! — alertou Shakur com a voz rouca. Demorou alguns minutos até ele se recompor. — O mensageiro veio com escolta?

— Não, senhor.

Shakur andava de um lado para outro com as mãos na cabeça.

— Leve-o para a saleta de comando do subterrâneo.

— Do subterrâneo? — indagou o sujeito espantado. — Mas aquela sala não é usada há...

— Faça o que eu digo! — rugiu nervoso.

— Sim, meu senhor. — E o soldado se retirou.

Shakur permaneceu imóvel por alguns minutos. Com a testa encostada na pilastra, sua silhueta de perfil parecia tensa. Levantou a cabeça num rompante e tive a impressão de que virou o rosto mascarado na minha direção. *Droga!* Levantei-me como um raio do chão e me lancei de qualquer maneira na cama. Joguei uma manta sobre o corpo e fechei os olhos, fingindo dormir. Logo a seguir ouvi sons graves e intermitentes. Soluços. Depois ruídos cortantes de vidro sendo estilhaçado e de objetos se chocando no chão. *O que estava acontecendo, afinal?*

De repente um barulho de porta sendo aberta e meu coração deu um pulo. Mantive os olhos fechados e, agoniada, mordi as bochechas visando segurar a tosse que ameaçava recomeçar. Passos se aproximaram de mim. Eu suava. Minha garganta coçava absurdamente e um desejo desesperador de tossir me torturava. Quem quer que fosse já estava bem próximo e eu não ia aguentar mais...

— Híbrida? — A voz interrogativa de Tori foi o empurrão que o ar em minha garganta esperava para se liberar. — Você está se sentindo mal?

— S-sim — respondi aliviada num acesso de tosse. — Um pouco.

— Você dormiu com o cabelo molhado? Não devia ter feito isso aqui em Thron! — exclamou ela. — Vamos. Está na hora de se alimentar.

Tori tinha algum tipo de neura com a questão alimentar.

— Por favor, Tori. Preciso descansar um pouco mais antes de ir — menti.

Na verdade eu precisava era de um pouco de tempo para respirar e drenar a adrenalina de meus nervos em frangalhos.

— Tudo bem — rebateu ela sem parar de me estudar. — Mas, se demorar, venho aqui buscar você.

Tossindo, assenti com a cabeça e ela se foi. Demorei algum tempo antes de me dirigir para o grande salão. Atordoada com o que acabara de acontecer, fiquei tentando reconhecer aquela fragrância que mexeu comigo e decifrar a estranha conversa de Shakur com o soldado. *Por que ele estava tão horrorizado com o fato de esse Von der Hess vir de madrugada a Thron? E, principalmente, qual seria o conteúdo daquele embrulho que lhe tirou a cor e a razão?*

Quando cheguei à festa, não havia sinal de Shakur. Richard e Sthepan estavam sentados à mesa do líder e bebiam animadamente, ambos com uma mulher a tiracolo. Fui andando até eles.

— A híbrida está com a aparência melhor — comentou a garota no colo de Richard.

— Ela está muito atraente. Acho que vou pegá-la para uma dança — disse Sthepan, começando a se levantar.

— Fique onde está — Richard ordenou com voz cortante.

— Ela não te pertence — rebateu Sthepan, e vi suas pupilas trepidarem por um momento.

— Vejo que a vitória de hoje cedo trouxe muita confiança, não? — Richard o indagou com o olhar ameaçador, empurrando a garota para o lado e se levantando. — Como se atreve a me desobedecer?

— Parado, Rick! — trovejou Shakur e Richard congelou. O líder acabava de chegar e tinha a metade visível de sua face lotada de vincos. Ele exibia uma fisionomia diferente: parecia transtornada, como um animal acuado. *Seria por causa da conversa misteriosa que presenciei?* — O que é que está havendo aqui?

— Nada, senhor — respondeu Richard com a cabeça baixa.

— Tragam mais Necwar para ele e para mim. Agora! — Havia urgência no tom de voz de Shakur. — Eu soube de sua vitória nos treinos e estou impressionado, Sthepan. Se ela quiser, você tem minha autorização para a dança — comentou o líder com a voz fria. Richard travou o maxilar e cerrou os punhos.

— A senhorita me daria o prazer da dança, híbrida? — perguntou Sthepan animado, sem hesitar um segundo sequer.

A fisionomia feroz de Richard me fez vacilar e, sob tensão, desatei a tossir. Uma tosse compulsiva e forte.

— Que tosse horrorosa! — soltou enojada a garota de cabelos longos e encaracolados que estava até então sentada ao lado de Sthepan.

— Tome um pouco disto. — Richard se aproximou sob o pretexto de me dar um copo e aproveitou para sussurrar uma bronca em meu ouvido: — Você está gripada. Não enxugou o cabelo conforme mandei, não foi?

Quem ele pensava que era para mandar em mim? Meu pai? Meu dono?

— Sim — respondi para o tal Sthepan, estendendo-lhe a mão e evitando olhar diretamente para Richard, mas, pelo canto do olho, vi que ele franzia o cenho e, a contragosto, recuava para dar passagem ao colega.

Quando o garoto pegou minha mão, senti uma leve indisposição. Mal acabamos de descer as escadas que davam para o grande salão, o mal-estar se acentuou de forma vertiginosa. Uma confusão generalizada, copos quebrando, berros nervosos e xingamentos pararam a música e a animação da festa. Novos uivos de cólera rasgaram o ar. Meu corpo respondeu com um acesso de tosse e um terrível e familiar calafrio passeou pelas minhas entranhas.

Collin.

Abrindo passagem à força pelo salão, ele acabava de chegar seguido de perto pelo insuportável Igor e seu grupo de assassinos inescrupulosos. Se em condições normais ele já era uma figura repugnante, consumido pelo ódio conseguia ficar ainda pior.

— Eu vou matar o cretino! — ele rugiu caminhando acelerado em direção a Richard, mas congelou no meio do salão quando me viu.

Derrubando a cadeira e quase tão rápido como um raio, Richard disparou pela escadaria, mas travou no meio do caminho ao ver que Collin empurrara Sthepan com violência, fazendo-me prisioneira.

— Que merda de festa é essa, hein? — berrou Collin, agarrando-me com agressividade.

A fisionomia de Richard transitou do branco gélido ao vermelho incandescente. Sem pronunciar uma só palavra, ele encarava Collin com ferocidade.

— Solte a híbrida — ordenou secamente Shakur.

— Diga que é mentira, pai! Diga que você não fez o que chegou aos meus ouvidos!

— Não sei do que você está falando, mas faço o que eu quiser com o que é meu! — rebateu o líder.

— Você passará o trono de Thron para Richard? — gritou descompensado. — Diga que é mentira, pai!

Um silêncio ensurdecedor inundou o salão. O ar estava tão paralisado quanto as pessoas.

— É a mais pura verdade — respondeu o líder com o tom de voz inalterado.

— Mas EU sou seu filho, não ele!

— Você não fez por merecer, Collin. Um reino precisa de um líder, de um líder forte, e você está longe disso.

— Não! Você não pode fazer isso! Eu sou seu filho! Eu tenho o seu sangue!

— Posso e já fiz. Solte a híbrida — comandou Shakur ao longe.

— Quero o que me pertence por direito! — Agitado, ele enfiou as unhas em mim. Gemi, não pela força de suas garras na minha pele, mas pela estranha fraqueza que se espalhou pelo meu corpo.

— Obedeça — Richard rosnou. Sua fisionomia estava mais assustadora que a de Collin, as pupilas tremiam alucinadamente. — Você não escutou a ordem de Shakur?

Collin me puxou, abraçando-me por trás. A fraqueza se transformou em tontura e senti minhas forças sendo drenadas com velocidade. A tosse não dava trégua e minha visão começava a falhar. O estúpido estava sugando a minha energia de propósito.

— Não vou avisar uma segunda vez — Richard o ameaçou com as pupilas verticais. Estudando os próprios passos, ele começou a caminhar lentamente ao nosso encontro.

De repente Collin abaixou a cabeça em direção ao meu pescoço, como se esboçando um abraço apaixonado, e sussurrou em meu ouvido, o veneno se desprendendo de sua voz asquerosa:

— Agora você vai saber quem Richard realmente é, otária!

O que ele queria dizer com aquilo? Mesmo zonza, consegui captar a fisionomia modificada de Collin quando ele tornou a levantar a cabeça.

— Lutei pelo senhor, pai — continuou o dissimulado Collin, olhar triste e fisionomia submissa. — Fiz tudo que sempre me pediu e é assim que o senhor me recompensa?

O que estava acontecendo, afinal de contas?

— Você precisa descansar, Collin — respondeu Shakur após hesitar por um breve momento.

— Por favor, pai. Conceda-me um pedido então — implorou ele, virando-se para mim e ficando parcialmente de costas para o líder.

Cada vez mais fraca, minha visão capturava a cena em pedaços: Richard se aproximando e prestes a dar o bote, o murmurinho de tensão e excitação das pessoas, Collin enfrentando Richard com o olhar enquanto permanecia de costas para que Shakur não captasse o sorriso traiçoeiro em sua face.

— Diga logo! O que você quer, afinal? — bradou o líder, agitado e impaciente. Aquela pessoa mascarada parecia outro Shakur. Pensando bem, talvez este fosse o verdadeiro Shakur. Explicaria o motivo de ser tão temido.

— A híbrida! — Collin berrou para que todos o escutassem.

Tudo que captei foi Richard congelar e um *Ohhh!* generalizado ecoar pelo salão.

— O quê?! — balbuciou Shakur, ameaçando se levantar do trono.

— Eu me apaixonei por ela, pai. E ela por mim. Pode perguntar aos meus homens.

— É verdade, senhor. — O mentiroso do Igor entrou em defesa de Collin.

— Ela estaria comigo se não fosse por Richard ter trapaceado e a roubado de mim.

Collin continuava me apertando em seu abraço mortal. Minha tosse piorava.

— É mentira! — Richard rugiu e ameaçou partir para cima dele.

— Fique onde está! — O comando de Shakur foi enérgico. Ele parecia atordoado e esfregava a máscara num estranho cacoete.

— É a pura verdade, meu pai — Collin insistia na cena. — Pode perguntar a ela. — Ele continuava me abraçando com força. A tosse agora era tanta que meus pulmões doíam e eu mal conseguia permanecer de pé, muito menos falar.

— Isso é loucura! Ele está enfraquecendo a híbrida! — A voz de Richard tinha perdido sua força característica. *O que havia de incomum nela? Medo?*

Shakur parecia estudar as reações de cada um de nós.

— O senhor concedeu Thron, o maior dos tesouros, a ele. — Collin foi rápido e não deu tempo para que o líder pudesse pensar. — Por que não pode dar a híbrida para mim, seu filho?

— Collin, não ouse me ludibriar! — A voz do líder saiu cortante enquanto esfregava a máscara repetidamente.

— Eu jamais enganaria o senhor, meu pai. Eu gosto dela.

Silêncio e apreensão no ar. O líder balançava a cabeça de um lado para outro, transitando seu olhar de Collin para Richard.

— Pois bem. Ela será sua — determinou impaciente.

— Não! — Richard clamou. — Você não pode fazer isso, Shakur!

— Posso e farei, assim como lhe darei o trono de Thron — trovejou o líder, batendo com o punho fechado no braço da cadeira. De repente, Shakur fechou os olhos e levou uma das mãos à boca.

— Você só pode estar de brincadeira! Ele vai mat... — Richard tentou argumentar, comprimindo a cabeça entre as mãos.

— Cale-se! O que deu em você para falar assim comigo, resgatador? — rugiu Shakur, reabrindo os olhos. Ele tragou uma boa quantidade de ar antes de voltar a falar. — Collin não seria louco de cometer tamanha estupidez. Se ele fizer isso, eu mesmo acabo com ele.

A meu lado, Collin assistia àquela discussão salivando prazerosamente. Sem praticamente mexer os lábios, tornou a sussurrar para que somente eu o escutasse:

— Agora é a hora do golpe final.

Gelei. O que ele ia fazer?

— Eu proponho uma troca, Rick — gritou Collin para que todos o ouvissem. — Você tem a opção de escolha.

Richard o encarou e Collin abriu um sorriso desafiador.

— A híbrida pelo trono de Thron! — disparou em alto e bom som.

Richard perdeu a cor e deu um passo para trás.

Xeque-mate!

A sensação era de que a cena havia sido congelada abruptamente. Paralisadas, era possível escutar os batimentos cardíacos de cada uma das pessoas que se encontravam naquele salão.

— O que acha, pai? — indagou Collin sob o olhar atordoado de Richard.

— É justo. — A resposta do líder surgiu inesperadamente baixa e distante. Ele parecia estar em outro lugar, como num transe. *Céus! O que estava acontecendo?* — Richard, por você ser o resgatador principal deste clã, concedo-lhe o direito de escolha: Thron ou a híbrida? — Shakur envergou os lábios num sorriso desconfiado.

— Eu... — Richard não conseguiu completar a frase e sua pausa me deu tempo de asfixiar-me com o pavor que grudava na minha garganta. Suas pupilas ficaram mais finas que um fio de cabelo quando ele olhou ao redor e se deparou com os rostos cheios de expectativa dos thronianos. Então seus ombros tombaram e o sangue abandonou-lhe a face. Ele ainda olhou uma última vez para mim e me deparei com um semblante perdido, os olhos sem brilho. Fraca, ainda consegui encará-lo com um misto de ansiedade e esperança, mas tudo o que vi foi ele engolindo em seco e as gemas azul-turquesa se turvando até o momento em que se desviaram de mim. Eu havia entendido tudo e conhecia a resposta antes mesmo que ela saísse de sua boca: — Thron! — respondeu rouco e senti o fogo da traição me queimar viva.

Os thronianos bateram os pés no chão com estrondo e gritaram de alegria, aliviados com a escolha de Richard. O murmurinho retornara com força total. Collin fechou a cara e, xingando baixinho, tornou a afundar os dedos em minha carne.

— Você fez a escolha certa, rapaz. Como sempre — concluiu o líder com semblante ilegível. Richard esboçou um sorriso frio em retorno.

— Posso matar as saudades dela hoje, pai? — perguntou Collin com tom de voz provocativo.

Shakur olhou o brasão em seu pulso e abriu um sorriso mordaz.

CAPÍTULO 7

— **Dou-lhe três tempos** após o sol do oeste — determinou o líder.

O que aquilo significava?

— Tome muito cuidado, porque ela não está completamente recuperada. Quando acabar de "matar a saudade" — disse o líder com a voz arrastada —, leve-a de volta ao aposento anexo ao meu.

— Sim, meu pai — Collin respondeu sem tirar o olhar de Richard.

— Rick, vá beber — ordenou Shakur ao se retirar. — Se arrumar alguma confusão, ficará preso por trinta luas, tempo suficiente para acalmar os nervos. Passarei a ordem ao batalhão.

A fraqueza que avançava pelo meu corpo se transformou em tristeza, dor. Richard novamente mentiu quando disse que cuidaria de mim, e, como era de esperar, havia desistido de mim mais uma vez. Collin sabia quem ele era e fez questão de me mostrar. O próprio

Richard me alertara diversas vezes que eu poderia não gostar do que descobriria quando o conhecesse de fato. Mais do que egoísta, ele era ambicioso ao extremo. Recordei-me imediatamente das palavras de Ben: "Richard sempre colocou Thron em primeiro lugar..." Novamente caí como uma tola naquela história de que ele me protegeria e que daria a vida por mim. Ele jamais faria isso porque, no final das contas, ele era a minha Morte.

— Amarre a híbrida — ordenou Collin assim que Shakur saiu. Igor prendeu minhas mãos com uma corda. A festa retornara como se nada tivesse acontecido e as pessoas bebiam animadas. — Venha! — Collin me puxou pelo cotovelo e fez questão de passar comigo diante de Richard. — Isso é para você aprender a não mexer com quem não deve — recomeçou, debochado, passando o dedo imundo em meus lábios. Meu corpo estava anestesiado, todas as emoções esfaceladas. Richard não ousou encará-lo e caminhou em direção à mesa de Shakur. Num único gole, despejou uma caneca inteira de Necwar garganta adentro.

— Por que você está assim? — Collin implicava com o adversário. — Não está satisfeito com a troca? Acha que eu não percebi seu interesse nela?

— Some da minha frente antes que eu divida seu crânio em dois — ameaçou Richard sem olhar para nós e entornando outra caneca.

— Você não tentaria isso hoje. Papai não vai gostar. — Collin o provocava de perto e Richard bebia sem parar. — Ah! Quando a híbrida começar a gemer, lembre-se de que quem vai matar a fome sou eu e que você vai continuar sem a sua... Qual era a palavra mesmo? Ah! Lembrei... "Merenda"! — soltou displicentemente. — Quem vai ficar de barriga vazia será você e não eu. Ou você acha que eu ia vender barato o incidente naquela vila?

— Eu. Vou. Te. Matar.

— Só depois que meu paizinho partir, do contrário você vai perder aquilo pelo qual vem sonhando desde o dia em que pôs os pés aqui, não é? — rosnou. — Não adianta disfarçar. Todos sabem o quanto você quer o trono de Thron, o quanto esperou por esse momento.

Bebendo sem parar, Richard reagia de modo desencontrado.

— Eu. Vou. Te. Matar — repetiu, agarrando-o pela gola da camisa. Igor veio em defesa de Collin.

— Rick, não! — Morris o puxava preocupado. — Shakur não estava de brincadeira, homem!

— Acha que pode ter tudo? — Collin não dava trégua.

— Suas luas estão contadas, Collin — ameaçou Richard antes de soltá-lo.

— Sim. Mas serão muitas e, como você mesmo costuma dizer, muita coisa pode acontecer até lá, tipo, por exemplo, desfrutar das sensações que só uma híbrida pode me proporcionar — desafiando-o, Collin foi descendo o dedo lentamente até o decote do meu vestido. Tornei a ficar tonta com aquele contato. Richard deu um passo para frente e estancou, o azul em seus olhos estava cada vez mais escuro. — Isso mesmo. Não se atreva a se aproximar — acrescentou Collin, em tom implicante. — Agora me deixe em paz porque pretendo beber. E muito. Estou sedento para descobrir o que a híbrida pode me fazer sentir — comentou debochado enquanto deslizava a mão nojenta pelas minhas costas. — Ainda hoje.

Richard lançou um sorriso mordaz para Collin e, sem olhar uma vez sequer para mim, retirou-se a passos largos dali. Eu não conseguia entender o turbilhão de emoções que chacoalhava em meu peito. Decepção, compreensão, confusão. Por que Richard abriria mão da coroa de Thron? O que ele poderia esperar de mim, de nós? Absolutamente nada. E, nesse ponto, eu me permitia entender suas razões, mas, por outro lado, não conseguia anular a ácida decepção que desintegrava cada célula de esperança do meu coração. Somado a isso, um sentimento de revolta crescia como uma erva daninha em minha mente, contrapondo-se ao estado de submissão em que me encontrava desde o momento em que me vi refém das mãos de Richard e de todos os demais zirquinianos. Shakur não era meu dono para dispor de mim como bem entendesse. Muito menos Collin. Eu podia sentir a revolta expandindo-se dentro de mim e uma sensação de poder se espalhando por cada fibra, cada tecido do meu corpo. Como se aquela certeza fosse o combustível que meu espírito aguardava para voltar a funcionar. Estava decidido: eu ia fugir dali e recuperar a minha dignidade! Tinha de haver um meio de me livrar dele, por bem ou por mal. Não havia mais medo em minha alma e eu sabia que não tinha mais nada a perder.

Collin ficou ali bebendo por um longo tempo. Com os reflexos lentos devido ao efeito do Necwar, ele finalmente se levantou e, agarrando-me com força, conduziu-me por corredores desconhecidos. O chão de pedras era um obstáculo a mais para as passadas incertas de um bêbado e, por diversas vezes, quase caímos. Irritado, ele descontava em mim a raiva pelos tropeços e a frustração de ter perdido o trono de Thron. Intercalando xingamentos, empurrões e ameaças, ele foi me levando em direção a uma área ainda mais sombria do castelo.

— É aqui que você vai pagar pelas suas gracinhas, híbrida — confessou desajeitado, enquanto procurava as chaves em seu bolso. — Não me esqueci do que você aprontou comigo.

— Não tenho medo de você — enfrentei-o.

— Ah, não? — Ele ergueu as sobrancelhas. Sacudindo animadamente o molho de chaves, desabotoou a calça comprida e afastando-a da cintura, jogou-o lá dentro. — Pega, híbrida.

Engasguei e logo a seguir pensei ter escutado um ruído externo. Olhei para os lados, mas não havia ninguém.

— Minhas mãos estão presas — respondi com os dentes trincados.

— Há outras formas. — Collin estampava um sorrisinho podre. — Pega — tornou a ordenar e encarou as próprias calças.

Tentei disfarçar o horror em minha face, respirei fundo e não me fiz de rogada. Um pensamento me invadiu: quem sabe não conseguiria fincar uma chave nele, assim como fiz com a caneta naquele Alec? Mas a resposta veio de imediato: não havia Richard para me defender. Nem John. Não havia ninguém. E, mesmo que conseguisse escapar dele, como fugiria de Thron? Como passaria por aquela área de mendigos e por sua muralha fechada?

Enfiei as mãos amarradas dentro da calça dele e, tateando entre sua cueca e suas coxas, consegui pescar as malditas chaves.

— Não era bem o que esperava, mas... gostei — ele mordiscou o lábio inferior. Os cabelos oleosos e caídos sobre os olhos davam-lhe um aspecto asqueroso e ameaçador. — Agora abra a porta, híbrida.

— Desajeitada, obedeci. — Vai logo! — ele resmungou, empurrando-me para dentro do aposento.

Quando dei por mim, ele trancava a porta e guardava as chaves em seu bolso. O quarto era amplo e escuro, como tudo por ali. Quando Collin riscou duas pedras e acendeu uma tocha, avistei uma cama feita de estrutura de rocha em uma das paredes e um estrado de madeira na parede oposta. Sobre o estrado havia diversas espadas, punhais, cordas e escudos perfeitamente arrumados, o que contrastava com a cama, uma completa bagunça. Lençóis e mantas amarrotados encontravam-se amontoados numa pilha de roupas sujas e jogadas de qualquer jeito. Meu instinto de sobrevivência funcionava a mil por hora: *Aguente firme, Nina. Só por essa noite. Só até ele dormir e então você enfia um desses punhais na garganta dele.* Eu sabia que se o matasse acabaria complicando as coisas para o meu lado, mas, a esta altura, o que eu tinha a perder?

— Desabotoa minha camisa, híbrida — começou ele com fisionomia pervertida.

Determinada a suportar o que viesse pela frente, tornei a obedecer. Collin, apesar de ter a estrutura larga, não tinha o corpo musculoso. Uma boa capa de gordura envolvia seu abdome.

— Excelente. Agora tira minha calça e meus sapatos.

— Não tenho como fazer isso — respondi friamente e lhe mostrei as mãos presas.

— Sei. — Ele repuxou os lábios. — Chega mais perto. — Com o coração palpitando, me aproximei. Podia sentir seu mau hálito entrando por minhas narinas. — Assim. — Ele puxou uma faca das costas e desatou a cortar a corda.

— Ai! — reclamei e, num reflexo, puxei o braço quando a lâmina atingiu meu pulso. Collin havia me cortado de propósito.

— Ops! — soltou falsamente. — Acho que ficou melhor agora. Cada braço com uma cicatriz minha.

O idiota se referia ao corte que seu capanga tinha me causado no deserto do Saara.

Naquele momento experimentei uma força estranha expandindo pelo meu corpo, como aquarela numa seda. O calafrio se foi. Um calor feroz me tomou de assalto. Senti meus músculos fervendo por debaixo da pele. Eu tinha total certeza de que estava preparada para agir.

— Já pode tirar a minha calça.

Respirei fundo e, com o braço sangrando, fiz conforme ele ordenou. Quando acabei de despir a calça, fomos interrompidos por novo ruído do lado de fora. Collin parou para escutar, mas relaxou ao ouvir risadas ecoando pelo corredor. Provavelmente pessoas saindo bêbadas da festa.

— Mete a mão — sugeriu com novo sorriso horroroso nos lábios enquanto olhava para a própria cueca.

Argh! Segurei a ânsia em meu estômago quando me deparei com suas pernas abertas e o cheiro de gordura que exalava de seu corpo.

— Como estou cansado, hoje você é quem vai começar. — Liberou uma risada maliciosa. — Tira o vestido.

Adrenalizada, dei um passo para trás, o coração pulsando em meus ouvidos. Tomei novo gole de ar e coragem e deixei cair a primeira camada. Naquele momento agradeci aos céus por ele ser composto por duas saias finas, além da anágua do século retrasado.

— Bom. — Ele salivou e dei outro passo para trás. — Tira tudo de uma vez por todas, diabo. Tá devagar demais!

Comecei a remover a saia esvoaçante, mas meu pulso ensanguentado ardia e meus dedos nervosos se embaralharam na trama de fitas e não conseguiram ir adiante. Quanto mais força eu fazia, mais a saia apertava em minha cintura.

— Rasga esta merda! — ordenou sem paciência.

— Eu não consigo — respondi dando outro passo para trás.

— Se eu tiver que me levantar... você vai se arrepender amargamente, híbrida.

— Espera, eu... — pedi, sentindo as fitas cortarem meus dedos tamanha a tensão que eu empregava para rasgá-las. — Eu já...

— Chega! — Collin berrou e, enfurecido, veio em minha direção. Dei outro passo para trás e esbarrei no estrado onde as armas estavam dispostas. — É assim! — rosnou ao enfiar as garras no tecido e rasgá-lo com absurda facilidade. Agora só restava a anágua separando meu corpo daquele verme repugnante. Pensei em berrar, mas recordei de que nada adiantaria. A única ideia que me veio à cabeça seria tentar persuadi-lo porque, mesmo bêbado, ele não parecia nem um pouco sonolento.

— Collin, espere — implorei no tom mais sereno que consegui empregar. A força se agigantava dentro de mim. Pela primeira vez desde a morte de minha mãe eu me sentia atipicamente bem. — Eu vou tirar. Eu só...

— Você pensa que me engana, garota? — rugiu. — Arranca essa anágua! Agora!

Fui tomada por dois sentimentos contraditórios e acabei travando. O primeiro deles era asco, puro e simples. Enojada com o que poderia acontecer no instante em que minha roupa tocasse o chão. O segundo, para minha surpresa, não era revolta, mas sim determinação. Meu olhar frio o desafiou. Foi o suficiente para Collin agarrar meu pescoço e começar a arranhar meu quadril com suas unhas imundas. Senti meu corpo ser tomado por espasmos estranhos e a tosse voltar de maneira abrupta. Visivelmente aborrecido com meu acesso de tosse, ele desatou a enfiar as mãos por debaixo da anágua e começou a esfregá-las por entre minhas coxas.

— Richard tentou isso contigo? — indagou. — Fiquei sabendo que vocês ficaram a sós naquela pousada da segunda dimensão.

Não respondi. Um ciclone de insanidade girava dentro de mim. Os espasmos aumentavam de intensidade e comecei a sentir uma vontade enorme de... de rir?! Rir não, gargalhar. *Cristo! Eu estava pirando!*

— O que ele fez com você, hein? Conhecendo a falta de delicadeza que lhe é peculiar, acredito que meus carinhos devem ser bem mais sensuais que os dele, não? — Ele acariciava minhas nádegas. — Ele fez isso? — inquiriu e começou a me lamber com volúpia.

— Fez melhor! — Finalmente soltei o ar. — E que tal isso? — trovejei após alcançar uma adaga no estrado atrás de mim e atacá-lo com toda a força.

— Arrrrh! Sua desgraçada...

Enfurecido com a minha atitude, Collin ganiu, empurrando-me para o lado enquanto levava a mão à ferida que eu acabara de fazer em seu ombro. O prazer de vê-lo sangrar durou pouco e, em questão de segundos, evidenciei seu semblante felino voltar-se contra mim. Levantei-me rapidamente, peguei uma machadinha no estrado e corri em direção à porta trancada. Tentei forçar sua abertura, esmurrá-la, quebrar a maçaneta, mas nada. A maldita nem se mexia. A bebida em seu sangue deve ter anestesiado a dor pois, ao olhar para trás, vi Collin se aproximando de mim com a fisionomia deformada pelo ódio.

— Se você se aproximar... Eu. Te. Mato! — ameacei empunhando a machadinha em posição de ataque. Não reconheci aquela voz determinada. O tremor havia desaparecido de minhas mãos e eu o encarava sem hesitação. A força estranha se expandia como veneno dentro de mim, aquecendo minhas mãos suadas e gerando choques nas pontas dos meus dedos.

— Estou farto das suas gracinhas — murmurou sombrio e, abrindo um sorriso cruel, encurvou-se como um bicho pronto para dar o bote.

— Eu morro, mas você não toca em mim, Collin. — Sem me dar conta, eu o encarava, desafiadora. Nossos olhares felinos presos um ao outro. Uma energia incomum começou a embaçar minha visão. *Droga! Eu realmente não estava nada bem.*

— Você vai ter que me fazer sentir, híbrida. E vai começar agora.

— NUNCA! — urrei quando ele golpeou minha mão, derrubando a machadinha, e rasgou minha anágua com as próprias mãos. Ao ver meu corpo nu, pulou como um animal faminto em cima de mim.

Berros ferozes resgataram-me do torpor em que me encontrava. A porta do aposento estava sendo violentamente esmurrada.

— P-pelo amor de Tyron! M-merda! Mer... — gritava apavorada uma voz masculina com a pronúncia meio enrolada.

Cheiro de sangue. Minhas mãos ardendo. Apaguei.

— E-ela ficou cega? — indagava em pânico a mesma voz masculina. Parecia alcoolizado.

— A híbrida está pior do que quando chegou aqui! A visão vai voltar aos poucos, mas é o melhor que posso fazer. Nunca vi uma energia tão instável assim! A memória recente pode ter sido comprometida — concluía nervosa uma voz feminina, vagamente familiar...

Tornei a apagar.

Alguém me carregava às pressas por entre corredores escuros. Hiperventilava e sua respiração alta maculava o silêncio por onde passávamos. Senti um coração ricocheteando alucinadamente. O nervosismo da situação se confirmava com grunhidos ferozes pescados no ar.

Por que aquela correria toda? O que estava acontecendo?

Tudo escureceu.

Passos vieram ao nosso encontro. Duas ou três pessoas talvez. Captei respirações aceleradas. Havia tensão no ar.

— Agora é com você — disse uma voz ofegante enquanto me transferia para outros braços.

— Alguém viu? — indagou uma voz rouca e aflita. Assim que o dono dessa voz me segurou, soltou assustado: — Por Tyron! Ela está...?

— Ela vai ficar bem.

— Mas...

— Não temos tempo para explicações. Você precisa ser rápido! Já sabe o que tem de fazer — alertou a primeira voz, impaciente.

— O tempo vai ser muito apertado. Estamos correndo grande risco — retrucou a voz rouca.

Meu Deus! O que iam fazer comigo?

— Por isso você está sendo muito bem pago.

— Morris! Morris! — chegou gritando uma voz de menino.

Morris?

— Fale baixo, garoto!

— Ele mandou dizer que uma divisão do exército de Marmon está a quatro horas a leste daqui — relatava a voz infantil aos tropeços. — E que vai dar cobertura pelo caminho, mas que você precisa ganhar tempo.

— Desgraçado! Se sobrar pra mim, juro que dou um jeito de mandá-lo para o *Vértice* com as minhas próprias mãos — praguejou Morris. — Vocês precisarão voar até Storm — emendou para o sujeito que me segurava. — E não parem em hipótese alguma!

— Por Tyron! É mesmo a híbrida!

— Se comentar isso com mais alguém, sabe que vai acordar com um corpo sem cabeça, não sabe? Você o conhece.

— Muito bem. E ele também sabe que tenho uma boa memória.

— Ele mandou avisá-los de que, se souber de algo fora do planejado, vai torturar o culpado de um jeito que ele vai implorar para morrer — alertou Morris. — E você sabe que o *filho do deserto* costuma cumprir as promessas que faz.

— Eu sei.

— Boa sorte! — finalizou Morris. — Acho que todos nós vamos precisar.

CAPÍTULO 8

Sacolejando de um lado para outro, meu corpo deu o alerta. Ao abrir os olhos e levantar a cabeça, percebi que estava numa carroça, sendo conduzida por um lugar assustadoramente diferente, um ambiente inóspito, cinza e de temperatura amena. A atmosfera nublada e o relevo repleto de crateras faziam lembrar a superfície lunar... e os meus pensamentos.

— Onde estou? — atordoada, berrei para os homens que guiavam a charrete. Eles mal me olharam e, em sua pressa desmedida, continuaram a açoitar os pobres animais.

— Finalmente! — bradou uma voz que me atingiu pelo lado esquerdo. Deparei-me com um sujeito de calvície reluzente. Montava um cavalo que ladeava a minha carroça. O homem me encarava, expondo seu sorriso abaixo do volumoso bigode ruivo. O que vi em seguida foi como uma bofetada em meu rosto, trazendo-me de volta à realidade: suas extasiadas pupilas verticais me saudavam, abrindo e fechando sem a mínima timidez. — Bem-vinda a *Zyrk*, híbrida!

Perdi o fôlego e tombei, golpeada pelo novo capítulo do filme de horror que se tornara minha desgraçada vida. A palavra *Zyrk* trouxe de volta uma série de lembranças a uma mente em estado de total confusão.

— Já estava na hora de acordar! — O sujeito conversava comigo cavalgando em velocidade. *Afinal, por que tanta pressa?*

Eu permanecia zonza. E piorava com aquela carroça trepidando como uma britadeira. Ordenava meu cérebro a me confidenciar o que precisava urgentemente compreender: o que havia acontecido? Como eu tinha chegado ali? Mas nada. Ele se recusava a fornecer qualquer pista, quanto mais uma resposta plausível. Pistas. É isso! Teria que ir atrás delas. Atordoada, fiz uma varredura ao meu redor e o que vi me fez chegar à conclusão de que ainda estava dormindo. Só podia ser. Tudo aquilo não passava de mais um de meus terríveis pesadelos. Tornei a coçar os olhos, só que com um pouco mais de violência.

— Está com sede?

Droga! Não era sonho algum! Assustada, tentei me levantar, mas fui impedida pelo meu estado de letargia e pelas cordas.

— Por que estou presa? Me solta! — rugi.

— Não temos tempo, híbrida.

— Me solta agora! — comecei a me debater, tentando me livrar das malditas cordas. Os cavalos ficaram nervosos e empinaram nas patas traseiras, quase tombando a carroça onde eu estava.

— Ôa, ôa! Está bem! Você vem comigo — o sujeito esbravejou e assoviou alto.

Paramos.

— O que houve, Max? — Um grito assustado chegou até nós.

— Nosso tempo está muito apertado! — reclamou outra voz.

— Vai ser rápido — berrou de volta o tal do Max para os seus homens. Ele parecia o líder do bando, era corpulento e sua calva reluzia a ponto de incomodar. — Acalme-se, híbrida, ou vai acabar se machucando. Você estava presa para a sua própria segurança. Isso é uma escolta e você não é uma prisioneira, ok? Quero dizer, você é... Mas não minha... — Lançou-me um sorrisinho sarcástico e engoli em seco. — Vou soltá-la, mas segure bem a manta.

— Onde estão minhas roupas? — indaguei ao perceber que estava nua por debaixo da manta felpuda.

— Elas ficaram para trás. Nossas roupas e utensílios podem entrar na sua dimensão, porém nada do seu mundo pode entrar no nosso — explicou sem paciência e então seus olhos pousaram em meu pescoço. — À exceção desse seu estranho cordão.

— Como assim? — Senti o ar sair com força e minha boca despencar em queda livre. — Eu não estava usando roupas da minha dimensão! Eu estava usando roupas de Thron!

— Do que você está falando? — Ele franziu a testa e inclinou a cabeça.

— Como saí de Thron e vim parar aqui? O que aconteceu com Collin? — Levei as mãos à cabeça.

— Você nunca esteve em Thron, híbrida. Está se sentindo bem?

Nunca estive em Thron?!

Chequei os vestígios de sangue em minhas unhas.

— Mentira!

— Pense o que quiser — respondeu arredio. — Já perdemos tempo demais e seus amigos não estão em boas condições.

— Q-que amigos?

Eu não estava ficando louca! É claro que estive em Thron! Apesar de sentir meus pensamentos estranhamente anestesiados e uma bruma insistente ofuscar os detalhes das cenas que presenciei, minha memória se lembrava de tudo. Ou melhor, de quase tudo até o momento em que desafiei Collin e ele partiu como uma besta-fera para cima de mim. Depois dali, minhas recordações vinham em flashes aleatórios, fragmentados e sem o menor sentido.

— Ora, os que protegeram você no deserto da segunda dimensão.

— No deserto do Saara?! — Meus olhos saltaram das órbitas. — Você quer dizer...?

Ele confirmou, abrindo e fechando as pupilas e não as pálpebras e apontou com o nariz para o grupo atrás de nós. Acompanhei seu olhar e perdi a voz.

John e Tom!

Eles estavam desacordados e seus corpos eram puxados por rebuscadas carroças feitas de couro e troncos secos. Respirei fundo e, controlando o tremor em minhas pernas, finalmente prestei atenção ao meu redor. Poderia jurar que estava dentro de um filme épico. Os homens que nos davam cobertura eram rudes e trajavam roupas que faziam lembrar guerreiros árabes de uma época antiga.

— Pelo que fiquei sabendo, eles se sacrificaram um bocado para manter você viva — emendou Max.

— Eles... eles correm risco de vida?

— O grandão sim.

— Não é possível — murmurei, começando a duvidar da minha lucidez.

Estudei meu pulso direito enfaixado com um pano manchado de sangue. Já não tinha certeza em qual braço Collin havia me ferido... *Teria sido aquela ferida em meu pulso a causada pelo comparsa de Collin no deserto do Saara? Será que eu estava realmente bem?* Agonia envolta num manto de dúvida crescia em meu peito. Quanto mais força eu fazia para me lembrar, mais confusa ficava. "Isso tudo faz parte de um jogo." A frase de Richard martelava em minha cabeça. *Ele realmente havia dito aquilo em Thron ou foi pura invenção de uma mente levada ao limite?*

— Há quanto tempo estou em *Zyrk*? Como vim parar aqui? — tornei a indagar.

— Você deu muita sorte — rebateu agitado.

— Acho que estamos arriscando demais, Max — alertou nervoso outro homem que se aproximava de nós. Ele era forte e mal-encarado. — O dia está muito estranho. Precisamos ir embora.

— Você vem comigo, híbrida. Agora! — Max apertou os lábios e enxugou o suor do rosto, estendendo o braço para que eu subisse em seu cavalo.

— Eu tenho opção? — enfrentei-o.

— Não, pelo menos se quiser sobreviver e poupar a vida dos seus amigos. — O sorriso ameaçador destacava-se em sua resposta sarcástica.

Engoli em seco. Aceitaria sua ajuda. Por ora.

— Merda! Perdemos tempo demais! — gritou alguém lá detrás.

— Essa pressa toda é por causa do temporal que ameaça cair? — indaguei, começando a ficar agoniada com a agitação desmedida deles.

— Não vai cair temporal coisa nenhuma! — devolveu enquanto fazia os últimos ajustes na minha sela.

— Então toda *Zyrk* é escura assim?

— Você entenderá o que realmente é escuridão quando a noite cair, híbrida — rosnou entre os dentes e checou o horizonte. — Está anoitecendo fora de hora, isso sim!

Estremeci ao reconhecer o que havia oculto por detrás do olhar não apenas de Max assim como de todo o grupamento: pavor.

Max tocou uma espécie de berrante e deu o comando de partida para os seus assustados homens. A sensação era de que havia escurecido em um minuto o que deveria acontecer em uma hora. Os cavalos corriam mais velozes do que antes e tive que fechar os olhos para não ficar tonta. As trincas do chão aumentavam o ruído propagado pelos cascos dos animais e, ainda assim, ele não conseguia sobrepujar o som das batidas aceleradas dos corações que me rodeavam. Os animais eram açoitados sem piedade. Nós voávamos, mas, a julgar pela fisionomia deles, nosso ritmo alucinado não parecia rápido o suficiente.

A claridade se despedia de nós.

— Não vamos conseguir! — Os gritos ficavam cada vez mais altos e nervosos.

— Temos que conseguir! Acelerem! — ordenava Max.

Cristo! O que estava acontecendo?

— Demônios! — praguejava Max, balançando a cabeça de um lado para outro.

— O que está havendo? — berrei de volta para ele.

— Eu não podia ter parado!

— As carroças estão ficando para trás, Max! — Um dos rapazes alertou, cobrindo de chibatadas o pobre animal por debaixo dele.

— Deixe-as, se for preciso! — bradou o líder após balbuciar palavras incompreensíveis. Ele girou a cabeça para trás e me deparei com suas pupilas completamente verticais. *Mau sinal...*

Segui o seu olhar e tudo levava a crer que o pavor contido nele tinha a ver com o acelerado pôr do sol de *Zyrk*. *Era isso? Eles estavam fugindo da sinistra escuridão? Mas por quê?*

— Do que estamos fugindo? — gritei. A aflição deles começava a me contagiar. — Eu tenho o direito de saber!

— Quieta!

Tornei a olhar para trás e vi a pouca claridade ser afugentada por uma sombra monstruosa. A mesma que parecia crescer com fúria em nossa direção, como se quisesse nos engolir.

Um forte tremor sob nós. *Um terremoto?*

— Ôooo! — Max controlava nervoso o cavalo que ameaçou empinar. Assustada, agarrei-me com força à sua cintura. Alguns soldados berravam ao nosso redor. — Mais rápido! Mais rápido, homens! — comandava apontando para a imponente construção circundada por um lago de dimensões gigantescas adiante.

Os tremores que aconteciam de tempos em tempos começavam a ficar cada vez mais fortes e frequentes. A escuridão estendia seus tentáculos sobre nós. O pouco que restava de luz deixava claro que aqueles eram seus instantes finais. O pânico se apoderava do grupo.

— Eles não querem nos deixar entrar, Max! — gritou um rapaz que havia chegado ao lugar antes de nós. Não havia uma gota de sangue em seu rosto.

Novos tremores. *O que era aquilo, afinal de contas?*

— Avisaram que estamos com John? — inquiriu Max nervoso. Sua calva estava encharcada de suor.

— Sim, mas eles não estão acreditando.

Max voou em direção à beira do lago. Parecia ser bastante profundo, pois nosso cavalo bufou, estancando na hora.

— Precisamos entrar! — ele rogava aos brados para um soldado que se avistava na ponta de um longo passadiço do castelo.

— Vocês não têm permissão! — contra-atacou o sujeito de lá de cima a plenos pulmões.

— Está anoitecendo! — Com as mãos à cabeça, Max tentava argumentar. Porém quase não se ouviam.

Os tremores aumentavam de intensidade. A sensação era de que o que quer que fosse que os provocassem estava cada vez mais perto de nós.

— Não daremos retaguarda a mercenários! — retrucou o soldado.

Mercenários? Minha cabeça dava voltas. Nada fazia sentido.

E finalmente... a noite caiu, espalhando uma escuridão quase absoluta. A única claridade vinha da grande construção. Os tremores não paravam mais. Tudo sacudia. Os cavalos relinchavam, tão ou mais nervosos que os cavaleiros. Os homens discutiam e já não diziam coisa com coisa. Uns ameaçavam fugir, outros mergulhar no lago à nossa frente. O horror se apoderara de todos, e eu, que também deveria estar com medo, sentia-me cada vez mais atordoada. Perdida naquele caos.

— Precisamos entrar, por favor! — implorava Max aos berros. — Vamos morrer!

O tremor cessou.

— Oh, não! Por Tyron! Vai acontecer! — alertou Max em pânico.

— Vai acontecer o quê? — perguntei, sentindo uma potente descarga de adrenalina avançar pelo meu corpo.

— Durante a noite, as...

— Subam a ponte. Agora!

Max foi interrompido por um rugido que veio do grupo. Aquela voz fez meu coração dar um pulo de alegria dentro do peito. Eu a reconhecia. Olhei para trás e vi John sendo amparado por dois homens de Max.

Subir a ponte? Será que eu havia compreendido direito?

— John?!? — indagou assustado o soldado do passadiço.

— Sim. Rápido, imbecil! — ele ordenou tenso, checando o horizonte às suas costas. As veias dilatadas pelo esforço dos berros.

John falando daquela maneira agressiva? *Cristo! A situação não era nada boa...*

— Mas John... Eles são... — argumentava o soldado.

Um som estridente rasgou o ar pesado e, em seguida, foi substituído por um silêncio amedrontador. *O que era aquilo?* Olhei para trás, mas não consegui ver nada. Não apenas porque o negrume era absoluto como também porque uma barreira de homens dava cobertura ao nosso cavalo.

— Sou o resgatador principal deste clã e lhe ordeno que suba essa ponte, soldado. Agora! — John tornou a comandar assim que um vento quente nos atingiu.

— Tudo bem! — acatou o subalterno. — Subam a ponte!

Resgatador principal dali? Então aquele era o reino de Storm!

Naquele momento me dei conta do mundo espetacular que se desenhava ao meu redor. Deparei-me com Storm. Aquele reino era diferente de tudo o que já tinha visto na vida ou em meus adoráveis filmes de ficção. Ficava estrategicamente protegido dentro de um vale, uma espécie de fortaleza natural. Fazendo o papel de fosso, um enorme lago rodeava e protegia uma ilha em seu centro. E essa ilha, cercada por espessos muros de pedra, era Storm. Observei que as águas do lago começaram a se agitar, ganhando incrível força, como se fosse um gigantesco gêiser, e, de dentro dele, surgiu bem diante de nossos olhos uma enorme ponte de aço maciço unindo a margem à ilha.

Um berro de dor seguido de um uivo cortou meu momento de transe.

— O que foi isso? — perguntei com o coração na boca.

— Começou — disse Max num murmúrio sofrido. — Não olhe para trás! — ordenou, puxando meu rosto para junto do dele quando ameacei virar a cabeça.

— Hã?

Uma nuvem de areia começou a impregnar minhas narinas e meu campo visual. Novo urro de dor, um trepidar e um cheiro de algo podre no ar.

— O-o que foi isso, Max? — Tentei segurar o tremor em meu corpo, mas fui traída pela minha própria voz.

— Shhhh! Estamos quase lá! Rápido! Rápido! Droga! — O pavor se evidenciava em sua musculatura contraída. Não sei se eram meus nervos entrando em colapso, mas a sensação era de que a ponte subia em câmera lenta de propósito. — Agora! — bradou Max para o grupo assim que a ponte finalmente firmou e começamos a travessia.

Horripilantes gritos de dor nos alcançavam e aumentavam a taquicardia no meu peito. Cada vez mais nítidos, os uivos se multiplicavam, avolumando-se em meio a xingamentos e clamores apavorados.

Cristo! O que estava acontecendo atrás de mim?

— Droga! Não. Não. Só mais um pouco... — suplicava Max para si mesmo em desespero. Observei que ele nem precisava chicotear o cavalo. Assustado, o animal corria por conta própria. Na verdade, ele não estava correndo, ele estava fugindo.

Do quê?

O fim da maldita ponte não chegava nunca! Storm parecia cada vez mais distante, quase inalcançável. Os cascos dos cavalos vibravam no metal da ponte e confidenciavam que o grupo vinha logo atrás de nós e em grande velocidade. Os urros de terror atingiam nossos tímpanos com violência.

— Quase lá! Quase lá! — Max comandava, a face vermelha e deformada pelo medo. — Não olhe!

Não consegui obedecer e minha cabeça girou involuntariamente para trás. Por reflexo, fechei os olhos quando uma lufada de vento quente lavou minhas roupas. Ouvi um uivo estranho e, ao tornar a abrir os olhos, um corpo desfigurado caía a poucos metros de nós. Berrei quando um líquido quente atingiu meu rosto. Sangue cobria nossos corpos.

— Não olhe, híbrida!

— Meu. Pai. Do. Céu!!!

Não cheguei a ser ouvida, porque novos gritos resgataram-me daquele horror. E, graças aos céus, eram de euforia. Quando dei por mim, estávamos atravessando a majestosa muralha e finalmente me lembrei de respirar assim que o grande portão se fechou atrás de nós. Uma a uma, as faces foram resgatando a cor perdida, as pupilas tornando a ficar redondas. Todos se entreolhavam denunciando um misto de atordoamento e alívio. Quase todos. Alguns cavalos chegaram desocupados.

— E os outros? — indaguei, apontando os animais para Max. Ele nada respondeu, soltando apenas um muxoxo triste.

A resposta parecia sinistra demais.

Parecia, não. Era!

CAPÍTULO 9

A gigantesca muralha ocultava uma visão surreal: os destroços de uma cidade há muito abandonada surgiam bem à nossa frente.

— Formação de guarda! — ordenou um Max de semblante restaurado aos seus homens. Ele limpou o sangue do meu rosto e ordenou que eu vestisse o capuz. Nosso cavalo foi caminhando sob a escolta de uma dezena de outros. — Não encare ninguém diretamente nos olhos — sussurrou ele com tom de voz sombrio. — Não piore as coisas para o seu lado.

Embora achasse improvável alguma piora na condição em que me encontrava, assenti e mantive-me reta, olhando apenas para frente. Storm não era um ambiente escuro como Thron. Pelo pouco que deu para ver, parecia um grande círculo com outro círculo menor em seu centro. O círculo maior era assustador. As centenas, talvez milhares, de pessoas que ali habitavam pareciam desprovidas de tudo. Contrariando a ordem de Max, acabei observando-as com avidez. O olhar de revolta estampado em suas faces me fez recordar minha entrada em Thron. *Será que todos os clãs eram cercados por essa gente maltrapilha e ameaçadora? Era deles que Richard falava quando disse que a população de Zyrk era constituída, na sua maioria, de imprestáveis?* As fisionomias, apesar de heterogêneas, tinham, sem exceção, traços negativos que variavam do medo ao ódio. As rudimentares habitações eram feitas de pedaços disformes de pedras, ripas de madeira e couro, amontoando-se umas às outras, como um imenso e precário campo de refugiados, uma favela.

— Água! Precisamos de água! — vozes aflitas nos alcançavam. Eram muitos e a guarda armada de Storm tinha dificuldade de afastá-los.

— Saiam logo daqui! — ordenou o chefe dos soldados para o nosso grupo.

— Vamos! — berrou Max.

Deixamos o tumulto para trás e cavalgamos em direção ao círculo menor. Deparamo-nos com outro enorme portão de bronze e muros constituídos do mesmo tipo de pedra que o primeiro. Essa entrada era vigiada por uma guarda fortemente armada.

— Os demais ficam! — declarou firmemente o chefe da guarda.

Max acenou com a cabeça para os seus. Permitiram apenas que eu, ele e os rapazes que apoiavam John e carregavam Tom entrássemos. Em poucos passos havíamos saído da água e mergulhado no vinho, tamanha a discrepância entre o círculo maior — abarrotado de miséria, de pessoas maltrapilhas e semblantes atormentados — e o círculo menor, a ostentação da riqueza e da opulência. O pátio que ladeava a construção principal era limpo, bem cuidado e dividido em setores. As pessoas que ali trabalhavam eram bonitas, bem trajadas e tinham semblantes que variavam do estupefato ao curioso. Ao centro dispunha-se um imponente palácio feito inteiramente de mármore. Sua estrutura era retilínea e sustentada por numerosas colunas semelhantes às do Império Romano. Cravejadas de ouro e prata, as paredes refletiam no lustroso piso branco de mármore, proporcionando suntuosidade ao lugar. O portão principal estava aberto. De colossal tamanho, era feito de um metal acobreado. Nele destacavam-se esculturas em alto-relevo de guerreiros numa batalha contra um monstro deformado. Quando meus olhos encontraram o interior do palácio, ficou claro que o portal era apenas uma pequena amostra de todo o luxo e esplendor que estava por vir.

O gigantesco átrio me fez perder a respiração tamanha sua magnificência. O chão continuava de mármore alvíssimo, só que agora apresentava desenhos de serpentes em ouro margeando a comprida passarela de impecável veludo vermelho. De perfil, cada serpente tinha cravejada uma esmeralda em sua cabeça, fazendo o papel da pupila. Longilínea, é claro. Assim como a de todos ali. As colunas de ouro e prata nos ladeavam, deixando a câmara central completamente aberta. O teto era colorido e preenchido com figuras de anjos, deuses, serpentes, bestas e pássaros numa maravilhosa confusão de imagens. Tudo ali nos tirava o fôlego. Talvez essa fosse a real intenção, como sinal de reverência à figura que se destacava sobre o altar-mor, iluminado por dezenas de velas provenientes de um imenso candelabro de cristal. O trono era talhado em ouro maciço, circundado por um magnífico ouroboros tridimensional, de um dourado ainda mais intenso, que a tudo observava. As esmeraldas dos olhos tinham sido substituídas por cintilantes rubis. Um senhor nos aguardava sob a escolta de uma guarda particular.

— Vossa Majestade, nós...

Vossa Majestade? Aquele era... Kaller! Antes mesmo que Max completasse a frase, o líder já caminhava a passos largos em nossa direção.

— Esse sangue? John?! — indagou Kaller preocupado. Ele aparentava uns cinquenta e poucos anos e, apesar da idade, não tinha um único fio branco em sua cabeleira ruiva.

— Eu estou bem, meu pai. Esse sangue não é meu — acrescentou John visivelmente abatido e o líder soltou o ar, aliviado.

— Levem John e Tom para a enfermaria. Eles precisam de cuidados — comandou aos soldados. — Estou novamente em dívida com você, Max.

— Fico feliz, meu senhor — relaxou Max.

— Como aconteceu?

— Sorte, senhor. Tudo aconteceu em uma região próxima ao portal de Marmon. Nós arrancamos a híbrida das mãos de Richard de Thron. O louco teve a audácia de entrar em *Zyrk* sozinho com ela. Estava pedindo pra ser roubado, não é?

O quê? Max me capturou das mãos de Richard? Que loucura era essa agora? Eu permanecia desorientada, mas tinha certeza de que uma tramoia das grandes estava se desenrolando bem na minha frente. *Quem estava mentindo? Quem estava enganando quem?*

— Eu sei que uma híbrida vale muito, mas com quem poderia negociá-la? — acrescentou Max com as sobrancelhas arqueadas. — Que reino aceitaria fazer esse tipo de negociação com mercenários e não tentaria... no final... nos eliminar?

Kaller soltou uma gargalhada.

— Como disse, meu senhor, a sorte estava do nosso lado. Pouco tempo depois nos deparamos com um soldado de Storm gravemente ferido. Parecia estar fugindo de um confronto ou coisa do tipo. — Max exibia um sorriso cheio de malícia. — Vossa Majestade sabe como adoro uma confusãozinha...

— Esse soldado tinha nome?

— Era um nome diferente. Yvory, ou será Yvy, ou... — soletrou confuso.

— Seria Yly? — perguntou o rei roçando a barba ruiva.

— Isso mesmo! Yly!

"Yly?" Eu me recordava daquele covarde que abandonara John e Tom no Saara, antes da minha passagem para *Zyrk*.

— Do que ele fugia?

— Ele nos contou que praticamente todo o grupo de Storm havia sido dizimado por homens de Collin em um deserto da segunda dimensão. Disse que só havia restado ele, John e Tom.

Max falava a verdade, mas por que não contava a versão completa dos fatos? Por que escondia de Kaller a minha estada em Thron? Era óbvio: eu fora arremessada em um jogo de trapaceiros, em uma partida em que várias cartas tinham sido sorrateiramente removidas do baralho.

O que eles não imaginariam é que eu ia entrar no jogo e que também sabia blefar.

— Quando o infeliz disse que era John quem estava lá, percebi que eu havia arranjado o comprador perfeito para esta mercadoria tão valiosa — mordiscou o lábio inferior e olhou para mim. — Eu ganharia duas vezes: negociaria a híbrida e o resgate de John, seu filho.

— Como pode estar tão certo de que eu não mandarei aniquilar seu grupo ao final, mercenário?

Max se enrijeceu por um momento.

— Faz muito tempo, mas acredito que não se esqueceu da sua dívida de sangue. — Abriu um sorriso presunçoso, mas vi uma veia latejar em sua calva. — Sem contar que vossa Majestade é um homem de palavra. Como vê, sei escolher meus clientes.

— Quanto quer por ela e John?

— Dez mil moedas de ouro.

— O quê? — indagou Kaller. — Dou-lhe três mil moedas.

— Cinco mil — barganhou Max.

— Fechado! — determinou Kaller e, arqueando a sobrancelha ruiva, acrescentou em tom amistoso: — Eu teria pago as dez mil moedas, homem.

— E eu teria aceito as três mil, meu senhor — devolveu Max e os dois gargalharam.

— Stuart? — chamou o rei.

— Sim, Majestade?

— Eles têm permissão para pernoitar. Dê a ele e aos seus homens o que comer, banho e aposentos.

— Obrigado — soltou Max aliviado.

— Quero que me passe todos os detalhes mais tarde. Mas, por ora, vá e deixe a garota aqui — concluiu Kaller.

Olhando-me dos pés à cabeça, o líder se aproximou com uma calma irritante.

— Siga-me, híbrida.

Acompanhei Kaller até um amplo refeitório. O lugar era claro e suntuoso, com seu piso de mármore bege, uma enorme mesa de mármore branco e cadeiras de metal, cravejadas de ouro e prata. Uma toalha de seda bege e impecavelmente limpa cobria a mesa e dava leveza ao ambiente. As janelas eram finas e compridas, e as paredes adornadas por mosaicos coloridos de orquídeas e compotas de frutas. Kaller sentou-se e eu me acomodei em uma cadeira à sua frente. Senti alívio imediato e minha boca começou a salivar ao ver toda aquela comida. Não eram bichos semicrus como em Thron. Ao contrário, um carneiro assado, travessas de arroz e de lentilha, batatas coradas entre outras apetitosas iguarias dispunham-se lindamente arrumadas entre pêssegos, tâmaras e peras.

— Coma. Deve estar faminta.

Faminta era pouco! Minha fome tinha proporções tão gigantescas quanto tudo por ali!

— Está melhor agora? Podemos conversar? — perguntou ele depois de algum tempo me observando jantar. — Você fala? — ameaçou uma piadinha. — Qual o seu nome?

— Nina.

— Nina, não sou de rodeios, portanto, vou direto ao assunto.

— Prefiro assim.

— Não sei se os rapazes lhe explicaram o motivo do nosso interesse em você.

— Parcialmente.

— O que você sabe?

— Que você planeja fazer experiências comigo.

Primeiro os olhos dele se arregalaram e, em seguida, ele soltou uma gargalhada estrondosa. Tive a impressão de que os vidros das janelas chegaram a tremer.

— Experiências?! Gostei do termo!

Ao menos o líder tinha bom humor.

— Bem, sou um homem curioso com relação a muitos assuntos…

Não gostei daquela resposta. *Quais seriam os assuntos pelos quais nutria curiosidade? Híbridas, por acaso?*

— Muitos me criticam por isso, eu sei muito bem o que dizem por aí — explicou, tamborilando os dedos na mesa e fazendo destacar em seu pulso um bracelete cinza-claro com o desenho em alto-relevo de um raio atravessando uma nuvem.

— Criticam você por ser curioso?

Ele fez um movimento estranho com os lábios.

— Porque eu acredito na lenda — explicou e se empertigou na cadeira. — Porque ainda tenho fé em Tyron, a divindade que há muitos anos nos baniu do *Intermediário*.

— Em que parte da lenda você acredita? — indaguei curiosa.

— Na parte que deixava claro que era necessário o surgimento do bom sentimento para que a maldição acabasse. Os magos da Antiguidade distorceram essa lenda. Afirmaram que, se um dia alguém surgisse, como você surgiu, do amor de um dos nossos por um dos seus, essa criatura deveria ser imediatamente destruída. Diziam que sua existência seria uma grande ameaça para a nossa espécie e que seria a maldição de *Zyrk*. Era uma época nebulosa.

— E agora?

— Quando soubemos da sua existência, percebemos que havíamos compreendido mal o que a lenda dizia. Diversos magos atuais foram consultados e tudo o que conseguiram explicar era que você seria apenas *uma* peça desse quebra-cabeça e não a *única* peça.

— Então, por que vocês ainda querem me matar?

— Porque muitos dos nossos ainda acreditam que você será a nossa destruição. Ignorantes...

Perdi o raciocínio e as palavras. Kaller se adiantou:

— Caso a profecia viesse a se concretizar, *Zyrk* deixaria de existir. Tyron nos perdoaria e nos livraria desta vida miserável. A segunda dimensão seria a única entre o *Plano* e o *Vértice*.

— Vocês morreriam?! *Zyrk* seria aniquilada?

— Ninguém sabe. E esse é o grande mistério — suspirou.

— Leila disse que um milagre estava em via de acontecer... Então era esse o milagre? Puf! Acabar e pronto? — indaguei com um mal-estar crescendo em meu estômago.

— Não chame isso de acabar, Nina. Não compreende? É a remissão dos nossos pecados — arfou. — Somos seres amaldiçoados.

Não sentimos as emoções que vocês, humanos, podem experimentar. Fomos condenados a habitar essa dimensão miserável e viver apenas para tirar vidas, dia após dia.

— Mas eu não entendo...

— Nós seremos perdoados, minha jovem! Para aqueles que creem, essa é a grande recompensa. — Kaller me interrompeu. — Infelizmente esse não é o pensamento da grande maioria, porque uma crença, depois de muitos anos, acaba fincando raízes profundas e se torna realidade em nossas mentes. — E, roçando a garganta, acrescentou: — Para piorar, ainda temos que levar em conta a profecia do Portal Pentagonal, o único que dá acesso ao *Vértice*.

Vendo minha fisionomia estupefata, explicou:

— Existem quatro portais de comunicação entre as nossas dimensões, mas eles comunicam somente a segunda com a terceira dimensão. No entanto, o quinto portal, vulgarmente chamado por nós de Pentagonal, só existe aqui em *Zyrk* e é a única comunicação possível com o *Vértice*. Seu nome verdadeiro é Lumini e possui duas vertentes, uma de entrada e outra de saída.

— Duas vertentes?

— Sim. Ou duas portas, melhor dizendo. Uma para entrar e outra para sair do *Vértice*. — Estreitou os lábios. — Graças a Tyron, apenas uma dessas portas encontra-se aberta. A outra permanece fechada há milênios.

— A de retorno?

— Exato. A vertente fechada é aquela que não permite que as almas que condenamos ao *Vértice* retornem. Por ela, todo o horror do *Vértice* chegaria a *Zyrk* e daí para alcançarem a sua dimensão seria questão de horas — acrescentou.

— Por que vocês não a destruíram então?

— Já perdemos a conta do número de vezes que tentamos... Lumini é protegida por magia e é simplesmente indestrutível — soltou abatido. — Reza a lenda que somente um híbrido teria poder de abrir tal vertente. Dessa forma, ele permitiria a comunicação do *Vértice* com a terceira dimensão e, em seguida, com a segunda dimensão. Seria a catástrofe total, o Apocalipse.

Perdi a cor e estava difícil encontrar oxigênio no ar.
O "Apocalipse" aconteceria... por minha causa?!

— Não vale a pena pensarmos em algo que não acontecerá, não é mesmo? — Ele se levantou rapidamente ao perceber meu estado mental. — Plantamos falsas pistas por todos os possíveis caminhos. Ninguém sabe que está aqui conosco. Lembre-se de que você foi sequestrada por um grupo de mercenários. Neste momento, você poderia estar em qualquer lugar, inclusive morta — assinalou e me estendeu a mão. — Venha! Vou lhe mostrar sua nova moradia.

— Moradia?! — Engoli em seco. — Depois que me estudar, não vai me deixar voltar para a minha dimensão?

— Impossível.

— Eu não vou passar o resto de minha vida aqui! — rosnei.

— Não sei o quanto resta de sua vida, híbrida! Não fosse pelos meus homens, você já estaria morta — disparou de forma rude. — Não sabemos ainda qual é a sua data de partida e o quanto você poderia resistir. — Kaller mudou a entonação ao ver meu estado perturbado e, após respirar profundamente, explicou de forma cadenciada: — Quero que entenda que você não sobreviveria nem vinte e quatro horas caso eu a libertasse. Seria eliminada assim que retornasse à sua dimensão. Talvez até antes disso. Aceite os fatos, Nina. É o melhor para você. — Ele tocou no pingente do meu colar. — Não deixe que a morte de sua mãe tenha sido em vão. Se sobreviveu por todo esse tempo, é porque deve haver um bom motivo.

— Eu preciso de respostas — encarei-o firmemente.

— Você *precisa* é descansar — rebateu com um sorriso frio. — Mas amanhã terá as suas respostas. Só não sei se ficará feliz em obtê-las.

CAPÍTULO 10

Dois parrudos soldados me conduziram até o meu aposento. Ele era requintado, como tudo em Storm. Duas aias aguardavam pela minha chegada ao lado da enorme cama feita de mármore rosa. À exceção dela, a cômoda e os demais móveis eram de marfim. Lindos desenhos folheados a ouro destacavam-se neles. Cortinas de seda rosa-claro com detalhes em bege enfeitavam a passagem que dava para a varanda também revestida de mármore. *Quanto luxo! Que diferença em relação aos aposentos de Thron!*

— Híbrida, seu banho está preparado. Se precisar de algo mais, é só pedir. Meu nome é Meredith e esta é Sophia. — A senhora de meia-idade apontou para garota de olhos grandes e vivos ao seu lado.

Assenti e, assim que as aias saíram, respirei aliviada ao me deparar com um banheiro luxuoso e particular. Obriguei-me a não pensar em Thron, em Richard ou na minha tumultuada chegada àquele reino.

Eu precisava descansar para raciocinar com clareza. Tinha que entender tudo pelo que havia passado, obter respostas que pudessem explicar a minha conturbada existência e tentar programar meu futuro. Depois do banho, caí na enorme cama e, exausta, dormi um sono agradável e reparador pela primeira vez em muito tempo.

Assim que me viram despertar, as aias me arrumaram como para uma festa. Enjaulada num belo vestido vermelho de cetim, sentia-me extremamente estranha e com saudade de meu uniforme: jeans, tênis e camiseta.

— Venha — pediu Meredith, pegando-me pela mão. — Kaller a aguarda no pátio central.

Cheguei ao local onde um pequeno chafariz de mármore rosa destacava-se. Dentro dele havia uma escultura de um anjo assustado. O querubim olhava para trás, parecendo fugir de algo apavorante, e derramava a água do jarro aprisionado entre suas mãos gorduchas na pequena piscina aos seus pés. Rodeado por mesas redondas também de mármore, o chafariz conferia frescor e elegância ao local.

— Não chove há anos em *Zyrk*. Storm já foi um reino de chuvas torrenciais constantes. Tudo que nos restou foi o grande lago — reclamou o líder. — Se já somos de uma dimensão hostil por natureza, imagine com a possibilidade de uma terrível seca a nos assombrar.

— Precipitaria uma guerra?

— Exato. As reservas de *Zyrk* estão rapidamente se esgotando. Por sorte, Storm foi construída sobre uma grande mina de ouro, mas o dinheiro não compra tudo... — ele divagava enquanto passava os dedos na barba ruiva.

Como Thron poderia ser considerado o reino mais forte e poderoso de Zyrk, *se Storm era tão rico? Se a ganância era uma forte característica dos zirquinianos, por que o dinheiro não havia comprado um exército para Storm?*

— Mas vamos ao que interessa: o que você quer saber? — indagou de maneira amistosa.

— Você conheceu o meu pai?

Ao menos, uma coisa de positiva eu poderia obter daquele terrível furacão que devastou a minha vida e a lançou em outra dimensão: respostas!

— Sim. Nós tínhamos idades próximas e fomos resgatadores principais na nossa época. Os líderes deixavam essa incumbência para nós, seus filhos.

— Como *ele* era?

Kaller abriu um discreto sorriso.

— Você é muito parecida com ele, Nina, se é o que quer saber. Os mesmos cabelos, o mesmo tom de pele. Mas sua expressão facial é diferente.

— Diferente como?

— Você irradia muita vida. Tem um brilho próprio.

— Meu pai não tinha esse brilho?

— Tive pouco contato com Dale — desconversou.

— Dale?! — balbuciei atordoada. Lágrimas instantâneas brotaram em meus olhos.

Kaller franziu a testa e emudeceu por um instante.

— Você não sabia o nome dele?

Balancei a cabeça e senti aquele nome vibrar em minha alma. Stela havia mentido sobre o nome de meu pai. Ela afirmava de maneira irredutível que não queria mais nenhuma recordação dele, absolutamente nada que a fizesse relembrar o passado. Eu sempre imaginei que o nome fornecido era falso. Com o tempo, acostumei a digerir a palavra "pai" sem dificuldades, mas agora ela tinha um nome próprio e estava ali, agarrada, queimando-me a garganta.

— Deparei-me com Dale em algumas de nossas missões. Era um rapaz calmo, de poucas palavras. Suas mortes eram limpas. O que já era uma grande façanha porque os zirquinianos, enquanto jovens, costumam empreitar mortes mais elaboradas, quero dizer, gostam de mortes estrondosas.

— Dolorosas? — Tive de fazer força para engolir. — É o que quer dizer?

— Infelizmente, sim, mas seu pai era diferente. Mesmo com pouca idade, suas mortes eram semelhantes às dos nossos mais experientes resgatadores: serenas. Ele parecia ter compaixão pelos seus resgatados. — Tornou a ficar pensativo.

— Bons sentimentos?

— Creio que sim, mas acho que nem mesmo ele percebia isso. Então sua mãe surgiu na história... — Repuxou os lábios. — Era a *vez* dela, e Dale não conseguiu cumprir a tarefa.

— Ele se apaixonou por ela. — Um murmúrio triste saiu de minha boca.

— E ela por ele. É a única explicação para você existir, Nina — acrescentou com o olhar penetrante. — Apesar de eu não conseguir compreender como eles conseguiram ter um *contato* mais profundo — balbuciou. — Foi por isso que você foi concebida. Sem amor, não há concepção.

— Vocês já... — travei.

— Nós o quê? — Kaller percebeu minha hesitação.

— Já *tentaram* com outras humanas? — Sem graça, fiz a pergunta olhando para minhas mãos.

— Sim. Tentamos o contato carnal com humanos de ambos os gêneros.

— E?

— Nada. Nunca houve sequer consumação do ato, quanto mais concepção. Você é a única desde a maldição.

Senti um peso enorme ser despejado sobre minhas costas. *Por que eu? Eu não queria esse maldito carma sobre mim.*

— E o que houve com o meu pai?

— Não sei ao certo. Dizem que, depois que você foi concebida, ele ficou completamente transtornado e não realizava mais nenhuma missão, a despeito da ira de seu líder. Dizem que ele se matou de tanta dor e saudade das duas.

— Se matou?! — afundei as mãos no rosto, o corpo trincando de dor sob o peso da culpa que me esmagava.

— Dizem também que ele foi morto pelos soldados do próprio pai, entre tantas outras histórias e versões desencontradas.

— Do próprio pai...

— No nosso mundo isso não diz muita coisa, minha jovem. Nós reproduzimos por necessidade, não porque desejamos ou porque amamos. Não desenvolvemos qualquer sentimento por ninguém, nem pelo nosso próprio filho. Cuidamos dele pois, em geral, desejamos manter a continuidade do nosso sangue no poder.

— Quem era o pai dele?

— Wangor.

— Wangor?! Então o líder de Windston é meu avô? — A notícia inesperada arrancou o chão sob os meus pés e a sensação era de estar caindo em um abismo. Felicidade e decepção duelavam dentro do meu peito estupefato. Eu tinha um parente vivo e que me queria morta. — Mas ele também mandou me matar!

— Já lhe disse, Nina. Em *Zyrk* um filho ou um neto é o mesmo que qualquer subordinado. Não existe diferença. — Arqueou as sobrancelhas. — Além do mais, não sei se foi ordem dele. Ouvi dizer que Wangor está muito doente. Seu reino está praticamente abandonado, absolutamente decadente.

— Doente?

— É o que dizem. Não sei se é verdade já que os reinos não interagem há tempos — ponderou com olhar distante. — Deixe isso para lá! Nada acontecerá.

— Como pode ter tanta certeza?

— Porque ninguém sabe que você está aqui conosco — lançou-me um sorriso triunfante. — Tudo foi feito com muito cuidado. John me garantiu. Estudamos cada passo.

John... Como não pensei nisso antes! Teria ele alguma participação naquela trama também?

— John está bem? — perguntei ao abrandar minha respiração.

— Praticamente recuperado.

— Você se importa com ele — afirmei.

— John é um bom guerreiro — Kaller confirmou com um discreto sorriso. — E será um líder justo.

— E a mãe dele?

— Mãe dele?! — O líder parecia surpreso com a minha pergunta. — O que ela tem a ver com a história?

— Você não se importa com ela?

— Não — soltou indiferente. — Não sei se está viva nem mesmo se a reconheceria.

— Mas... Ela não sente saudades dele? Ou ele dela?

— Não. — Repuxou os lábios. — Nossas mulheres já estão acostumadas às nossas leis: gerar um único filho em vida e entregarem-no para as estéreis. Essas últimas ficam com eles até que estejam aptos a lidar com as armas e a combater. Só não entregam o filho do rei se for um menino. Nesse caso, ele é criado em nosso castelo, para não corrermos risco de troca.

— Troca?

— Ouvimos falar de alguns casos... — sua voz saiu hesitante. — Apenas comentários tolos.

— E se for menina?

— É o único caso em que tentamos novamente, até vir um menino.

— E como ficam as meninas?

— Ora, em geral são criadas como qualquer zirquiniano, quero dizer, para guerrear. Aquelas em que não observamos aptidão para esse ofício são designadas para tarefas domésticas. É o caso das aias, cozinheiras etc. As crianças executam tarefas de baixa complexidade e são sempre supervisionadas por algum adulto. Aos idosos é facultativo resgatar ou guerrear. Se desejarem, podem ser designados para as tarefas administrativas de cada clã.

— Mas por que quase não vejo mulheres por aqui?

— Por causa da intervenção do Grande Conselho — suspirou. — É uma longa história.

— Todos eles são resgatadores? — indaguei apontando para algumas pessoas que passavam por nós ao perceber que Kaller não parecia disposto a continuar no assunto anterior.

— Não. São os nossos empregados e soldados, o que presta para habitar um reino. — O líder abriu um sorriso mordaz. — Os resgatadores são a nossa elite, os melhores guerreiros de *Zyrk*. Já os demais...

— Vivem como aqueles que estão do lado de fora deste muro? — indaguei, relembrando-me das arrepiantes pessoas que vi quando cheguei a Storm.

— Você se refere às nossas sombras?

— "Sombras?"

— É como chamamos os piores exemplares da nossa espécie. — Estreitou os lábios em uma linha fina. — Deviam nos agradecer por estar vivos. São uma doença sem cura.

— Mas são muitos!

— Infelizmente eles são a maioria. Entenda de uma vez por todas, híbrida: *Zyrk* é má, assim como quase a totalidade dos seus filhos.

As palavras de Richard...

— Essas malditas sombras pararam de respeitar as regras do Grande Conselho e praticamente triplicaram nos últimos tempos. Temos realizado ataques contra essa horda de miseráveis, mas não são suficientes. Storm não pode correr o risco de ter uma forte baixa de soldados.

— Por que não se unem contra elas?

— Somos desunidos! Os reinos pararam de se reunir já faz um bom tempo. Sem contar que muita coisa aconteceu desde então.

— Como o quê?

— Shakur ter enlouquecido, Windston ter sido paralisada pelo seu conselho de imbecis e Marmon... Bem, pelo que ouvimos, esse clã aguarda apenas a morte de Leonidas para que Von der Hess, o mais inescrupuloso mago de *Zyrk*, suba ao poder.

— Shakur... É louco?

— De temperamento tempestuoso e instável, Shakur continua um enigma a ser decifrado. Apesar de Collin ter herdado a força física do pai, não é ágil nem inteligente. Comenta-se em *Zyrk* que isso deixa Shakur, que foi um exímio lutador e estrategista, extremamente inconformado. Daí ele preferir, de forma evidente, o mais cruel dos seus resgatadores: Richard. — Meu pulso deu um salto com a terrível afirmação. — Thron possui os resgatadores mais sanguinários de *Zyrk*, Nina.

— Como estamos indo? — uma voz conhecida saiu por detrás de um caramanchão de mármore e nos pegou de surpresa.

121
NÃO OLHE!

John!

— A híbrida é complexa, mas acho que estou progredindo. Tenho assuntos pendentes a resolver e já estou atrasado. — Kaller olhou para o céu. — Fique com ela — ordenou e se despediu de nós.

— Pode deixar, pai.

John tinha boa aparência. De banho tomado, os cabelos ruivos encontravam-se penteados para trás e suas sardas pareciam menos evidentes. Achei bonito vê-lo chamar Kaller de pai.

— Quer caminhar um pouco? — John se voltou para mim.

— Você consegue andar?

Ele confirmou com a cabeça, mas ainda mancava, traído por sua panturrilha em recuperação. John me guiou para uma área mais afastada da construção central. Andamos em silêncio até chegarmos a uma quadra de formato oval. Na verdade, fazia lembrar uma grande arena. Estupefata, peguei-me observando a complexidade das lutas em andamento. Elas eram mais limpas e agradáveis de serem vistas do que os violentos treinamentos de Thron. E entre elas havia mulheres! Pela primeira vez eu as via como guerreiras e fiquei admirada. Treinavam e lutavam como homens. Não recebiam qualquer tipo de privilégio. Tinham a musculatura bem torneada e eram muito ágeis. Cheguei a sentir uma pontada de inveja. Apesar de saber que possuía uma boa estatura e um corpo bem-feito, minhas curvas não eram musculosas. E agilidade? Passou longe de mim! No máximo, um apurado instinto de sobrevivência. Pude notar que a minha aparição por ali gerou um discreto *frisson* entre elas.

— Cuidado! — John berrou quando um longo dardo passou raspando por meu ombro esquerdo, meu pensamento distraído. A garota que veio buscar a arma era mais alta e bem mais forte do que eu. Tinha os cabelos negros encaracolados presos em um coque fofo.

— É melhor tirá-la daqui — advertiu e, virando-se para John, abriu um largo sorriso. — Vejo que já está recuperado, chefe.

"Chefe?" Claro! John era o resgatador principal dali.

— Quase, Allis — respondeu ele, satisfeito.

— Que bom! Você está fazendo falta nas nossas buscas.

— Logo estarei de volta.

John encarou a perna ferida.

— Espero que sim, chefe. — A musculosa garota fez uma espécie de cumprimento e manobrou o dardo com incrível desenvoltura. — Acho melhor tirar a híbrida daqui.

— Venha para cá. — John me puxou pelo braço. À exceção da faixa vermelha que o envolvia, John usava o mesmo tipo de bracelete que vi no braço de Kaller. Olhei ao redor e percebi que todos ali usavam aquele adereço em seus pulsos. — Estamos em uma área perigosa. — Apontou para um alvo mais adiante.

— Esse é o brasão de Storm? — indaguei ao segurar seu braço cheio de sardas. Senti um aperto imediato no peito ao me recordar da explicação de Richard quando estávamos a sós naquela gruta de Thron. Tão pouco tempo se passara e tanta coisa havia acontecido desde então...

— Sim. — John pousou o olhar vidrado em mim.

Imediatamente soltei seu braço.

— É a primeira vez que vejo mulheres lutando — comentei e desviei o olhar para as guerreiras em treinamento.

— É porque não são muitas. Sem contar que as poucas que existem com aptidão para guerrear estão em constante treinamento. Elas têm que compensar com espetacular habilidade a menor força física. *Zyrk* prefere músculos a cérebros. — John se encostou em uma pilastra e deixou a perna machucada descansar no ar. — Com tantos boatos fervilhando por *Zyrk*, achamos melhor intensificar os exercícios.

— Que boatos?

— De todo tipo — disse e acenou para um rapaz de uns dois metros de altura que acabava de passar por nós. Ele me fez lembrar outro gigante.

— Tom está melhor? O ferimento foi bem profundo.

— Tom é um touro e já passou por coisas piores — ponderou. De repente, parou de olhar para as lutas na quadra e me encarou. — Talvez a coragem na hora certa valha mais que toda a força do mundo. Nós não estaríamos aqui se não fosse por você, Nina. Fiquei impressionado com a sua atitude lá no deserto.

— Não teve nada de mais. — Abaixei o olhar, sem graça. — Agi por instinto.

— Teve sim. — John levantou meu rosto com delicadeza. Olhei bem dentro de seus olhos cor de mel e um leve arrepio se espalhou por minha pele. John percebeu minha reação e se afastou. — Obrigado pelo que fez por mim e pelo Tom. Mesmo queimando de febre, você foi muito corajosa.

— Eu também não estaria viva se não fosse por vocês dois — respondi recuperando o ar.

— Não tenho tanta certeza disso. — Ele soltou um suspiro cheio de amargura.

— Como não? Se não fosse por vocês dois, eu teria sido capturada e morta por Kevin ou Collin.

— Mas eu não a poupei das mãos daquele crápula — murmurou. — Ele é tão vil que não mediu as consequências de entrar com você em *Zyrk* à noite!

— Richard?

— Graças a Tyron nada aconteceu — arfou. — Para onde ele a levou depois que atravessou o portal?

— Eu não me recordo — menti.

Acabava de efetuar minha primeira jogada.

— Não?! — Havia ansiedade em sua voz. — Até que momento você se lembra, Nina?

— Até...

— Nina? — John insistiu, apertando uma de minhas mãos.

— Até o momento em que o cavalo de Richard atravessou aquele maldito portal.

— Não se lembra de mais nada depois de lá?

— Acho que foi a febre alta. — Meneei a cabeça sem olhar para ele.

Perdido em seu próprio mundo, John deu alguns passos e ficou de costas para mim. Assim permaneceu por um tempo considerável. Não gostei daquela reação.

— Não se recorda de mais nada após sua passagem pelo portal?

— Não — blefei. — Quando acordei estava dentro de uma carroça e sendo trazida para cá — retruquei dissimulada ao vê-lo andar de um lado para outro. Aquilo começou a me agoniar. — O que está te afligindo, John? Você tem ideia do que aconteceu comigo quando entrei em *Zyrk*?

Ele balançou a cabeça negativamente.

— Infelizmente, não. Perdi muito sangue e fiquei desacordado boa parte do tempo.

John falava a verdade? Não podia pressioná-lo porque ele perceberia meu blefe. Uma flecha caiu a alguns metros de nós e uma inquietação vibrou dentro de mim. Ia efetuar minha segunda jogada.

— Eu também quero! — soltei empolgada, os olhos faiscando.

— Quer o quê? — John me fitava sem compreender.

— Aprender a lutar.

— O quê?!

Apontei para as guerreiras.

— Eu quero aprender a usar as armas delas.

Ele esboçou um sorrisinho irônico e depois fechou a cara.

— Impossível! Quer morrer?

— Eu só quero aprender!

— Essas mulheres lutam desde muito cedo. Quando começaram a aprender, ainda usavam fraldas!

— Elas poderiam me ensinar coisas básicas. Ao menos como manusear um dardo, lançar flechas...

— NÃO! — Era a primeira vez que eu o irritara e aquilo me pegou desprevenida. — Elas não podem parar os treinamentos para ensiná-la.

— Mas você pode — insisti. — Por ser homem, você não precisa treinar tanto quanto elas e... já que está em recuperação, podia então me ensinar alguns golpes.

Ele girava a cabeça de um lado para outro.

— Por favor, John?

— Nem pensar. Se realmente quiser, vai ter que pedir autorização a Kaller.

— Kaller? — Meu estômago se revirou. — Deixa pra lá.

— Venha. Está na hora de se recolher.

John pareceu satisfeito com o fim daquela conversa e me acompanhou até meu aposento — até porque eu não conseguiria encontrá-lo em meio aos numerosos corredores do palácio —, depois sumiu.

E o pior... Literalmente.

CAPÍTULO 11

Dois longos dias se arrastaram depois daquela conversa que tive com John. Talvez eu o tivesse aborrecido ou ele estivesse em alguma missão, pois desaparecera desde então. Ele e Kaller. As aias ficavam mais gentis e solícitas a cada encontro, mas estava cada vez mais difícil segurar a angústia que crescia em meu peito por não enxergar uma forma de escapar dali. Apesar de bem tratada, eu era o tempo todo escoltada por soldados da guarda nos poucos locais em que era permitida a minha entrada. Em resumo: eu nada mais era do que uma prisioneira de luxo.

Até que...

— Encomenda! — informou um serviçal que batia à minha porta.

Os ventos começaram a mudar!

— O que é? — Ao sair ao seu encontro, tive uma grata surpresa: não havia nenhum soldado vigiando meu aposento.

— John mandou vestir isso — disse ele olhando para o embrulho —, e que o encontre na arena assim que o sol começar a ficar a oeste.

— Sol a oeste? — contraí os lábios.

— Ah! Perdão. John me pediu para falar em horas... — Olhou para cima como quem faz cálculos. — Daqui a duas horas — entregou-me o pacote e saiu.

Abri o embrulho e sorri satisfeita. John havia me enviado o mesmo uniforme que as mulheres de Storm utilizavam quando estavam em treinamento. Finalmente me veria livre da montoeira de panos dos vestidos que era obrigada a usar. Que felicidade em me deparar com um par de calças compridas! A blusa era um pouco larga, mas estava tudo bem! Aliás, estava tudo ótimo, exceto pelas horrendas sandálias de couro. Teria que me acostumar a elas.

Aproveitei meu momento de suposta liberdade e fui rapidamente para a arena. O treinamento devia ter dado uma pausa, pois a área de lutas estava vazia e silenciosa. E parecia bem maior também, com o piso de mármore branco refletindo a luz que penetrava pela claraboia do teto.

— O que está fazendo aqui?

— John?! — estranhei. — Um susto pode ser mais letal que uma arma, sabia?

— Não. — Ele me lançou um sorriso brincalhão. — Talvez então eu possa levá-lo comigo para uma missão.

— Engraçadinho — resmunguei enquanto ele ria da própria piada. — Onde você esteve?

— Sentiu minha falta? — Estreitou os olhos.

— Não te encontrei em lugar nenhum.

— Ah! Então sentiu minha falta — concluiu com um amplo sorriso.

— Não é isso! É que...

Se ele soubesse o meu real interesse em procurá-lo...

— A roupa caiu bem em você. — Ele deu uma boa checada no meu corpo. Corei. — Precisa apenas de uns ajustes.

Antes que eu pudesse compreender o que ele estava querendo dizer, John encontrava-se a poucos centímetros de mim e olhava avidamente para a minha cintura.

— O que está fazendo? — Olhei para baixo e o vi dando um nó na barra da minha camisa. Seus dedos chegaram a tocar de leve a minha pele e todos os pelos de minha barriga se eriçaram. Ele percebeu e eu poderia jurar que gostou daquilo.

— As zirquinianas costumam fazer isso. Colocam o nó no lado oposto da mão principal. No seu caso, será no lado direito porque você é canhota. — Lançou outro sorriso enquanto tornava a se afastar.

— Você é um bom observador.

— Ainda não viu nada.

— Vamos começar? — apressei-me em dizer, constrangida com o rumo da conversa.

— Claro.

Ele caminhou até o centro da quadra. Jogou os fartos cabelos ruivos para trás das orelhas e me chamou para perto dele com um movimento de mãos.

— Kaller sabe que você vai me treinar?

Ele confirmou balançando a cabeça.

— E ele permitiu?

— Mais ou menos.

— Como assim?

— Ele me pediu que a distraísse. Uma forma de gastar meu tempo, uma vez que não consentiu minha partida para outra missão. — Suspirou e, desgostoso, apontou-me a panturrilha enfaixada. — Meu pai também percebeu, Nina, que seu estado de ânimo vem piorando com o passar dos dias.

— E aí...

— Ele não determinou como seria a distração. — John piscou para mim, triunfante. — Achei que, dadas as circunstâncias, esta atividade a agradaria.

— Com que arma vamos começar? — perguntei empolgada.

— Com nenhuma.

— Hã? Nenhuma?

Meu sorriso desapareceu.

— Vamos começar trabalhando seus reflexos.

— Reflexos?!

Que ótimo! Como fugiria dali utilizando apenas meus magníficos reflexos?

— Sim. Precisamos treiná-los.

— Mas eu queria...

— Aprender a lutar? Manejar armas? — Ele adquiriu uma expressão ininteligível. — Isso demoraria anos. E, pelo visto, acho que não se encaixa bem no que você deseja no momento, não é?

Engoli em seco. *Ele teria percebido minhas verdadeiras intenções?*

— Ok, então. Vamos trabalhar meus reflexos — assenti resignada.

Num rodopio, ele já estava atrás de mim, imobilizando meus braços.

— Ai! Como você fez isso?

Ele me soltou e tornou a se posicionar à minha frente.

— Foco, Nina. Você tem que estar focada. Avalie os prováveis movimentos do seu oponente.

— Tá bom. Vamos tentar de novo... aiiií!

E John já estava atrás de mim. Imobilizando-me. Novamente.

Fiz muita força para me livrar dele, mas nada. Tudo que consegui foi ser arremessada pelo túnel do tempo a um passado recente. Seus braços, apesar de não serem tão fortes e quentes quanto os de Richard, fizeram-me delirar por alguns segundos e revivi o furacão de emoções que aquele cretino gerava em minhas células. Por mais que tentasse extingui-lo da memória, a mínima lembrança de seu rosto perfeito e atormentado fulminava minhas certezas. Mas eu tinha que ser mais forte que minha mente. Tinha que afastar qualquer lembrança daquele mentiroso para um lugar bem distante, apagá-las definitivamente de dentro da alma.

— Nina?

Ops! A viagem havia acabado.

— O que houve? Não está se sentindo bem?

— Eu... eu fiquei um pouco tonta — menti.

— Quer parar?

— De jeito nenhum! — exclamei, recuperada de meus, argh, devaneios. — Vamos lá!

John voltou à sua posição inicial e deu o sinal de que ia atacar.

— Droga! — resmunguei ao vê-lo me prender novamente. Aquilo começava a perder a graça. Para mim. Não para ele, que parecia estar se divertindo bastante. Tentei mordê-lo, mas meus dentes se depararam com uma espécie de barreira. — Ai! O que é isso? — reclamei, sentindo fisgadas lancinantes nos dentes. Ele riu e me soltou.

— Você achou que se livraria de um guerreiro a dentadas? — Havia um misto de incredulidade e gozação em sua voz.

— Eu... O que você está usando, afinal? — John levantou as mangas da camisa branca até os cotovelos. Grossas faixas de couro cobriam seus antebraços. *Claro! Como não pensei nisso antes?*

— Essas proteções nos livram dos pequenos cortes que podem nos distrair durante uma luta. Têm a vantagem de serem flexíveis e bem mais leves que as armaduras metálicas — ele explicava olhando para elas.

— De novo! — comandei, e num piscar de olhos, ele assumira a mesma posição anterior, ou seja, imobilizava-me por trás.

Meu Deus! Como ele era rápido! Dessa vez não reagi, na verdade eu não tive nem como pensar nessa hipótese. Sua respiração quente me atingiu a nuca, paralisando-me com mais eficiência que seu golpe anterior. Um tremor seguido de um formigamento. Estávamos tão colados que eu não conseguia distinguir se aquele trepidar vinha do meu corpo ou do dele.

— Tente, Nina! — ele comandava com candura ao perceber meu estado petrificado. — Tente se livrar de mim. — Sua voz macia ressoando em minha orelha direita me deixou zonza.

— Eu não consigo — arfei desanimada e ele me soltou.

— Você tem duas alternativas: antecipar o movimento do seu adversário ou libertar-se dele o mais rápido possível.

— Mas são alternativas de fuga!

— Não. São alternativas de sobrevivência! — ralhou. — O que você queria? Partir para o confronto? Usando espadas, dentes ou o próprio punho? Ah, já sei... vai me dar um susto.

Sua resposta azeda me fez encolher.

— Você tem que tentar se livrar do seu adversário o mais rápido possível. Não pode permitir ser imobilizada. Tem que agir antes, fui claro?

— O que eu tenho que fazer então?

— O oposto do que vem fazendo. Seu oponente espera exatamente o que você está tentando fazer. É tão óbvio. — Lançou-me uma piscadela. — Você precisa surpreendê-lo. Precisa desequilibrá-lo. Essa é sua única saída.

— Mas como? Vocês... Quero dizer, você é forte demais.

— Eu não sou tão forte assim. — Suspirou. — O que você tem que fazer é alterar o centro de resistência do seu adversário. — Meu olhar de ponto de interrogação o fez rebobinar: — Você vai se abaixar o mais rápido que puder e executar este movimento de torção com o corpo. — Ele exemplificou com um giro. O negócio era muito mais difícil do que eu poderia imaginar.

— Ok. Vamos tentar novamente.

Eu não queria desistir, mas, depois de umas dez frustrantes tentativas, minha determinação já tinha ido por água abaixo, juntamente com a minha paciência.

— Que droga!

— Tudo bem. Já fez muito para um primeiro dia — consolou.

— Não!

— Não o quê?

— Eu não vou embora antes de conseguir — rosnei e ele riu.

— Nina, se esse golpe fosse fácil, todos saberiam como se livrar dele, não acha? Você vai ter que praticar bastante até conseguir. Por hoje chega.

— Por favor? — implorei.

— Só mais uma vez e depois você vai se recolher.

— Combinado!

— Aqui. — Desta vez ele não apareceu magicamente às minhas costas como David Copperfield. Lentamente, John se posicionou atrás de mim e imobilizou meus braços. — Concentre-se. Anteveja. Respire enquanto age, ok? Quando eu diss... Arrh!

Trapaceei. Antes mesmo que ele desse o comando, eu me abaixei e, sem conseguir acreditar no que acabara de fazer, girei meu corpo com desenvoltura e o desequilibrei. *Ou será que ele se deixou desequilibrar?* Bem, o fato é que nós tombamos e John caiu por cima de mim.

— Uau! — Ele sorria, deixando o rosto a poucos centímetros do meu. Suas sardas pareciam piscar para mim. — Acho que encontrei uma ótima aluna. Vamos acelerar nosso treinamento.

— Posso passar para as armas? — indaguei sem ter coragem de encará-lo e querendo que ele saísse logo de cima de mim.

— Talvez.

Sua fisionomia ficou grave.

— Talvez por quê? — Revidei seu olhar e senti uma inquietude dentro de mim.

— Porque...

John engoliu em seco. Nossas respirações ofegantes se cruzaram. Atordoada, não fiz menção de sair debaixo dele. John começou a se aproximar demais e suas mãos apertavam as minhas com avidez. Ele tremeu e meu corpo se arrepiou todinho. *Arrepiar?! Claro! Como poderia ter me esquecido?* Eles causavam esse tipo de sensação em mim. Tremores, calafrios, até sugar minha energia vital.

— Não! — guinchei e o empurrei.

— Desculpe! Eu... eu não sei o que houve.

Mas eu sabia. Eu era uma espécie de ímã para os zirquinianos e uma ameaça para mim mesma. Ao mesmo tempo que os sugava para o meu campo gravitacional, eu acabava me colocando em perigo. Eles tinham a capacidade de sugar a essência da vida e desempenhavam uma única função que eu não poderia esquecer em hipótese alguma: todos naquela dimensão nada mais eram que a *Morte*, literalmente.

— Nenhum de vocês tocará em mim novamente, nunca mais! — esbravejei, levantando-me num rompante.

— Eu... eu sinto muito — retrucou e, de repente, seus olhos se arregalaram. — Tocar? Novamente? Então é verdade?! — Sua voz saiu áspera.

— Hã?

— Sobre você e Richard? Sempre duvidei dos comentários... Que pudesse ter acontecido algo entre vocês dois... Não com aquele sanguinário! — bradou indignado.

— Não houve nada entre mim e Richard!

— Tem certeza? — desconfiou. — Você está mentindo!

— Não estou!

— Então ele... ele forçou você?

Céus! O que era aquilo? Uma crise de ciúmes?

— Richard é um throniano, garota! Ele não tem escrúpulos! — Transtornado, ele continuava: — Nunca teve.

— Ele não me obrigou a nada e não houve nada, John. Nada que vale a pena lembrar! — Perdi a força e soltei um murmúrio infeliz: — Eu que fui a idiota.

— É possível que você tenha sido vítima de algum poder oculto — murmurou com o olhar sombrio.

— Como assim?

— O número de mortes tão expressivo que ele possui só é possível por força sobrenatural, Nina. Corre por toda *Zyrk* que ele é o filho encarnado do mal.

— Filho do mal! — Levei as mãos à boca e, sem perceber, me apoiei na parede atrás de mim.

— Sinto muito se a assustei, só queria...

— Você fez bem em me contar... eu... eu só estou um pouco cansada — menti.

— Venha — finalizou taciturno. — Vou acompanhá-la até seu quarto.

Caminhamos em silêncio por todo o percurso de volta. Antes de me ver entrar, ele pigarreou:

— Nina, em algum momento Kaller disse algo sobre ele...

Tímidas, as palavras dançavam dentro de sua boca, mas se recusavam a dar o ar da graça. John se retraiu.

— Sobre ele o quê?

— Nada. Bom descanso.

E saiu depressa, deixando-me intrigada.

John estava mais que chateado. Algo o preocupava.

E era grave!

CAPÍTULO 12

Exausta, tirei as roupas encharcadas de suor e desabei na enorme cama. Meu peito estava agitado e meus pensamentos se atropelavam. *O que estava acontecendo? John estaria se interessando por mim?* Deixei essa ideia de lado, tentei esquecer de tudo e apenas descansar. Em vão. Meus estúpidos neurônios tinham vontade própria. E voltaram a pensar nele. Sempre nele: Richard. O peito agoniado com o que John havia dito sobre ele ser o filho do mal. A cabeça incapaz de processar aquela informação. Se ele era realmente tudo aquilo que comentavam, então... *Oh meu Deus! Eu havia me apaixonado pelo demônio em pessoa?* Meu coração, apesar do terror que o consumia, queria fazer-se de cego. Doía toda vez que pensava nele, mas ainda assim eu pensava, e muito. Minha mente divagava entre Richard e a pergunta que me assombrava incessantemente: *O que acontecera no aposento de Collin?*

Flashes num sonho sem definição. Muitos. Um lago em meio à névoa. Dois corpos nus se abraçando com angústia e paixão. Uma discussão. Collin gargalhando. Gritos de horror. Uma fuga às escondidas. Sangue em minhas mãos.

— Vista-se, minha querida! — acordava-me Meredith aos tropeços. — Kaller ordenou que a levasse até ele.

— O que está havendo? — indaguei ao ver o movimento frenético das camareiras dentro do quarto.

— Parece que o exército de Thron está marchando para Storm — gemeu Meredith.

O tempo mostraria sua face. Mas... Qual delas?

— Venha, Nina. Sente-se aqui — ordenou Kaller assim que cheguei ao salão principal e interrompi a conversa acalorada entre ele e seus homens de confiança. John inclusive, é claro. Nossos olhares chegaram a se cruzar por um instante e eu podia jurar que notei algum tremor em suas pupilas. Os homens me encaravam e pareciam atônitos com a grave situação.

— Mas, meu senhor — um oficial começou a falar —, por causa dela, o reino de Storm será destruído. Toda *Zyrk* tem ciência do poderio bélico de Thron.

— Estão blefando! — o líder retrucou de forma áspera. — Como saberiam que ela está aqui? Limitamos todas as saídas de Storm durante esses dias.

— E se houver algum espião entre nossos homens? E se alguma de nossas sombras percebeu e vendeu a informação? — acrescentou agitado um dos conselheiros mais idosos.

— Não podemos arriscar perder o nosso reino por causa dela! Acreditar na lenda é loucura! — acrescentou o comandante em tom agressivo.

— E se a lenda for verdadeira? — objetou Kaller. — Não tivemos tempo de descobrir.

— Nós podemos vencer! — exclamou John. — Nosso olheiro afirmou que é apenas uma divisão do exército de Shakur.

— Mesmo que vençamos a batalha, será uma vitória amarga. Perderemos muitos soldados! — bradou o chefe da guarda. — Não teremos chance em uma segunda investida de Shakur. É só uma questão de tempo.

— Ele tem razão! — outros se pronunciaram.

— Faremos o que o senhor ordenar, Majestade — anunciou o general que até então permanecera calado.

Kaller esfregava o crânio por entre os dedos. Um silêncio angustiante reverberava pelas paredes de mármore. Tirando-nos do martírio da dúvida, um baque se fez ouvir ao choque das aldravas nos imponentes portões de bronze. Logo um mensageiro entrou correndo pela comprida passarela de veludo vermelho. Quase sem conseguir respirar, ele se curvou diante de Kaller:

— Senhor, Shakur está entre eles! — Havia pânico em sua declaração.

— Shakur?! — Surpresos, os homens indagaram em uníssono.

Kaller pôs-se de pé no mesmo instante, o rosto visivelmente perturbado.

— Sim. Ele veio junto! — O mensageiro continuava de cabeça baixa. Parecia amedrontado só pelo fato de dar aquela notícia.

— Não pode ser verdade! — retrucou nervoso o chefe dos soldados. — Shakur não sai de Thron há anos. Desde o terrível episódio, senhor.

— É uma armadilha! — rebateu John. — Shakur está blefando!

— Mas se eu não for até ele a resposta estará dada — disse Kaller.

— Se for, ele também a terá — John disparou nervoso.

— Shakur mandou dizer que deseja apenas conversar. Manteve seu exército bem distante do ponto de contato — explicou o mensageiro que finalmente arrumara coragem para levantar a cabeça.

— Concordo com John, Majestade. Shakur não é confiável — argumentou alarmado outro oficial.

— O que acha, Paul? — Kaller se dirigiu ao general a sua direita.

— O senhor sabe o quanto confio em suas acertadas decisões, Majestade. Portanto, tudo que determinar, aceitarei de bom grado. — Meio a contragosto, Paul roçou a garganta e deixou sair o que pensava: — Só lhe peço que não se esqueça com quem está lidando. Não jogue com Shakur, meu senhor. Blefar está na essência daquele perverso ser, e não na sua.

Kaller estava pálido e parecia desorientado.

— Talvez estejamos nos preocupando demais. É possível que não seja nada do que estamos imaginando — retrucou um conselheiro.

Após um longo momento de introspecção, Kaller se dirigiu ao mensageiro:

— O exército de Shakur está mesmo em campo neutro?

— Sim, meu senhor. Ele vem acompanhado apenas de Richard.

— Richard?!? — John pôs-se de pé num sobressalto e olhou furtivamente para mim.

Richard? Em Storm? Ouvir o som daquele nome já foi o suficiente para acelerar minha respiração e fazer o sangue pulsar mais forte em meus ouvidos. *Sua tola! Será que não tem vergonha na cara?*

— Muito bem! Diga a Shakur que apenas ele e Richard têm permissão para passar pelo primeiro nível. E que deverão vir desarmados.

— Ele nunca aceitará essa proposta, senhor.

— O interesse é dele, não meu — devolveu o líder. — Diga-lhe que meu exército o escoltará pelas sombras até o pátio de entrada e que levarei apenas meu filho comigo. Deixe claro que, qualquer armação, morrem todos.

— Sim, senhor.

— Mas, Kall... — tentou argumentar o velho e fiel amigo que foi logo interrompido pelo líder.

— Fique tranquilo, Paul. Shakur é perigoso, mas não ia colocar seu *rosto* à mostra se realmente desejasse partir para um confronto.

— Tenho lá minhas dúvidas — ponderou o general.

— Além do mais, Richard estará desarmado e tenho John para me proteger.

— Meu senhor, não se esqueça de que Richard é muito forte e que John ainda está em convalescença — retrucou Paul.

— Tem razão. Deixe uma guarda de prontidão. Se ele aprontar alguma, não hesitarei — Kaller se empertigou. — Paul, quero você e seus homens de confiança tomando conta dela. — Apontou para mim. — Não a deixe ir a lugar algum.

— Perfeitamente, Majestade.

Kaller e John vestiram armaduras e, escoltados a certa distância por sua tropa de elite, partiram ao encontro dos adversários. Minutos depois, o general Paul foi convocado às pressas.

— Não saiam daqui e fiquem de olho na híbrida — ordenou ele aos soldados antes de se retirar.

Ordem dada e imediatamente esquecida. Consumidos pela curiosidade em ver se o temido Shakur estava realmente em seu pátio, os soldados que me vigiavam adiantaram-se na direção de uma estreita janela do magnífico castelo de mármore.

— Por que Shakur tem o corpo todo coberto? — indagou um dos guardas num sussurro para o outro.

— Deve ter sido durante o terrível episódio. Dizem que ele teve o corpo todo queimado. Comentam que ele só sobreviveu porque tem um pacto com a Besta — respondeu o colega sem tirar os olhos lá de baixo.

— Com Malazar?

— O próprio.

Aproveitando-me da distração dos guardas, espiei por uma pequena fresta e, numa fração de segundo, meus ávidos olhos o encontraram.

Lá estava ele, todo vestido de negro e com semblante de poucos amigos, como de costume. Montado em seu cavalo de ébano, Richard observava a conversa com atenção felina. Meu coração quase veio à boca de excitação e meu corpo respondia como se tivessem injetado adrenalina em minhas veias: as pernas tremiam, o sangue pulsava em meus tímpanos e algo congelava dentro de minha barriga. *Droga! Só de olhar para ele todas as minhas certezas se esvaíam.*

— Ora, ora... Shakur em Storm? Quem imaginaria isso? — Kaller começou a conversa de forma apimentada.

Os cavalos de Kaller e John bufavam sob eles, de alguma forma ameaçados pelo musculoso corcel à sua frente. Escoltado de perto por Richard, Shakur montava um animal bem maior que os demais. De porte altivo, o bicho exibia uma sinistra proteção composta por uma carcaça preta com afiadíssimas pontas de lanças. Em conjunto com o seu cavalo, Shakur usava um tipo exótico de armadura e a máscara negra metalizada que ocultava metade de sua face estava adornada lateralmente por gigantescas presas de animais. Apesar de tê-lo visto de perto, não tinha noção da majestosa envergadura daquele sombrio líder.

Shakur soltou uma gargalhada. O ar ficou pesado e senti uma compressão estranha no peito. Ele nunca havia gargalhado daquela maneira enquanto estive em Thron. *Então por que eu tinha a sensação de que já a ouvira antes?*

Novos flashes. Eu corria por um parque repleto de flores. Cenas de minha mãe feliz, sentada sobre uma toalha quadriculada e nos chamando para lanchar. *Nós quem?* Uma mão grande e morena, masculina, oferecia-me uma rosa branca. Quando aceitei o presente, veio o choque. Meus dedos eram tão pequeninos. *Eu era uma criança?* De repente, eu não estava mais naquele parque e sim em um lugar escuro. Dois homens finalizavam um escambo. Um choro e gemidos de dor.

Que loucura é essa agora, Nina? Jesus! Você está pirando!

— Pensou que eu fosse um fantasma, Kaller? Pelo visto, não suportou a curiosidade e quis ver com os próprios olhos, não é? — retrucou Shakur com jeito debochado.

— Não é muito comum um líder desaparecer por tantos anos.

— O comum é descartável. O extraordinário, imortal.

Céus! Eu conhecia aquela frase!

Novo calafrio se espalhou por minha pele, lançando uma descarga elétrica em meu cérebro. Sem névoa ou fragmentos desconectados, o filme de que eu não conseguia me lembrar desde que despertei na caravana de Max agora transcorria com riqueza de detalhes e em sua íntegra na minha mente e no meu coração. Todos os sentimentos estavam de volta: medo, atração, mágoa. Recordava-me perfeitamente de minha entrada tumultuada no sombrio reino de Thron, Richard me levantando em seus braços e sendo ovacionado, do nosso encontro no lago, dele declarando seu amor por mim e, depois, me descartando, optando por Thron quando encurralado por Collin. Só uma lacuna ainda permanecia em branco: *O que havia acontecido quando enfrentei Collin? Como saí de lá?*

— Não vejo singularidade alguma no seu desaparecimento. Serviu apenas para fazer os boatos se multiplicarem — disparou Kaller.

— E quais seriam eles?

— Não dou atenção a fofocas — respondeu o líder de Storm de forma ácida. — Acho melhor irmos direto ao assunto que o interessa, não?

— O que seus homens fizeram com Collin? Onde está meu filho? — A voz de Shakur saiu num estrondo e pegou a todos de surpresa.

— Como assim?!? — Kaller se empertigou todo, os olhos arregalados. — Não sei do que está falando!

— Devolva-me a híbrida! — tornou a vociferar Shakur, segurando a crina do animal que abanava a cabeça sem parar.

— Ela não está em meu poder — Kaller rugiu no mesmo tom.

— Não tente me enganar, Kaller! — ameaçou Shakur.

— Mesmo se ela estivesse em Storm, o que lhe dá o direito de vir aqui e reivindicá-la? Fui eu quem pagou por ela. Fui eu quem perdeu uma enorme fortuna com essa loucura toda e não você. Se alguém aqui tem o direito de estar furioso, esse alguém sou eu!

— Kaller, se existe um clã que não desejo destruir, esse clã é o seu. Sempre admirei seu gosto por construções. — Shakur olhou em volta e soltou uma risadinha infame. Kaller o fitava sem piscar. — Mas nada me impedirá de colocar as mãos nela, fui claro? Você sabe o futuro que o aguarda se decidir não me entregar a híbrida.

— Estamos prontos para qualquer combate, caso isso seja uma ameaça — Kaller revidou nervoso.

— Não vim com esse apetite, líder! — trovejou Shakur. — Quanto ao pagamento, sei muito bem que você recuperou seu investimento.

— Recuperei? Como assim?

— Foi muita audácia mandar homens de Storm invadir Thron disfarçados de mercenários — rosnou o líder mascarado. — Uma jogada perfeita. Tão perfeita, que qualquer tolo perceberia.

— Do que está falando?! — Kaller perdeu a cor.

— Do esquema que você bolou para me roubar a híbrida. — A voz de Shakur era fria e perturbadora. — Quero que saiba que vou descobrir o espião que você plantou dentro de Thron e que vou fazê-lo sofrer como nunca nenhum ser vivo jamais sofreu nesta dimensão.

141
NÃO OLHE!

— Não sou homem de esquemas, Shakur. — As palavras saíram trôpegas da boca de Kaller. — Apareça aqui com certezas, e não com...

— Pois é melhor começar a desconfiar de seus homens. Se seu próprio filho foi capaz de vender o que é seu, imagine os demais — John interrompeu a tensa conversa dos líderes.

— Silêncio, John — ordenou Kaller ainda aturdido.

— Não é só Collin que esconde coisas do pai — alfinetou Richard em tom sarcástico.

— Traição é sempre vil — respondeu John no mesmo tom.

— Omissão é para os fracos — devolveu Richard.

— O que você está insinuando, seu verme? — John aproximou seu cavalo do de Richard.

Richard não esboçou um movimento sequer, mas o encarava com ferocidade.

— Contenha-se, John! — bradou Kaller.

— Pela descrição dos meus olheiros, uma caravana de grande porte se dirigiu a Storm logo após a híbrida desaparecer de Thron — continuou Shakur com a cabeça inclinada e a voz modificada. Ele estava tão surpreso com o desenrolar daquela conversa quanto Kaller.

— Então eles estão com a garota, não nós — retrucou Kaller. — É provável que Collin esteja entre eles.

— Não tente me ludibriar, Kaller.

John liberou uma risada forçada.

— Detesto brincadeiras. Aonde você quer chegar, rapaz? — Shakur dirigiu-se a John e parecia estudá-lo pela primeira vez.

— Que você não precisa ir muito longe. — John abriu um sorriso petulante.

— Por Tyron, cale-se, John! — Kaller levantou o braço direito e evidenciou o punho cerrado.

— Ir longe? Como assim? — insistiu Shakur.

— Quem muito olha para longe acaba não enxergando o que está debaixo do próprio nariz — tornou John a instigar.

— Se disser mais uma palavra, vou arrancar a sua língua com minhas próprias mãos — ameaçou Richard.

— Com as mãos? — John soltou uma gargalhada irônica. — Pois tente. Terei enorme prazer em decepá-las.

— Eu não preciso de armas para acabar com você — Richard rosnou, avançando lentamente com o cavalo para cima de John.

John sacou sua espada e meu corpo inteiro congelou. Aliás, todos os que assistiam à discussão estavam com os nervos à flor da pele. *Eles iam se matar ali? Bem na frente de nossos olhos e ninguém faria nada?* Agoniada, aproximei-me ainda mais da janela e os homens que me vigiavam mal perceberam.

— Parado, Richard! — bradou Shakur.

Contrariado, Richard puxou as rédeas do animal.

— O que você sabe, John? — indagou o líder de negro.

— Pergunte a ele. — Apontou para Richard.

— Cale. A. Boca. John!!! — ordenou Kaller enfurecido.

— Você ousaria me ocultar alguma coisa, Richard? — A voz de Shakur saiu arrastada.

— É evidente que não, meu senhor. Ele está tentando envenená-lo, não percebe? — Richard respondeu ao líder sem tirar os olhos felinos de John. Tive a impressão de que as pupilas ficaram verticais naquele momento. — Eu disse que seria perda de tempo vir até aqui.

Shakur olhou para o céu por alguns segundos. Parecia meditar.

— Kaller, para provar meu respeito por você e seu clã, vou lhe conceder duas luas para que me entregue a híbrida — declarou num tom alterado. — O tempo necessário para eu ir e voltar de Thron com meu exército preparado para aniquilar seu povo.

— Eu já lhe disse que ela não está aqui! É possível que a essa altura ela esteja morta. — Kaller tentou argumentar, mas não havia convicção em sua voz.

— Se matá-la... transformarei Storm em pó.

Kaller não proferiu qualquer resposta.

— Você mente muito mal, Kaller. Pode ser que não saiba de Collin, mas agora tenho certeza de que a híbrida está em seu poder. — Shakur fez um aceno com a mão direita e bateu em retirada. Logo atrás do líder, Richard olhou por cima do ombro em direção ao palácio e, antes que os soldados me puxassem para dentro, tive a impressão de que, por meio segundo, nossos olhares se encontraram.

— Saiam todos! — Kaller entrava intempestivamente no grande salão.
— Ele está blefando! — John tentava argumentar.
— Tenho minhas dúvidas — retrucou Kaller nervoso. — O que você está me escondendo, John?
— Nada! O pupilo de Shakur me tira do sério, só isso.
— Conhece a fama daquele rapaz. Não se arrisque.
— Não tenho medo dele.
— O medo é o pai da precaução, meu filho. Todo cuidado é pouco quando se lida com homens de Thron.

John fingiu não escutar o conselho e insistiu no assunto que o preocupava:
— Shakur tem dúvidas, pai! Ele não vai nos atacar sem ter certeza.
— Preciso pensar — o líder ponderava.
— Depois de tudo o que passamos para resgatá-la?! Todos os homens que perdemos... Você não está pensando em entregá-la, ou está?
— Ainda não decidi — ruminou o líder. — O preço é alto demais.
— Mas e a lenda? Você não pode...
— Cale-se! — berrou Kaller. — Retire-se, John!

John acatou a ordem e, pela sua fisionomia, eu já pressentia o pior.

— Quero que saiba que sinto muito, híbrida — Kaller murmurou quando ficamos a sós. — Não posso colocar em risco a vida do meu povo. O poderio bélico de Thron é muito superior ao nosso.

Eu já havia entendido.

Ele também desistira de mim.

CAPÍTULO 13

Meu cérebro trabalhava a mil por hora enquanto era conduzida até o meu aposento. A combustão de tantas recordações, emoções e questionamentos que emergiam de uma só vez conseguiu expulsar o manto que embaçava minha mente, clareando pouco a pouco a lógica dentro de mim. O intrincado quebra-cabeça começava a tomar forma. A visita de Shakur dera-me a certeza de que eu não estava enlouquecendo e que Max havia mentido. Sim. Eu estava naquela dimensão há mais dias do que poderia imaginar e havia estado em Thron antes de chegar a Storm. *Mas, afinal, por quanto tempo? Como saí daquela quase intransponível fortaleza?* Tudo levava a crer que Shakur havia sido vítima de traição. Quem? Como? Por quê?

Moedas de ouro?

Storm era um reino muito rico. Essa era uma resposta plausível: alguém me trocara por moedas de ouro. *Mas quem?* Richard havia conseguido o que queria e jamais arriscaria o trono de Thron. Ou seria tão ganancioso a ponto de me vender novamente por mais moedas de ouro? Collin já tinha poder por ser o filho do líder e não perderia a chance de abusar indefinidamente de mim. O que seu sumiço significaria então? Por que Shakur parecia desesperado em me ter de volta? E Max? Aquele mercenário era a única pessoa que talvez tivesse a resposta. Ou teria sido ele apenas um simples coringa desse intrincado jogo de cartas na manga? O que John quis insinuar ao instigar Richard? Ele saberia de alguma coisa ou apenas guardava ódio por ter sido ludibriado no passado? *Seriam ciúmes?* Em meio a tantas questões, eu não sabia o que era pior: constatar que os zirquinianos não valiam nada ou o relativo valor de minha vida para eles.

— Para que esse vestido? Vão festejar minha ida para bem longe daqui? — indaguei sarcástica quando as aias começaram um vai e vem desencontrado pelo aposento.

Elas se entreolharam, mas não responderam.

— O que está acontecendo? — insisti.

— Ele quer uma experiên... — A garota mais nova deixou escapulir.

— Cale a boca, Sophia! — bradou Meredith, esfregando os dedos pela volumosa saia. — Não deixe a pobrezinha mais aflita!

Segurei a respiração e abri um sorriso amarelo. Por que me arrumariam toda para uma simples experiência? A resposta era óbvia demais: porque não seria tão simples assim! Na certa *ele* pretendia ter algum "contato" comigo.

— Ele quem? Quando? — perguntei tentando parecer impassível.

— *Ele!* O vestido será para amanhã à noite.

Indisposta, não desci para o jantar. Meu estômago ficara enjoado só de pensar que teria que encarar o líder.

— Kaller mandou que lhe trouxéssemos algumas frutas. Vai ficar tudo bem, querida — disse Meredith sem me encarar, saindo rapidamente do quarto.

A fome me atacou de madrugada e decidi levantar para pegar uvas e uma maçã. Dei algumas mordidas e, de repente, o silêncio denunciou um par de vozes vindo de um aposento próximo, mas eu não conseguia captar o que diziam. Do cômodo das aias. Conduzida pela curiosidade, tentei abrir minha janela, mas não tive sucesso. Era pesada demais! Eu tinha percebido que o guarda da vigília noturna não ficava plantado à minha porta e gostava de andar pelas redondezas. Como eu não tinha relógio, fiquei contando o tempo de suas passadas firmes. Os ecos que elas produziam pelo corredor demoravam a surgir e a desaparecer do meu campo auditivo. Cento e quarenta e seis foi o número que surgiu na primeira contagem. Repeti e, na segunda vez, deu cento e quarenta e nove. Por precaução, decidi que cento e quarenta seria meu prazo limite para retornar ao quarto sem correr o risco de ser apanhada no flagra. Esperei o soldado passar e comecei a fazer a contagem mentalmente. Quando as passadas ficaram distantes, saí do quarto, caminhei em silêncio pelo piso de mármore do corredor e pus-me a escutar atrás da porta. Já estava ficando mestre nesse quesito.

— Ela não vai sobreviver. — Sophia soltava um choro fino. — Ela não vai aguentar.

A contagem continuava: vinte, vinte e um...

— Talvez aguente. Ela é uma híbrida. É diferente de todos os outros. — Não havia a mínima convicção na voz de Meredith.

Trinta e cinco, trinta e seis, trinta e...

Um momento de silêncio. *Não! Não! Não! Falem, por favor! Não!* Cinquenta e três...

— Não concordo com a atitude de Kaller — confessou Meredith. — A lenda é bem clara: só com amor! E ela não o ama. Duvido também que ele a ame. Se ainda tivesse tempo de conquistá-la, mas, assim, à força, ele vai estragar tudo!

— Aí nunca mais teremos outra chance?

— Vai ser muito difícil, Sophia. Há milhares de anos esperamos por esse momento. Até surgir um novo híbrido igual a ela, teremos que esperar outra eternidade.

— Shakur ainda terá interesse nela? Quero dizer, caso ela sobreviva?

Senti a maçã se dilatar dentro do meu estômago. Oitenta.

— Claro que sim. Ele não tem bons interesses. Só maus. E, para os maus, ela continuará com o seu devido poder.

Que poder? Abrir o tal Portal Pentagonal?

— Por Tyron! — A voz da garota saiu trêmula.

— É o que diz a lenda — lamentou-se Meredith.

— Mas por que Kaller quer destruir o único lado bom dela?

— Curiosidade. — A mulher soltou um muxoxo. — Não se esqueça de que, antes de tudo, ele é homem. Dizem que ela pode nos fazer sentir coisas que jamais imaginaríamos. Kaller deve estar interessado em sentir algo mais intenso... Quero dizer, em sentir-se humano, nem que seja por uma única vez. Quem mais em *Zyrk* teve uma chance igual a essa? É uma oportunidade única. — O tom de voz de Meredith tinha um misto de raiva e desaprovação.

Cem!

— Eu senti — murmurou Sophia após um pequeno intervalo de tempo.

O que você sentiu, Sophia? Cento e quinze.

— O quê?! — A voz da senhora saiu fina, assustada.

— Eu senti, Meredith — repetiu Sophia. Havia júbilo naquela confissão. *Fala logo, droga!* Cento e vinte e um. Meu tempo ia acabar. — Quando fiquei junto de Nina, senti uma coisa boa dentro de mim, como se eu não quisesse sair de perto dela, como se quisesse ficar com ela o tempo todo.

— Eu também. Eu... — Meredith disse com a voz embargada e me fez vacilar.

O quê?! Cento e trinta e cinco. Detectei ruídos ao longe. O guarda estava se aproximando. Meu coração começou a palpitar acelerado. *Ah, não!*

— Eu tenho vontade de cuidar dela — confessou Meredith e tornou a se calar.

Cento e quarenta, eu acho. A emoção em meu peito fez a contagem ir para o espaço. *Saia já daí, Nina!* Mas eu precisava escutar o que Meredith tinha a dizer. Os passos ficavam cada vez mais nítidos. Não sabia a planta daquele castelo, mas tinha certeza de que o soldado chegaria a qualquer instante. Minhas mãos suavam e a palpitação virou uma terrível taquicardia. *Vá agora, Nina!*

— Nunca senti isso, mas dizem que é o que as humanas sentem por seus filhos. Tenho vontade de fazer carinho nela, de tomar conta dela — concluiu a senhora.

Meus pulmões inflaram e quase me asfixiei. Cento e cinquenta! Uma tosse alta foi o empurrão que eu precisava. Saí dali às pressas, entrei no meu quarto aos trancos e barrancos e fechei a porta atrás de mim. As lágrimas forçavam passagem e era quase impossível contê-las. As palavras de Meredith e Sophia me tocaram profundamente. *Cristo! O que fazer agora que tinha certeza de que eu era realmente capaz de gerar bons sentimentos nos zirquinianos?* Eu havia compreendido o poder de minha presença e, principalmente, da importância de me manter viva. Eu precisava reagir. Nem que para isso eu precisasse mentir, trair e, se fosse o caso, até matar.

Era chegada a hora de lutar por uma causa nobre: a minha vida!

Insone, resolvi aparecer no refeitório para o café da manhã e não podia ter feito escolha mais acertada. John estava lá, sozinho e com aparência abatida. O lugar parecia assumir o estado de espírito do seu ocupante, sombrio e quieto. Amanhecia.

— Onde está todo mundo? — perguntei olhando para a mesa intocada e as cadeiras perfeitamente arrumadas. Pelo visto, ninguém havia tomado café da manhã.

— Preparando-se para uma possível guerra — respondeu de forma seca e sem olhar para mim.

— Não haverá guerra — declarei. — Ou Kaller mudou de ideia?

— Não. — John foi taxativo.

Não? Então a resposta estava dada: Kaller pretendia me possuir. E aí estava o motivo para o desencadeamento do confronto. John sabia que, ao me possuir, Kaller me mataria, e Shakur, ciente da perda, acabaria atacando Storm. Inúmeros deles morreriam pela atitude inconsequente do próprio pai.

— Onde está Kaller?

— Descansando para esta noite.

John colocou um enorme pedaço de broa dentro da boca.

— O que está havendo, John? Por que então não quer conversar comigo?

Hesitante, ele me encarou.

— Porque não é para ninguém conversar com você. São ordens.

— Por que não?

— Porque você não me pertence, quero dizer...

— Eu pertenço a mim mesma e a mais ninguém! — rosnei furiosa, precipitando-me sobre ele.

— Você acha? — John soltou uma gargalhada sarcástica.

— Você sabe que eu não posso ter nenhum contato com Kaller! Vocês podem arruinar a única chance de mudança para o seu povo.

— Como você soube disso?

— Não preciso ser muito inteligente, não é mesmo? — Saí pela tangente. Eu não podia comprometer minhas aias.

Ele nada respondeu.

— Eu vou fugir. Me ajuda? — implorei.

— Você enlouqueceu? — grunhiu e certificou-se de que estávamos a sós.

Percebi que talvez eu tivesse outra forma de persuadi-lo. Era chegado o momento de usar a única arma que eu possuía e entrar na batalha. *Que se danem os meios, Nina! Você tem que pensar no fim. E o fim, garota, é recuperar as rédeas de sua própria vida!* Respirei fundo, segurei seu rosto entre minhas mãos e, olhando bem dentro de seus olhos, tasquei-lhe um beijo rápido. Jamais poderia me esquecer de que um contato maior com um zirquiniano poderia ser letal.

Seria John capaz de sentir alguma coisa por mim ou, pelo menos, experimentar algum tipo de sensação diferente em seu corpo? Até onde ele iria para me ajudar?

— Faz isso por mim — pedi sedutora.

John arregalou os olhos e empalideceu, mas, logo em seguida, senti suas bochechas frias esquentarem rapidamente por debaixo de meus dedos. Um rubor vivo substituiu a palidez inicial e o rubro de suas sardas se acentuou. Seus olhos cor de mel brilharam durante os segundos em que nos encaramos. Atordoado, ele segurou minhas mãos com força, afastando-as de seu rosto. Sem mais nem menos, virou as costas para mim e saiu dali, trotando. Quando resolvi ir atrás dele, John já havia desaparecido.

Droga! O que foi que eu fiz?

As horas se esgotavam e a aflição começava a me dominar.

— Venha, filha. Você precisa se arrumar — comunicou-me uma Meredith de aparência tristonha. Sophia estava diferente, agoniada talvez.

— O que você está me escondendo, Sophia? — sussurrei, assim que Meredith saiu do aposento.

— Meredith disse para não contar, porque podia deixar você nervosa, mas eu acho que é muito importante e não pode ser escondido...

— E...?

— Hoje à tarde, enquanto eu estava fazendo os preparativos, eu tive que ir rapidamente até o depósito central para pegar alguns ingredientes.

— E...? — repeti impaciente.

— Foi a primeira vez que vi Kaller e John discutindo. E por sua causa! — confessou assustada. — John não queria que Kaller a possuísse, e Kaller ficou bravo porque não admitia a insubordinação do próprio filho. Então John disse que o pai estava condenando Storm e que também estava jogando fora a última chance de *Zyrk*. Kaller ficou muito nervoso e mandou John ir embora, do contrário, seria encarcerado. Mas John não lhe deu ouvidos e continuou falando. Disse que Kaller estava sendo tão baixo quanto todos aqueles que ele sempre censurou, que ele tinha vergonha de ser seu filho etc.

— Ah, não!

— Então Kaller o esbofeteou e mandou que os guardas o levassem dali.

— Levassem? John está preso? — gemi, arrependida das consequências de minha investida.

— Sim. Em uma das celas da ala sul.

Eu estava paralisada e ao mesmo tempo sabia que era para agir imediatamente. Uma avalanche de ideias desabava sobre minha cabeça. Fui dominada por uma delas.

— Quanto tempo ainda tenho para meu encontro com Kaller, Sophia?

— Pouco mais de três horas. Por quê?

— Eu preciso de sua ajuda. Você vai dizer à Meredith que estou com uma enxaqueca enlouquecedora e que vou me atrasar. Precisa afastá-la daqui por um tempo.

— Como assim?

— Você vai me ajudar a fugir.

— Hã? — A garota havia perdido a cor.

— Sophia, eu sei que você acredita na lenda. — Segurei seus ombros, mas ela olhava para baixo e evitava me encarar. Parecia travar uma luta interna. — Sophia, por favor, você precisa me ajudar — implorei.

Após alguns segundos de expectativa, ela levantou a cabeça e me surpreendeu. Sophia exibia um sorriso travesso e suas pupilas estavam completamente verticais.

Agora eu tinha uma aliada. E isso mudaria tudo!

CAPÍTULO 14

Como uma atriz, deitei-me com ar de doente. Meredith resmungava o tempo todo que Kaller teria que entender a minha indisposição, que eu não poderia ir, que minha energia não aguentaria.

— Pode deixar, Meredith. Eu vou estar com Kaller — interrompi. — Só preciso descansar um pouco.

— Claro, minha querida. — Ela foi saindo do quarto, resmungando palavras indecifráveis. — Venha, Sophia.

— Meredith? — pedi melosamente.

— Sim?

— Sophia pode me fazer companhia? Estou me sentindo tão fraca...

Meredith concordou dando de ombros.

— Meredith? — Sophia interveio. — Algumas flores ficariam bonitas no arranjo do cabelo de Nina, não acha?

— Mas não temos flores aqui perto. Só no canteiro de Samuel.

— Ótima ideia! — Sophia apressou-se em responder. Ela sabia que aquele canteiro era bem distante dali, o que manteria Meredith afastada por um bom tempo.

— Vou mandar um rapaz buscar — concluiu Meredith.

— Não! — Sophia emitiu um gritinho histérico e eu gelei. — Q-quero dizer — gaguejou a garota —, você acha que um homem saberá escolher as flores adequadas? — Soltou uma risadinha superfalsa.

Meredith repuxou o canto direito do lábio superior, desconfiada. Silêncio no recinto. *Pronto! Nosso plano tinha ido por água abaixo com a "brilhante" atuação de Sophia.*

— Tem razão. — Por obra do bom destino, Meredith concordou. — Eu mesma vou colhê-las. — Olhou com tristeza para mim e saiu suspirando.

Levantei-me de um pulo e me retirei do aposento com Sophia estrategicamente situada a uns vinte passos à minha frente. Assim ela me orientaria no percurso como também me daria cobertura, fazendo sinal para que eu me escondesse caso surgisse alguém pelo caminho. Coloquei uma espécie de capa com capuz sobre o vestido vermelho escolhido por Kaller. Qualquer imprevisto, era só me desfazer da capa e me dar por perdida. Depois de inúmeras subidas e descidas, vira aqui, vira ali, chegamos a uma área afastada dos aposentos principais. Sophia fez um gesto apontando-me o lugar exato. De longe, vi seu olhar gentil se distanciar de mim. Agradeci com um balançar de cabeça.

Destoando de toda Storm, entrei em uma úmida e encardida enfermaria. Retangular e sem qualquer tipo de luxo, era composta apenas por uma fileira de camas de madeira bem antigas. A não ser por duas delas, todas as demais estavam desocupadas. Seus doentes, indetectáveis por debaixo de lençóis brancos, lançavam um cômico ruído no ar: roncos. Para meu azar, ambas as silhuetas eram grandes. *Droga! E agora? Qual dos dois?* Vagarosamente puxei um dos lençóis na tentativa de identificar a pessoa por debaixo dele.

— O que você quer?

Uma mão enorme imobilizou meu pulso com agressividade.

— Ai! — soltei um berro sufocado.

Graças aos céus! Era Tom.

— Preciso de sua ajuda para tirar John da prisão — sussurrei, olhando para o lado. Para meu alívio, o sujeito da outra cama dormia um sono profundo.

— John? Preso?! — O brutamontes deu um pulo. — O que houve?

— Teve uma discussão com Kaller e foi detido por insubordinação.

— John nunca faria uma coisa dessas. Só pode ser uma armadilha! — Tom trancafiou os dentes, olhando-me com desconfiança.

— Eu lhe dou a minha palavra.

— Vocês, humanos, não têm palavra! — rosnou.

— Por favor, preciso que me ajude. Temos que correr contra o tempo!

— Por que eu te ajudaria? — indagou-me com olhar inquisidor.

— Por que... — quase engasguei. *Por quê? Ora, porque eu queria me mandar dali e ponto final.* Respirei fundo. — Primeiro, porque sei que você é o melhor amigo de John e não aceitaria que ele sofresse uma injustiça. Segundo, porque eu sou a única chance de ajudar *Zyrk*, e você sabe que John acredita nisso.

Chance de ajudar Zyrk? Jogada de mestre, garota!

— Você... não tem nada a perder. — Aproveitei o momento de hesitação e agarrei seu braço. — Por favor, acredite em mim. John confirmará tudo o que eu disse.

Num piscar de olhos, o gigante pôs-se de pé. Ajeitou uma atadura que passava pelo seu abdome, calçou os sapatos e saiu rapidamente dali, arrastando-me com ele.

Saímos da construção central, passamos como um foguete pelo pátio do chafariz e, um pouco antes de chegarmos à área das sombras, Tom optou por fazer um percurso distinto das pessoas do lugar. Caminhando pelos fundos de uma grande estalagem, chegamos sem dificuldades à cela onde John estava preso. Outro problema à vista: o carcereiro. Tom me deixou escondida num corredor empoeirado, provavelmente sem uso há um bom tempo. Observei-o por trás da porta de metal enferrujada.

— E aí, Tom? Está melhor? — saudou o carcereiro quando ele se aproximou.

— Praticamente novo!

— Nem preciso perguntar que ventos o trazem aqui, não?

— Exato.

— Que coisa estranha, não é mesmo? Kaller mandar deter o pró...

— É verdade. — Tom estava pouco à vontade. — Você sabe o porquê disso?

— Andam dizendo que muita coisa mudou desde a chegada da híbrida. E pelo visto pra pior.

Tive vontade de estrangular aquele futriqueiro. Tom não podia dar para trás.

— Vamos. Eu acompanho você.

— Não precisa. Eu só quero a chave.

— Eu não posso... — negou o carcereiro meio a contragosto.

— Eu não vou conversar com John por entre as grades. — Havia severidade na voz de Tom. — Você se esqueceu que esse prisioneiro será o seu futuro líder?

O sujeito titubeou um pouco e, hesitante, entregou-lhe a chave.

— Serei breve. — Tom o acalmou.

Alguns minutos depois, Tom veio falar com o carcereiro. O homem arregalou os olhos, assustado. Começou então a vasculhar o lugar, como se procurasse por algo, e, depois de sumir por uns instantes, tornou a aparecer. Sua fisionomia agora era de pânico. Enquanto o carcereiro separava algumas armas, vi Tom desferir-lhe um golpe certeiro na nuca, fazendo-o apagar de imediato.

Segundos depois, John se juntara ao amigo e ambos vieram ao meu encontro.

— Nina, você está bem? — preocupado, John apertava minhas mãos.

— Desculpe envolver você nisso, John — arfei. — Mas eu... eu não posso ter nenhum contato com Kaller. Sei que você me entende. — Os olhos cor de mel de John brilhavam. — Eu preciso fugir. Ajude-me a sair de *Zyrk*, por favor!

— Kaller é bom. Eu não entendo... — Com semblante entristecido, John tentava desculpar-se pelo comportamento do pai. — Eu vou ajudar você.

— Não pode fazer isso! — Tom estremeceu e o ameaçou: — Se você ajudá-la, será condenado ao *Vértice*!

— Eu sei — rebateu John com a respiração vacilante. — Mas vou tranquilo de que fiz o certo. Prefiro o *Vértice* a ficar aqui consumido pela vergonha de minha covardia.

Droga! Senti-me muito mal por estar me aproveitando justamente da pessoa mais decente que havia conhecido naquela dimensão. Mas não havia outra forma. Eu precisava de John para sair dali e já era tempo de pensar apenas em mim.

— Dentro de três horas, Kaller vai dar por minha falta — expliquei agitada.

— Então temos que ser rápidos — rebateu John.

— Mas, John, eu... — Tom estava desnorteado com a situação.

— Fique. Não quero envolver mais ninguém nessa jornada.

— Para onde você vai? — perguntou o gigante.

— Tentarei Wangor. É a única alternativa já que não tenho cobertura e os portais estão sendo vigiados.

— Wangor?!

— Ele é avô dela.

Meu coração deu um salto ao ouvir aquele comentário. *Meu avô...*

— Wangor está inconsciente! — rugiu Tom. — Talvez esteja morto e nem saibamos. Vocês dois vão acabar metendo os pés pelas mãos!

— Temos que tentar.

— Kaller vai colocar um pelotão atrás de vocês ainda hoje. — Apavorado, Tom tentava demover o amigo daquela loucura.

— Quando meu pai descobrir, já terá anoitecido. Essa é a carta na nossa manga, Tom. Além do mais, você se esqueceu de que eu conheço caminhos mais rápidos? Atalhos para quando se viaja em pequenos grupos?

Silêncio. Tom deixou a mandíbula despencar sem emitir som algum. Demorou alguns segundos até conseguir formular a pergunta que o assombrava:

— O pântano de Ygnus?

John assentiu.

— Por lá, o tempo que temos será suficiente.

— Isso é loucura! — bradou Tom e pressenti que não seria uma boa saída.

— É o único caminho viável nas condições em que nos encontramos.

— Mas... eu... — Tom estava pálido e sem mais argumentos.

— Você já fez muito por mim, meu amigo. Fique — John se despediu com um meio sorriso. — Vamos, Nina. Temos que correr.

— Correr não será suficiente. Vocês precisarão de um animal. — Os olhos de Tom ganharam novo brilho. — Vou ver o que consigo.

Saímos por uma passagem dentro de um poço que, pela quantidade de lodo, musgo e teias de aranha, estava há muito abandonado. Entramos em um túnel e, guiados apenas pela luz de uma lamparina de querosene, chegamos ao lado de fora do castelo. Olhei para trás e, assombrada, compreendi que havíamos atravessado o grande lago por debaixo dele.

— Venha! — sussurrou John, conduzindo-me em direção a uma pequena campina. Algumas poucas árvores destoavam do contexto. Um cavalo malhado aguardava por nós preso a uma dessas árvores. John abriu um sorriso.

Tom havia conseguido!

CAPÍTULO 15

— **Logo vai anoitecer** e dificultará a busca — John explicava enquanto parávamos para descansar. Em *Zyrk* o conceito de hora era aproximado, em geral relacionado a algum fenômeno da natureza.

— Seu pai já deve ter descoberto que fugi.

— Provavelmente.

Ele acendeu a pequena lamparina e sentou-se no chão trincado pela aridez. Estava pensativo.

— Sei que está arrependido por ter me ajudado a escapar.

— Quer ouvir a verdade? — indagou sem me encarar. Ele continuava com as pernas dobradas e de cabeça baixa. — Não sinto qualquer arrependimento dentro de mim. Pelo contrário. Sei que fiz a escolha correta.

— Mas está chateado.

— Ainda não sei o que estou sentindo. — Ele levantou a cabeça e olhou bem dentro dos meus olhos.

Compreendi o peso daquelas palavras. John ia contra Kaller porque tinha se interessado por mim. E eu? Bem... Eu tinha ciência de que estava me aproveitando dele. À força, tentei arrancar a maldita semente do remorso de dentro do meu cérebro, antes que ela começasse a germinar. A dualidade de emoções pulsava freneticamente em meu peito.

— Não consigo entender a atitude do meu pai. Ele sempre foi tão sensato. Isso não faz o menor sentido — confessou, esfregando as têmporas.

Claro que fazia sentido! Kaller queria de mim exatamente o que todos os outros, inclusive John, desejavam: sentir! Desfrutar do que somente uma híbrida poderia efervescer em seu corpo anestesiado. A diferença estava na intenção por trás de cada um deles. O que eu precisava era ter certeza se todos os zirquinianos só tinham realmente más intenções camufladas em suas ações, ou se, de fato, alguns deles começavam a desenvolver bons sentimentos por mim, como vi acontecer com Sophia e Meredith. E talvez estivesse acontecendo com John.

— Eu sei que você entrou em conflito com Kaller por minha causa, John. — Aproveitei a brecha para tocar no assunto que me interessava. — Por que foi contra seu pai?

— Porque não concordei com o que ele se propôs a fazer. Porque sendo assim, tudo em que sempre acreditei não passaria de uma grande mentira.

— E no que você acredita?

— Que nós, algum dia, poderemos ser iguais a vocês, humanos. A grande maioria dos zirquinianos não acredita, mas eu fui criado por um homem de fé. Por isso estou decepcionado com meu pai.

— John, olhe bem para mim — ordenei ao vê-lo afundar o rosto nas palmas das mãos. — Você realmente acredita que eu posso realizar o milagre?

— Acredito. — Sua resposta instantânea me fez vacilar.

— Como vou mudar essa condição em que vocês se encontram, como? — reagi hostil, sem perceber que descontava nele toda a frustração que me invadia a alma.

Aquela maldita equação era muito complexa. Meu lado sombrio se mostrava muito maior que meu lado bom. Eu poderia abrir o maldito Portal Pentagonal a qualquer instante, mas até eu conseguir amar e ser amada por um deles... Aí a conversa era outra.

— Está tudo muito claro agora! Só não me mataram ainda porque planejam me usar para abrir o Portal, não é? — Minha garganta ardia.

— Acredito que é o que Shakur deseja.

— É por isso que ele está atrás de mim?

— Como sabe disso? Você ouviu a conversa? — Ele arregalou os olhos.

— Ouvi! — enfrentei-o. — Como saí de Thron? Foi Kaller que armou o meu rapto? Vocês pagaram algum throniano para enganar Shakur? Foi Collin?

— Que loucura é essa, Nina? Do que você está falando? — A testa lotada de vincos comprovava que eu o encurralara.

— O que aconteceu com Collin? Como vim parar em Storm? Responda, John!

— Max e seus mercenários fizeram o serviço. Você sabe muito bem! — ele rebateu com os punhos cerrados.

— Não se faça de desentendido! Não é isso que estou perguntando. Como fui parar nas mãos de Max?

— Ele resgatou você das mãos do crápula do Richard para trocá-la por ouro. Eu e Tom fomos apenas o pedágio para conseguir entrar em Storm. É tudo que sei — retrucou esfregando os pés no chão.

— Mentira! Eu estive em Thron antes de ir para Storm! — trovejei e a cor foi varrida do rosto de John.

— I-impossível — gaguejou. — Você estava delirando por causa da febre!

— Thron fica dentro de um vulcão adormecido, não é? — rugi. John arregalou os olhos e abaixou a cabeça.

— Eu não sei o que dizer, Nina — murmurou enquanto enchia a mão com um punhado de areia. Ele tinha a expressão inescrutável. — Perdi muito sangue e acabei ficando desacordado por mais tempo do que eu gostaria. Nesse intervalo de tempo muita coisa pode ter acontecido.

Tudo que sei é que Max resgatou você das garras de Richard. Aquela aparição de Shakur foi uma surpresa para mim também. Não tenho a mínima ideia do que possa ter acontecido com Collin. Juro.

— Quem jura, mente. — Esbocei um sorriso incrédulo. — Mesmo assim, Thron vai atacar Storm. Como Shakur reagirá ao ver que foi enganado?

John soltou um gemido.

— Shakur vai matar Kaller e você não estará lá para defender seu clã — concluí. — É por isso que está chateado?

John permanecia de cabeça baixa e, por um instante, senti a sua dor. Eu havia transformado a pessoa mais decente daquela dimensão em um desertor.

— Ninguém pode prever o que se passa na cabeça de Shakur — murmurou. — Caso Thron se enfraqueça muito nesse ataque, existe a possibilidade de Marmon decidir contra-atacar. Muita coisa pode acontecer.

— Marmon… — balbuciei. — Kevin…? — A simples lembrança daquela víbora assassina me fez arrepiar inteira. — O que aconteceu com ele após o confronto?

— Deve ter sido levado de volta a Marmon.

Sem que eu esperasse, John passou a mão em meu rosto com suavidade e me encarou por alguns instantes. Seus olhos cintilavam, suas sardas piscavam para mim.

— Nina, enquanto estávamos treinando, ficamos muito próximos e… Quando me beijou… Eu senti algo muito forte. — Sua voz saiu num sussurro rouco. — Eu já havia sentido isso quando você ficava bem junto a mim… — explicava-se constrangido. — Quero dizer, na moto, durante a travessia do Saara.

Meu estado de confusão chegou ao extremo com aquela confissão. Vinda de John, algo dentro de mim afirmava que era verdadeira.

— John, eu não… — Ele continuava me olhando com profundidade e, segurando uma mecha dos meus cabelos, envolveu-a com carinho. Assim permaneceu por um longo momento até que a soltou. Em seguida seus dedos tocaram a pele da minha nuca. Senti um calafrio diferente: era suave, quase calmante. — Eu não… — As palavras simplesmente não saíam. Precisava lhe dizer que não poderia ter esperanças comigo. Nem ele, nem *Zyrk*. Mas, carente de afeto, peguei-me admirando a forma gentil como ele afagava meu ombro. John se aproximou ainda mais, sua face a centímetros da minha... Senti uma forte inquietação brotar em meu peito ao detectar que suas pupilas tremiam sem parar, prova incontestável da emoção que o atingia. — John, eu... — murmurei ao vê-lo segurar meu rosto e começar a me beijar. Beijos gentis e ao mesmo tempo agoniados. — John, não — consegui dizer finalmente e desviei o rosto. Ele se afastou.

— Você ouviu? — Ele tinha a testa lotada de vincos quando se levantou às pressas.

— Ouvi o quê? — indaguei aturdida e sem saber se eu queria entender o que ocorria ao nosso redor ou o que havia acabado de acontecer comigo. A reação do meu corpo ao contato com o dele me pegou de surpresa: inundou-me de uma indescritível sensação de bem-estar, como há muito não experimentava. *Como assim? Eu não senti o calafrio e as tonturas? Eu também não havia sentido com Richard...*

— Droga! Temos que correr. Eu te ajudo a subir — reclamou ele, estendendo-me a mão e olhando apreensivo para o nada.

— O que está havendo, John? O que você está tentando me esconder? — questionei ao vê-lo chicotear o pobre animal abaixo de nós sem parar.

— Os ruídos — arfou.

— O que têm eles?

— Estão constantes demais — explicou olhando para o céu com a expressão sombria. A atmosfera transitara do opressivo cinza-escuro para o preto mórbido.

— O que quer dizer com isso? — Ele não me respondeu e continuou sua cavalgada acelerada.

As nuvens se dissiparam algum tempo depois, dando destaque a um astro fino no céu nanquim de *Zyrk*. Ele era semelhante às nossas pupilas reptilianas, só que um pouco mais inchado, e clareava de forma tímida o terror que se desenhava diante de nós: um pântano assustador crescia à nossa frente. Feito de um líquido viscoso, era negro como piche. Gigantescas bolhas estouravam na sua superfície, emitindo ruídos pavorosos. Pareciam lamentos, berros de pessoas que estavam sendo torturadas, assemelhavam-se a gritos de dor.

— Esses sons...? — perguntei petrificada enquanto John puxava as rédeas do animal. — São... são gritos?

John não me respondeu.

— Esse é o pântano de que Tom havia falado? — tornei a indagar quando ele me ajudou a descer do cavalo.

Só então me dei conta do perigo iminente. Diante de tantas intempéries, esqueci-me dele por completo. Mas, agora, lembrava-me perfeitamente do rosto de pavor de Tom. E o gigante não parecia ser um sujeito dado a chiliques.

— Sim. — Uma gota de suor escorreu por sua testa. Suas pupilas abrindo e fechando de maneira inconstante era a confirmação das evidências: ele estava tenso ao extremo. — No momento, é o único caminho seguro para nós.

— Seguríssimo! — zombei da sinistra situação enquanto apertava as juntas dos dedos.

— Por algum motivo inexplicável, as criaturas da noite não passeiam pelas margens do pântano — explicou com a voz arranhando. — Talvez porque os portais estejam bem distantes daqui, ou talvez porque já exista maldade suficiente pela região.

— "Criaturas... da noite?" — engasguei.

— Esqueça — sentenciou com semblante austero.

Achei melhor não insistir no assunto. Saber dos detalhes macabros só pioraria meu estado de pavor.

— Vamos atravessar esse pântano à pé?

— Você vê algum barco por aqui? — contra-atacou com ironia. John não estava para brincadeira. — Os cavalos são muito pesados.

— O que está havendo? — questionei algum tempo depois ao vê-lo passando as mãos no rosto e olhando de um lado para outro sem parar.

— Deveríamos aguardar a redução das bolhas, mas estou com um mau pressentimento — observou agitado. — Nossas chances seriam bem maiores com menos bolhas, mas não podemos esperar.

— Então... Esses sons... São berros mesmo?

— Dizem que algumas almas conseguiram escapar do *Vértice*, mas não voltaram nem para a sua nem para a minha dimensão — arfou. — Dizem que foram caçadas pelos mensageiros interplanos e, por castigo, estão aprisionadas aí. — Ele apontou para o negro lago à nossa frente.

— "Mensageiros interplanos?"

— São criaturas sobrenaturais — confessou sombrio. — É tudo o que sei.

— E qual o porquê desses gritos horripilantes?

— Diz a lenda que, como castigo e, para dar o exemplo para que os demais seres do *Vértice* não tentassem fugir também, essas almas são queimadas diariamente. Consegue ser pior que o próprio *Vértice* em si.

— Cristo! São uivos de dor! — exclamei aterrorizada.

Ele sacudiu a cabeça, confirmando.

— Por que Tom disse que poderíamos não sair vivos daqui?

— Porque, em seu desespero para escapar do martírio, algumas dessas almas agarram as pessoas que se atrevem a cruzar o pântano e acabam afogando as pobres coitadas — respondeu sem rodeios. — Exércitos inteiros já foram engolidos por Ygnus.

— Oh, não! Como vamos...?

— Nós podemos! Alguns dos nossos já conseguiram — ressaltou puxando o ar com força. — O problema é que todos os que tiveram êxito estavam sozinhos. Por algum motivo, as almas parecem não conseguir ouvir os passos de uma única pessoa.

— Então nós vamos atravessar separadamente? — Senti um nó se formar em minha garganta e não consegui engolir.

— De jeito nenhum — rebateu acelerado. — Apesar do que contei, nem todos que estavam sozinhos... Portanto, não vou arriscar deixar você atravessar sozinha.

— E em dupla...?

— É o que vamos descobrir — respondeu em estado de alerta, semicerrando os olhos e fazendo a varredura do lugar. — Não podemos mais esperar. Venha!

— O que houve?

— Um ruído diferente — explicou ele, estendendo-me a mão.

165
NÃO OLHE!

Fala sério! Como ele tinha conseguido identificar algum ruído diferente em meio àquela sinfonia exasperante?

Os gemidos pareciam ter triplicado de volume e meu medo cresceu na mesma proporção, deixando-me paralisada. Não conseguia enxergar quase nada à minha frente e tinha total ciência de que estava dentro de um filme de terror.

— Fique calma. Nós vamos conseguir, ok? — finalizou ele, presenteando-me com um sorriso tímido. — Apoie as mãos nas minhas costas. Caminharemos com o passo sincronizado.

Assenti firmemente com a cabeça, mas minhas pernas trepidavam como uma britadeira enlouquecida. John liderava e, por vezes, sua espada empunhada reluzia a fraca luz da lua. A escuridão reinava absoluta nos momentos em que o tímido astro era encoberto por algum indesejável grupo de nuvens. Nossos passos contados aos sussurros, compassados. As canelas já submersas naquele líquido espesso e afundando lentamente. Visibilidade: mínima. Aceleração cardíaca: máxima.

— Não se aproximem! — ameaçou John com estrondo ao estancar o passo. Meus dedos apertavam seus trapézios com força excessiva.

Surgindo da escuridão, seis homens entravam no pântano. Quatro vinham tentando seguir nossa trilha e os outros dois faziam um trajeto diferente: montados em cavalos, um deles avançava por nossa direita enquanto o outro nos ladeava pela esquerda.

— Eles estão nos cercando, John!

— Droga! Vamos ter que apressar o passo — respondeu entre os dentes.

— Mas e as almas?

— Shhh! — rebateu ele olhando para trás. Os sujeitos se aproximavam bem mais rápido do que eu poderia imaginar. — Venha! Siga os meus movimentos.

Apertamos o ritmo e tive a sensação de que um número maior de bolhas estourava na superfície, liberando gemidos cada vez mais altos e atormentados. Decidi que não ia escutá-los. Eu precisava me concentrar nas passadas de John. De repente, um relinchar altíssimo seguido de um berro de dor. Fui tomada por nova descarga de adrenalina ao presenciar os últimos momentos do cavaleiro à nossa esquerda. Partes de suas pernas ainda estavam expostas, mas ele se debatia loucamente à medida que era puxado para dentro daquela polpa grossa e negra. O mesmo acontecia com o pobre animal que, com os olhos arregalados, relinchando e sacudindo a cabeça de um lado para outro, também afundava rapidamente. Mais bolhas estouravam na superfície. Mais gritos assombravam o ambiente.

— Não olhe, Nina!!! — berrou John, puxando-me para frente. — Rápido! Eles estão nos alcançando.

Olhei para trás e, ainda atordoada, vi que os companheiros do sujeito que acabava de ser engolido não se compadeceram nem por um segundo do seu triste fim. Enquanto eu gastara meu tempo observando aquela estúpida morte, eles aproveitaram para se aproximar de nós.

— Sim! — soltei determinada. — Vamos, John!

A maldita margem oposta ainda estava distante e o cavaleiro que avançava ao longe pela direita começava a nos ultrapassar. John alargava os passos, mas os sujeitos atrás de nós se aproximavam. De repente, outro apavorante grito de dor. E estava muito próximo. Instintivamente, John e eu viramos nossos pescoços e vimos um dos rapazes do grupo sendo devorado com absurda rapidez. O pântano parecia estar ganhando vida e ficava furioso com a nossa entrada sem autorização. A quantidade de bolhas ia aumentando, assim como os urros lançados no ar.

— Fiquem onde estão! — Com a espada apontada para eles, John ameaçou os três homens com autoridade. — Não percebem que morreremos todos, seus estúpidos?

— E deixar a híbrida só para você? — questionou o que vinha à frente e que agora estava há pouco mais de três metros de nós. Olhei adiante e vi seu comparsa montado no cavalo alcançando a margem oposta. Estávamos realmente cercados!

— Ela não será de ninguém se continuarem a se aproximar! — vociferou John. — Ygnus não perdoa.

— Você não está em condições de negociar. — O homem abriu um sorriso desafiador e deu mais dois passos em nossa direção.

— Esqueceu de que lado a híbrida está, idiota? — replicou John. Puxando-me com a outra mão, ele começou a dar passos lentos para trás, quase em sincronia com a marcha de seu adversário.

Híbrida? Ao som daquela palavra algo se mexeu dentro de mim. *Como eu poderia ter esquecido desse detalhe fundamental: eu era especial e precisava agir como tal!* O medo que até então me paralisara começou a ser derretido pelo fogo que crescia em minhas células e, sem controle das reações do meu corpo, senti minhas mãos formigando.

— Eu preciso do seu punhal, John — sussurrei.

— O quê? — Sem parar suas passadas, ele se enrijeceu e arregalou os olhos.

— Você me ouviu — soltei entre os dentes. — Passe o punhal.

— Não — rosnou. — Você não tem condições de... Arrrh!

— John! — gritei apavorada ao vê-lo ser sugado. Instintivamente mergulhei para ajudá-lo, mas meu corpo foi bruscamente repelido para trás assim que minha cabeça tocou o líquido escuro. O que havia causado aquilo: a agonia de gritos ensurdecedores ou as mãos do sujeito de dentes escuros? *Era o sujeito!* E o maldito me rebocava, levando-me em direção aos comparsas. Seus colegas pareciam amedrontados com o rumo dos acontecimentos. Olhei para trás e o líquido viscoso daquele pântano ainda estava agitado no local onde John havia afundado. *Pobre John! Ele ainda lutava!* O formigamento em minhas mãos crescia na mesma proporção da minha fúria.

— Você devia ter dado ouvidos ao John. — Sorri sarcástica. — Porque você vai morrer comigo! — acrescentei feroz para o homem que me arrastava, jogando-me sobre ele. Propositalmente, desatei a fazer barulho, berrando como uma louca enquanto o socava com todas as minhas forças. A água começou a se agitar como nunca abaixo de nós, bolhas e mais bolhas estouravam na superfície, trazendo com elas todo o horror das profundezas daquele inferno. *Você vai partir comigo, infeliz!*

— Socorro! — pediu o perturbado enquanto tentava se defender de mim. *Seria o contato com minhas mãos?* Ele parecia fugir das minhas investidas em vez de reagir. Demonstrava mais medo de mim do que das almas e da ininterrupta agitação da água ao nosso redor. — Segurem a híbrida! — comandou aos capangas, mas os dois covardes já retornavam para a margem de onde vieram. *Eles estavam fugindo?*

— Eu vou te matar! — Em total desespero, o sujeito bramiu horrorizado e, sacando o punhal que estava preso em sua cintura, avançou sobre mim. Meu reflexo alerta ainda conseguiu fazer com que eu virasse o corpo a tempo, mas não impediu que a lâmina afiada me atingisse o antebraço e eu me curvei de dor. O homem recuou, deixando transparecer um misto de raiva e incompreensão em sua face. Ele tornou a atacar, mas, quando a lâmina estava prestes a me rasgar, manobrei o corpo como John havia me ensinado no treinamento e minha mão de alguma forma conseguiu interceptar o golpe, porque o punhal mergulhou no pântano no mesmo instante em que o sujeito puxava o braço em direção ao peito. Ele tinha o rosto crispado de dor. *O que havia acabado de acontecer?* — Feiticeira! Você vai queim... — gritou de dor o homem e tentou avançar sobre mim. — Arrrrh!

Zum! Saltei para trás ao ver os olhos do meu inimigo arregalarem e suas pupilas migrarem do mais fino estado vertical para a dilatação máxima. Antes de desabar morto do meu lado, detectei uma espada trespassada no seu abdome e a figura abatida de John crescer às suas costas. — John! — exclamei feliz e dei um passo em sua direção.

Mas não encontrei chão.

E tudo aconteceu.

Ouvi um ruído estridente sobrepujar todos os demais e, quando dei por mim, senti minha perna arder e mãos agressivas me puxarem para baixo. Eu estava afundando. Lutei como nunca, fazia força contrária, mas de nada adiantou. Eu era tragada com violência.

— Nina! NÃO!

Escutei os gritos de John ficando para trás e o som abafado daquela água espessa, quase uma lama negra, sendo revirada com violência. Utilizei todas as minhas forças. Inútil. As ferozes mãos continuavam a me puxar mais e mais para o fundo. Os bramidos ensurdecedores foram rapidamente substituídos por um silêncio absoluto e aterrorizante.

Nesse momento a escuridão era total e eu estava sendo conduzida a outro lugar. Dentro de mim algo afirmava que aquela luta estava além das possibilidades de John, que ele não conseguiria me encontrar. Meus braços e pernas começaram a calcinar e meu ar a se esgotar, ao mesmo tempo que percebia minha consciência se esvair. Eu ia desmaiar...

Um inesperado e agressivo movimento dentro daquele líquido viscoso chacoalhou meu cérebro e minhas pálpebras. Foi o suficiente para detectar uma figura embaçada, uma espécie de espectro alaranjado sorvendo-me com absurda rapidez para as profundezas do sinistro local, em direção a uma pequena claridade que se destacava dentro do negrume absoluto. O espectro, que inicialmente não tinha uma forma definida, começava a se delinear com perfeição à minha frente. Possuía um corpo cadavérico camuflado por diversas camadas de um tecido fino, trapos. Um emaranhado de tiras que efetuavam um sincronizado e horripilante movimento de balé. Como uma derradeira injeção de ânimo, um pensamento me invadiu: *eu tinha que me libertar!* Sem imaginar de onde surgira aquele último resquício de força, comecei a travar uma luta contra o ectoplasma de força descomunal. Em vão. Quanto mais força eu empregava, com mais violência ele me tragava. Em uma atitude impensada, senti-me impelida a ver o rosto do meu algoz. Desatei a puxar as faixas do tecido que rodeavam sua face e o improvável aconteceu bem diante de meus olhos: a figura de uma mulher esquálida e com o rosto deformado por terríveis queimaduras me consumiu, mas de tristeza. A claridade que dela emanava nada mais era do que fogo. Sim. Fogo dentro d'água! Aquele sofrido ser era perpetuamente queimado por uma espécie de fogo incessante. O que se sucedeu foi uma série de incompreensíveis acontecimentos. Agi sem pensar, até porque meu raciocínio já não funcionava mais. Naquele momento eu era apenas um animal. Lembro-me de ter sido movida por instinto. Estendi o braço, transpondo a cortina de fogo, e pousei minha mão sobre a pobre face deformada. Para minha surpresa, a ardência foi estranhamente suportável. Os olhos da mulher então se arregalaram e ela ficou paralisada. Acredito ter visto o esboço de um sorriso suplantar sua fisionomia atormentada. De repente as pesadas mãos se afrouxaram e me soltaram, permitindo que o meu corpo inerte flutuasse. O silêncio deixou de reinar absoluto e, à medida que me aproximava da superfície, comecei a captar vozes nervosas.

— Onde ela está? Onde?! — um rugido animalesco.

Meu corpo estremeceu ao reconhecer a voz.

— Fale, John! — ordenava Richard furioso.

— Ela foi tragada! Eu não consegui... Eu... — A voz de John tinha um misto de desespero e dor.

— NÃO! — Outro berro de cólera. — Eu vou te mat... Você sentiu? O que foi isso?

Silêncio e então...

Novo impacto! Outras mãos me puxavam, só que agora em sentido contrário. Engoli ferozmente e de bom grado o ar que me fora servido, a consciência ainda difícil.

— Nina?! — O grito de Richard travou em sua garganta. — Por Tyron!

Senti suas mãos trêmulas me envolverem e me puxarem rapidamente para junto de seu corpo. Ofegante, ele afundou o rosto na curva de meu pescoço, como costumava fazer nos momentos de tensão, e assim ficou por algum tempo.

— Eu não... — emiti um murmúrio fraco. — O que quer de mim agora?

— Já esqueceu, Tesouro? — Havia uma estranha emoção em sua voz rouca. — Eu comprei todas as rifas — disse estampando um largo sorriso no rosto. O azul de seus olhos resplandecia como nunca.

Foi o suficiente para me fazer perder o ar que mal havia recuperado. *Céus! Como ele ainda conseguia fazer aquilo comigo?*

— John? O-onde ele... — Fraca, recuperei o raciocínio antes que a visão de seu rosto perfeito eliminasse o que sobrara da minha razão.

Senti o corpo de Richard enrijecer e o sorriso desaparecer de seus lábios. As sobrancelhas quase se tocaram tamanha foi a contração da testa. Ele virou a cabeça em outra direção e eu acompanhei seu movimento. O que vi a seguir fez tudo tornar a escurecer: John tinha o corpo todo queimado e estava desacordado na margem do pântano. De repente uma ardência enlouquecedora começou a se alastrar sobre minha pele, como se milhares de águas-vivas resolvessem me atacar ao mesmo tempo ou como se eu tivesse tomado um banho de ácido sulfúrico. Eu estava em chamas. Olhei para baixo e não pude acreditar no que vi: meus braços e pernas tinham queimaduras medonhas, dispostas em desenhos assimétricos e entrelaçadas como chicotadas. A pele rasgada em diversos pontos na perna direita expunha músculos, tendões e ligamentos.

— Você precisa de cuidados urgentes, Tesouro — assinalou Richard aflito. — Conheço alguém que pode nos ajudar.

— Não... sem... ele — balbuciei ao sentir que um buraco se abria no chão e ameaçava me engolir. Estava familiarizada com a maldita sensação: eu ia desmaiar.

— Hã? — Richard indagou atordoado.

— Não vou... sem ele — concluí e, usando o último resíduo de força que o sentimento de gratidão poderia me fornecer, apontei para John. Eu não ia deixá-lo para trás. Não depois de tudo que ele fez por mim.

Richard xingou uma dezena dos piores palavrões e, a seguir, apaguei em seus braços.

CAPÍTULO 16

Acordei na penumbra. Cocei os olhos e forcei a visão, que, aos poucos, aceitou meu estímulo e foi melhorando. Eu estava em um lugar fechado, sem janelas. Mais precisamente, um quarto minúsculo esculpido em rocha. A pouca claridade vinha da porta que se encontrava entreaberta. Pisquei várias vezes antes de tomar conhecimento do meu estado. Sentia-me bem, sem qualquer tipo de fraqueza, ardência ou dor. Temerosamente passei as mãos pelos meus braços e... nada! Toquei lentamente a minha perna direita e meus dedos entraram em choque muito antes de meus neurônios. A pele estava íntegra, sem qualquer cicatriz no lugar das horrorosas feridas. *Como assim?* Um misto de alívio e atordoamento me fez dar um pulo da cama. Eu não estava sonhando. Tudo ao meu redor era real. Nem sinal do meu cordão e todas as queimaduras haviam desaparecido como mágica. *Não era possível! Há quantos dias estaria ali?* Pelo estado perfeito de minha pele, provavelmente há um bom tempo, meses talvez. Um discreto ruído batia à porta. Vozes. Pisando nas pontas dos pés, caminhei até ela e estanquei. Eu não. Meu corpo. Ele estremeceu por inteiro ao reconhecer a voz que fazia meu coração bombear mais sangue que o necessário.

Richard.

Ele conversava com uma mulher que, pela voz, parecia ter idade avançada. De onde eu estava apenas conseguia distinguir a silhueta dos dois corpos.

— Você não pode sair agora — implorava a anciã. Havia aflição em sua voz. — Está quase anoitecendo.

— Eu preciso ir.

— É muito perigoso, Rick. Você acabou de se recuperar.

— Foram queimaduras leves. Além do mais, você sabe muito bem que eu tenho os meus truques para as noites de *Zyrk*.

Apesar de sentir evidente preocupação no ar, a voz dele estava serena.

— Você conta muito é com a sorte, isso sim — bufou ela.

— *Brita, Brita.* Você não muda, né? — Havia uma rara candura na voz dele. Senti uma pontada de inveja ao escutar Richard conversar de maneira leve e gentil com aquela senhora. O lampejo de ternura em sua voz usualmente grave me lançou direto à lembrança do nosso encontro naquele lago secreto em Thron e fez meu coração encolher no peito. — Não precisa se preocupar, de verdade.

— Claro que eu me preocupo, ora bolas! Eu te criei. Já se esqueceu disso?

Ela criou Richard?!

— Nunca, Brita — suspirou ele. — Você fez um ótimo trabalho. Veja como estou bem.

— Bem malcriado, isso sim.

— Vai dar tudo certo — respondeu ele calmamente.

— E o que vai fazer agora?

— Ainda não decidi. — A voz de Richard ficou dura.

— Não vai demorar até Shakur compreender o que aconteceu.

— Por isso não posso perder tempo. Tenho que falar urgentemente com Zymir. A híbrida precisa de proteção.

— Eu sei — ela soltou um muxoxo.

— Até a bomba estourar eu já pretendo ter tudo acertado, mas não me peça detalhes, pois não abrirei o bico.

— Von der Hess... — a senhora balbuciou o nome com nojo.
— Ele não tem como ouvir nossa conversa. Estamos protegidos aqui, você sabe.

— Ninguém sabe até onde os escaravelhos conseguem chegar, Brita. Portanto, o que está na minha cabeça morre comigo — concluiu Richard de maneira sombria.

Aquilo era algum tipo de charada?

— Ela mexeu positivamente com você, não vê?

Ele não fez qualquer comentário, mas meu coração deu uma cambalhota dentro do peito. *Era de mim que ela estava falando?*

— Não percebe, Rick? Você não pode se afastar muito tempo dela. Sua razão pode vacilar, você pode... — insistiu a mulher.

— Shhhh! Eu não vou vacilar, Brita. Estou de volta, não estou?

— Por quanto tempo? Eu... eu não sei. — A voz cansada da anciã saiu cambaleante. — Eu não quero te perder de novo, Rick.

"Perder?" Como assim?

— Você não vai me perder.

— *Ele* exerce poder sobre você — emendou chorosa.

— Nunca!

— E todas as atrocidades que você realizou? — imprensou ela. — Ele te obrigou.

— Ninguém me obriga a nada. — A resposta veio baixa.

— Não é verdade, Rick! Eu conheço sua índole como ninguém. Você não seria tão violento e impiedoso assim, você não...

— Eu seria! — Richard retrucou nervoso. — Olhe para mim, Brita! Por acaso eu me pareço com o menino que você viu pela última vez? Eu mudei, não enxerga?

— Não! Eu me recuso a crer! — Havia dor nos soluços dela.

— Se não gosta de mim do jeito que sou hoje, sinto muito. Acho que cometi um grande erro em ter voltado. — Poderia jurar que senti a voz dele vacilar por um breve momento.

— Não, filho. Você fez bem em ter vindo aqui. — Os soluços estavam cada vez mais altos. — Todos esses anos... Senti tanta saudade.

Novo silêncio.

— Eu preciso ir — arfou ele.

— Promete que retorna?

— Prometo, Brita — suspirou. — Até porque eles não podem permanecer aqui por muito tempo. É perigoso demais para você.

— Eu sei — murmurou ela. — Tenha cuidado, filho.

Eu pensei que a conversa já havia terminado, quando, inesperadamente, ela fez uma pergunta em alto e bom som:

— E vem você agora me dizer que eu não o conheço mais? — indagou Brita de maneira irônica. — Desembucha logo, Rick. O que quer saber?

— Ela... ela chamou por mim? — A voz dele saiu rouca.

— Não, filho. Ela ficou desacordada durante todo o tempo.

Uma porta bateu alguns segundos depois.

Onde eu estava? Que conversa era aquela? E John? Estaria morto? Por que não comentaram nada sobre ele?

Tentei me acalmar, abri a portinhola e deparei-me com uma pequenina sala de estar, como a de uma casinha de bonecas. Também não tinha janelas. A claridade vinha de alguns lampiões acesos dentro de nichos esculpidos nas rochas. Os móveis eram feitos de madeira escura e desprovidos de um bom acabamento. Apesar de rústico, o ambiente era aconchegante devido às inúmeras almofadas coloridas espalhadas por todos os cantos. Dentro da sala havia uma espécie de fogão a lenha e, de costas para mim, uma senhorinha de lenço na cabeça, baixa e bem gordinha, remexia no conteúdo de uma panela.

— Onde eu estou? O que você fez com o meu cordão? Quem é você? — desatei a perguntar, atordoada.

A pequenina senhora esfregou as mãos no avental e se virou para mim.

— Calminha aí! Uma pergunta de cada vez senão eu me atrapalho — disse em tom gentil.

— Onde está John? — indaguei de estalo, rastreando rapidamente o ambiente. — Como cheguei aqui?

— Richard trouxe vocês dois. Só ele mesmo para aguentar tamanho peso sobre a pele queimada — ruminou em tom baixo.

— Então onde está John? Ele está bem?

Ela confirmou com a cabeça, enquanto parecia examinar minhas expressões.

— Siga-me — pediu e me conduziu até um pequeno quintal na área externa. Ele era rodeado por minúsculas habitações de pedra. Separados uns dos outros por canteiros abarrotados de girassóis e rosas amarelas, os pequenos iglus de pedra tinham seus portões de ferro revestidos por heras. No centro do quintal destacava-se uma mesa rústica feita de toras de madeira ladeada por bancos coletivos. Ao seu lado havia outro fogão a lenha. — Este é o coração do meu humilde lar, o santuário onde pratico as duas atividades que mais gosto na vida: culinária e medicina — explicou. — Como é a única área aberta da casa, aqui é muito agradável para descansar e conversar também.

— Você é médica? — inquiri desconfiada.

— Mais ou menos. — Ela soltou uma risadinha. — Este é o local onde cuido dos meus doentes, uma espécie de enfermaria com uma farmácia a tiracolo. — Piscou apontando para as plantas que nos cercavam. — O filho de Kaller está no quinto aposento. Venha.

— Por que eu também não fiquei nesta área?

— Porque eu precisava te vigiar de perto e ficaria cansada em vir de dez em dez minutos até aqui. Preferi te deixar no meu próprio aposento na noite passada, mas hoje você fica aqui — explicou. — O primeiro quarto já está arrumado e é o mais indicado para a sua condição. Tem uma pequena lareira e é o mais quentinho. Vai ficar bem acomodada até a sua ida para Windston.

— E quando será isso?

— Assim que o filho de Kaller estiver recuperado.

Ao abrir a portinhola, não acreditei no que vi. John parecia dormir o mais sereno dos sonos. A parte de seu corpo que não se encontrava coberta pelo lençol azul-claro deixava à mostra áreas descamadas da pele, como se estivessem em seus últimos estágios de cicatrização.

— John! — soltei, dando um pulo em direção a ele.

— Shhhh! — ordenou ela num sussurro. — Ele não deve acordar. Senão atrapalhará o processo de cicatrização.

— As queimaduras! — recordei-me do estado dele às margens daquele terrível pântano. — Por que John ainda se encontra assim se eu estava bem pior do que ele?

— Ele perdeu muito sangue.

— Sangue?! Eu perdi mais do que ele! — objetei.

— Ele já estava fraco, Nina. A ferida na panturrilha reabriu de maneira incomum e atingiu vasos nobres. Por isso a cicatrização está respondendo de forma lenta.

Pobre John! Novamente se sacrificara por mim. Senti os pulmões inflando como um balão. Um sentimento bom os preenchia, um misto de carinho e gratidão.

— O que você fez com o meu cordão? — finalmente perguntei.

— Eu sabia. A marca no pescoço... — As palavras despencaram da boca da mulher. — Venha — acenou com o dedo gorducho para que saíssemos do quarto em silêncio.

— O que você disse? — indaguei assim que chegamos à saleta da habitação principal.

— Nada — ela roçou a garganta. — Você não tinha *nada* preso ao seu pescoço quando chegou aqui. Se havia algum cordão, não fui eu quem o retirou. Juro por Tyron.

Naquele momento me recordei de ter sido puxada pelo pescoço enquanto afundava no pântano. O estresse do momento somado à violência do golpe poderia tê-lo rompido sem que eu percebesse.

— Ah, não!

Havia perdido o único objeto que me ligava ao meu velho mundo, à minha mãe. Desabei entristecida em uma cadeira de palhinha ao meu lado. A senhora se aproximou de forma gentil e, colocando uma de suas mãos sobre o meu ombro, rompeu o silêncio:

— Fique tranquila. O que é para ser seu a ti retornará. É só uma questão de tempo. Quando menos esperar... — A pequena senhora tinha o olhar distante, quase aéreo, enquanto pronunciava aquelas últimas palavras. — Ah! Respondendo à sua pergunta — acrescentou, cheia de orgulho —, eu sou a sra. Brit.

— Há quanto tempo estou aqui?

— Um dia e meio.

— Impossível! — enfrentei-a. — Eu vi as enormes queimaduras!

— Puxa vida! Eu pensei que não gostasse delas. Se quiser, posso devolvê-las — respondeu fingindo desapontamento.

Que tipo de brincadeira sem graça era aquela?

— Eu estou em Windston?

— Mais ou menos. — Sorriu. — Não estamos propriamente dentro de Windston, mas temos acesso direto. Posso entrar ou sair quando bem entender. Somente quem eu quero consegue ver esse local. — Piscou. — Os demais passam direto e não me amolam, entende? Alguns truques para viver sossegada.

— "Truques?" — Senti minha testa franzindo.

— Exato. Modéstia à parte, eu sou a melhor curandeira de toda Windston e, quem sabe, de toda *Zyrk* também. Curei você prontamente daquelas queimaduras horrendas.

— Em menos de dois dias? — indaguei debochada.

Ela fechou a cara e, aproximando-se, segurou minha mão esquerda com violência.

— O que está faze... Aaaai! — berrei ao sentir uma ardência crescer pelo meu pulso, como se estivesse pegando fogo. Empurrando-a, consegui me libertar e, no lugar onde ela havia me segurado, surgiram bolhas. — Droga! O que você fez?! Não acredito...

Indiferente às minhas reclamações, a sra. Brit tornou a segurar o braço afetado e me fuzilou com um olhar de advertência.

— Acredita agora? — rebateu de forma seca.

A ardência cessou. Olhei para baixo e a queimadura havia simplesmente desaparecido. *Ela era uma bruxa, feiticeira, sei lá! Foi por isso que curou as queimaduras como num passe de mágica!*

A sra. Brit achou graça de meu estado assombrado e, assumindo um semblante sério, indagou:

— Como conseguiu se libertar do fogo?

Ela sabia.

— Que fogo?

— Não me enrole, filha. Até hoje ninguém conseguiu entrar tão profundamente no pântano de Ygnus e voltar para contar a história. Eu preciso saber: você se deparou com alguma visão ou coisa do tipo? — Havia urgência em sua voz.

— Eu vi uma mulher cadavérica, de longos cabelos negros e... — respondi hesitante. — O rosto e o corpo eram consumidos pelo fogo dentro da água.

— Oh! — A sra. Brit cobriu a boca com as mãos. — Como ela te libertou?

— Lembro de ter tocado sua face deformada porque tive pena. De repente, ela me soltou... eu acho. Não sei ao certo. Eu já estava ficando inconsciente naquele momento.

— Por Tyron! A lenda é verdadeira! — A sra. Brit estava chocada. E, virando-se novamente para as suas panelas, desatou a pronunciar palavras incompreensíveis.

— Sra. Brit? — avancei. Precisava saber mais.

— Pois não, querida?

— Desculpe-me a franqueza, mas se a senhora é a melhor curandeira de Windston, por que não curou Wangor?

Ela parou de mexer a comida, tornou a enxugar as mãos no avental que envolvia sua larga cintura e, com a fisionomia pesarosa, virou-se para mim.

— Sabe, Nina, eu posso até curar feridas físicas, mas a ferida de Wangor é bem diferente das que estou acostumada a encontrar. Creio que esteja na alma... Se nós a tivermos — matutou. — Creio que seu avô nutria sentimentos diferentes.

— O que quer dizer com isso?

— Sentimentos bons, impossíveis para a grande maioria de nós, zirquinianos. Mas aquilo que o vem consumindo há anos não é um desses, com certeza — suspirou pensativa. — Sempre acreditei que Dale, seu pai, também nutria tais sentimentos.

— Como pode saber?

— Seu pai era um rapaz bondoso... Talvez um pouco instável, mas de bom coração, filha. E você é a confirmação da minha teoria. Como aconteceu... ainda é um mistério para todos nós, mas o fato de você ter nascido é a prova contundente do amor de seu pai por sua mãe e vice-versa. Uma fresta surgiu nos céus cinzentos de *Zyrk* e eu vejo o sol entrar definitivamente por ela. Creio de todo o meu coração que seja possível quebrar essa terrível maldição que nos assombra há séculos.

— Que tipo de sentimento você acha que vem consumindo Wangor então? — voltei ao assunto que me incomodava.

— Culpa.

— Do quê?

— De ter condenado seu próprio filho ao *Vértice*.

— Você chama isso de bons sentimentos? Matar o próprio filho?! — rugi.

— Não, Nina. Seu avô não é mau. Como um líder, ele havia de seguir as normas impostas pelos nossos ancestrais. Tais normas eram bem claras: os zirquinianos não podem se envolver com os humanos. Nunca — sentenciou e, pensativa, acrescentou: — Essas regras foram criadas há milhares de anos para manter o equilíbrio entre as dimensões. No geral, isso sempre foi muito fácil, porque se não sentimos nada, não seríamos atraídos por nenhum dos seus. Sei sobre casos de zirquinianos que violaram regras e... pagaram com a vida.

— Então meu pai traiu as regras?

— Em parte. Veja bem — ajeitou o lenço em sua cabeça —, ele errou por se relacionar com a sua mãe, mas o problema é que ele não o fez por *diversão*. Não! — acrescentou agitada. — Ele se apaixonou por ela, Nina! Imagine vivenciar em seu corpo sensações que jamais sonhou que pudessem existir. Imagine sentir seu rosto esquentar, as pernas tremerem, o coração acelerar em ver uma determinada pessoa. Deve ser enlouquecedor!

— Então, por que ele foi punido?

— Regras existem para ser cumpridas. E porque ele devia ter contado a verdade.

— E teria feito diferença?

Ela coçou a testa e após alguns instantes confessou:

— Não. Acho que foi exatamente por isso que ele não contou. Eu também não contaria se estivesse na situação dele. Posso imaginar o quanto Dale deve ter sofrido. Entretanto, eu acho que, se o sentimento do amor é tudo o que dizem dele, seu pai não deve ter se arrependido nem um pouco. Pelo contrário. Deve até ter morrido em êxtase. Ele usufruiu de algo que, nem nos nossos mais ambiciosos sonhos, nós não poderíamos sequer imaginar. Posso presumir o choque e a felicidade que ele experimentou quando viu você, Nina. Que o impossível havia se tornado realidade e que ele tinha sido o instrumento para aquilo — soltou emocionada e, após observar minha expressão confusa, concluiu: — Acho que estou falando demais.

— Por favor, continue — pedi com forte emoção crescendo no peito. — Como você sabe de todas essas sensações tais como o tremor nas pernas e o coração acelerar quando se está apaixonado?

— Por meio de informações que peço a alguns resgatadores. Sempre temos algo a trocar, não é mesmo? — piscou, lançando-me um sorriso torto.

— Trocar?

— Alguns me pedem que cure uma unha encravada ou uma dor interminável na coluna, e eu o faço, desde que eles me deem algo em troca... Quero dizer, peço que se dirijam até a sua dimensão, adquiram todas as informações possíveis sobre um determinado assunto e me contem tudo direitinho, nos mínimos detalhes. Se fizerem o *dever de casa*, eu curo. — Soltou outra risadinha.

— Por que você mesma não vai colher essas informações?

— A nós, magos, é vetada a entrada em sua dimensão. Perderíamos nossos poderes, Nina, o que seria o mesmo que a morte para nós. — Pegando-me de surpresa, acrescentou: — Eu senti a sua energia durante o processo de cura. Mas não consegui mapeá-la pois oscilava muito — disse com o semblante misterioso.

— Como assim?

— Debilitante, mas igualmente intensa. Sem controle. Poderosa.

— Hã?

Ela franziu a testa.

— Você está sofrendo, assim como *ele*.

— Ele quem?

— Eu disse *ele*? — Arregalou os olhos e roçou a garganta. — Quero dizer... Seu avô! Mas sua energia é diferente daquela que experimentei em Wangor. — Seus olhos agora brilhavam de euforia. — Em alguns momentos eu senti através de você!

— Sentiu o quê?

— O tremor nas mãos e meu coração pular freneticamente.

Abaixei a cabeça e fitei o chão de pedras coberto por diversas tapeçarias.

— O que quer me contar? — indagou ela em tom baixo.

A sra. Brit era esperta.

— Eu ouvi a conversa — confessei ainda sem ter coragem de encará-la.

— Eu sei.

— Sabe? — Perdi o ar. — Então ele também...

— Não — ela me interrompeu. — Richard não percebeu.

— Ele nos capturou a mando de Shakur, não foi? Qual é a próxima jogada? Já não me surpreendo mais com os joguinhos de sedução e traição de Richard. — Senti meus punhos se fechando e a raiva escapulir por entre os dedos. — É o meu corpo, não é?

— O quê?

— Richard já enganou e arruinou meu orgulho e meu espírito, sra. Brit. É atrás do meu corpo que ele está agora, não?

— Ele fez isso? Então é verdade... — ela murmurava infeliz consigo mesma. Mesmo sendo pequenina, parecia que havia encolhido ainda mais.

— A senhora anda meio desinformada para alguém com os seus poderes, não? — instiguei sem piedade.

— Eu... Oh, não! — Ela já não escutava nenhuma de minhas ofensas. Sua cor havia desaparecido. — Richard tem um temperamento difícil, mas não é mau.

— Claro que não — ironizei. — Ele é um doce de pessoa, quase um anjo.

— Nina, eu sei que o que ele fez foi errado, mas — ela engoliu com dificuldade —, ele deve ter tido um forte motivo. Desde pequenino, sempre agiu assim. É da essência dele.

— Sete mil moedas de ouro e o reinado de Thron. Precisa de mais motivos? — indaguei sarcástica.

Ela se calou por um momento.

— Tem alguma coisa errada nessa história. Eu... eu não consigo entender — murmurou abatida, enquanto sentava-se na cadeira ao lado. — Ele não é assim. Oh, não. Richard não pode estar me enganando — disse afundando o rosto nas mãos gorduchas.

— Oh, sim — repliquei debochada. — Ele não só pode como está te enganando, sra. Brit.

Em questão de segundos um misto de decepção e tristeza se espalhou por sua face, evidenciando as camadas de rugas até então disfarçadas no semblante vivo.

— Eu o criei até os doze anos de idade — confessou cabisbaixa enquanto remexia no próprio avental. — Conheço sua personalidade como ninguém.

— Doze anos? — Engoli em seco e perdi a linha do raciocínio com aquela mudança brusca de assunto. — Mas as inférteis não ficam com as crianças até os seis anos de idade?

— Eu não sou uma infértil, Nina. Eu sou vetada de ter um filho porque sou uma curandeira — corrigiu-me. — Ninguém sabe que eu o criei. É expressamente proibido. Richard era um bebê quando Guimlel, o Mago das Geleiras do Sul, apareceu aqui com ele nos braços. — Ela ficou aérea por um instante, perdida em pensamentos distantes. — A saída tempestuosa de Guimlel do Grande Conselho... Ninguém compreendeu por que ele abriu mão de sua posição de prestígio. Sertolin, o líder da atualidade, nunca mais foi o mesmo após a perda de Ismael, seu pupilo e provável sucessor. Se Guimlel não tivesse renunciado, certamente teria assumido o seu posto. Pobre, Guimlel! Foi tachado como louco. Sei que ele é um homem difícil e cheio de ideias nada convencionais, mas é uma boa pessoa. Afinal, quem não carrega alguma loucura dentro de si? — suspirou e, tornando a ficar mais alerta, continuou: — Como eu ia dizendo, Guimlel chegou aqui desesperado porque não conseguia fazer Richard parar de chorar nem se alimentar. Richard era um bebê belíssimo, bochechas rosadas e aqueles enormes olhos azuis. Eu me apaixonei por ele no mesmo instante. Aliás, todos nós.

— Todos vocês?

— Sim. Eu, meu guarda-caça e Guimlel. Ele era o nosso filho. O filho que nunca poderíamos ter. — Abriu um sorriso triste. — Rick foi crescendo e nos assombrando com suas habilidades acima da média. Aos três anos de idade ele já guerreava como um menino de seis. Aos seis como um de doze, ágil ao extremo. Ele sempre foi mais inteligente que a média e muito resistente também. Apesar das minhas habilidades para cura, ele nunca se valeu delas. Sei que às vezes levou o próprio corpo a situações extremas só para sentir sua própria capacidade de tolerância à dor.

— Isso é muito mórbido! — retruquei, recordando-me imediatamente das inúmeras cicatrizes que ele exibia. Tive que segurar a onda de esperança que ameaçou me invadir por saber que Richard não era o "filho do demônio", como John mencionara, e que talvez houvesse algum bom sentimento em seu coração de pedra.

— Eu sei. Mas aconteceu em parte por nossa culpa. Ele nunca conheceu ninguém a não ser nós três. Richard foi criado como uma criança solitária e talvez essa fosse a forma dele dizer que estava infeliz. — Ela fechou os olhos e inspirou forte. — Nós o prendemos por tempo demais e, assim que conseguiu... ele fugiu. Tinha quase doze anos na época. E nunca mais voltou.

— Por que o prendiam?

— Porque ele era especial. Veja, Nina, ele já era um guerreiro pronto aos dez anos de idade. Tinha uma astúcia acima da média e um talento inato para lidar com os animais. Sem contar com sua força descomunal. Seria completo se não fosse...

— Se não fosse?

— Pelo seu gênio instável, indomável como um guepardo.

Claro!

— Começou quando ele tinha uns nove anos de idade. Até então ele era uma criança fácil de lidar, dócil. Adorava conversar conosco e ouvir todas as histórias que nós tínhamos para contar. Até que ele sofreu um acidente pavoroso em uma caçada com Guimlel e, mesmo depois de curado, nunca mais foi o mesmo. A partir de então tornou-se um menino calado, fechado em seu próprio mundo.

— Para onde ele foi depois que fugiu?

— Pelo que fiquei sabendo, dias depois de sua fuga ele foi encontrado no deserto de Wawet por uma caravana de Thron. Quis Tyron que naquele dia Shakur estivesse entre seus homens. Contam que, mesmo muito abatido, Richard foi capaz de enfrentar e matar três resgatadores adultos, o que impressionou o líder — ela contava com um sorriso de orgulho no rosto, os olhos perdidos em lembranças. — Dizem que foi a primeira vez que Shakur soltou um riso de satisfação depois de anos. Ofereceu-lhe proteção e a promessa de torná-lo o principal resgatador de Thron assim que chegasse à maturidade. Comenta-se que ambos eram capazes de se compreender mutuamente apenas com o olhar e que tornaram-se inseparáveis desde então.

— Agora entendo por que Collin o odeia tanto — balbuciei.

Ela concordou com um lento balançar de cabeça.

— O problema é que o líder tem uma personalidade violenta e uma forma muito estranha de ver o mundo. Como estava chateado conosco, Richard acabou fazendo de Shakur um mentor e aceitando tudo o que ele dizia como verdade absoluta. Shakur fez dele seu pupilo e transformou Richard numa lenda, no maior resgatador de *Zyrk* de todos os tempos. Nos seus poucos anos de liderança ele quase dobrou o tamanho de Thron. Pode imaginar a admiração e o respeito que Shakur tem por ele, não?

— Até uma híbrida aparecer na jogada — emendei com sarcasmo.

— Eu não tenho mais argumentos, contudo, bem lá no fundo do seu coração — ela me estudava —, não consegue perceber que algo se passa dentro de Richard? O conflito que o consome?

— Tudo que percebi foi que ele podia ter ficado comigo se quisesse, mas preferiu o ouro e o poder — murmurei ácida.

— Não é verdade! — esbravejou a anciã pela primeira vez. — Por que acha que ele a salvou se já possuía o trono de Thron?

— Porque ele deve ter outro objetivo em mente! — rugi. — Parece que sou esse objetivo! Eu sou a híbrida que *Zyrk* tanto esperava!

Seus ombros tombaram e ela se calou por um momento.

— Nada disso faz sentido — murmurou, levando as mãos à boca. — Richard não teria retornado se algo não tivesse mudado dentro de si. Ele está perdido, não vê? Pela primeira vez, sinto que ele está questionando a própria existência.

— Não venha tentar me convencer de algo que até mesmo a senhora duvida — retruquei entre os dentes. — Richard é um enigma!

— Assim como você, híbrida! — rebateu num rompante. — Mas ache o que quiser. Quero apenas que saiba que sua presença fez bem para ele. Eu sei disso. Como sei também que ele está com algum problema sério, algum fantasma o atormenta. Tenho medo do que é capaz de fazer quando se sente acuado. — Fechou os olhos e levou as mãos à cabeça por uns instantes.

Quem poderia me garantir que tudo que ela dizia era verdade? Que ela não seria tão ou mais maquiavélica que Richard? Ela o havia criado, não? Eu precisava de John para me nortear. Ele saberia me explicar o que estava acontecendo.

— Em quanto tempo John estará curado? — questionei ao vê-la se levantar.

— John? — Ela enrugou a testa e tornou a me estudar. — Logo — ponderou, dirigindo-se para o fogão. — Você precisa descansar. Amanhã conversaremos mais.

Dei de ombros e fui caminhando até o pequeno aposento que a sra. Brit havia indicado, mas, no meio do caminho, um inesperado impulso me fez mudar a direção e seguir rumo ao quarto de John. Algo me dizia que eu estaria segura ao lado dele e que ele poderia precisar de mim durante a madrugada. John havia feito muito por mim e me sentia na obrigação de retribuir.

Em silêncio, entrei em seu úmido aposento e bati a porta de ferro. Uma tocha presa à parede de pedra era a única iluminação do lugar. John permanecia desacordado sobre uma cama também feita de pedra, que me fez recordar imediatamente de Thron. Em um canto do quarto uma pequena cabeceira de madeira escura acomodava um jarro de vidro com água pela metade e mudas de plantas enchiam uma travessa de porcelana. Fora isso, o único móvel a mais era um banquinho de madeira com o tampo rachado situado ao lado da cama. Sentei-me nele e, pela primeira vez, observei John com calma e atenção. A pele lotada de sardas, o cabelo vermelho como fogo, traços marcantes.

— Nina — um murmúrio me fez dar um pulo e me aproximar ainda mais.

— John? Você está...

Não! Ele não estava acordado. Ele sonhava. E comigo. Sua fisionomia serena me fez cambalear. *Pobre John!* Tomada pela dor do sentimento de culpa, deixei meu corpo tombar ao seu lado.

— Me perdoe por ter destruído a sua vida também. Você não merecia isso — murmurei infeliz e delicadamente envolvi uma de suas mãos. Tive que usar de todas as minhas forças para impedir que lágrimas brotassem.

Mas não pude impedir...

CAPÍTULO 17

Vozes. Acordei com uma gritaria danada fora do aposento e vi meu corpo retorcido ao lado de um adormecido John. Meu pescoço reclamou quando tentei me levantar num rompante. *Eu havia dormido na cama dele!*

— Merda! — A voz de Richard estava descontrolada. — Eu não acredito nisso! Como você permitiu, Brita?

— Fale baixo! — ela ordenava. — Eu não sabia, filho. Fiquei dentro de casa todo o tempo e acabei adormecendo cedo. Eu estava exausta da noite anterior. Pensei que...

— Pensou o quê? — ele a interrompeu sem diminuir o timbre de voz. — Ela dormiu na cama do filho de Kaller, merda! Na cama dele!

— E o que isso tem de mais, Rick?

— O que tem de mais?! — Ele jogou as mãos para cima, exasperado. — Ela é uma híbrida! Eu vi a garota voltar viva do pântano de Ygnus depois de mais de quinze minutos submersa! Ninguém me contou, porra! Eu vi e agora tenho certeza de que a lenda é verdadeira e poderosa! Você não podia ter permitido que ela dormisse no quarto dele!

— John não tem forças nem para abrir os olhos!

— Não me interessa se ele pode abrir os olhos ou não, Brita!

— O que te interessa então, Richard? — inquiri feroz, abrindo repentinamente a portinhola que dava para o quintal.

— Nina? — Ele se virou para mim, surpreso. — Está se sentindo bem, Tes... híbrida? — balbuciou sem graça, com os olhos brilhando, e deu dois passos em minha direção. Recuei e fiz um gesto com as mãos para que ficasse onde estava.

— Para o seu governo — respirei fundo enquanto destacava cada palavra —, durmo onde e com quem eu quiser, entendeu?

Ele fechou a cara.

— Você quis dormir com ele? É o que está afirmando? — indagou e vi uma veia latejar no seu maxilar.

— Vai morrer com essa dúvida — enfrentei-o e tive um discreto mal-estar. Uma dor de cabeça se alastrava rapidamente.

— Está se sentindo bem? — perguntou novamente ao me ver contrair os olhos.

— Não sei. Você é quem pode me dizer — rebati. — O que pretende fazer comigo agora?

— O que eu sempre quis, Nina. Manter você viva — respirou fundo, tentando domar o gênio a todo custo.

— Crianças, parem com isso — intercedeu a sra. Brit com os olhos arregalados.

— Deixe que fale, Brita. Pelo visto ela precisa desabafar, como dizem os humanos — bufou, encarando-me.

— Desabafar? Eu? — indaguei ultrajada. — Só se for para começar a xingar você e essa dimensão amaldiçoada!

— Acalme-se, minha filha — pedia a sra. Brit visivelmente perdida em meio à nossa discussão.

— Me xingar? Porque, mais uma vez, salvei a sua vida? — bradou Richard com acidez. — Eu sou um idiota mesmo!

— De idiota você não tem nada, Richard. Você é um mentiroso! Um sádico, isso sim! — rugi. — Você me entrega aos leões e, depois de quase me ver morrer, me tira de dentro da boca deles e vem dizer que é meu herói protetor? Rá! Rá! Rá!

— Foi preciso! Era para te salvar, sua cega! — Ele passava as mãos pelos cabelos negros e andava de um lado para outro.

— Filho, o que está havendo? — A sra. Brit segurou seu braço quando ele ameaçou se aproximar de mim novamente. — Rick, que energia é essa? Por Tyron! — exclamou a curandeira com os olhos ainda mais esbugalhados.

— Ela está me enlouquecendo, Brita! — rosnou ele.

— Eu?! — guinchei. — Só me faltava essa! Fui eu a enganada, usada e descartada e agora sou acusada de deixar o príncipe enlouquecido? — Soltei uma gargalhada forçada.

Outra veia latejou em seu pescoço e, após dar uma grande tragada no ar, abaixou a cabeça e fitou o chão.

— Você tem razão, Nina. Desculpa. Eu falhei com você. Mas nem tudo é o que parece — murmurou e, ao olhar para mim, vi sua expressão suavizar. Ele quase implorava.

— Rick, que bonito! Você pediu desculpas! — soltou impressionada a sra. Brit, dirigindo-se a ele como uma mãe a um filho pequeno. Richard não a ouvia e seus olhos ardiam nos meus.

— Tenha paciência, por favor. Quando puder, vou explicar tudo, Tesouro — pedia carinhosamente.

— Nunca mais me chame assim! — Estranhamente não tive coragem de olhar para ele enquanto dava aquela ordem. Eu devia odiá-lo, mas não era assim que as emoções se processavam em meu peito. Ele parecia sincero e aquele pedido de desculpas me pegou desprevenida.

— "Tesouro?" — perguntou a sra. Brit com um sorriso escancarado no rosto, a fisionomia transbordando felicidade.

— Eu preciso de respostas, Rick — pedi em tom baixo.

— Eu darei, Nina. — O azul nos olhos dele cintilava. — Mas, por enquanto, quanto menos você souber, mais protegida estará.

191
NÃO OLHE!

— Proteção até ser descartada novamente? — desafiei com escárnio. Não suportava mais charadas.

— Eu sou um estúpido mesmo! — Richard levou as mãos às têmporas, as cicatrizes evidenciavam o tremor de suas mãos. — Por que fui tentar ajudar?

— É, de fato, uma ótima pergunta. Por que, Richard?

— Parem com isso, crianças! Guimlel está chegando — intrometeu-se a sra. Brit repentinamente agitada. — Nina, você precisa se alimentar. Vou preparar um lanche para todos nós. — E, olhando para o céu, constatou: — Parece que vai anoitecer mais cedo. Rick, eu preciso de lenha para o fogão. Vá buscar, filho.

— Faça que coma, Brita. Ela precisa raciocinar! — Irritado, Richard bufou e saiu dali trotando. — Perdi a fome! — gritou ao longe.

— Eiii! — reclamou um homem magro e muito alto que acabava de chegar quando Richard esbarrou em seu ombro. — Vejo que está bem, filho. Conseguia captar sua energia, mas ela estava instável, sem continuidade. Fiquei preocupado.

— Você vem me observando? Que desperdício de tempo para um mago do seu porte, não? — Com a cara amarrada, Richard beijou-lhe a mão e se retirou.

— O que deu nele? — perguntou o homem com os olhos arregalados enquanto vinha em nossa direção.

— Guimlel! — exclamou satisfeita a sra. Brit. — Que surpresa você por aqui! Quanto tempo, querido!

— Você parece cansada, Brita — observou ele antes de se virar para mim. *Então aquele era o tal mago que havia criado Richard também?* Com uns dois metros de altura, Guimlel tinha uma calvície lustrosa e uma barba negra arrumada numa comprida trança. Ele usava uma manta azul-claro com uma faixa prateada amarrada na cintura. — Algo me diz que ela é a causa desse clima estranho. — Ele me estudou de cima a baixo.

— Richard anda tenso, só isso — respondeu a sra. Brit apertando o avental na cintura.

— Acho que o nosso garoto tem motivos para isso, não?

— Ainda não consegui ter uma conversa decente com ele — resmungou ela.

— Não sei se uma "conversa decente" lhe terá serventia no momento. Rick fez burrada e *Zyrk* está de pernas para o ar, Brita.

— Pare de criticá-lo, Guimlel. Por acaso prefere que ele volte para aquela víbora negra?

— Shakur... — matutou o mago enquanto passava as mãos pela barba. — Não sei o que é pior nesse momento, Brita.

— Pois eu sei! Eu não quero que você o deixe mais nervoso do que já está. Ele terá que partir amanhã cedo.

Raios! Eu era viciada nele. Só podia ser. Não conseguia acreditar que o aperto terrível que senti no peito foi por ter escutado que Richard partiria na manhã seguinte. *Que ótimo! Aquela notícia só serviu para fazer minha cabeça latejar ainda mais.*

— Richard é um touro, entretanto, como você mesmo notou, sua energia está vacilando — adiantou-se ela. — Ele precisa de paz de espírito para restaurá-la.

— Eu vou para o meu quarto, sra. Brit.

— Mas você acabou de acordar, querida. Precisa comer.

— Obrigada, mas também perdi a fome.

— Está bem. Beba um pouco de água e descanse. Mais tarde levo algumas broas de milho para você. — E deu um salto. — As broas de milho! Ah, não! Esqueci no forno! — Ela soltou um gritinho e saiu às pressas.

— Quem acreditaria que a lenda era verdadeira, não? — Guimlel me observava de um jeito estranho. Não gostei. — Você tem família, híbrida?

— Tinha. Mas vocês fizeram o favor de destruir — respondi hostil e levei as mãos à cabeça. Uma fisgada lancinante fez minha testa contrair.

— Tudo bem com sua cabeça, híbrida?

Ele me estudava.

— Sim. Com licença — pedi, sentindo-me incomodada com sua presença e, disfarçando a terrível enxaqueca, fui para o meu quarto.

O fogo da pequena lareira criava espectros dançantes de luz nas paredes revestidas por toras de madeira e no tapete quadriculado ao pé da cama. Apesar de ser mais aconchegante, meu aposento era muito parecido com o de John. Subitamente tomada por uma secura na boca, procurei pelo jarro com água, mas minha cabeceira estava vazia. A enxaqueca era tanta que deixei a sede de lado e me joguei na cama, puxando o lençol sobre a cabeça.

Já era noite quando batidinhas na porta de ferro me fizeram despertar.

— Quem é?

— Sou eu — respondeu Richard com a voz serena. — Trouxe broas de milho para você.

— Amanhã eu como — devolvi com os olhos ainda fechados. Na verdade, eu estava morrendo de sede.

— Não seja imatura, Nina. Você não come há mais de vinte e quatro horas — suspirou com uma pitada de impaciência bem característica dele. — Leila sempre disse que os humanos precisam estar bem alimentados para que o sono tenha efeito curativo.

Abri os olhos com dificuldade e vi um jarro de água na cabeceira. *Graças a Deus!* A sra. Brit provavelmente o colocou ali enquanto eu dormia. Enchi o copo e sorri ao perceber que não era água, e sim uma limonada bem fraquinha mas deliciosa.

— Eu não sou humana, Richard — murmurei sarcástica enquanto bebia um segundo copo.

Não houve resposta por alguns segundos.

— Eu sei — murmurou ele finalmente. — Mas coma, por favor — pediu de forma gentil. — Abra a porta.

Eu tive que ceder porque a fome começava a incomodar. Ao abrir a porta, quase enfartei com a visão à minha frente: segurando uma tigela cheia de broas de milho, Richard estava descalço e trajava apenas uma calça comprida branca de linho! Os cabelos negros molhados e caídos no rosto evidenciavam que ele havia acabado de tomar banho. Seu cheiro de lavanda impregnou o quarto, meu cérebro e, para meu desespero, despertou meus hormônios.

— Acabei de esquentá-las — explicou ele, lançando-me um raro sorriso tímido. Sem voz, acenei com a cabeça e tive que piscar umas três vezes para ter certeza de que não se tratava de mais uma armadilha do meu subconsciente. Não. Aquilo não era um sonho porque a queimação dentro de minhas veias era forte demais, meu corpo fervia por inteiro e as broas de milho tinham um cheirinho maravilhoso! — Ficam melhor assim.

— Pode colocar na cabeceira — respondi concentrando-me em respirar enquanto segurava a porta e me obrigava a não olhar para ele. A dor de cabeça não dava trégua. — Obrigada, Richard. Agora pode sair.

— Nina, eu... — Achei inusitado vê-lo tenso daquela maneira para um sujeito que era capaz de enfrentar calmamente o ataque simultâneo de doze homens. — Sei que a magoei de novo, mas era preciso. Tem muita coisa envolvida. Você corre risco de vida iminente.

— Sempre corri. — Sorri debochada. — Desde o dia em que nasci, lembra-se? E, sinceramente, não me assusta mais.

— Mas agora é real. A situação complicou demais e...

— Shhh. — Eu fiz um sinal para que ele se acalmasse e falasse um pouco mais baixo. A dor de cabeça avançava. — O que quer de mim agora?

— Eu vim me desculpar — revelou com a voz rouca e o azul de seus olhos escureceu. — Brita tem razão. Eu te devo explicações e é seguro aqui.

— Seria bem interessante ouvir as suas explicações, mas sabe de uma coisa? Eu cansei — comentei com sarcasmo. — Não caio mais nas suas mentiras, Richard.

— Nina, preciso que você me escute!

— Foi-se o tempo em que a tolinha aqui acreditava em você e aceitava ser levada de um lado para outro sem compreender absolutamente nada sobre o que ocorria ao seu redor — rebati encarando-o friamente. — Ter fugido com John me deu a certeza que ainda tenho algum poder sobre meu próprio destino.

— Essa dimensão é amaldiçoada, Nina. Existe muita magia em jogo. Feitiços que até eu desconheço.

— Pois bem. — Cruzei os braços. — O que tem a me dizer, Richard?

Ele apertou os lábios e levou as mãos à cintura.

— Ainda não obtive a permissão para a sua entrada em Windston e não sei por quanto tempo Brita conseguirá esconder você aqui. A situação complicou muito — explicou cheio de receio e sem a sua força característica. Estava na cara que aquele não era o assunto principal.

— Você já disse isso — alfinetei e ele se empertigou.

— Eu parto amanhã.

Ah! Era aonde ele queria chegar!

— Boa viagem — murmurei. O aperto em meu peito aumentou e tinha medo de começar a ceder.

— Eu queria ter um tempo a sós com você e... — Seu típico olhar presunçoso havia desaparecido e foi substituído por um apreensivo, quase carente.

— E?

— E-eu senti sua falta, Tesouro — gaguejou. Acho que era a primeira vez que o via gaguejar e aquilo mexeu comigo. — Precisava ver você de perto, conversar — continuou após tomar fôlego. O azul em seus olhos começou a brilhar com mais intensidade e prendeu, para meu desespero, a minha respiração. — Mas, se não quiser conversar comigo, deixe apenas eu te fazer companhia enquanto dorme.

Soltei o ar e uma risada.

— Como é que é?! Aqui no meu quarto? — indaguei com as sobrancelhas levantadas. — Se não me falha a memória, acordei refém de outro grupo de resgatadores na única vez em que você dormiu no mesmo quarto comigo, Richard.

— Eu já pedi desculpas por isso, Nina. — Ele estava agitado. — Por favor, permita?

— Por quê?

— Porque eu quero me explicar e eu posso te proteger e...

— Você sabe que não precisa — retruquei. — Você mesmo acabou de confirmar que existe algum tipo de magia protegendo esse lugar.

Controlando os passos, ele se aproximou de mim. O ar se deslocou e meu coração disparou em resposta.

— Não consigo parar de me lembrar de nós dois naquela gruta em Thron, Tesouro — murmurou. Eu abaixei a cabeça e, atordoada, fiquei mirando meus pés. — Foi o dia mais feliz da minha vida — revelou baixinho e bem próximo a mim.

— Sinto muito que sua vida seja tão infeliz assim — respondi sem o encarar.

Com delicadeza, ele levantou meu queixo. O toque dos seus dedos eram pontos de eletricidade gerando pequenos choques.

— Não sei o que o destino nos reserva, mas vou me odiar até o último segundo de minha existência se me permitir gastar o pouco tempo que tenho com você com uma briga estúpida, Nina.

— Eu não vou brigar com você, mas também desisti de querer te entender, Richard — deixei minha armadura cair. — Eu tentei muito. Acredite. — Suspirei infeliz. — Dizia para mim mesma que devia haver uma forte explicação para isso tudo, que você não seria tão mau ou mentiroso assim. Aí, no instante seguinte ao que você jurava que nunca mais ia me abandonar, eu era dispensada sem a menor hesitação.

— Não é verdade! Se eu não tivesse feito o que fiz, não haveria qualquer chance para nós! Não percebe que era exatamente o que Collin queria? — Ele perdeu a cor.

— Nós? Deixe de ser hipócrita! Nunca houve nós, Richard!

— Nina, eu...

— Espere. Preciso acabar — interrompi incisiva e recuei. — Até aí eu posso entender, Richard. Que valor eu teria diante da coroa de Thron? Mas ser largada sem hesitação nos braços assassinos de Collin? — rosnei. — Sinto muito, mas isso foi demais para mim. Vai ter que arrumar outra híbrida para enganar a partir de agora.

— Será que você não consegue enxergar? Eu não tive opção!

— Teve, sim! E novamente não optou por mim — soltei ácida. — O que está planejando agora?

Desesperado, ele segurou a minha mão.

— Droga, Nina! Todos que lidam comigo começaram a notar. Até Shakur já anda desconfiado. Se eu escolhesse você em vez de Thron, eles teriam certeza e estaria tudo acabado! — soltou agoniado.

— Certeza do que, Richard? — retruquei feroz.

— De que nutro bons sentimentos por você, sua cega! Sentimentos inconcebíveis para um zirquiniano! — esbravejou e eu senti meu corpo enrijecer e amolecer, como se passasse do estado de um diamante bruto a um sorvete derretido numa fração de segundo. Tambores estridentes reverberavam em meu estômago e, ainda assim, não conseguiam sobrepujar as batidas frenéticas do meu coração. Tonta de emoção, segurei a onda e tentei me concentrar nos fatos: Richard era mestre no quesito traição e não seria diferente agora.

— Shhh! Chega, Rick — desvencilhei-me dele e fui me sentar. — Estou muito cansada. Vá embora.

— Por favor, Tesouro — ele implorava. — Eu nunca tive medo de nada na vida e, quando achei que havia perdido você, eu... — A voz dele falhou. — Eu morri durante os poucos minutos que você ficou submersa naquele pântano. O brilho em seus olhos é o que me mantém vivo, Nina. Por favor, não destrua nosso...

— Não dá mais, Richard. — Minha voz saiu arranhando. Tive pena dele, mas mal conseguia raciocinar com as fisgadas lancinantes em minha cabeça. — Preciso descansar.

— Que droga, Nina! Por que você não facilita as coisas e me escuta?

— Alguma vez você facilitou as coisas para mim? — inquiri com sarcasmo. — Não estou em condições para conversa, Rick. Quem sabe amanhã, antes de você partir.

— Por quê? — Ele me estudava. — Está sentindo alguma coisa?

— Eu não. Só sinto sono. Acho que preciso dormir mais. — Levei as mãos à cabeça. Um misto de sensações estava me deixando angustiada: dor, mágoa e desejo se misturavam em meu peito em chamas, em minha mente perturbada. — Não quero brigar, Rick. Apenas vá embora, por favor.

Visivelmente inconformado, encarou-me por um longo momento com suas gemas azul-turquesa, e, com os ombros curvados, retirou-se do quarto sem contestar. No instante em que saiu, tranquei a porta.

Desesperada de fome e de dor de cabeça, servi-me sem cerimônia da tigela de broas de milho e tornei a me sentar na cama.

Nova batida na porta.

— Nina, abra! Preciso ver como você está.

— Já voltou?!? Eu estou ótima, Richard!

— Nina, abra! — Ele estava rude agora. *Perfeito. Era mais fácil lidar com ele assim.*

— Não.

— O que está planejando fazer, hein? Ir para o quarto do filho de Kaller na calada da noite? É isso?

Forçava-me em me manter focada, mas foi dificílimo segurar o sorriso que ameaçava rasgar meu rosto em dois. *Richard estava se roendo de ciúmes!*

— E se fosse? Não lhe devo satisfações sobre o que resta da minha vida, Richard. A vida que você arruinou, lembra?

Um momento de silêncio.

— Nina — pediu com uma calma contida, mas eu o conhecia e sabia muito bem que ele estava prestes a explodir —, por favor, deixa eu entrar. Eu preciso, eu preciso...

— Pois quebre a fechadura, porque não vou abrir.

— Você acha que uma simples fechadura conseguiria me impedir de falar com você?!?! — explodiu.

— Vá dormir, Richard, e me deixe em paz.

No instante seguinte ouvi um barulhinho fino seguido de um som oco. Ele havia enfiado a ponta de uma adaga na lingueta da fechadura, arrombando a porta de forma rápida e silenciosa.

— O que você está fazendo? — berrei, jogando-me para trás na cama.

— Shhh! Não quero que eles nos escutem.

— Saia daqui, Richard, ou vou começar a gritar — ameacei.

— Mas que inferno, Nina! O que eu preciso fazer para que você me escute e me perdoe? — Ele estava desorientado como um animal acuado. Quando falou, tive a sensação de que um choro fino se infiltrava por sua garganta. Senti nova fisgada na cabeça, minhas mãos começaram a suar, meu coração ricocheteou alucinado no peito.

— Eu sou assim, porra! Eu não queria ser! Queria ser do jeito que te agradasse, mas quanto mais eu tento, mais parece que me afundo em erros. — Ele passava as mãos trêmulas nas têmporas. — Eu não sei ser gentil, droga! Lido com armas desde que nasci, conheço seu manejo de olhos fechados, mas ninguém me ensinou como tratar uma mulher! Como *você* merece ser tratada! — A voz dele saiu mais rouca do que nunca. — Com exceção da Brita, eu fui criado por homens! A primeira vez que fui apresentado a uma mulher foi só para transar. E todo o contato que tenho com elas até hoje é só para isso. Eu mal converso com elas!

— Pode parar, Richard. Eu vi seu "pouco contato" com elas lá em Thron. Você gosta de uma farra e adora ser disputado a tapas.

— Isso era antes de te conhecer! E não há sentimento algum com elas. É apenas sexo — respondeu de bate-pronto.

— Pensei que os zirquinianos não ligassem para sexo já que não sentem nada — retruquei feroz.

— Nós não sentimos! — bradou. — Meu corpo era frio antes de te conhecer, Nina — arfou. — Os outros clãs não praticam isso, mas Shakur tem suas próprias regras... — Ele estava acelerado e suas explicações me confundiam ainda mais. — O Necwar era a recompensa para seus melhores homens em batalha. E como ele sempre acreditou que o sexo deixava o espírito dos guerreiros livre para a luta, uma coisa era consequência da outra! Talvez fosse esse o motivo da superioridade dos homens de Thron em relação aos adversários: a recompensa. O sexo regado à bebida nos permitia essa liberação de energia, como uma válvula de escape para as nossas tensões. E sempre deu certo para mim. Até você aparecer, Tesouro — concluiu com o olhar quase suplicante. — Agora nem completamente bêbado consigo fazer sexo com elas. Não tenho interesse. Meu corpo tem vontade própria e ele simplesmente as rejeita, mas quando você está por perto ele fica a ponto de explodir. Você é o fogo que me mata e me dá forças para reerguer todos os dias, Nina. Estou descontrolado e minhas ações perderam o sentido. Eu penso em você dia e noite, Tesouro. Tudo que digo é verdade. Por favor, acredite. Por favor.

— Rick, não...

— Nina, por favor, me escute — pediu com candura, os ombros tombados. — Quando eu fugi daqui, não tinha a menor ideia para onde iria, mas uma voz interna me dizia que era o certo a fazer, que eu não deveria olhar para trás.

— Por que você fugiu?

— Eu me fiz essa pergunta por anos a fio e não tive a resposta até você surgir em minha vida. Agora acho que sei o porquê.

— Sabe?

— Acho que, mesmo naquela época, eu já era capaz de ter sentimentos. Emoções que Brita e Guimlel não admitiam existir e que a maioria dos zirquinianos nunca compreenderão eram o combustível para a minha determinação acima da média. Essa mesma força que me fazia vitorioso em tudo que se referia a batalhas e poder entrou em colapso e se transformou quando se deparou com você, Nina.

— Se transformou no quê?

— Você é quem pode me dizer. — Sorriu e segurou minhas mãos, sua urgência absurdamente arrebatadora. Minha nuca arrepiou. — Que tipo de sentimento é esse no qual uma pessoa está disposta a dar sua vida pela de outra?

Nova taquicardia e eu engoli em seco.

— Eu custei muito a aceitar e posso até estar enlouquecendo, mas agora tudo faz sentido e começo a acreditar...

— Acreditar em que, Rick? — Tentei lutar contra, mas senti meu corpo cedendo aos seus encantos. A tensão no ar era tão intensa que chegava a ser palpável.

Sem que eu esperasse, Richard ajoelhou diante de mim e, visivelmente agoniado, enterrou o rosto perfeito em minhas mãos.

— Me perdoe, Tesouro — balbuciou. — Desde cedo fui acostumado a dar ordens e ter tudo ao meu modo. Eu não estava preparado para você, para nós.

— Responda, Rick — pedi com o coração disparado ao sentir sua respiração acelerar entre os meus dedos. — No que você começou a acreditar?

Ele hesitou por um instante.

— No que, Rick? — insisti.

— Na lenda, Nina. No que eu sinto por você — confessou e eu perdi o chão. Senti toda saliva congelar na minha garganta e bloquear a passagem de ar. Uma. Duas. Três tentativas de aspiração. — Eu lhe rogo: ajude-me a ser do jeito que você gostaria que eu fosse. Eu aprendo rápido. Por favor, tenha paciência comigo porque sei que meu temperamento vai me fazer falhar. Eu sou um bruto, Nina. Um zirquiniano de corpo e alma. Não compreendo as pequenas demonstrações de carinho que vocês, humanos, realizam. Flores nunca tiveram significado para mim, a lâmina de uma espada, sim. Não sei usar as palavras certas na hora certa, mas mataria cem, mil homens para te manter viva, minha pequena. Daria minha vida pela sua sem hesitar. Isso eu sei fazer, Tesouro. E farei, se preciso for. Tudo que mais desejo é me transformar no homem que você merece ter. Quem sabe assim, um dia você vai me perdoar e voltar a... — Ele respirou fundo, a rouquidão da voz era quase um pranto desesperado. — Voltar a sentir por mim o que eu sinto hoje por você.

— Você acredita mesmo na lenda, Rick? — indaguei emocionada, e, passando as mãos em seus cabelos úmidos, virei seu rosto para mim. De repente me senti afogando naqueles olhos suplicantes. Fui seguindo a linha da sua face perfeita e continuei pescoço abaixo até o amontoado de cicatrizes sobre sua clavícula e torso musculoso. Sua postura submissa me pegou desprevenida e senti meu coração tamborilar freneticamente, meu corpo se retorcer em cãibras. Eu não sabia distinguir o sentimento que se desenvolvia em minha alma. Richard havia me traído, me trocado e me salvado diversas vezes. Quem era ele afinal de contas: meu anjo atormentado ou meu cândido demônio? Quem era aquela pessoa de joelhos na minha frente? Parecia imprudência, quase insanidade, mas seu gênio instável me assustava e me fazia desejá-lo ainda mais.

— Juro que sim. Por Tyron. Pela minha vida — soltou emocionado. — Nós podemos recomeçar do zero. Acredito na lenda como nunca antes porque o desejo de mantê-la viva é maior do que a estima que tenho pela minha própria vida. O que sinto por você é completamente novo, genuíno, profundo e verdadeiro demais para ser menos do que o sentimento que os humanos costumam chamar de amor.

Meu queixo despencou em queda livre, minha pulsação parou e meu coração ficou a ponto de explodir no peito. *Cristo! Richard havia confessado que me amava?*

— Ah, Tesouro! — Ao perceber minha perplexidade, levantou-se rapidamente e me puxou para junto dele. Com a cabeça afundada no seu peitoral másculo e perdida em meu furacão de emoções, custei a perceber que o abraço foi ficando cada vez mais forte e apertado. As mãos de Richard agarravam meus braços e costas com avidez. De repente ele começou a me beijar, beijos incandescentes, desesperados, de um homem com pegada. *Ele queria mais?*

— Rick? — Olhei para ele e detectei o semblante voraz que me fazia ir à estratosfera e voltar. Com seu olhar felino de volta, labaredas ardiam em suas pedras azul-turquesa.

— Eu sou louco por você há muito tempo — disse fuzilando-me com fúria e desejo. — Estou faminto e desesperado para tocar em você, para ter você só para mim. Cansei de lutar contra.

— A gente não pode. Você mesmo disse isso — balbuciei sem conseguir me afastar dele.

— Talvez a gente possa — arfou, pegando-me de surpresa. — Eu vou te preparar. Com o tempo...

— Hã?

— Surgiu uma variável que até então não existia: consigo captar sua energia como nunca antes e... — disse com o olhar sério. — Não vou tentar nada que a coloque em perigo, Tesouro.

— Eu não sei, eu... — Tentando resistir, engasguei, engoli, tropecei nas palavras. Minha cabeça estava em frangalhos, girando dentro do persistente tornado da mágoa. Bem no fundo minha razão sabia que Richard tinha meu coração nas mãos, mas não queria ceder.

— Eu acredito no sentimento que nos une apesar de tudo — suspirou enquanto acariciava minhas bochechas. — Mas não vai acontecer nada hoje. Não vim aqui para isso. Se você me ajudar a ser um homem merecedor da sua confiança e amor novamente, esperarei o tempo que for necessário. Seus abraços e beijos me bastam, Nina.

Richard me encarou com tanta emoção que era possível escutar as trincas que faziam meu orgulho rachar.

— Você me magoou muito, Rick — confessei, fitando seus lábios com avidez. Por mais que tentasse, não conseguia refrear o desejo que esquentava minha pele.

— Eu sei. Eu sou um estúpido quando se trata de sentimentos. Mas não estou mentindo quando digo que darei a minha vida pelo seu perdão, Nina. Por favor, Tesouro, me perdoa — suplicou beijando minha testa sem parar e deslizando seu nariz pelo meu. Seu cheiro penetrou em minha pele e estava em toda parte, intenso, viril. Seus lábios avançaram pelas minhas bochechas e desceram até a base do meu queixo. Richard agarrou meus braços e, após abarrotá-los de beijos, envolveu seu pescoço com eles. Então suas mãos passearam pelas minhas costas, chegaram à minha cintura, agarraram meus quadris e puxaram meu corpo para junto do dele. Toda a pressão e calor estavam de volta. Descargas elétricas percorriam minha pele febril. Não poderia esquecer que Richard era um fio de alta tensão desencapado. — Eu sou seu, Tesouro. Completamente seu — confessou ao parar sua investida e, afastando-se de mim, disse com o olhar ardente: — Não quero e não preciso de mais ninguém além de você. Posso e vou esperar até estar pronta para mim. A minha vida toda, se for preciso.

Fogo! Aquela confissão foi a faísca, a droga que meu corpo viciado precisava para começar a incendiar. Um calor entorpecente se espalhava pelos meus membros tal como lava derretida.

— Não sei se terei um amanhã nem se existirá um futuro para nós. Tudo que sei é que tenho o agora e, nesse agora, é você quem eu quero para mim. Eu quero você, Rick.

— É melhor não, Tesouro — falou acariciando meu rosto com calma, mas sua respiração entrecortada o desmentia.

— Eu quero muito, Rick — insisti e passei as pontas dos dedos em seus lábios grossos e tentadores. Ele abriu a boca e deixou o ar escapar num gemido discreto.

— Você tem... certeza? — Os magníficos olhos se arregalaram e ele quase engasgou de empolgação.

Eu confirmei com a cabeça e um sorriso sedutor.

O semblante selvagem e voraz, a fisionomia que me fazia ter calafrios de excitação, estava de volta. Todos os músculos do meu corpo responderam e começaram a se contrair num ritmo descompassado e enlouquecedor. Trajando apenas aquela calça branca, ele era a minha visão do pecado, meu fruto não mais proibido.

— Elas não... não te incomodam mesmo? Eu posso vestir uma camisa e... — questionou receoso ao me ver passando as mãos nas cicatrizes do seu abdome musculoso.

— É estranho, Rick, mas elas me atraem. Tudo em você me atrai. Cada dia mais.

Era a pura verdade. As cicatrizes não me geravam repulsa. Pelo contrário, elas causavam euforia dentro de mim, um tesão enlouquecedor. Ele umedeceu os lábios e abriu um sorriso malicioso. Segurando meu rosto entre suas enormes mãos, Richard começou a beijar os cantos da minha boca muito lentamente. Os beijos foram ficando mais fortes e molhados e, quando dei por mim, ele avançava a língua pela minha boca com uma fome avassaladora enquanto suas mãos me destruíam, desesperadas, quase febris. Havia uma necessidade urgente e fervorosa dentro de mim que jamais experimentei antes. Tinha certeza de que estava prestes a explodir em milhares de pedaços de desejo ardente.

— Ah, minha Nina! O que está acontecendo comigo? Meu corpo está incendiando! — arfou puxando meus cabelos para trás e enterrando os lábios no meu pescoço. — Você me deixa louco demais.

— Eu sempre quis você, Rick. Sempre — confessei e, ao levantar a cabeça para procurar seus lábios, encontrei Richard me encarando, paralisado, incrédulo. A respiração entrecortada, o sorriso gigantesco, arrebatador. Sorri de volta e, no instante seguinte, meu rosto estava de novo em suas mãos, meus lábios inchados em seus lábios.

Feliz e extasiada, perdi todas as amarras e o puxei ainda mais para junto de mim. Transformamos dois corpos em um amontoado de pernas, braços, línguas e suor. Meu coração respondia num ritmo frenético às investidas cada vez mais audaciosas e à respiração ofegante de Richard. Em meio ao desespero desenfreado dos nossos corpos, os dedos de Richard roçaram a alça do meu vestido. Senti o sangue bombear ainda mais forte em meus ouvidos, o oxigênio entrar em combustão e a dor de cabeça avançar sem cerimônia. Cravei as unhas em suas costas. Meu corpo fervia por inteiro, mas eu estava congelada pela expectativa. Richard percebeu e, diminuindo as investidas, sussurrou em meu ouvido:

— Vamos devagar. É melhor esperarmos, Tesouro.

— Não é isso — balbuciei, corando ferozmente.

— Eu entendo seu receio. Eu sei que serei o primeiro — disse com os lábios roçando minha orelha e me fazendo enlouquecer. — Eu quero você, mas na hora certa.

Sem parar de olhar para ele, minhas mãos fizeram o que minha boca não conseguiu responder. Por conta própria meus dedos foram até as finas alças em meus ombros e, trêmulos, desfizeram os laços que seguravam o vestido de algodão cru. Quando o vestido tombou no chão, Richard tinha o olhar maravilhado, quase em êxtase de tanta emoção. A respiração acelerada fazia seu peitoral largo subir e descer descompassadamente. Naquele instante me senti uma deusa sendo idolatrada e era como se estivessem derramando mel em meu espírito. Meu mundo era açúcar, e a vida, doce.

— Por Tyron, Nina! Você é linda demais — Richard gemeu ao vislumbrar meu corpo nu e tornou a avançar sobre mim, beijando-me sôfrega e desesperadamente. Meus seios afundaram em seu corpo quente, como se desejassem produzir ainda mais cicatrizes. As dele deixando suas marcas em minha pele, como assinaturas mútuas de nosso amor. — O que você está fazendo com meu corpo, Tesouro? Eu... Eu te desejo tanto... Eu te quero tanto... — murmurava sem parar entre gemidos agoniados.

Enquanto sua língua passeava por minha boca, segurou minhas mãos e, pressionando-as contra seu abdome, ele as conduziu até o cadarço que prendia sua calça comprida. Deslizei meus dedos sutilmente por sua pele febril abaixo do cós. Richard começou a arfar e me senti poderosa. *Quem diria! O destemido guerreiro também estava tenso por ter que me enfrentar!* Minha taquicardia assumiu níveis perigosos. Sabia disso porque já não conseguia mais encontrar oxigênio naquele minúsculo quarto e minha cabeça dava sinais de que ia explodir a qualquer instante.

— Meu Tesouro, meu Tesouro. — Seu sussurro mais parecia um mantra, uma oração de adoração. — Você é minha. Só minha — excitado, ele murmurava enquanto passava os dedos pelo cós da minha anágua transparente. Beijando sem parar cada milímetro da minha pele, ele se abaixou com destreza e, com um cuidado até exagerado, me deitou na cama e me dominou. Sentir seu peso sobre meu corpo era quase tão prazeroso quanto sufocante, mas a dor de cabeça não estava disposta a ceder e entrava no patamar do insuportável. Tinha a sensação de que meu crânio ia se desintegrar. Tudo latejava, qualquer movimento me deixava tonta.

— Nina, você está bem? — perguntou ele preocupado, afastando-se um pouco ao perceber que eu contraíra fortemente a testa. Não permitiria que nada estragasse aquele momento magnífico. Nada.

— Nunca estive melhor — puxei-o de volta para cima de mim, mantendo-me de olhos fechados e com um largo sorriso estampado no rosto. *Eu não ia parar! Eu queria Richard aqui e agora e não seria uma dor de cabeça filha da mãe que faria isso comigo!*

Ele gargalhou e aceitou satisfeito aquele chamado apaixonado. Sua respiração estava vacilante assim como a minha, mas a minha não estava apenas vacilante, estava estranha demais, quase ausente. Não dei atenção àquele detalhe. Precisava sentir nossos corpos suados se entrelaçando num perfeito e sincronizado balé, nossas batidas cardíacas aceleradas e em uníssono, nossas emoções rasgando o ar com gemidos de prazer e felicidade extrema. Mas o ar estava pesado demais, inacessível demais... Ignorei o estranho mal-estar e joguei minhas mãos por sua nuca, entrelaçando meus dedos nos seus fartos cabelos negros. Tateando, afrouxei o cadarço da sua calça e puxei seu quadril para junto do meu com vontade quando seus beijos molhados e cada vez mais intensos inundaram meu pescoço. Ele soltou um ganido alto de satisfação. O fogo abrasador estava de volta. Combustão, desejo, desespero. Eu estava muito tonta, talvez fosse a hora de parar um pouco para respirar, mas não consegui interromper o frenesi enlouquecedor que subiu pelo meu ventre, a eletricidade que me levou ao delírio quando suas mãos perfeitamente ávidas e nervosas deslizaram pelas minhas pernas e avançaram pela parte interna das minhas coxas e começaram lentamente a levantar a anágua. Meu corpo começou a tremer e entrar em convulsão e, de repente, escutei um grito de pavor.

— NÃO!!!

Um choro de dor rasgou a madrugada de *Zyrk*.

CAPÍTULO 18

Meu corpo foi envolto em um lençol branco e carregado às pressas. Barulho de portas sendo arrombadas em meio a berros de horror. Após uma série de espasmos, eu não conseguia mais respirar, como se milhares de mãos me estrangulassem, como um Houdini acorrentado e amordaçado dentro de um baú nas profundezas do oceano. *Eu estava sufocando!* Será que haviam injetado ácido sulfúrico em minhas vísceras? Uma ardência desesperadora. Meu corpo se retorcia de dor, como se meus ossos estivessem sendo triturados. Não havia som que conseguisse sair de dentro de mim, a não ser gemidos ininterruptos.

Em breves instantes a ardência cedia e eu conseguia captar vozes discutindo, prantos acalorados, e então ela voltava, mais cáustica e dilacerante. Impiedosa. Faltava pouco, muito pouco tempo. Das míseras certezas que eu tinha, essa era uma delas.

— O que houve com ela, Rick?! — Um berro. — Por Tyron! O que você fez, filho? — Finalmente reconheci o rosto em pânico que me encarava dentro das imagens borradas: era o da sra. Brit.

— Eu não entendo! — Com as feições deformadas, Richard soltou um ganido animal. — A energia dela estava perfeita! Estava sob meu controle!

— Energia? Que tolice é essa que você está dizendo, Rick? Você é um zirquiniano! Você sugou a energia híbrida. Foi isso o que aconteceu! — Guimlel gritava, passando as mãos na cabeça. Ele parecia estar mais apavorado com a reação de Richard do que com o meu estado.

— Nina, fale comigo! — Richard implorava aos urros. — Por que ela está assim? Por que ela não fala comigo, Brita? — Ele se encontrava transtornado. — O que você está sentindo, Tesouro?

Eu estava em chamas! Precisava desesperadamente berrar, pedir socorro, mas não encontrei voz. Uma cola terrível havia unido minhas cordas vocais e fechado minha garganta.

— "Tesouro?" — indagou Guimlel desorientado.

— Fique quieto, Rick! — ordenou nervosa a sra. Brit.

Quanto mais força eu fazia para falar, mais o fogo me queimava por dentro. Tudo que eu conseguia fazer era me contorcer e gemer.

— Por favor, Brita. Não deixe ela sofrer — Richard berrava.

— Como pôde fazer isso, Rick? Eu não acredito! Logo você! — Na bronca de Guimlel havia mais que reprovação, exalava surpresa.

— O pulso dela está fraco demais! Eu não posso perdê-la, Brita! Eu não posso! — Richard bramia feito louco, apertando-me contra seu corpo febril. Eu tinha pena dele, mas precisava que ele se afastasse. Seu contato me gerava dor e piorava a ardência que me consumia.

— Saia daqui, Richard! Você está atrapalhando — ralhava ela.

— Eu... eu matei ela, Brita! Eu achei que conseguiríamos e que... — Novos soluços lançados ao ar. — Tyron me castigou dessa vez, Brita. Ele me castigou porque falhei com ele de novo. — Richard urrava em meio a um pranto apavorante.

— Não diga isso, filho. — A voz da sra. Brit estava embargada. — A energia dela está oscilando como nunca vi acontecer em minha vida. Não sei o que isso significa... — constatou agitada após colocar a mão sobre minha testa. — Sinto uma essência diferente nela, alguma coisa errada.

— Eles violaram as regras! Foi isso o que aconteceu de errado aqui, raios! — esbravejou o mago. — Que líquido é esse em seu rosto, Rick? — perguntou Guimlel de repente. — Isso é...

— Suor! — interrompeu a sra. Brit supernervosa. — Não está vendo, Guimlel! Os dois estão completamente suados!

— Que se dane o líquido que está no meu rosto, porra! Ajudem ela! — Richard retrucou descontrolado, ajoelhando-se e colocando a testa sobre minhas pernas. — Nina, não desista! Por favor, Tesouro, fique comigo!

— Você está se atolando em erros, Richard! — Havia fúria na voz de Guimlel. — Se ela morrer por sua causa você será condenado ao *Vértice* e estará tudo acabado!

— Está tudo acabado de qualquer maneira! Tudo!

— Como assim?! — Guimlel o agarrou pelo braço. — O que há de errado com você? — tornou a perguntar o mago, encarando-o estupefato. Agoniada, a sra. Brit sussurrava um tipo de oração enquanto colocava um pano gelado em minha cabeça e enfiava uma papa amarga em minha garganta. — Rick, você está sentindo alguma dor? Por que sua energia está vacilando também?

Sem resposta.

— Você não tentou possuí-la apenas por curiosidade? — Os olhos do mago se arregalaram e suas pupilas se estreitaram após um momento de compreensão. — Por Tyron! Não me diga que... — Novo instante de silêncio seguido de uma gargalhada nervosa e compulsiva. — Não pode ser! Você achou que... que tinha sentimentos fortes por ela?!

— Oh, Tyron! — exclamou a sra. Brit. — A garota está mal, não percebem? Pare de afrontá-lo, Guimlel! E você precisa esfriar a cabeça, Richard! Saia já daqui.

— Você achou que conseguiria ter algum contato íntimo com ela? Responda-me! — Impregnado de sarcasmo, Guimlel deu pouca atenção ao pedido desesperado da sra. Brit e continuava a imprensar

Richard. — Imaginou que procriariam, quero dizer, que *fariam amor* como dois humanos?

— E por que não? — Richard contra-atacou, mas sua voz vacilou. — Eu sei que ela gosta de mim, mago!

— Gosta? — Guimlel envergou os lábios e soletrou a palavra com desprezo. — Desde quando começou a se comportar como um humano idiota, hein?

— Ela é uma híbrida e a lenda é verdadeira!

— Não seja ridículo, Richard! A lenda é tão verdadeira que a garota está praticamente morta só porque teve um contato maior com você! — trovejou o homem apontando para meu corpo em sofrimento.

— Ela não vai morrer! — A afirmação de Richard saiu sem força. Balançando a cabeça de um lado para outro, sua testa estava lotada de vincos, suas pupilas completamente verticais.

— Tudo bem — ponderou o homem após alguns instantes. Ele passava os dedos pela trança da barba e fazia força para se controlar. — Digamos que a híbrida sobreviva e que a lenda seja verdadeira, filho. — Guimlel nos estudava. — Ficou claro que ela não o ama e que você não é o escolhido, não?

Fogo em pólvora. Explosão de dor e tristeza ao escutar aquela constatação. Meu coração não suportava aceitar que ela fosse verdadeira, mas a ardência que aniquilava meu corpo assentiu, avançando como uma bomba pelo meu espírito combalido.

— E-ela ainda podia estar tomada por mágoa pelo que eu a fiz passar — Richard gaguejou. — Pode não ter me perdoado por completo, mas eu sei que Nina tem fortes sentimentos por mim, ela...

— Não, filho. Ela não tem. Talvez a pobre garota nutra alguma atração por você. Talvez ela até acredite que tem bons sentimentos, mas está claro que ela não os possui. Não com relação a você, Rick.

— Não! — No ganido de Richard havia uma mistura de dor, raiva e pavor. — Ela só precisa me compreender melhor, nós só precisamos de mais tempo juntos, e...

— Não se iluda, filho. Ela não ama...

— Cale a sua boca, Guimlel! — Richard ameaçou partir para cima do mago, mas travou no meio do caminho e, transtornado, levou as mãos à cabeça.

— Vá embora, Rick. Pare de importuná-lo, Guimlel! — ordenou em pânico a sra. Brit ao envolver meu corpo num lençol embebido com um líquido quente e de odor repugnante. — Ela está piorando com essa discussão de vocês!

— Por favor, não deixe que sofra, Brita. — Desolado, Richard tornou a cair prostrado ao meu lado.

— Eu consigo compreender que as sensações que ela gera em você sejam fortes demais para querer se abster, mas aceite os fatos: ela não o ama, filho. — Guimlel não dava trégua. — Se a lenda fosse realmente verdadeira e se ela de fato o amasse, vocês teriam conseguido, Rick. Não é óbvio?

— Chega, Guimlel! — esbravejou a sra. Brit pela primeira vez. — Você está piorando tudo!

— Faça-o enxergar que ao menos um dos elos é falho, Brita!

— Deixe-o em paz, homem! Por Tyron! Não é hora para discussões!

— Talvez você também não a ame, filho. — Guimlel se mostrava irredutível. — Pode estar apenas enfeitiçado pelas sensações que ela gera em seu corpo.

— Eu gosto dela!

— Você "gosta" é das sensações que ela provoca em você! É muito diferente. Não se esqueça de que ela é uma híbrida.

— Não! Não pode ser — ele murmurava desconsolado. — Não, eu...

— Nunca se esqueça de que você é um zirquiniano, Rick. E um dos exemplares mais fortes que essa dimensão já produziu. Mesmo para uma híbrida, sua força é grande demais, filho. Você iria matá-la de qualquer maneira.

— Eu não ia... Tyron, me ajude! — Richard gemia com a cabeça tombada sobre o corpo curvado.

— Não vire as costas para a sua missão, Rick. Você sabe muito bem o que vai acontecer se desrespeitar o *Nilemarba*, o Livro Sagrado — ameaçou o mago de forma sinistra.

— CHEGA! — rugiu a Sra. Brit, abraçando-me com desespero. — Vamos perdê-la! Desapareçam os dois daqui!

Richard beijou minha mão e, levantando-se num rompante, socou a porta com violência. Antes de sair, detectei sangue escorrendo por entre seus dedos.

A partir dali, perdi a noção do tempo. A ardência em meu corpo era tanta que conseguiu fundir dias, noites, minutos e horas e me arrancou da realidade. Vozes, berros, brigas, orações e lamentos da sra. Brit e de Guimlel iam e vinham como um trailer mal-acabado de um filme de quinta categoria. Comecei a sentir uma falta terrível de Richard. Todas as minhas células pediam por ele. Dane-se o que havia acontecido comigo! Eu tinha certeza de que o amava. Precisava saber como ele estava, fortalecer sua fé no nosso amor, não deixá-lo desistir de mim. Necessitava desesperadamente dele ao meu lado, dos seus braços fortes me envolvendo, da paz que só ele conseguia trazer ao meu atormentado espírito que piorava a cada instante sem o ver ou escutar a sua voz. *Ele havia partido?* Meu coração berrava, convencendo-me de que Richard estava sofrendo e que não havia me abandonado dessa vez.

— Guimlel, traga-me mais umas mudas de bowdykia e folhas de pacary — pediu a sra. Brit assim que o mago retornou.

— Acho melhor *você* ir buscar.

— Não posso sair daqui, você sabe muito bem. O escape de força está absurdo e a energia dela ainda é inconstante. Não entendo por que ela não está respondendo às minhas ervas.

— Acho melhor você dar uma conferida em nosso filho, Brita. Eu cuido dela enquanto isso.

Richard ainda estava entre nós! Minhas emoções despertaram instantaneamente.

— O que houve com ele? — indagou ela, observando-o pelo canto do olho.

— Não quis te alarmar, mas o estado de Richard está começando a me preocupar — disse o mago, não conseguindo esconder a aflição que impregnava suas palavras. — Fale com ele, Brita. Rick não quer me ouvir.

— Por que Tyron está fazendo isso conosco? Que provação é essa? — lamuriava-se a pobre senhora. — Tudo bem. Eu mesma vou buscar as ervas e tentar falar com ele. Você sabe como é o gênio do nosso garoto...

Guimlel assentiu com um tenso balançar de cabeça. Eu queria berrar, dizer à sra. Brit que precisava dele, que queria vê-lo. Forcei a voz usando todas as forças que me restaram, mas ela não respondeu aos meus comandos e novo torpor tomou conta do meu corpo. Uma desesperança terrível tornou a me invadir e, quando dei por mim, havia lágrimas encharcando minhas bochechas pela primeira vez desde que fui acometida por aquele fogo incessante. As lágrimas pareceram abrandar as labaredas e lavar minhas cordas vocais e, para minha surpresa, consegui balbuciar o nome dele.

— Ri-char-d. Eu precis... — As palavras saíam muito baixas, um sussurro.

— O que você disse, híbrida? — O mago se aproximou de mim, os olhos arregalados.

— Rich... eu...

— Não estou te escutando — repetiu o homem.

— Eu quero Ri... — implorei.

— Hã? O que está tentando me dizer?

Ele não conseguia me ouvir? O choro piorou e minha voz se perdeu no ar. O fogo estava de volta e tornava a me massacrar. Arrasada, afundei a cabeça no travesseiro. Minhas forças se dissiparam novamente e me senti aprisionada em uma caverna de escuridão, solidão e torpor. Vozes perdidas no ar, como uma canção distante, eram a minha única companhia.

"— *Esperamos por tanto tempo para quê? Para nada?* — choramingava a sra. Brit.

— Para cumprir o destino traçado e não para apostar em lendas — retrucou Guimlel. — Você fez um juramento, Brita. Não se esqueça disso."

Batidas de leve na porta do quarto. Outro diálogo sussurrado ao longe.

— *Não. Ela não chamou por você, filho.*

A voz rouca e desolada que fez meu coração dar sinal de vida no peito emudeceu após ouvir tal afirmação. Eu não podia permitir que isso acontecesse. Os dedos abrasadores do fogo insistiam em desviar a minha atenção e fincavam suas garras em meus músculos, mas dessa vez eu haveria de lutar e me livrar deles. *Basta!* Ordenei a meu cérebro suportar aquela dor e, aos poucos, meu corpo foi aceitando o comando.

Hora de reagir...

Hora de...

Hora...

...

CAPÍTULO 19

— Onde ele está? — Mal reconheci a voz que tentava escapar da minha boca. Ela saía fragmentada e não correspondia à intensidade real da minha angústia.

— Finalmente! — soltou exultante a sra. Brit. — Vou preparar um leite morno com...

— Onde *ele* está? — insisti, vasculhando cada canto do quarto.

— Quem, meu amorzinho? — indagou ela com falso jeito displicente.

— Vocês sabem! Onde está Richard? — consegui ser mais incisiva.

— Ele... bem...

— O que está havendo?! — guinchei e olhei para o meu corpo sobre a cama. — Quanto tempo fiquei aqui?

— Cinco luas. Acalme-se, meu bem. — A voz esganiçada da bondosa feiticeira era a confirmação de algo errado. — Você não pode se agitar. Ainda está fraca.

— Eu não vou ficar aqui e... — Comecei a me levantar da cama com dificuldade.

— Não, minha filha, você não pode.

— Deixe-a, Brita — ordenou Guimlel.

— O que houve com ele?! — exigi. — Diga... — Minha voz falhou, meu peito doía e meus olhos começaram a arder. A sra. Brit fungou e saiu para buscar leite. Seu intuito era claramente outro: disfarçar o semblante de comoção.

Guimlel roçou a garganta e se aproximou de mim.

— Não deveria ser agora — ele arfou. — Não com você nessas condições, híbrida. Mas já que insiste vou direto ao X da questão.

A dor no meu peito se alastrava pelos meus membros. Tudo formigava.

— Ele fez alguma besteira? Richard está morto?

— Quase.

— Quase o quê?!?! — gritei. Lá na cozinha ouvi o som de vidro quebrando e a sra. Brit praguejando.

— Ele quase morreu... — inspirou profundamente. — De culpa. E de sofrimento.

Senti um soco na boca do estômago e perdi a voz.

— Não consegue juntar as peças, híbrida? — Guimlel me fitava com seu olhar felino. — Onde e como você estava da última vez que o viu? — A pergunta ácida me remeteu direto a um dos momentos mais sublimes da minha vida. — Não se recorda? — O mago segurou a minha mão esquerda entre as dele e me encarou com o olhar duro. — A regra imutável, minha jovem: não pode haver qualquer contato maior entre as nossas espécies! Você e Richard sabiam disso e não deram atenção.

— Nós... — Eu não consegui ir adiante.

— Vocês infringiram as regras! E por um milagre não foram fatalmente punidos! — rugiu.

— Nós não chegamos a infringi-las — argumentei sem coragem de encará-lo.

— E já foi o suficiente para quase matar ambos! — rebateu feroz.

— Mas a lenda diz...

— Eu sei muito bem o que a lenda preconiza, garota! — Passou a mão pela careca que agora já não estava tão lustrosa quanto antes. — Ninguém pode garantir se o que a lenda diz é a pura verdade. Mas ficou claro que Richard não é o escolhido! Se existe um zirquiniano que vai verdadeiramente amar você, esse homem não é Rick, Nina.

— É, sim — rebati infeliz.

— Ele pode até achar que possui um forte sentimento, mas não é amor o que ele nutre por você, híbrida. Se fosse, nada dessa quase tragédia teria acontecido. Será que ainda não compreendeu? O fato de você sentir algo forte por ele não significa que ele também nutra o mesmo por você. Ele não é o eleito! É inegável o que aconteceu: sua energia vital foi quase aniquilada pela força dele.

— Mas nós...

— Não existe nenhum "mas" ou "nós" diante das evidências! Além do mais — Guimlel se levantou com sofreguidão —, se tiver um mínimo de piedade para com Richard, você se afastará dele. O coitado já sofreu por toda uma existência. O flagelo que ele se impôs por pensar ter sido o causador da sua morte foi mais do que penoso, foi devastador.

— Eu...

— Richard vem se afundando em erros por sua causa, híbrida! Erros cada vez mais graves... Está trilhando um caminho sem volta — interrompeu aflito. — Não consegue enxergar que a existência dele entrou em desgraça por sua causa? — Tentando controlar o tremor em suas pupilas, inspirou profundamente. — Por favor, se você realmente tem alguma estima por Richard, afaste-se dele.

— Eu não vou me afastar dele, eu não...

— Você quer vê-lo morto? Ótimo! Então vá em frente, garota! — rosnou e eu me encolhi. — É tão cega que não consegue perceber que se tornou a fraqueza dele? Por sua causa, ele ficou vulnerável, raios! Por seu egoísmo, o melhor guerreiro de *Zyrk* agora tem um ponto fraco e seus adversários não custarão a se aproveitar disso!

Eu era a fraqueza dele. Seu ponto fraco. Senti um nó se formar na boca do meu estômago e a sensação de culpa pairar no ar. Eu quase podia tocá-la.

— Não deveria, mas vou lhe dar uma informação que poucos têm conhecimento, para que você raciocine melhor e reavalie sua postura. — Guimlel andava de um lado para outro, alisando a barba sem parar. — Rogo para que você perceba a grande estupidez que está cometendo, que deixe de lado esse seu egoísmo humano infantil e que compreenda a forte razão para se afastar definitivamente de Richard. Mas você tem que me prometer que não contará isso a ninguém, pois colocaria a vida dele em grande perigo. De acordo?

Assenti sem vontade. Uma voz interior afirmava que eu não ficaria feliz com o que estava prestes a tomar conhecimento. Guimlel puxou uma cadeira e se sentou ao meu lado.

— *Zyrk* precisa de Richard porque o descendente dele é o predestinado — confessou cabisbaixo e eu me vi mais perdida do que nunca. — Segundo o *Nilemarba*, o filho dele será o melhor da nossa linhagem. Aquele que nos livrará das feras que nos aprisionam, demônios que assombram a nossa dimensão há milênios. O Livro Sagrado avisa que...

— Eu não estou entendendo nada, eu...

— Shhh! — disse acelerado ao escutar alguns passos. — Não posso dizer mais nada. Peço apenas que acredite no que estou lhe afirmando: vocês não têm um futuro juntos e, caso insistam nessa loucura, estarão condenando *Zyrk*. Sem Richard, não haverá descendente ou liberdade. Seremos prisioneiros do medo para sempre.

— Eu não entendo... — rebati sentindo um peso terrível em minha alma. — A lenda fala sobre o amor e...

— Amor? Lenda? — Ele balançava a cabeça, agitado. — A lenda pode até ser verdadeira para você, não duvido. Mas está claro para quem quiser enxergar que tal lenda não se referia a Richard, garota. O seu futuro ainda não foi determinado, mas o dele, sim. Por mais que você não consiga aceitar os fatos, o tempo vai lhe mostrar que estou falando a verdade e que no futuro vocês não estarão juntos. O destino de Richard está traçado no Livro Sagrado desde o dia do seu nascimento.

O nó no peito se apertou e se transformou em uma dor aguda, dilacerante. A tristeza em saber que eu estava arruinando o futuro glorioso de Richard era opressora, mas ter ciência de que toda aquela dimensão precisava dele para se libertar e que meu amor cego estava colocando em risco não apenas a *sua* vida como a de *milhares* de vidas era terrível e definitivo. Arrasada diante dos fatos, não tinha como contestar e me restava apenas aceitar o que não quis dar ouvidos, mas que sempre pressenti que fosse a cruel verdade: nunca haveria um futuro para nós, não juntos. E, se eu realmente o amava, deveria abrir mão dele para que sobrevivesse e cumprisse sua digna missão. Senti minha garganta se fechando e uma lágrima quis rolar por minha bochecha, mas levei as mãos ao rosto, encobrindo-a rapidamente.

— Posso contar com você? — perguntou com o semblante preocupado à medida que caminhava até a porta. Assenti e meu coração se contraiu, ficando menor que um grão de mostarda. — Ótimo! — disse ele que, após aguardar alguns segundos, abriu a porta. — Pode entrar, filho.

Meu coração tornou a se expandir, pulsando freneticamente e ameaçando rasgar meu peito. Quando dei por mim, não sabia se ficava feliz ou arrasada. Saindo por detrás da sra. Brit, o rapaz que lentamente cruzava o quarto em minha direção pouco se assemelhava ao meu guerreiro de outrora. Não que eu estivesse em condições melhores, mas Richard estava... destruído! Visivelmente mais magro, estampava profundas olheiras e barba por fazer. A figura do abatimento, do sofrimento máximo. *O que eu havia feito a ele? Onde estava o meu Richard de uma semana atrás?* Eu havia sido muito mais letal a ele do que ele a mim e aquela descoberta me estraçalhou por dentro. Guimlel tinha razão: eu era a fraqueza dele e, se eu tivesse piedade, se eu não fosse egoísta ao extremo, teria que me afastar.

Estudando cada movimento como um felino, ele se aproximou de mim. Sem falar nada, Richard parou ao meu lado e, após titubear por um momento, passou as pontas dos dedos na palma da minha mão esquerda, exatamente como havia feito quando me resgatara do deserto do Saara. Eu tremi e cedi ao calafrio maravilhoso que seu toque desencadeava em cada uma das minhas células. Então, uma voz berrou em meu crânio, alertando-me da promessa que havia feito. Instintivamente fechei a mão e retirei o braço do seu alcance. Seus olhos arregalaram e seu queixo tombou mais rápido que a sua mão sobre o colchão da cama. Ele estava sem reação e aquilo fez meu coração ficar em brasas. Lutando contra o desejo enlouquecedor de me aninhar em seu peito e abarrotá-lo de beijos, desviei a cabeça e respirei fundo.

— Está se sentindo bem? — Sua voz rouca abafou todos os ruídos, todas as advertências que massacravam minha consciência. Ela era a sinfonia perfeita para os meus ouvidos. A música da minha alma. — Nina? — Seu semblante era de alguém em máxima aflição. Tive pena.

Olhei para Guimlel e para a sra. Brit. Enquanto ela coçava os olhos vermelhos, o mago me observava com a fisionomia tensa. Tornei a encarar minhas mãos e apenas confirmei com um lento balançar de cabeça. Havia tanto o que dizer... Mas as frases eram vetadas, pela promessa que fiz, antes mesmo de serem formuladas.

— Bom. — O timbre de sua voz começou a se modificar. Ele estava entrando na defensiva, incorporando seu habitual padrão rude. — Vejo que foi bem tratada — constatou olhando lentamente por cima do ombro para a plateia que nos observava em absoluto silêncio. — Está precisando de alguma coisa? — Sua respiração estava difícil, vacilante. Sufoquei a Nina que havia dentro de mim e me mantive calada, o olhar distante. — Algo que queira daqui, qualquer coisa. Eu posso ir buscar, eu posso...

Não aguentei vê-lo quase implorar por uma resposta, por uma mínima reação minha que lhe desse esperanças. Não podia fazer aquilo com Richard. Eu ia falar com ele, contar a verdade, dizer que eu também estava sofrendo e que não me importava com o que havia acontecido comigo. Precisava tranquilizá-lo, afirmar que o amava acima de tudo e que o desejava ainda mais do que antes. Que se dane o Livro Sagrado!

— Rick, eu não, nós não...

Um roçar de garganta de Guimlel. A camuflada advertência que me fez congelar e trouxe minha severa consciência pelas mãos. *Não! Você não pode, Nina. Lembre-se de sua promessa, droga! Você quer matá-lo?*

— E-eu não preciso de nada — gaguejei. — Estou bem, obrigada.

Seus olhos se fixaram em mim por mais um breve momento e então, como mágica, perderam o brilho e se apagaram.

— Que bom. — Com a testa lotada de vincos, ele pairou o olhar sombrio em Guimlel e, após tragar o ar com dificuldade, esfregou o rosto com as mãos. Levei um choque ao visualizar recentes cicatrizes nelas. *Cristo! O que havia acontecido com ele?* — Dei sorte — murmurou. — Tyron livrou minha cara mais uma vez.

Hã?

— Ainda bem que sobreviveu, híbrida — acrescentou secamente. *Híbrida?* — Eu seria um homem morto se tivesse matado você. — Abriu um sorriso frio em sua face ilegível. Aquelas afirmações me fizeram perder o fio da meada e nublar meu raciocínio. — Já posso me mandar.

Não podia ser! Ele estava mentindo. É claro que estava... Ou não? A dualidade de sua personalidade e o gênio instável de Richard apunhalaram minhas certezas e me vi perdida. Um ciclone de terríveis hipóteses rodopiava dentro de minha cabeça em frangalhos. *Então ele não... Ele não estava sofrendo por mim, mas sim porque tinha medo de alguma punição?*

— Para onde você vai, filho? — questionou a sra. Brit ao vê-lo se retirar. Com ar debochado, Richard levantou uma sobrancelha e deu de ombros. — Ah, não! Você não pode fazer isso! — A sra. Brit soltou um berro. — Shakur vai matá-lo!

— Ele ainda precisa de mim e tenho negócios que lhe interessam.

— Shakur é louco! Ninguém sabe o que se passa em sua cabeça doentia, Rick!

— Talvez eu saiba — ele respondeu petulante, encarando-me de um jeito que me fez arrepiar.

— O que você quer dizer com isso? Não está pretendendo... — A mulher levou a mão à boca, horrorizada.

— Exatamente. — Ele sorriu e uma expressão demoníaca tomou conta de sua face. Eu compreendi e o ar se fora dos meus pulmões. — Eu vou levá-la comigo.

— Como é que é?! — vociferou Guimlel, apoiando-se no batente da porta. — Você enlouqueceu de vez?

— Shakur não vai aceitar as suas desculpas, Richard! — gritava a sra. Brit descontroladamente.

— Com a híbrida a tiracolo, ele vai sim.

Nunca! Eu me mataria, mas jamais voltaria para Thron!

— Não! — implorou a sra. Brit. — Você prometeu que não voltaria para ele, Rick! Você *me* prometeu. — Desesperada, ela agarrou a blusa dele. — Por favor, filho. Não faça isso.

— A situação mudou, Brita. Eu preciso ir. É só o tempo de comer alguma coisa, tomar um banho e preparar meu cavalo — determinou impassível e saiu do quarto sem olhar para trás. Tão desorientados quanto eu, a feiticeira e o mago foram atrás dele e me largaram ali sozinha. Eu sabia que precisava agir. Tinha prometido a mim mesma que seria a senhora do meu destino e era dado o momento de provar isso para mim mesma. *Tinha que ser agora!*

Fazendo caminho oposto ao dos berros desesperados da sra. Brit e das inúmeras ameaças de Guimlel, consegui sair pé ante pé pela porta do quarto que dava para a área externa e, atravessando o quintal, dirigi-me ao aposento de John. Forcei a fechadura, mas a porta estava trancada.

— John? — sussurrei dando batidinhas aceleradas. Por um eterno segundo, meu coração veio à boca ao imaginar que talvez ele já não estivesse mais ali, que meu plano estava arruinado muito antes de iniciado. — Sou eu.

A resposta lá de dentro me inundou de alegria.

— Nina? — Sua voz exultava de felicidade e surpresa. — Você está bem?

— Estou ótima!

Melhor agora em ouvir a sua voz!

— Graças a Tyron! — exclamou ele.

— Abra a porta, John.

— Estou preso. Escutei tantos berros, tantas orações envolvendo seu nome. Não consigo acreditar que esteja viva — respondeu emocionado. — Você ficou tanto tempo submersa no pântano de Ygnus. Eu não conseguia te achar, eu...

Coitado! Pensava que eu ainda estava me recuperando das queimaduras do maldito pântano. *Pobre John!*

— Deu o seu melhor, John. Se não fosse por você eu não teria conseguido fugir de Storm — interrompi. — E agora sou eu quem vai te ajudar a sair daqui. Mas antes preciso encontrar a chave.

— Arranje uma faca e passe-a por debaixo da porta de ferro — comandou.

— Você vai arrombá-la?

— Apenas consiga uma. Rápido!

Vasculhei por todo o quintal e não encontrei nada cortante que pudesse entregar a John ou que passasse pelo espaço abaixo da portinhola. Se eu fosse até a saleta principal, na certa seria descoberta. *O que fazer?* Recordei-me então da adaga com que Richard havia arrombado a porta do meu quarto e, sem fazer barulho, retornei ao meu antigo aposento. Ao abrir a pequena porta, meu coração encolheu no peito. Tudo estava exatamente do mesmo jeito que deixei quando Richard me retirou dali às pressas: os farelos das broas de milho na travessa, o jarro de limonada praticamente vazio, a cama desarrumada, o vestido de algodão cru caído no chão... Rechacei qualquer recordação daquela noite, respirei fundo e não demorei a encontrar a adaga largada no tapete ao pé da cama. Segurando a emoção que ameaçava me paralisar, eu a peguei e, sem olhar para trás, saí rapidamente.

— Aqui está, John! — sussurrei, passando-a por debaixo da porta.

— Excelente! Vai ser fácil, fácil. — Eu o escutei vibrar do lado de dentro e em questão de segundos a porta se abria. *Caramba! Todos eles aprendiam como arrombar portas no jardim de infância?*

Sem conseguir segurar o largo sorriso no rosto, John apareceu na minha frente mais ruivo e feliz do que nunca.

— Nina! — exclamou exultante ao me abraçar. Uma sensação de bem-estar me invadiu. John me trazia paz. — Você está... perfeita!

— Você também — respondi satisfeita. — Nós vamos fugir daqui. E tem que ser agora!

— O lugar está cercado por magia, Nina. Não vai ser tão rápido assim descobrir a saída verdadeira — constatou.

Um ruído fino nos atingiu e, assustado, John me puxou para junto dele.

— Não se eu puder ajudar. — A sra. Brit surgiu como um fantasma bem atrás de nós. Sua expressão normalmente leve havia sido substituída por uma taciturna, quase sombria. — Vamos. Vocês não têm muito tempo. — Pude captar profunda amargura em sua voz. Ela estava retribuindo com a mesma moeda de Richard: traição. A sra. Brit nos ajudaria a fugir e sabia o alto preço que teria que pagar ao tomar aquela decisão: ela perderia o filho de vez. Seu gênio difícil na certa o faria odiá-la para sempre. — Vocês terão que correr — explicou com frieza. — Ele é rápido.

— Ele?! — John a encarou desconfiado e girou o rosto em minha direção.

— E-eu não... — engasguei.

— Eles. Eu disse "eles"! — A sra. Brit se corrigiu e, disfarçando, lançou-me um olhar de advertência. Eu havia entendido: não era para comentar sobre Richard.

— Por que vai nos ajudar a sair daqui? De quem estamos fugindo então? — John insistia.

— Não há tempo para explicações, meu rapaz. — A sra. Brit era astuta. — Vocês foram descobertos por homens de Thron. Precisam sair daqui agora. Venham!

John olhou para o céu e constatou:

— O único lugar que conseguiríamos alcançar é Windston.

— Sim. É para lá que vão. Zymir os aguarda — explicou ela, conduzindo-nos por um estreito corredor esculpido dentro da montanha rochosa que cercava o lugar.

— Zymir? Como conseguiu? — John estava cismado. Ele era esperto também.

Ela franziu a testa e não respondeu. Um discreto trepidar de suas pupilas confirmava seu estado de tensão.

— Por ali. — Apontou para um redemoinho de vento no fim do túnel. — Há um animal esperando por vocês do lado de fora. Torço para que você seja rápido, filho de Kaller.

— Eu sou — ele balbuciou acelerando as passadas em direção à saída e sem notar que eu havia ficado para trás.

— Sinto muito, filha — disse ela em tom baixo ao segurar meu braço e estancar meu passo. Seu semblante triste por alguma razão me fez recordar o de minha mãe. Senti meu corpo estremecer com aquela despedida.

— Obrigada por cuidar de mim, Brita. — Segurando o fôlego e as lágrimas a todo custo, eu a abracei com vontade.

— Tem alguma coisa errada nessa história, filha. Richard também está sofrendo e... — Seu sussurro em meu ouvido foi interrompido.

— O que ela disse, Nina? — indagou John ao ver minha fisionomia emocionada. Ele havia retornado às pressas.

— Nada de mais. Eu estava apenas agradecendo por me salvar — disfarcei. — Acho que você devia fazer o mesmo.

John arregalou os olhos e se empertigou.

— Sim, eu... agradeço... o que fez por mim — murmurou sem graça. Então ele fez algo que jamais poderia imaginar: segurou a mão dela e, de cabeça abaixada, ajoelhou-se na sua frente. — Não existem palavras, no entanto, que possam lhe agradecer por ter salvado a vida de Nina, sra. Brit.

— Por Tyron! Esse sentimento seu... Então você também...? — Surpresa, ela arregalou os olhos e começou a sacudir a cabeça.

— O quê? — John rapidamente removeu sua mão do toque da bondosa feiticeira.

— N-nada, filho. Nada.

— Agora entendo por que sua fama é lendária.

— Obrigada, rapaz. — Ela se recompôs com um suspiro cheio de apreensão. — Mas não é apenas a mim que você tem que agradecer.

John nada respondeu e uma veia latejou no seu pescoço antes mesmo que ele tornasse a se levantar. A sra. Brit referia-se a Richard. Apesar de ter sido a pedido meu, ele o havia resgatado do pântano de Ygnus e trazido para os cuidados dela. Querendo ou não, John lhe devia essa.

— Não comentem com ninguém sobre o que houve com Nina no pântano e que vocês estiveram aqui. Para todo o efeito vocês permaneceram escondidos nas minas — explicou acelerada. — Zymir os aguarda na entrada oeste de Windston. Vistam isso — comandou estendendo-nos duas mantas verde-escuras. — Ah! Seu fiel escudeiro vai acompanhá-los até lá.

— Tom? — John arregalou os olhos e o esboço de um sorriso surgiu em seus lábios.

A sra. Brit confirmou com um rápido balançar de cabeça.

— Que Tyron se compadeça de nós — murmurou e partiu.

CAPÍTULO
20

Disfarçados pelas vestimentas e cavalgando a toda pelas áridas planícies de *Zyrk*, já era quase noite quando chegamos a Windston, um clã completamente diferente de Thron ou Storm. Não estava situado dentro de um vulcão nem era rodeado por um belo e estratégico lago. Como um forte militar em meio a um deserto quase lunar, seus altíssimos muros eram formados por enormes monólitos que, dispostos uns sobre os outros, ocultavam-no completamente. As pedras estavam talhadas de uma maneira ameaçadora: exibiam vértices piramidais pontiagudos, como se milhares de pontas advertissem: não se atrevam!

— Você confia nela? Tem certeza de que não é uma armadilha? — indagava Tom a cada segundo à medida que nos aproximávamos da enorme muralha. Minhas recordações não lhe faziam jus. Tom parecia ainda maior e mais forte que da última vez em que o havia visto.

— A sra. Brit me assegurou que Zymir estaria nos esperando na ala oeste e deve ser verdade porque não vejo qualquer movimento dos arqueiros no passadiço — respondeu John.

— Não sei não — Tom ruminava em voz alta, conseguindo sobrepujar os uivos do vento cortante do deserto. — Logo vai anoitecer e estaremos enrascados.

— Olhem! — Apontei para um discreto movimento no gigantesco portão de entrada. Todo constituído por fragmentos de turmalina negra, ele foi se abrindo de um jeito intricado e lento. Sem uniformidade, as pedras começaram a se afastar umas das outras em sentido lateral e criaram uma discreta fenda, suficiente apenas para que permitisse a nossa passagem. Um ancião surgiu e fez sinal para que nos aproximássemos.

— Proteja a híbrida. Eu vou à frente — ordenou John após um momento de hesitação. Tom piscou assentindo.

— Rápido! — comandava ao longe o ancião. — Temos pouquíssimo tempo.

— Onde estão Zymir e os guardas da segurança? — John indagou desconfiado.

— Zymir não poderia vir até aqui porque chamaria a atenção. O conselho de Windston não permitiu a entrada dela.

— Não estou gostando disso — resmungou Tom.

— Olheiros de confiança avisaram Zymir sobre a aproximação de vocês. Deu tempo para que ordenasse a presença dos guardas desta ala em outro serviço, mas logo retornarão às suas posições. Por isso, teremos que ser rápidos. Venham!

Apreensivos, John e Tom se entreolharam.

— Vou pagar pra ver — respondi decidida, desvencilhando-me da enorme mão de Tom.

— Ela tem razão. — John esboçou um sorriso e assentiu, vindo logo atrás de mim. Tom praguejou algo, mas também nos seguiu.

— Cubram seus brasões e mantenham a marcha no centro do corredor. Não caminhem nas margens — advertiu o homem, que devia ter mais de dois metros de altura, para meus protetores. — Por aqui.

Ao entrar, novo choque: um túnel escuro nos conduziria a outra área. Gritos de advertência, gemidos e ameaças nos atingiam enquanto nós o atravessávamos. John caminhava ao meu lado, rígido.

— O que está havendo? — sussurrei ao perceber seu desconforto.

— Logo você verá — respondeu seco.

— Continuo não gostando — reclamava Tom, logo atrás de nós.

Diferentemente do que aconteceu em Storm ou do que me recordava de Thron, em Windston eu pude identificar com detalhes o terror que rodeava a periferia de cada clã. Quando fizemos uma curva, vi o corredor de pedras ter ambas as suas paredes substituídas por grades de ferro e senti meu estômago revirar com a deprimente visão do que nos margeava: uma multidão de mendigos se amontoava por um terreno arenoso e mórbido. Até onde consegui enxergar, não havia casas, mas sim grutas que se destacavam dos amontoados de rochas. Sem vida ou cor ao redor, um véu de areia cobria toda a paisagem destruída, como se tivesse sido abandonada havia séculos e sofrido a implacável erosão do tempo. Como prisioneiros, os maltrapilhos seres catapultavam suas mãos imundas pelas grades no intuito de nos alcançar. Suas fisionomias sombrias e adoentadas me fizeram vacilar. O cheiro era indescritível. John me puxou para perto dele ao perceber meu pavor.

— Não se aproxime demais — ordenou entre os dentes. — E evite o olho no olho.

— São prisioneiros?

— Cada reino faz o que acha melhor com as suas sombras.

— De onde vêm, encapuzados? — berrou um homem com o rosto sujo, desdentado e com os lábios tomados por feridas.

— Pelo andar, não parecem ser de Thron — concluiu outra voz em meio à multidão de miseráveis.

— É uma garota ou uma criança? — perguntou uma aleijada.

— É a híbrida. — De início parecia apenas um sussurro, mas então uma voz bem idosa começou a berrar e repetir sem parar: — É a híbrida! — Eu me virei e me deparei com acusatórios olhos opacos. — Sintam a forte vibração no ar! É claro que é ela! — gritava o cego.

— Eu avisei que o fim dos tempos estava próximo! — choramingou a aleijada.

— Morte à híbrida!!! — retrucaram vozes em meio a urros e ganidos que vinham de ambos os lados. — Ela tem que morrer!

— Não dê ouvidos a eles. — John acelerou o passo.

— O que você veio fazer aqui, sua amaldiçoada? Veio arruinar a nossa dimensão de uma vez por todas? — questionou uma senhora imensa de gorda, encarando-me com olhar demoníaco.

Amaldiçoada.

— Pragas! Calem a boca! — esbravejou Tom ao perceber a alteração do meu estado.

— O que você vai fazer, grandão? — enfrentou a velha.

— Eu vou arrancar sua língua e...

— Pare, Tom! — comandou John. — Eles querem instigá-lo para que se aproxime. Não está vendo que está caindo no jogo deles?

— Vermes malditos! — rosnou o gigante.

— Deixa pra lá, amigo — concluiu John. — Venha, Nina.

Caminhamos mais algum tempo até deixarmos aquele terrível lugar para trás. O túnel escuro terminava em uma curva acentuada que se abria para um pátio. A súbita claridade era tanta que fechei os olhos para amenizar a dor momentânea. Quando tornei a abri-los, fiquei chocada. Na verdade, maravilhada. Windston não era sombria como Thron, tampouco luxuosa e imponente como Storm. Era muito verde, simples e fascinante. Possuía árvores adequadamente arrumadas em uma grama tão perfeita que parecia um tapete sob os nossos pés. Havia muitas flores espalhadas por todos os cantos, e, se não fosse pelo céu acinzentado, a linda paisagem seria comparável à de uma cidade encantada dentro de um conto de fadas. O castelo tinha proporções bem menores que o de Kaller, e, assim como o lugar, era desprovido de qualquer luxo. Construído das mesmas pedras de sua muralha, o único destaque ficava por conta das altas e estreitas janelas que, fazendo papéis de vitrais, tinham suas vidraças preenchidas por pinturas coloridas. Uma escadaria das mesmas turmalinas do portão conduzia até o pórtico principal feito de toras de madeiras sobrepostas e amarradas entre si por grossos cipós.

Dois soldados ao pé da escada nos aguardavam com suas armas em punho. Percebi Tom estremecer ao meu lado.

— Zymir é um homem de palavra e estes soldados são da sua confiança. Eles estão aqui para proteger vocês — tranquilizou o ancião que nos guiava. Ele era forte, de traços bem-feitos, cabelos compridos muito lisos e alvíssimos. — Mas vocês dois terão de ficar escondidos aqui enquanto eu a conduzo até ele.

— Negativo — objetou John. — Nós iremos também.

— Entrar somente com ela já será uma tarefa perigosa, rapaz. Não temos como disfarçá-los. — Lançou um sorriso irônico ao olhar para o gigante Tom. — Lembrem-se de que serão executados caso sejam capturados.

— Eu vou — rebati determinada ao perceber a gravidade da situação.

— Mas, Nina, eles...

— Já poderiam ter nos matado há muito tempo. — Adiantei-me agitada. Se os portais de *Zyrk* estavam sendo vigiados e não tinha para onde fugir, eu precisava saber em que terreno estava pisando. Não havia como recuar. — Estamos perdendo tempo nessa discussão. Preciso ver o que esse Zymir tem a nos oferecer.

John ponderou e acabou assentindo com uma piscadela.

— Troque sua manta por isto aqui — pediu o ancião estendendo-me uma capa cinza-escuro. — Siga-me.

Contornamos a entrada principal e entramos por uma porta lateral do castelo que dava para uma pequena antessala.

— Fique de cabeça baixa todo o tempo e não ouse falar com ninguém — sussurrou ele. — A capa que está vestindo é a utilizada por nossas serviçais e espero que ajude a disfarçá-la. Venha.

Cruzamos rapidamente o salão principal, e, pelo canto do olho, não vi nada reluzir. O piso feito de tábuas escuras e compridos bancos de madeira que ficavam dispostos ao redor das paredes, abaixo dos belos vitrais, conferiam discrição ao ambiente. Toda a parte central desocupada dava a sensação de amplitude ao lugar e destacava o trono no pequeno altar. Ele também era esculpido em madeira e exibia discretos frisos dourados em seu encosto e braços.

— Coloque isso nos olhos — ordenou, lançando-me um pedaço de pano preto.

— Uma venda?!

— A ordem é para que você não grave o caminho.

— Não! — O horror se desenhou como um filme. Lembrei-me instantaneamente daqueles rapazes no navio.

— Não vou causar-lhe mal algum, jovem — explicou calmamente. Respirei fundo e assenti. Pagaria para ver o que o destino me reservava dessa vez e, por conta própria, coloquei a faixa. — Rápido! — Ele me puxou pelo braço, conduzindo-me por uma série de corredores desnivelados. Já estava enjoando com aquele sobe e desce incessante quando finalmente paramos. — Aguarde aqui — ordenou e ouvi o ruído surdo de batidas ritmadas de metal em madeira, talvez um tipo de senha de acesso. Distingui o barulho de uma porta rangendo, cochichos, e, logo a seguir, outros sons de portas distantes sendo abertas e fechadas.

— Entre, moça — pediu a voz gentil de uma senhora. — Já pode tirar a venda. Obrigada, resgatador.

Com alívio, removi aquela claustrofóbica faixa e meus olhos doeram com a claridade do local. O aposento era de um branco etéreo, calmo e lindo. Lençóis, móveis, paredes, tudo branco. Apenas algumas flores amarelas espalhadas em vasos de cristal davam alegria ao ambiente.

— Olá, Nina. Sinto muito pelas más notícias — introduziu-se um senhor bem idoso, anão e de pele enrugada. Sua voz angulosa incompatível com a frágil aparência. — Eu tentei, mas o conselho não permitiu a sua presença em Windston.

— Zymir? — perguntei e ele confirmou com a cabeça.

— Tinha que fazer isso pelo seu avô, por nossa boa e velha amizade — suspirou. — Deixarei que o veja, mas prometa-me que não o tocará. — Ele não parecia confortável com a situação. — Compreenda que estou arriscando a minha própria vida. Posso até ser banido para o *Vértice* se descobrirem o que estou permitindo que aconteça aqui e agora. — E, olhando para os demais, acrescentou com um discreto sorriso: — Tenho a felicidade de ter pessoas de minha total confiança. Terminada a visita, deverá recolocar a manta, a venda e partir ao amanhecer. De acordo?

— De acordo — balbuciei.

— Wangor acharia lindo. — De repente suas feições ficaram leves. — O líder sempre gostou do amarelo — confidenciou-me com ar nostálgico, apontando para o novo vestido que a sra. Brit me arrumou.

Dava para notar que Zymir nutria não só respeito, mas um profundo carinho por Wangor. Falava dele com admiração.

— Pode vê-lo mais de perto — avisou e virou o rosto em direção à cama.

Assenti e, muito lentamente, fui caminhando em direção ao leito. De início, estava mais curiosa do que comovida, mas, ao avistar o rosto adormecido do líder, congelei. Minha herança genética era óbvia demais. Eu era parecidíssima com ele! O mesmo formato da face, o mesmo nariz, a boca idêntica.

— Ele também possuía os seus volumosos cabelos castanho-claros, mas, como pode ver — Zymir apontou para a cabeça prateada do líder —, o tempo se encarregou de desbotá-los. Seus olhos também são muito parecidos com os de Wangor, com exceção desse risco amarelo em sua pupila — acrescentou Zymir, assim que me viu comparando nossas mãos.

Meu coração trepidou, senti minhas pernas começarem a tremer e fraquejei, caindo de joelhos ao lado da cama. De certa forma, toda aquela jornada sem sentido em que fui arremessada tinha valido a pena. Fugir e fugir... para chegar ali! E encontrar o meu avô. Quebrei a promessa de não mais chorar. Um dilúvio de lágrimas rolava descontroladamente pelos meus maxilares. Lacunas em branco de um triste filme eram preenchidas em minha mente e coração destroçados: o filme da minha vida. Eu tinha uma história. Não era apenas o apêndice de um livro em branco. Eu não era filha apenas de uma mulher. Eu tive um pai e um avô. E o sangue deles corria em minhas veias. Ali, bem naquele momento. Eternamente.

Num ato de amor impensado, agarrei-me ao corpo desacordado de Wangor, abraçando-o com todas as minhas forças. Meu tremor sacudia seu corpo inanimado, minhas lágrimas encharcavam seu rosto pálido e moribundo. Zymir deve ter ficado paralisado sob o choque daquela cena inimaginável, pois não veio em minha direção. Não apartou Wangor de meu desespero desenfreado. Acho que se compadeceu por alguns segundos até que...

— Basta! Solte-o, minha filha. Não complique as coisas para o seu lado — ele me advertia em estado conturbado.

Imprudentemente comecei a beijar a testa de Wangor e a implorar coisas impossíveis. Minhas lágrimas escorriam por suas rugas e abriam caminho pelos cabelos brancos.

— Acorde, por favor! Fale comigo, vovô. Sou eu, Nina! — Minha voz saía entrecortada em meio aos soluços.

— Solte-o! — As trêmulas mãos de Zymir tentavam me puxar.

— Não! — gritei, desvencilhando-me de Zymir e voltando a abraçar Wangor. — Acorde, meu avô. Por favor! — Eu insistia, chorando e sacudindo seu corpo adormecido.

— Pare! — berrou Zymir, mas eu não conseguia obedecê-lo. A dor que invadia minha alma não admitia que aquele contato seria tudo o que eu levaria dele. Tudo que poderia ter de meu ancestral. De meu único parente vivo. — SOLTE-O! — tornou a rugir e, sem mais forças para resistir, liberei-o de meu abraço desesperado.

— Eu... — Senti meu corpo pesar e afundar, como se tivessem me enfiado dez toneladas de chumbo goela abaixo.

— Você vai sair daqui agora! — rosnou Zymir, recolocando a venda de forma agressiva e me dirigindo de volta aos corredores do grande palácio. A respiração ofegante denunciava seu estado de tensão. — Vocês, humanos, não têm palavra! São todos traiçoeiros! Sairá de Windston e de nossas vidas para sempre!

Um grito.

Zymir interrompeu suas passadas aceleradas e soltou um berro aflito: — Teresa? O que houve?

— Wangor! Céus! Volte, Zymir! — A voz assustada da camareira ecoava pelo corredor.

— Por Tyron! O que aconteceu? — foi a resposta apavorada de Zymir.

Não tendo onde me largar e comigo atrelada a ele, Zymir pôs-se a correr o mais rápido que pôde de volta ao quarto de Wangor. Era lento, em virtude da estatura e da idade avançada, permitindo-me acompanhá-lo com facilidade. O que teria acontecido com Wangor? *Oh, não! Será que eu o havia matado?*

Meu peito angustiado comprimia-se como uma mola, mas estava prestes a expandir-se de júbilo. Entramos no grande quarto. Frases alegres ecoavam no ar misturadas aos sons de orações indecifráveis. Retiraram a minha venda. Agora não foi a claridade que me cegou, mas uma visão: Wangor estava sentado, recostado sob a cabeceira da cama branca. Ainda abatido, olhou primeiramente para seu companheiro de longa data e fez um aceno com a cabeça que foi imediatamente correspondido pelo amigo, só que num aturdido movimento de reverência. Depois se virou para mim, encarando-me de forma séria antes de abrir um sorriso. Fez um movimento com as mãos, pedindo para que eu me aproximasse.

— Nina? — perguntou o líder com os olhos vidrados.

— Sim — respondi emocionada enquanto caminhava em sua direção.

Antes mesmo que eu acabasse de me aproximar, ele já havia me puxado e me apertava contra seu peito. Emocionado, beijava-me a testa sem parar.

— Minha Nina! — Seu peito arfava e seus suspiros eram entrecortados pela respiração trepidante. — Tyron me perdoou, Zymir!

Os olhos arregalados de Zymir confirmavam que ele estava em estado de choque.

— Vov... — Meus olhos encharcaram no mesmo instante, minha garganta se fechou e perdi a voz. Não dava mais para segurar o sentimento que me devorava por dentro. Minha agonia se dissolveu em soluços, um choro de alívio. Minhas lágrimas transbordavam felicidade, esperança.

— Minha neta! Minha neta! — Wangor se afastava de mim para me observar melhor e tornava a me abraçar.

— Vovô eu...

— Shhh! — Wangor me interrompeu para dar vazão ao seu compulsivo pranto sem lágrimas. Zirquinianos não conseguiriam chorar por emoção. Mas o meu choro era de pura felicidade e valia por nós dois.

Sem dizer uma só palavra, ficamos muito tempo ali, de mãos dadas e olhando extasiados um para o outro. Por fim, ele se ergueu com certa dificuldade e deu voz de comando. — Zymir?

— Sim, meu senhor? — perguntou um rouco Zymir.

Ele estaria também emocionado?

— Hoje é o dia mais feliz da minha vida, amigo! Ordene que preparem os salões como nunca antes em Windston! Amanhã presenciaremos a maior festa que este reino já teve em sua história.

— Mas, Wangor, não podemos perder tempo com festas! — A voz de Zymir saía trêmula. — Temos que traçar planos! Eu a trouxe aqui sem a autorização do nosso conselho e...

— Você fez isso?! — Wangor arregalou os olhos. — O que seria de mim sem você, Zymir? — Soltou um longo suspiro. — Obrigado, amigo.

— Não há nada para me agradecer, meu senhor, é só que... — A fisionomia de Zymir permanecia aflita.

— O que o está preocupando, meu caro?

— Toda *Zyrk* já deve saber que a híbrida, quero dizer... que *ela* está aqui! Corremos enorme risco!

— Acalme-se, Zymir. Eu sempre soube que quando a tivesse em meus braços seria uma época muito tensa para Windston, para *Zyrk*. Sei dos riscos que corremos e é exatamente por isso que temos que comemorar!

— Mas, Wangor, você precisa descansar! Recuperar suas forças!

— Já *descansei* demais, homem! Estou ótimo!

— Tenho muito que lhe falar, Majestade! Amanhã poderá ser tarde demais. — Lançou um olhar grave para o líder.

— Só Tyron sabe como será o nosso amanhã! — Wangor o interrompeu. — Por ora, esta é a minha ordem. Quero a maior de todas as festas! Vá, Zymir!

— Perfeitamente, senhor — Zymir recuou, contrariado.

— Depois conversaremos, meu caro. Com certeza, temos muitos assuntos para colocar em dia — o líder tentava argumentar. Em vão. Inconformado e sem olhar para nós, Zymir balançou a cabeça e se retirou.

Wangor suspirou alto e, em seguida segurou uma de minhas mãos, despejando-me uma avalanche de perguntas:

— Você está bem? Não te machucaram?
— Não, graças a John de Storm.
— O filho de Kaller? — indagou surpreso.
— Sim, vovô.
— Eu não estou compreendendo... Não foi nenhum dos nossos que a trouxe para cá? — Wangor parecia confuso.
— Não. Eu fui levada para Storm, onde fiquei por alguns dias. John me ajudou a fugir de lá.

Por alguma razão, não fiquei à vontade em comentar sobre ter estado em Thron.

— Fugir?!

Identifiquei discreta contração em suas pupilas.

— Está tudo bem — acalmei-o.
— O que houve? Por que você fugiu então?
— Porque Kaller queria... Ele ia...

Wangor segurou meus ombros com força e olhou bem dentro dos meus olhos. Suas pupilas se estreitaram de imediato.

— Oh, não! — bramiu inconformado e senti o tremor em suas mãos. — Ele quis te possuir, não é?

Confirmei com um mínimo balançar de cabeça.

— Maldito Kaller!
— Mas eu estou bem. Graças a John, nada aconteceu.
— Como chegaram até aqui?
— Pelo pântano.
— Ygnus?!? Que loucura vocês cometeram! — soltou estupefato. — Graças a Tyron nada aconteceu!

Aconteceu sim. Mas a resposta foi trancafiada pelos meus lábios.

CAPÍTULO 21

Enquanto eu era conduzida para o meu aposento, fui surpreendida pelo comando de uma voz feminina delicada e, ao mesmo tempo, incrivelmente ácida.

— Eu cuido da híbrida, soldado. Pode ir.

Olhei para trás e levei um susto.

Samantha?! Aquela loura de cabelos espetados do colégio também era uma zirquiniana!

— Preciso levar a híbrida até seu aposento — retrucou o soldado.

— Terei uma rápida conversa com ela — rebateu a loura de bate-pronto. — Que quarto ficou reservado para ela?

— O superior 7 da ala oeste.

— Tudo bem. Eu mesma a conduzirei até lá. — Ela esfregava as mãos. — Está dispensado, soldado.

Samantha não tinha o olhar amistoso. Pelo contrário, parecia feroz e, enxergando através de olhos não mais inocentes como aqueles que a viram em Nova York, recordei-me de que já era assim desde então. A loura usava uma roupa semelhante a das guerreiras de Storm. Semelhante, mas não igual. Como de costume, seus seios estavam quase saltando de dentro da blusa absurdamente apertada e decotada. Sem contar o principal detalhe de todos: no pulso direito destacava-se o brasão de Windston, o desenho de um punho fechado, envolto em uma faixa vermelha: *Samantha era a resgatadora principal dali!*

— Por aqui, híbrida! — Ela apontou para um lindo jardim. Já havia anoitecido e o lugar era iluminado por tochas. Antagônico a *Zyrk*, havia muito verde, muitas flores, em especial rosas amarelas. Tudo extremamente bem cuidado, como uma pintura. — Pelo visto, você não se contenta em acabar apenas com Windston. Quer destruir toda *Zyrk*, não?

— Por que tem tanta raiva de mim, Samantha?

— Raiva? — A loura soltou uma gargalhada forçada e explodiu: — Porque eu simplesmente não acredito que minha dimensão será destruída por causa de uma garota inútil e amaldiçoada! É por isso!

— Nada vai acontecer — enfrentei-a. — Meu avô sabe o que faz.

— Sabe o que faz?! — desdenhou num grunhido. — Não! Ele não sabe porque você o cegou, assim como faz com todos, feiticeira! Veja o que fez com John e com Richard!

— Richard? — indaguei feroz. — O que Rick tem a ver com isso?

— Rick...?! Estão tão íntimos assim? — Ela estreitou os olhos de águia e mordeu os lábios rosados para segurar um sorrisinho que lhe escapava.

Eu me calei e ela avançou:

— Estou de olho em você. Custe o que custar, vou fazê-los enxergar o que você realmente é: a maldição!

— O que está havendo aqui? — John apareceu de repente, surpreendendo-nos com um olhar de quem procurava pistas em nossas faces. — Nina, tudo bem?

— Fico feliz em ver que está bem, John. — Samantha se adiantou. — Foram tantos os comentários...

— Que comentários? — A fisionomia de John se enrijeceu.

— Ora, John! Da sua fuga de Storm, é claro! Do que essa híbrida o obrigou a fazer.

— Tudo que fiz foi por vontade própria.

— Sério? — Ela emitiu uma risadinha falsa. — Conte isso para Kaller. Aliás, conte isso para todo mundo. — A loura passou as mãos nos cabelos espetados e especulou: — Aliás, onde vocês se esconderam durante esses dias, hein? Quem deu cobertura?

— Ninguém — John rosnou. — Ou já se esqueceu de que tenho meus truques?

— Todos em *Zyrk* têm ciência do ocorrido, John. Estavam apenas aguardando vocês aparecerem. Agora é questão de tempo, você sabe muito bem. — Samantha liberava as palavras com ferocidade, desviando o olhar de mim para ele. — O que essa bruxa híbrida te obrigou a fazer?

"Questão de tempo?"

— Pare com isso, Samantha! — John retrucou impaciente. — Você sabe que não sou do tipo que se deixa mandar!

O semblante da garota se modificou um pouco. Poderia jurar que vi um brilho diferente em seus olhos azul-acinzentados.

— Eu sei disso. Mas ela possui poderes que nós nem sequer sonhamos imaginar. Posso jurar que ela o impeliu a isso, sem que você percebesse a gigantesca besteira que estava fazendo. — A acidez de sua voz havia desaparecido. Para minha surpresa, ela estava aveludada. — Acorde, John! Não percebe que ela está te manipulando?

— Não! — John franziu o cenho. — Já acabou?

— Quer fazer o favor de me escutar, droga! É tão óbvio! Ela está te usando para atingir seus próprios interesses!

Samantha berrava, ou será que implorava? Estava difícil captar o que havia por detrás das suas frases envenenadas porque o sentimento de culpa me vestia com perfeição. Eu havia me utilizado de John. Sempre soube que era capaz de gerar algo forte nele e me aproveitei do fato.

— Saia, Samantha! — O semblante hostil de John a fez recuar, seu rosto angelical em brasas de tão vermelho.

— Ótimo! — Ela grunhiu e se recompôs. — Você vai ver que eu tenho razão. O problema é que, quando descobrir, será tarde demais!

— Que assim seja! — John não mais a confrontava. Seu olhar pairava em mim, pensativo. Eu me encolhi.

— Depois não diga que eu não avisei! — E, voltando-se para mim, ela ameaçou: — Não pense que vai conseguir enganar a todos, híbrida! Eu vou te destruir muito antes do que imagina!

— Saia! — trovejou John. Samantha se calou, fechou os punhos e se foi.

Eu e John ficamos calados por um momento que pareceu uma eternidade.

— Por que Samantha tem tanta raiva de mim? — Quebrei o silêncio.

— Ela é assim mesmo. Quero dizer... Acho que ficou *desse jeito* — repuxou os lábios — após a proclamação.

— Depois do quê?

— Depois que o Grande Conselho decretou seu parceiro de procriação.

— Parceiro de quê?! — indaguei estupefata. John achou graça.

— O zirquiniano com o qual ela deverá ter cria — arfou. — Nós não escolhemos, Nina. O Grande Conselho é quem define o parceiro de cada um de nós.

Atônita, eu caí na estupidez de fazer o comentário seguinte:

— Caramba! Ela deve odiar esse pobre coitado, não?

— É fácil não gostar dele. — John franziu a testa e eu perdi o ar. *Não podia ser.*

— Richard? Parceiro de Samantha? — Minha voz saiu esganiçada e meu sangue foi completamente drenado das veias. Senti um aperto descomunal dentro do peito. Então eles... Então ela... Ela teria aquele tipo de contato íntimo que eu nunca poderia vir a ter com Richard? *Droga!* Explodindo de ciúmes, perdi o raciocínio e a cor. *Contenha-se, Nina! O que é que você tem a ver com isso?*

— Nina? Tudo bem? — John me estudava com suas sobrancelhas arqueadas.

— Tudo. Vocês se conhecem há muito tempo, não? — Tentei disfarçar meu estado perturbado.

— Sim — respondeu com uma pitada de amargura. — Samantha era de Storm.

— Como assim? Ela não é daqui de Windston?

— Não. Veio para cá depois de adulta — assinalou. — Ela era uma garota alegre e nós éramos muito unidos na infância. Porém, depois que assumimos nossas posições no exército, começou a ficar estranha e isso piorou após a proclamação. Então, sem mais nem menos, ela abandonou Storm e veio tentar a sorte aqui, em Windston, e nós perdemos o contato.

— Eu não podia imaginar, eu...

— Shhh! Deixa pra lá — suspirou. — Vamos falar de coisas mais interessantes? — Seus olhos cor de mel voltaram a brilhar. — Você conseguiu, hein? Acordou Wangor!

Nossa! Mal aconteceu e ele já sabia? Imagine se houvesse internet em Zyrk!

— Sim — confessei feliz e, apesar de estar cada vez mais ciente do poder que possuía sobre eles, ainda me sentia muito perdida e sem conseguir decifrar o papel que deveria desempenhar naquela dimensão.

— Afinal de contas nossa escapada valeu a pena. — Piscou, colheu uma flor e entregou-a para mim, deixando-me pouco à vontade.

Recordei-me de nosso beijo e me senti péssima. Como eu poderia ser tão egoísta? Tinha total compreensão de que ele gostava de mim e, apesar de saber que meu coração batia freneticamente por outro zirquiniano, não conseguia abrir mão de John, da sensação agradável que ele gerava em meu corpo e espírito.

— Obrigada. — Dei um sorriso idêntico ao meu vestido: amarelo. Ele não seria capaz de perceber a diferença entre os meus inúmeros sorrisos. *Ou seria?* — O que ela quis dizer por questão de tempo? — Voltei ao assunto que me preocupava.

— Para virem atrás de você. — Hesitou, mas acabou respondendo.

— Ah, não!

— Relaxe. — John passou as mãos pelos fartos cabelos ruivos. — Não há muito que fazer. Temos apenas que nos proteger enquanto aguardamos a próxima jogada dos nossos adversários. A situação agora é outra.

— Como assim?

— Em poucas horas toda *Zyrk* estará sabendo que Wangor despertou do seu estado de inconsciência. Os líderes terão que planejar muito bem o ataque. Sabem que terão que partir para a guerra aberta, porque seu avô, diferentemente de Kaller, nunca negociaria a sua vida, Nina. Acho que isso nos dará alguns dias.

— Dias? — indaguei desolada.

— Posso participar da conversa? — Era Wangor, exibindo um largo sorriso ao nos interromper.

— Senhor! — John se inclinou em respeito.

— John de Storm?

— Sim, meu senhor.

— É um enorme prazer conhecê-lo pessoalmente.

— Obrigado, senhor.

— Eu é que tenho que lhe agradecer. Devolveu-me à vida.

John ficou sem ação. Faltando-lhe palavras, repetiu as anteriores:

— Obrigado, senhor.

— Pare com tantos *obrigados*, homem! Gostaria de lhe pedir o favor de me deixar a sós com a minha neta. Temos muitos assuntos para colocar em dia.

— Claro, senhor! Com licença. Até amanhã, Nina. — Lançando-me um último olhar, John se retirou.

Após uma longa sabatina sobre minha vida, meus gostos e sobre a fuga para Windston, senti-me mais à vontade em lhe fazer uma pergunta que me angustiava desde o início de nossa conversa:

— Fale sobre meu pai, por favor.

— Seu pai era diferente, assim como você, só que em menor intensidade. Creio que ele já tinha bons sentimentos. Era de esperar que acabasse por se interessar por uma dos seus — explicou Wangor, pensativo.

— Você sabia que eu existia?

Ele confirmou com um lento balançar de cabeça.

— Inicialmente só o nosso clã foi atrás de você. Era o único que sabia da sua existência. Na verdade, *eu* era o único que sabia da sua existência — pigarreou, mas a voz fraca confidenciava a culpa que o consumia há anos. — Os outros clãs sabiam apenas que Dale havia falhado em sua missão, quero dizer, na busca de sua mãe. Não tomaram conhecimento de que tinha se envolvido com ela e muito menos que haviam gerado algo impossível para nós até então: uma filha. — Passou as mãos trêmulas no rosto. — Em termos práticos isso significaria dizer que outro clã poderia assumir e até mesmo concluir a sua missão fracassada. O que, para nós zirquinianos, sempre foi e ainda é fonte de vergonha e desprestígio, além de sofrermos a perda de parte do nosso território para o clã que a concluísse.

— Quando um clã conclui a missão de outro ele se apodera de parte do território do adversário?

— Exato. São as regras. — Suspirou enquanto escolhia uma rosa amarela no canteiro. — Algum tempo depois de ter partido, seu pai retornou para Windston. Tomado por euforia, fez a loucura de chegar aqui de madrugada. — A voz dele falhou novamente e seus olhos vermelhos denunciaram o que sentia: dor. — Dale estava desesperado. Tinha pressa porque não concebia deixar vocês duas desamparadas enquanto permanecia fora. Ele veio me dizer que um milagre havia acontecido. Que ele havia se apaixonado por uma humana e que ela havia gerado um filho dele. Ele pediu para que eu a protegesse, para que a deixasse crescer aqui conosco, assim que fosse possível.

— Assim que eu fizesse o meu primeiro aniversário?

— Exato. E sabe o que eu fiz?

Apertei os lábios, já imaginando a resposta. Ele prosseguiu.

— Eu o excomunguei! — Wangor tinha a voz embargada e não mais tentava camuflar a vergonha que o devastava. — Ele me implorou de joelhos e eu lhe dei as costas — arfou. — Que tipo de pai faria isso?

Um nó se formou em minha garganta.

— Um monstro talvez fosse melhor para a sua própria cria! — respondeu nervoso. — Eu falei que ele era um fraco, um incompetente.

Que não era digno de um dia ser o líder de Windston e muito menos de ser meu filho. E sabe o que ele me disse?

"'Não quero nada para mim, pai. Não quero ser líder, e entendo que possa me excomungar por quebrar as regras, mas aceite o bebê. Ele é inocente e indefeso.' Mas eu o empurrei porta afora e ordenei que ele nunca mais voltasse aqui. Nem ele, nem a sua maldita filha", confessou entre espasmos.

Não consegui ter raiva de Wangor. A dor esculpida nas rugas de sua fisionomia era a prova incontestável da sua condenação pelos últimos dezessete anos.

— Segundo informantes, seu pai voltou para a segunda dimensão — ele prosseguia. — Deve ter ensinado todas as artimanhas a sua mãe para que passassem despercebidas por nós, o que ela fez com astúcia e superação. Só posso acreditar que o sentimento ao qual vocês, humanos, chamam de amor é capaz de gerar uma força indescritível, deixando-os sobre-humanos.

— E o que houve com ele depois disso?

— Dale cometeu loucuras para protegê-las. Você porque era preciosa demais e porque ninguém do nosso mundo poderia tomar conhecimento da sua existência. Também protegia sua mãe porque sabia que algum resgatador de outro clã iria atrás dela para concluir sua missão inacabada e com isso reclamar parte do nosso território. Na certa viviam como errantes porque nossa caçada pela segunda dimensão foi implacável — suspirou. — Para piorar, algum tempo depois, um resgatador principal apareceu morto. Era Daniel, filho de Leonidas. E todas as pistas apontavam para Dale. Meu filho estava se afundando em erros e, num ato impensado, acabou tirando a própria vida. Ele se condenou ao *Vértice* por minha culpa!

— Então ele *realmente* se suicidou? — Uma dor obstrutiva rasgou meu peito com aquela confissão. Culpa. Pela primeira vez realmente me senti como um ser amaldiçoado. Responsável pela morte das duas pessoas que mais me amaram: minha mãe e meu pai.

Wangor percebeu meu estado de atordoamento e tentou me confortar segurando uma de minhas mãos.

— Acredito que ele também não queria que Windston perdesse parte de seu território, sua força e seu prestígio só porque não havia concluído a missão. Assim, ao se matar, cancelaria a busca de sua mãe por resgatadores de outros clãs que não o nosso. Além do mais, hoje tenho certeza do que vou lhe dizer: ele acreditava na força de sua mãe. Na força do amor que ela nutria por você.

— E o que houve depois do suicídio? — Mesmo com o coração sangrando, eu tinha que ir até o fim.

— Meu reino enviou um novo resgatador principal para buscar a sua mãe e te eliminar. — Ele balançou a cabeça de forma pesarosa. — Minha dor foi transformada em rancor. Eu tinha ódio das duas. Entenda, Nina: nós não compreendemos o que é amar. Mesmo todos dizendo que eu sempre fui um líder justo, estava além do meu entendimento. O que era aquilo que Dale sentia por vocês duas que o fez desistir de mim e de Windston? Estava convencido de que sua mãe havia enfeitiçado meu filho e que você era a desgraça dele e de *Zyrk*. Então, após anos de buscas incessantes, nossos resgatadores caíram numa cilada muito bem planejada por sua mãe. — Wangor esmagou a pequena rosa entre os dedos e novamente tornou a olhar o céu nanquim.

— O que Stela fez?

— Stela... Hum. Era esse o nome dela? Não consigo me recordar. — Franziu a testa, absorto em pensamentos distantes. — Hoje eu sinto muito pela morte dela, Nina. Se fosse há alguns anos eu festejaria de alegria, mas hoje eu a admiro. Se não fosse por ela, você não estaria aqui comigo. — Abraçou-me agoniado.

— Fale, por favor. — Minha voz saiu abafada em seu peito.

— Sua mãe foi muito habilidosa — disse ele após acariciar meus cabelos e me soltar. — Sempre que alguma pista começava a se desenhar, ela, de repente, desaparecia. Como mágica!

— Nós nos mudávamos — balbuciei.

— Sim — ele suspirou. — Quando você ainda era pequena, ela executou uma jogada de mestre.

— Que jogada?

— Ela forjou um acidente de carro. Não sei como, mas sua mãe conseguiu dois cadáveres, pertencentes a uma mulher e uma menina que deveria ter a sua idade. Com a explosão, elas ficaram desfiguradas. Ela teve a astúcia de injetar o sangue de vocês naqueles corpos, pois os resgatadores que chegaram ao local captaram a essência de ambas. Alguns objetos que pertenciam a Dale também foram encontrados junto aos corpos.

Naquele momento me dei conta do quanto era fácil enganá-los quando se tratava de algo subjetivo. Para eles a vida sempre foi uma questão de tudo ou nada, sim ou não.

— E aí vocês cessaram as buscas?

— Sim. O dia que deveria ser o mais feliz da minha vida se tornou o dia da minha condenação. Caí em desgraça, frustração e desespero. Nos últimos anos havia alimentado a minha alma de uma vingança sem reais motivações. Uma vingança mesquinha por ter meu orgulho ferido, por ter sido deixado em segundo plano. Só que uma vingança desse tipo não alimenta. Quando ela acontece, a gente percebe que está completamente desnutrido de tudo. Sem vontade para prosseguir, para viver — arfou. — Minha vida perdeu o sentido e adoeci. Uma vida sem sentido é a moradia da enfermidade.

— Então o senhor estava desacordado durante todo esse tempo?

— Praticamente. Toda ligação que eu tinha com a vida vinha através do meu fiel Zymir. Eu já tinha desistido de mim, mas Zymir não. Era ele quem, incansavelmente, me trazia informações sobre tudo que ocorria em *Zyrk*. Mesmo sabendo do meu estado quase inconsciente, ele costumava se sentar ao meu lado e, por horas a fio, contar as novidades. Eu ouvia tudo de forma aérea, quase ausente. Mas quando ele veio com uma bombástica notícia, há aproximadamente um ano, tudo mudou. — Empertigou-se e explicou: — Von der Hess, um mago muito poderoso de nossa dimensão, havia identificado uma força desconhecida. Ele previu a existência de uma híbrida na segunda dimensão e que deixá-la viva seria um incomensurável perigo para a existência de *Zyrk*. Baseado nisso, o Grande Conselho convocou os quatro clãs e seus principais resgatadores para a sua busca. O clã que a eliminasse teria um aumento considerável de seu território e o resgatador que efetuasse tal proeza teria seu nome gravado na história de *Zyrk*. — Wangor abaixou a cabeça, reflexivo.

— Então o ódio que Samantha tem por mim é porque não conseguiu me matar e ficar com os louros para si?

— Ódio?

Confirmei com a cabeça.

— Pode ser que sim... — Ele franziu a testa. — Ou, talvez, porque eu mudei as regras no meio do jogo — confessou. — Após Zymir ter me contado que você estava viva, algo se mexeu dentro de meu peito congelado, fazendo-me recobrar parcialmente os sentidos. Antes de voltar a ficar inconsciente, implorei que Zymir inventasse uma desculpa para o nosso Conselho e enviasse com urgência um mensageiro ao encontro de Samantha com a intenção de mudar as ordens dadas. Pelo novo comando, o nosso clã determinava que a sua eliminação deveria ser realizada no seu dia de passagem. Zymir precisava mantê-la viva até a data da sua passagem para *Zyrk* enquanto era definida uma estratégia para trazê-la para Windston sem que os demais clãs tomassem conhecimento do fato.

— Wangor! — Uma voz aflita entrava pelo jardim.

— E falando nele... Pois não, Zymir?

Acelerado, o anão se aproximou, curvou-se e sussurrou algo em seu ouvido.

— Mercenários? A essa hora?! — bradou Wangor. — Nina, vá para o seu quarto — ordenou fazendo sinal para que um soldado me acompanhasse.

— Mas, vovô...

— Shhh! Está tudo bem, minha menina — disse ele com firmeza, mas não me convenceu. — Descanse. Vai ficar tudo bem.

Encarei Zymir que desviou o olhar de mim.

Tive um péssimo pressentimento...

CAPÍTULO 22

— Se precisar de alguma coisa, é só acionar o sino da sua cabeceira. Estarei por perto — concluiu o soldado com uma piscadela e se retirou, deixando-me boquiaberta e plantada diante da porta. Era uma agradável surpresa saber que não seria vigiada por aias ou uma sentinela sempre alerta. A prova da confiança que meu avô depositara em mim e a confirmação de que em Windston eu não era uma prisioneira. Pela primeira vez desde a morte de minha mãe sentia-me realmente amada e feliz, e todos os pensamentos de fuga e retorno para a segunda dimensão haviam sido apagados de minha mente. Ao menos, por enquanto.

O quarto era simples. Constituído pelas mesmas pedras cinza-claro do castelo, tinha uma cama de madeira e um tapete bege bem fofo no centro. O destaque ficava por conta dos vasos de vidro com flores multicoloridas dispostos pelo chão e uma travessa com pêssegos e ameixas sobre a cabeceira ao lado da cama. Não havia banheiro e uma espécie de ofurô rústico transbordando de água quente fazia seu papel e ocupava um dos cantos do aposento. Pendurado em um cabideiro de madeira na parede ao fundo, um belo vestido vermelho com bordados em dourado aguardava por mim.

Exausta e decidida a finalmente não pensar em nada e ter apenas uma noite de descanso, tranquei a porta do quarto, peguei a travessa de pêssegos, me despi e mergulhei no ofurô. O banho quente me fez relaxar e devo ter adormecido porque acordei tremendo dentro da água que agora estava supergelada. O vento forte chicoteava a cortina do quarto e me fazia arrepiar ainda mais. Encolhida de frio, saí da banheira e me enrolei na toalha que estava sobre a cama. Novas lufadas de vento acentuavam o calafrio e caminhei até a janela com a intenção de trancá--la quando escutei uma discussão acalorada no jardim situado no andar abaixo do meu quarto. *Cristo! Era entre John e Samantha!* Forcei a audição, e, apesar de não ter acesso ao conteúdo da conversa, detectei forte tensão no ar. *Droga! O que estava acontecendo?* Consegui captar palavras soltas como: "ataque a Windston por causa da híbrida", "destruição de *Zyrk*", "mercenários" e "Richard".

Com o coração bombeando sangue em meus ouvidos, coloquei o vestido vermelho às pressas, calcei as terríveis sandálias de couro e saí do quarto ao encontro deles. Eu precisava estar a par do que acontecia ao meu redor, entender a real grandeza do perigo que Windston corria. Não podia ser uma mera espectadora de um mundo em desmoronamento por minha causa.

Tentando me desviar ao máximo das pessoas que surgiam pelo caminho e manter a direção do lugar onde John e Samantha se encontravam, acabei me perdendo em meio ao sobe e desce das escadarias e saí no jardim que dava para uma área que parecia ser os fundos do palácio de pedra. Rodei, rodei e não vi sinal deles. Resolvi caminhar um pouco. Precisava pensar, destilar a adrenalina que latejava em minhas veias. Não conseguia acreditar que minha existência fosse tão letal, que em questão de dias tudo ali poderia ser destruído por minha causa. Não podia aceitar que o simples fato de saber que Richard experimentaria com Samantha um tipo de contato que jamais poderia ter comigo me gerava um ódio enlouquecedor. Eu estava tomada de ciúmes de um rapaz que eu não poderia ter e que eu deveria odiar. *Oh Deus! Eu tinha que ser mais forte!* Saí dos jardins, caminhei para a área externa do castelo e andei sem olhar para trás até o lugar mais afastado que minhas pernas pudessem me levar. Queria ficar longe de tudo e de todos, e, se fosse possível, até de mim também. Quando dei por mim, já estava próxima à grande muralha, na divisa com a área das assustadoras sombras.

Travei.

Alguma coisa estava errada por ali. Onde se encontravam os guardas que vigiavam o local? Deveria haver ao menos uma dúzia por aqui... Tentava me convencer da normalidade da situação até ouvir passos. Assustada, encostei-me no muro de pedra que rodeava a torre maior da guarda local e desatei a contorná-lo lenta e cuidadosamente. Outros ruídos e o oxigênio à minha volta entrou em combustão e evaporou.

— Não! — Em estado de choque, liberei um grito baixo antes de levar as mãos à boca. Um soldado de Windston acabara de soltar um gemido e cair morto assim que uma espada ensanguentada irrompeu do seu abdome. O assassino não precisou olhar para trás para eu saber quem era.

— Nina?! — Sua voz saiu mais grave que de costume. Richard se virou e parecia tão assustado quanto eu. — Não... não era para você ter presenciado isso.

— Não era para eu ter visto você matar um ser humano?! — berrei descontrolada. Foi a primeira vez que realmente tive medo dele. — Foi isso que você quis dizer?

— Um zirquiniano — corrigiu. — Eu precisei. Era ele ou centenas de outros — arfou acelerado. — Ele ou você.

"O mais cruel dos seus resgatadores." A frase de John me assombrava como nunca.

— Mentira! O que quer de mim agora? — retruquei nervosa e senti minhas unhas se enterrando nas junções do cimento da parede às minhas costas.

— Eu te quero viva, droga! — A voz dele saiu entrecortada.

— Viva para salvar a própria pele? — enfrentei-o.

— Não é nada disso! Se você não tivesse fugido, eu...

— Você teria me levado para o seu líder! — rebati feroz. — Você acha que sou tão estúpida assim para cair na sua conversa novamente? Pelo amor de Deus, eu tenho amor-próprio, Richard!

— Você entendeu tudo errado! Windston será atacada ao amanhecer e Wangor não terá a mínima chance!

— Chega! Eu entendi muito bem, Richard. Você é inescrupuloso e inconstante! Quer me ver viva? Então suma daqui e me deixe em paz!

— Quer me ouvir? Que inferno! Uma guerra vai explodir assim que o dia clarear. Eu preciso te tirar daqui agora, Tesouro! — Agitado, ele passava as mãos pelos cabelos negros e tentou se aproximar da presa acuada: eu.

— Tesouro uma ova! — protestei. — Eu já sei de tudo que preciso e não quero ouvir mais nada! — Tomada de pavor em ficar ali sozinha com ele, dei-lhe as costas e comecei a correr em direção ao castelo. Ridícula tentativa. Ele me alcançou em menos de meio segundo. — Não! — rugi quando ele me agarrou à força, levantou meu corpo como se fosse uma boneca de pano e me jogou por cima do ombro.

— Se não quer me ouvir por bem, vai ter que ser por mal!

— Me solta! — ordenei em vão. Minha pele estava sendo eletrocutada de cima a baixo. Eu sabia que ele tinha que me largar logo. Sabia que ele era uma doença contra a qual meu corpo não havia sido vacinado.

— Você vem comigo!

— Não vou! Me larga, Richard!

— Solta ela, agora! — Um rugido nos atingiu por trás.

Richard estancou. Eu congelei. Era John.

— Vá embora, John — Richard respondeu ainda de costas, mas senti seu corpo enrijecer abaixo de mim.

— Só depois que você libertar a garota — determinou John.

— Ela vem comigo — informou Richard num tom de voz baixo e ameaçador.

— Vai ter que me matar primeiro. — Aquela resposta me fez estremecer.

— Fácil — Richard simulou uma risadinha e, virando-se para encará-lo, colocou-me no chão. Ele ainda me segurava com força.

— Solte a híbrida e venha ver se será tão fácil assim.

— Eu não quero matar você, John — rebateu. Eles mal piscavam, olhos azul-turquesa em linha direta com olhos cor de mel.

— Fique tranquilo. Você não vai me matar. Eu é que vou acabar com a sua raça. — John sacou a espada da bainha e ficou em posição de combate. — Pela última vez, Richard. Solta. A. Híbrida.

Meus sentimentos e certezas estavam em um sangrento conflito e me deixaram em total estado de inércia. Naquele momento uma pedra teria mais reação do que eu.

— Ninguém me dá ordens. — Richard estava ficando nervoso.

— Ótimo! Pois então, venha me calar — John o desafiava.

— Você não vai me tirar do sério, John. — Richard tentava demonstrar autocontrole, mas suas sobrancelhas se aproximavam.

John olhou diretamente para mim e disse com candura:

— Nada vai lhe acontecer, Nina. Eu estou aqui.

Foi o suficiente para fazer a respiração de Richard acelerar. Seus músculos se contraíram e seus dedos afundaram em minha pele.

— Não precisa ter medo — John continuava e, piscando, lançou-me um sorriso diferente.

— Medo?! De mim? — atordoado, Richard rugiu e me soltou. Acho que queria olhar diretamente dentro dos meus olhos, mas não teve tempo.

— Para o castelo! — comandou John aos berros. — Corra, Nina!

Não sei se o impulso foi dado pelo susto ou pelo medo, mas meus reflexos agiram imediatamente e eu corri. Richard não esperava por aquilo.

— Nina! Não! — Richard bramiu.

Apavorada, parei por dois segundos e vi John interceptando-o com sua espada.

— Você vai ter que passar por cima de mim! — Foi a reação determinada de John.

— Como quiser!

Senti um mal-estar imediato, mas voltei a correr e, quando já estava a uns cinquenta metros de distância dos dois, ouvi o som propagado pelo choque das espadas. O aperto no peito se transformou em algo muito pior: culpa. Eu não poderia viver sabendo que um dos dois morreu por minha causa. Não suportaria tamanha perda. Contrariando a ordem de John, voltei.

— Parem com isso! — gritei ao me aproximar, mas eles não escutaram. O grau de concentração na luta os fazia desligar de tudo ao redor.

Então eu fiz uma estupidez: corri em direção aos dois na intenção de apartá-los. John não me viu aproximar. Sem imaginar que a irresponsável aqui teria retornado, ou talvez pensando que se tratava de algum comparsa de Richard, ele se virou com violência e me desferiu um golpe. Só não me acertou em cheio porque Richard se lançou sobre ele, cravando a espada em seu antebraço esquerdo. Eu caí. John também caiu.

— Nina?! O que está fazendo aqui? — John estava perplexo. — Por que não me obedeceu?

Richard pareceu achar graça da pergunta e soltou uma gargalhada jocosa.

— John, eu... — Eu não conseguia raciocinar vendo tanto sangue saindo de seu braço.

— Volte, Nina! — Ele tornou a comandar, mas não lhe dei ouvidos.

Richard ameaçou se aproximar de mim. Nervoso, John me mandava sair dali.

— Você está sangrando muito! — Agoniada, comecei a me arrastar na direção de John com a intenção de ajudá-lo.

— Isso não é nada perto do que esse assassino sanguinário poderá fazer com você caso fique aqui! — John esbravejava.

— Sanguinário?! Eu?! — Richard deu um berro estrondoso e suas pupilas contraíram no mesmo instante. Possuído por um misto de cólera e atordoamento, partiu para cima de John. Ele ia matá-lo. Tomando impulso, joguei-me sobre o corpo de John, que me abraçou no mesmo instante.

— NÃO! — gritei, colocando-me na mira da lâmina afiada da espada de Richard. — Assassino! Você vai ter que me matar primeiro!

Foi tudo tão rápido que só consegui enxergar a espada congelar no ar.

— Matar... você. Primeiro? — As palavras despencaram da boca de Richard. Visivelmente em estado de choque, ele não conseguia entender o que estava acontecendo.

— Nos deixe em paz! Vá embora! — berrei.

Richard arregalou os enormes olhos azuis e, com as mãos trêmulas, desatou a nos examinar em silêncio. Senti os braços de John contraindo ao meu redor. Sangue da sua ferida escorria por minha pele.

— Você... e ele? — Richard perdeu a cor e sua espada tombou. — V-vocês dois?! — Ele não conseguia disfarçar o ciúme, a decepção em forma de dor que o invadia. Meus pensamentos se embaralharam com sua reação, tristes, porém determinados. Respirei fundo. Pelo nosso bem e de *Zyrk*, sabia que tinha que colocar um fim na nossa desgraçada história de uma vez por todas. — E-eu não quis acreditar. Então... Então foi por isso que fugiu com ele?

Não respondi.

— E-eu não acredito. — Atordoado, guardou a espada e afundou o rosto nas palmas das mãos. Seu sofrimento era visível e parecia sangrar mais que a ferida de John. Uma pontada de arrependimento quis se insinuar em meu coração, mas eu a sufoquei no mesmo instante. Seria melhor assim. — Eu achei que você e eu... que nós...

John me estudava com os olhos contraídos. A boca fechada em uma linha fina não era de dor, mas decepção. Compreendera que eu tinha mentido para ele e que algo realmente havia acontecido entre mim e Richard. *Droga! Eu era PhD em magoar todo mundo!*

— Pois achou errado.

— Nina, por favor, não faça isso. — Sua voz saía cambaleante, fraca.

— Saia daqui.

— Vem comigo, Tesouro — ele praticamente implorava.

— Vá embora — rosnei e me obriguei a olhar em outra direção. Sabia que não conseguiria enfrentar a tristeza estampada em seu rosto perfeito.

A resposta demorou como a eternidade, mas, quando veio, estava tão ou mais afiada que a lâmina da espada.

— Eu vou. — Os olhos ficaram negros, o semblante, sombrio. Cabisbaixo, dirigiu-se lentamente à saída. Antes de contornar a lateral do palácio, ele se virou e, encarando-me, finalizou de forma ácida: — Espero que ele consiga te proteger, como você acabou de fazer com ele. Espero que ele seja tão bom com a espada assim como você é com as palavras. — Richard balançou a cabeça e, antes de desaparecer, abriu um sorriso duro, daqueles que só ele era capaz de criar: — Boa sorte. Vocês vão precisar.

Era a mais pura verdade.

CAPÍTULO 23

— Finalmente! — soltou Zymir ao detectar minha aproximação do palácio. Sem falar uma palavra comigo, John havia me deixado ali e rapidamente se afastado com a desculpa de que precisava cuidar da ferida. — Onde você se meteu, Nina?

— E-eu não estava passando muito bem e... — A desculpa saía aos tropeços. — O que houve?

— Depois explico. Venha! — respondeu aflito, conduzindo-me em outra direção.

Fomos ultrapassados por homens da guarda que mudavam suas posições às pressas. Sob o som de estridentes cornetas, um mensageiro passou correndo por nós. Zymir levou as mãos à cabeça.

— Wangor?! — indaguei ao escutar berros e ordens lançadas ao ar.

— Seu avô está bem. Ele sabe que você está comigo — apressou o passo. — Venha, me acompanhe!

— O que está acontecendo, Zymir? — Nova taquicardia. — Seremos atacados? É isso?

Ele contraiu a testa, mas não respondeu.

Richard havia falado a verdade? Uma guerra estava prestes a explodir por minha causa? Se tivesse fugido com ele poderia ter evitado esse confronto?

— Fale comigo, Zymir!

— É grave! Estão convocando toda a população.

Ofegante, Zymir me conduziu até um porão escavado nas entranhas de uma gigantesca rocha, no subsolo do castelo. O lúgubre esconderijo me fez recordar de Thron. O calor e a fumaça das tochas que iluminavam o ambiente o deixavam embaçado e claustrofóbico.

— O que é isso? — bradei ao vê-lo mandar dois guardas trancarem o portão assim que entramos. — Não vou ficar presa, Zymir!

— Sinto muito, mas seu avô achou prudente mantê-la aqui até a situação se acalmar. Este esconderijo foi construído como última alternativa a uma invasão. Aqui ficam resguardadas as pessoas importantes do clã ou que exijam cuidados especiais — explicou taciturno. — Que Wangor me perdoe, mas não sei se teremos outra oportunidade e você precisa saber. — Transparente e incisivo, partiu de imediato para as explicações: — Foi tudo muito rápido! Wangor ainda está fraco e muito... muito nervoso. Ainda não tem conhecimento de *todos* os fatos que ocorreram em *Zyrk* nos últimos tempos — arfou e, após respirar profundamente, lançou-me um olhar penetrante. — Tenho que ser sincero. Acho que enfrentarão um sério problema.

— Sobre o que você está falando?

— Sobre você e Richard. — Ele arqueou as grossas sobrancelhas grisalhas.

— Hã? — Eu cambaleei e dei um passo para trás. *Como ele sabia sobre mim e Richard?*

— Richard é um rapaz enigmático, mas tem uma qualidade que admiro muito: ele é forte em todos os sentidos. Infelizmente, se bem conheço o seu avô, ele nunca irá permitir que vocês... — Zymir arranhou a garganta. — Que, ao menos, vocês...

— Nós o quê, Zymir? Diga! — Arregalei os olhos e tive a sensação de que havia um iceberg em meu estômago.

— Wangor não permitirá qualquer aproximação entre vocês dois. Seu avô é um homem de princípios rígidos. Ele sempre odiou Shakur e absolutamente tudo cuja procedência fosse de Thron. Quando tomar conhecimento que o rapaz é o pupilo que superou o mestre, irrefutavelmente o odiará — confessou.

Engoli em seco.

— Nós, zirquinianos, pouco entendemos sobre os assuntos do bem-querer, Nina — suspirou. — Não saberia lhe dar conselhos a respeito, mas não posso negar que, apesar de tudo, a atitude de Richard me fez repensar a existência medíocre que levamos e me fez ter pena dele.

— Pena? — rebati sem saber se estava mais ultrajada ou atordoada com aquela confissão.

— Não deveria, mas acho que será melhor para todos nós que eu lhe forneça algumas explicações. O tempo está se esgotando de qualquer forma — disse o franzino senhor com olhar aéreo. — Richard me pediu que não lhe contasse nada, para protegê-la. Mas agora tudo mudou...

Segurei a emoção que ameaçou me dominar e todas as minhas extremidades começaram a formigar.

— Proteger do quê?

— Von der Hess — murmurou sombrio. — O mago de Marmon tem os chamados *poderes ocultos* — esclareceu. — Apesar de tais poderes serem proibidos pelo Grande Conselho, toda a *Zyrk* desconfia de que ele tem controle sobre os Escaravelhos de Hao. Infelizmente, ainda não conseguimos incriminá-lo porque essas terríveis criaturas não sobrevivem muito tempo após passarem pela transformação e, portanto, não existem provas contundentes contra ele.

— O que são esses "Escaravelhos de Hao"?

— Trata-se de um minúsculo besouro que foi submetido à magia negra e que tem a capacidade de penetrar na mente de uma pessoa e passar adiante todas as informações que obteve.

Cristo! Que insanidade era aquela?

— Esse besouro consegue enxergar as situações exatamente como a pessoa a presenciou — soltou em tom baixo e suspirou. — Posso imaginar o horror a que *Zyrk* seria submetida caso Von der Hess conseguisse potencializar a resistência dessas criaturas.

Tornei a engolir e não encontrei nada. Sem saliva.

— Então, o que Richard não queria que Von der Hess soubesse? — emendei a linha do raciocínio.

— Que ele tem bons sentimentos por você, ou, como os humanos dizem, que ele te ama.

— E-ele revelou isso a você? — gaguejei. Minhas palavras evaporaram em meio aos meus pensamentos embaralhados.

— Claro que não! Nem ele mesmo consegue entender o que está sentindo. Acho até que ele luta contra, mas, pelo que vi, eu sei o que é. Eu já vi acontecer. Foi assim mesmo com Dale, seu pai — acrescentou. — Só que com Richard tudo parece mais intenso.

— Por favor, Zymir, me conta tudo. — As palavras saíram me ferindo por dentro, como pregos sendo puxados à força de um pedaço de madeira. Minha garganta ardia.

— Resumidamente, minha jovem, foi assim: Richard, mesmo contra a própria vontade, acabou se apaixonando por você e não sabia o que fazer para mantê-la viva. Estava transtornado porque a missão dele era levá-la morta para Shakur. Teve então a ideia de negociá-la com John, o resgatador de Storm. Isso foi ótimo porque assim ele a manteria afastada das mãos sujas de Collin enquanto estivesse longe. Seria um risco enorme deixá-la com ele e seus homens...

— Como ele sabia que John não faria o mesmo?

— Caráter.

— Sei — desdenhei. — Como vem me falar de caráter quando todos os resgatadores nada mais são do que assassinos?

— Sei que pode soar estranho, Nina. Mas entenda que os resgatadores são os melhores exemplares de *Zyrk* — explicou olhando-me com intensidade. — São obrigados a constantemente passar por testes no Grande Conselho. Só enviamos para a sua dimensão aqueles em que detectamos aptidão e coerência para o cumprimento da missão. Alguns maus exemplares até conseguem passar nos testes, mas, graças a Tyron, são minoria. — Zymir esfregava a testa. — Já deve ter percebido que existe uma grande diferença entre os nossos resgatadores, não? — Repuxou os lábios e deu de ombros. — Enfim, Richard deixou que ficasse com John porque sabia que ele era um resgatador confiável.

— Bem diferente dele — alfinetei.

— É verdade. Acho que esse não é o adjetivo que costumam empregar quando se referem a ele. Além de ter um passado obscuro, é conhecido por ser imprevisível e violento. Mas é também, sem sombra de dúvida, o maior guerreiro que já surgiu nesta dimensão. E pode estar certa de que não sou homem dado a elogios, minha jovem.

— Imprevisível... — balbuciei.

— Sim. Mas extremamente inteligente e determinado também. Só sendo muito perspicaz para bolar uma estratégia como essa.

Abaixei a cabeça, completamente perdida.

— Nina, John tinha a fama de ser íntegro. Com certeza ele seria a pessoa mais indicada para tomar conta de você e, por sorte ou desígnio de Tyron, calhou de ser ele o resgatador do único clã que a queria viva. Richard teve a certeza de que o bom caráter de John o impediria de qualquer ato inadequado. Sem que este último soubesse, Richard apostou todas as fichas nele. — Zymir andava de um lado para outro e me deixava ainda mais tonta. — Faltando apenas três dias para que você completasse dezessete anos, Windston recebeu a inusitada visita de Richard. Desesperado e sabendo do estado de seu avô, acabou contando seu incrível plano para mim e disse onde você estava. Richard sabia que John não teria homens suficientes para enfrentar Collin e então implorou que eu lhe cedesse alguns soldados. Ele me prometeu que, uma vez que a retirasse das mãos de John, a traria viva para Windston e não a levaria morta para Thron. Mesmo contra minha vontade, tive que negar porque, sem o comando de Wangor, nada poderia ser realizado — arfou. — Não pude também levar tal fato ao conhecimento do atual conselho de inúteis daqui porque sabia que eles não apenas não permitiriam, como acabariam dando com a língua nos dentes e enviariam a bombástica notícia ao Grande Conselho de *Zyrk*. Somente

Tyron poderia prever o que aconteceria. — Repuxou os lábios. — Após esbravejar e ameaçar, Richard partiu completamente transtornado daqui. A partir de então, tudo que sei me foi trazido pelos ventos.

— Soube o que aconteceu comigo na casa da sra. Brit? — indaguei. Ele confirmou com um aceno de cabeça.

— Guimlel tem razão, Zymir — confessei com o coração batendo rápido demais. — Um dos elos é falho, senão eu não teria quase morrido. Um de nós dois não ama o outro realmente.

— Isso não faz sentido...

— Nada faz sentido quando se trata de Richard, Zymir! Você mesmo disse que ele é absurdamente imprevisível! — interrompi com o maxilar travado. — Por acaso a sra. Brit revelou que ele ia me levar de volta a Thron?

— Hã?

— Não sabia disso? — indaguei sarcástica. — Se Richard pensa que vai me levar de volta pra lá, só pode estar tão louco quanto o próprio líder! Eu prefiro morrer a ter que voltar para os braços assassinos de Collin!

— Collin? — O sábio Zymir parecia confuso e ao mesmo tempo assustado. — Então você não sabe?

— Sei o quê?

— Como você acha que apareceu nas mãos de Max, hein? — Zymir estreitou os olhos.

O ar foi violentamente arrancado dos meus pulmões. Perdi a cor e minhas mãos começaram a suar. *Zymir sabia? Ele saberia preencher aquela lacuna da minha vida que me atormentava dia após dia?*

— Por que acha que Richard foi banido de Thron? — insistiu.

— B-banido? — O chão começou a abrir e eu estava afundando.

— Encontraram o corpo de Collin.

— Morto? Collin está... morto? — engasguei.

— Sim. Pelo que ouvi dizer, foi assassinado no mesmo dia em que você foi levada para Storm. Talvez *você* possa me dizer o motivo — acrescentou com olhar incriminador.

Céus! As peças se encaixavam: Richard o havia matado! *Foi ele quem havia me resgatado das garras de Collin naquela terrível noite? Tudo* que conseguia me recordar era de um estrondo alto, madeira se espatifando. *Ele teria arrombado a porta do quarto de Collin e partido para cima do desgraçado após ouvir meus berros?*

— Não enxerga, Nina? — Zymir me sufocava. Meu cérebro era um cofre arrombado com aquela enxurrada de informações. — Tudo leva a crer que foi Richard quem pagou com moedas de ouro para que Max a tirasse de Thron e a levasse para Storm às pressas.

— Pagou? — Minha voz saiu rouca. Senti minhas pernas dobrarem e meu corpo curvar para a frente, como se tivesse recebido um golpe por trás.

— Ele abriu mão do trono do clã mais forte de *Zyrk* e das sete mil moedas de ouro por você. Será que não está claro o suficiente? — Zymir rebateu agitado. — Ele tem bons sentimentos por você, neta de Wangor! Sentimentos fortes, com certeza.

Novos flashes e senti o poder da pressão atmosférica esmagando meu crânio contra o chão. A sensação era de que ia tombar ali mesmo. A correria. A fuga de Thron. É claro! Richard estava bêbado e sabia que não teria condições de fugir comigo de lá. Por isso pagou Max para me levar para Storm.

— Richard cometeu seus erros, mas ninguém pode duvidar do sentimento avassalador que nutre por você. Ele tinha tudo para ser um dos maiores líderes de *Zyrk* e abdicou de prestígio e glória para mantê-la viva. Acabo de saber que Shakur o está caçando. Por sua causa Richard se transformou em um traidor e tem seus dias contados.

— Dias contados... — A dor do remorso inflava alucinadamente e ia explodir meus pulmões.

— Ele foi condenado ao *Vértice*. Chegou ao extremo de vir oferecer ajuda a Windston. Por que acha que ele fez isso tudo?

Condenado ao Vértice? *Por minha causa...?*

— Zymir, eu...

— Pense, Nina! Junte as peças do quebra-cabeça que só você possui. Aceite os fatos: *o filho do deserto* está apaixonado por você.

— "Filho do deserto?" — balbuciei atônita e procurei uma parede para me escorar. O mundo começou a girar sob meus pés.

— É o apelido que lhe foi dado quando, ainda menino, uma caravana de Thron o encontrou perdido no deserto de Wawet.

Primeiro veio o torpor, a familiar sensação de que ia desmaiar. Depois, a certeza opressora: Richard sempre pensou em mim. Ao seu estranho modo, ele me amava. Bom ou mau, não fazia a menor diferença agora que eu o havia perdido de vez. Ele fez todas as barbaridades que se possa imaginar por mim. Inclusive ir contra seu líder, perder o prestigiado posto de resgatador principal e, no futuro, seu tão sonhado trono. Muito mais do que isso, ele perderia a vida por ter me amado. E como eu o havia recompensado? Chamando-o de assassino e o dispensando sem piedade. Sem lhe dar ao menos a chance de se explicar. Como um verme feito de aço derretido, o arrependimento me corroía por dentro. Desintegrava-me. Eu estava irrevogavelmente equivocada.

— Acho que Richard deve ter levado um baita susto com um fato extraordinário que acabou acontecendo e que mudou todo o panorama.

— Como assim? — questionei Zymir que parecia não perceber o estado deplorável em que me encontrava e continuava a me asfixiar com aquele dilúvio de informações.

— Você ter fugido de Kaller com a ajuda de John! Isso correu como uma bomba por toda a *Zyrk*.

— Meu Deus!!!

— Não consegue enxergar, minha jovem? John só fez essa loucura porque nutre algo por você. Só não sei se ele já se deu conta disso também. — Esboçou um sorriso.

Pobre John...

— Ele sempre foi muito devotado ao pai — continuou Zymir. — Teve que passar por cima de todos os seus princípios para ajudá-la — disse arqueando as sobrancelhas. — Eu senti esse receio em Richard. Quero dizer, percebi que ele não estava totalmente confortável por ter deixado você sob os cuidados de John. Agora entendo o porquê da preocupação. Ele sabia que você ficaria muito próxima de John durante vários dias seguidos e que o contato de seu corpo com o dele poderia provocar algum tipo de reação. — Zymir comentou de um jeito malicioso. — E provocou! Não se esqueça de que você é uma híbrida, o nosso fruto proibido.

E, para complicar, você é belíssima, minha jovem. — Lançou-me um sorriso enigmático. — O que é capaz de provocar neles chega à beira do enlouquecedor. E não é só neles... — Fez uma careta de desprezo, provavelmente referindo-se a Kaller e suas intenções. — Primeiro você foi salva por Richard, que, supostamente, deveria matá-la. Depois por John, que a livrou das garras do próprio pai — vibrou. — Não percebe? Foi protegida pelos dois melhores resgatadores desta dimensão, minha jovem.

— E consegui arruinar com os dois ao mesmo tempo — balbuciei arrasada, e sem coragem de encará-lo, resolvi sentar.

— Zymir! Precisamos do senhor na sala de comando! — Um soldado chegava acelerado.

— Bom, eu... — A voz de Zymir ficou subitamente rouca. — Já disse tudo que precisava. Tenho que ir — arfou. — Se você acredita em alguma divindade, acho que é a hora de lhe pedir proteção, Nina.

Zymir não percebeu que meus olhos se afogavam em lágrimas. Mirando o chão sob meus pés, eu as segurava a todo custo. Ele pousou a mão em meu ombro por um momento e, antes de sair, estendeu-me um envelope lacrado.

— Wangor pediu que lhe entregasse em mãos e que você o rasgasse após ler.

Rompi o lacre e, sem conseguir controlar a queimação em meus olhos, enfim deixei que as lágrimas caíssem na folha de papel. Engoli o conteúdo chorando compulsivamente.

A caligrafia, embora bela, devido à idade avançada de Wangor, era extremamente complicada de ler. Quase incompreensível.

> *Minha Nina,*
> *Se estiver lendo esta carta é porque nossas condições não são satisfatórias, mas não quero que se preocupe. Com certeza é o momento mais difícil que este reino já presenciou,*

mas também é a mais feliz, minha menina. O mais libertador.

Nunca se esqueça de que você é a nossa milagre. Você é a certeza de um futuro decente para todas as girguinianas.

Não se sinta culpada caso os eventos não saiam conforme o desejado. Lembre-se de que um dia todas teríamos de morrer e que nós, girguinianas, já somos acostumadas com a morte. Ela não nos amedronta. Viremos dela e para ela. O que queremos agora é guerrear pelo direito de viver. Lutamos demais pela morte e acho que já pagamos por nossos dolorosos pecados.

Apesar de tudo, tenha a absoluta certeza de que Tyron não me fez despertar à toa. Eu tenho uma dívida a pagar com Dafz e não pretendo partir antes de quitá-la. Mais do que tudo, agora eu tenho um motivo para viver e lutar. E esse motivo é você.

Não importa o que venha a acontecer, obedeça ao seu coração. Confie e siga os sinais.

Do seu avô que lhe deseja todo o bem, Wangar.

Que sinais, meu avô? Que sinais?

CAPÍTULO 24

Minha cabeça rodava dentro de um tornado de dúvidas. Quem iria nos atacar? Shakur? Kaller? Leonidas? Impossível concatenar as ideias. O murmurinho e a fumaça deixavam aquele ambiente muito mais do que claustrofóbico. Sentia-me dentro de um sarcófago. Por todos os lados eu via mulheres desfiando incompreensíveis orações, crianças chorando e soldados em estado de alerta máximo. Dentro daquele abafado porão não tínhamos a menor noção do que estava acontecendo acima de nós. A batalha já havia começado ou Wangor estaria ganhando tempo com algum tipo de negociação? Por que não escutávamos ruído externo algum? Seriam as paredes de pedras tão espessas assim?

— Eu quero sair! Deixa eu sair! — Enfrentava os guardas de maneira feroz após diversos tipos de abordagens, passando de gentil e sedutora a impaciente e desesperada. Agora estava na hostil. Com suas espadas em punho, os soldados me mandavam afastar não apenas do portão de entrada, mas deles também. Provavelmente Zymir os havia avisado sobre o risco do contato com uma híbrida...

Exausta de tanto esbravejar, acabei me afastando para tentar me concentrar e bolar uma ideia para escapar dali. Sentei-me num canto e enfiei a cabeça por entre os joelhos. Sem ar, tinha a sensação de que ia sufocar. Tudo que conseguia pensar era no dano que eu causaria a Wangor, e consequentemente a Windston. Não podia ser tomada pelo remorso do que havia feito a John, muito menos pensar no estrago irreparável que havia provocado na existência de Richard. Não me permitia aceitar que eu seria a causa da aniquilação de *Zyrk*. Tinha que haver uma explicação para eu ter nascido, uma saída decente para aquele labirinto em que fora arremessada.

Um ruído altíssimo finalmente adentrou as catacumbas. Parecia o ganido de um animal em sofrimento. O primeiro de muitos.

As pessoas que ali estavam apenas olhavam entre si, sobressaltadas, mas nada comentavam a respeito. Que berros eram aqueles? E, o mais importante de tudo: onde estaria Richard naquele momento? A única certeza era de que eu precisava ir atrás dele. Precisava encontrá-lo e pedir desculpas, nem que fosse a última coisa a fazer em minha tumultuada vida. Inconstante ou não, ele tinha arriscado a própria cabeça para me manter viva, dando provas suficientes do sentimento que nutria por mim, e fui uma ingrata, maltratando-o sem lhe dar a mínima chance de se explicar. Sua índole violenta não foi nada perto das impiedosas palavras com as quais eu o havia ferido.

O tempo definitivamente não passava dentro daquele cárcere. Sem sombra de dúvida, a tortura mental era centenas de vezes mais cruel do que a física. Após um longo tempo sem qualquer tipo de notícia, percebi que não eram apenas os meus nervos que estavam entrando em colapso. Uma grávida entrara em trabalho de parto e não havia parteiras por ali. Idosos de ambos os gêneros, crianças e soldados me olhavam como se estivessem impondo uma ação. Caberia a mim tomar alguma atitude do tipo... Realizar um parto?! De certo eu mataria aquela gestante e o seu bebê!

Recolhi-me num canto, envergonhada da minha covardia e da absoluta inutilidade diante da situação e, sem querer, acabei ouvindo o que duas senhoras cochichavam. Elas estavam tão compenetradas na fofoca que nem perceberam minha aproximação.

— Então *ele* foi se entregar? — arguia uma delas, aflita.

— Foi o que ouvi Danth comentando com Zymir agora há pouco. Ele disse a Zymir que, pelo que entendeu, a intenção dele seria tentar distrair Shakur por um tempo e com isso dar chance para uma conversa entre Wangor e Kaller.

"Dele" quem?

— Mas é suicídio!

— Foi o que pensei. Acredito que ele está agindo assim porque seu número de missões deve estar chegando ao fim e...

— E?

— Não entendi direito uma parte da conversa... — reclamou a primeira senhora de maneira teatral. — Segundo Danth, ele estava visivelmente abatido. Disse que sua partida não faria diferença para o futuro de *Zyrk*, pelo contrário, poderia até ajudar.

— Tão novo. Que desperdício perder aqueles magníficos olhos azuis!

Meu pulso deu um salto. *Magníficos olhos azuis?!* Seria sobre Richard que estavam falando? Ele iria se entregar a Shakur porque eu o desprezei? E eu ali, presa e sem poder fazer absolutamente nada? *Jesus! O que mais poderia acontecer de pior?* Fui abruptamente sugada daquele tormento para testemunhar um tumulto que se formava na porta de entrada.

— Isso é um insulto! Vamos embora, Eleonor! Eles não precisam de nós por aqui. Seremos mais úteis na guerra — reclamava ofendida a voz que emanava por debaixo de uma pequena capa cinza.

Duas mulheres eram impedidas de entrar no porão onde nos encontrávamos. Ambas estavam encapuzadas, sendo que a mais alta e magra segurava uma bacia que exalava uma cortina de vapor, provavelmente água quente para ser utilizada no parto, enquanto a atarracada carregava uma maleta preta de couro e uma sacola de pano bem surrada.

Ela tinha o dedo gorducho em riste no nariz de um dos dois soldados mal-encarados que vigiavam a entrada do lugar.

— São as parteiras! — berrou uma anciã.

— Não podemos ter distrações neste momento — respondeu sem paciência o soldado que a baixinha enfrentava. — Elas não entram.

— A grávida e o bebê vão morrer — argumentou outra senhora.

— Assim como todos nós, mulher! Estamos em meio a uma guerra — rebateu o outro soldado.

A grávida gania sem parar e seus berros aumentavam de volume.

— Permitam a entrada! — bradou um oficial que presenciou o tumulto que se formava na porta.

— Mas, senhor, nós...

— Faça o que eu digo, homem — ordenou o superior em tom austero.

— Veja bem como nos tratará da próxima vez — ralhou a baixinha para o soldado que a impedia. — Posso não estar de bom humor e as coisas ficarão feias para o seu lado, ouviu bem? — Ela entrou trotando seguida de perto pela acompanhante.

— Que sorte encontrarmos parteiras neste momento tão difícil! — suspiraram algumas pessoas que passavam por mim.

— Ela está muito mal! — diagnosticou a parteira mais alta ao constatar o estado da grávida. A pobre mulher se contorcia sem parar.

— Precisamos de um local mais reservado. Não podemos fazer o parto com toda essa gente à nossa volta — bufou a baixinha.

— Podem ir para a saleta de comando lá no canto à esquerda — disse um dos soldados com má vontade.

— Arrume uma mulher para nos ajudar — ordenou a baixinha com intransigência e, antes que qualquer uma das senhoras presentes pudesse esboçar reação, ela já estava apontando o dedo gorducho para mim.

— Aquela garota ali serve!

Só deu tempo de eu arregalar os olhos.

— A híbrida inútil? Ela não entende nada sobre partos — desdenhou uma senhora.

— Só preciso de uma moça jovem, para um serviço braçal. Pelo visto ela é a mais indicada por aqui — retrucou. — Venha, garota! — Sem a mínima paciência, a parteira me puxou pelo braço.

— Ande logo! Acompanhe-a! — comandou com rispidez o outro soldado ao perceber que eu empacara. Zonza, obedeci. À medida que caminhávamos em direção à pequena sala consegui ver, pela primeira vez, uma parte do rosto da parteira baixinha. Gelei de emoção.

— Senhora Brit?!

— Shhh! — Ela me deu uma cutucada. — Continue caminhando de cabeça baixa.

Ao entrar na sala e fechar a porta, ela se precipitou sobre mim, abraçando-me com vontade.

— Nina! Você está bem, minha querida?

— Sim. Não reconheci a sua voz.

— Tenho meus truques, minha filha. — Lançou-me um sorrisinho travesso.

— A senhora também faz partos?

— Eu não. Tenho horror! — disse esganiçada. Seus enormes olhos de abelha arregalavam-se ainda mais ao ouvir os berros da grávida ao nosso lado. — Mas trouxe quem entende comigo — acrescentou triunfante. — Que dia para ter uma criança!

Os gritos magicamente desapareceram assim que Eleonor enfiou uma espécie de papa de folhas goela abaixo da pobre grávida. O parto se acelerou e em menos de dez minutos o bebê já estava nos braços da verdadeira parteira. A mãe desmaiara ou havia sido dopada.

— Quem sabe, sabe — soltou feliz a sra. Brit e, dando um tapinha nas costas de Eleonor, comandou com ar grave: — Já sabe o que tem que fazer. — Eleonor balançou positivamente a cabeça enquanto dava o dedo mínimo para o bebê chupar. — Obrigada, querida — tornou a acrescentar e, virando-se para mim, ordenou: — Vista isto. — Ela me jogou uma capa cinza-escuro que havia trazido escondida na sacola de pano, idêntica às que trajavam.

— O que está acontecendo?

— Você vai sair de *Zyrk*. E agora.

— Não! Chega de fugir! Chega de ser jogada de um lado para outro como uma marionete estúpida nas mãos de vocês. Eu vou ficar! Não vou abandonar Wangor — enfrentei-a com decisão.

De fato eu queria fugir dali, mas não mais de *Zyrk*. Como a vida é cheia de surpresas... Há poucos dias essa proposta era tudo o que eu mais desejava, mas agora perdera completamente o sentido. Eu tinha duas dívidas de amor para pagar. Uma com meu avô e outra com Richard.

— Tem certeza de que é só ele que não pretende abandonar? — A sra. Brit abriu um sorriso cheio de malícia. — Tudo tem seu tempo, minha querida. Agora você precisa vir comigo!

Não esbocei qualquer objeção, até porque sair daquele claustrofóbico lugar me parecia uma ideia bem interessante. Para minha surpresa, passamos pelos soldados sem a menor dificuldade.

— Para onde está me levando? — perguntei aflita enquanto percorríamos aos tropeços os calabouços do castelo. Os barulhos que vinham do lado de fora eram inconstantes.

— Só vou escondê-la por algum tempo. Estou te levando para um túnel subterrâneo. São os secretos caminhos de fuga dos líderes. — Ela despejava as explicações de maneira agitada. — De tempos em tempos eles têm sua entrada alterada para que nunca venham a ser descobertos. São construídos por aqueles que estejam com os dias contados.

Eu congelei. Tentei esboçar um sorriso como moeda de troca, mas fui tomada pelo choque daquela terrível descoberta.

— Quem os constrói são pessoas que... que morrerão em breve?!

— Exato. — Ela compreendeu minha hesitação e ainda assim respondeu com uma naturalidade que chegou a incomodar. — Assim o risco de descobrirem a localização diminui bastante.

— Então como você o descobriu?

— Digamos que um dos infelizes que iria morrer precisou dos meus cuidados e, enquanto delirava, acabou dando com a língua nos dentes. — Ela me lançou uma piscadela suspeita.

— Então vocês sabem quando vão morrer?

Eu não conseguia acreditar. Já deveria ter me acostumado, mas a cada minuto naquela dimensão eu era surpreendida por uma nova e horripilante descoberta. Era óbvio agora o porquê de aquelas pobres criaturas serem tão infelizes. Taí, desesperança, a causa real da apatia que contaminava a essência de cada um deles. *Que prazer tem a vida quando você já agendou data e hora da morte?* Era fácil compreender por que meu pai foi contra tudo e todos para ficar com minha mãe. Mais natural ainda aceitar que ele tenha preferido viver um pequenino tempo repleto de felicidade a levar uma vida inteira anestesiada e medíocre.

— Sim, Nina. Mas não se preocupe com coisas desnecessárias por enquanto, ok? — Ela pediu com urgência: — Rápido! Não temos tempo para conversa fiada. Eu não posso ir com você. Tenho que usar todas as minhas forças para encontrá-lo antes que seja tarde demais.

— Richard? — Meu coração encolheu dentro do peito.

— Meu menino... Ele não anda nada bem. Ele está fazendo uma loucura atrás da outra — confessou com os olhos inchados e vermelhos. — Por que não agi antes? Por que não fui capaz de compreendê-lo?

Eu quase curvei de dor. *Culpa? Impotência? Medo de perdê-lo? Que sentimento era aquele que me estilhaçava por dentro?*

— Richard foi mesmo se entregar? — minha pergunta saiu fraca, um murmúrio triste largado ao ar.

— Só teremos certeza quando clarear. — A sra. Brit forçava a respiração.

— Mas...

— Está nas mãos de Tyron, contudo... vou fazer o possível — ponderou e, após se recompor, olhou bem dentro dos meus olhos. — Se me contassem, eu não acreditaria, Nina. É muito... *excitante* isso que vocês sentem um pelo outro, devo admitir.

— Eu não entendo, sra. Brit — murmurei infeliz. — Eu sei que sou apaixonada por ele, e Rick, bem, ele...

— Ele é louco por você também, meu amor.

— Mas eu quase morri com o contato dele! Se a lenda fosse verdadeira, isso não poderia ter acontecido!

— Eu sei, meu amor. Eu sei... — Ela esfregava a testa.

— É ele quem eu quero para mim! Dane-se essa droga de lenda! Não me importo mais se ele não me ama o suficiente.

— Ele te ama demais, Nina. E é exatamente por isso que está atormentado: sentir tanto, desejá-la tanto e não poder tocá-la — rebateu com o olhar firme. — Você não tem ideia de como ele ficou após o incidente entre os dois. Nunca vi um zirquiniano sofrer tanto. Chegou ao ponto de autoflagelar-se. Rick ficou em um estado deplorável, um morto-vivo. Minha magia para cura não teve o menor efeito porque o remédio que o traria de volta à vida era você, Nina. No instante em que soube que você não corria mais risco de morte ele voltou a viver. A existência dele depende da sua para continuar seu curso. Precisa de mais alguma prova além dessa?

— Então... será que eu sou a culpada? Será que sou eu que não o amo o suficiente? — Minha voz partiu-se ao meio, esfacelada. Ela negou, balançando a cabeça com veemência. — Como pode ter tanta certeza?

— Eu cuidei de você, Nina. Enquanto dormia, você se declarou. Foi muito lindo e eu *senti*! — Um sorriso denunciador apareceu em seus lábios e minhas maçãs do rosto transitaram imediatamente do róseo para o vermelho-púrpura. — O que eu senti através de você foi algo simplesmente indescritível. Uma energia tão forte, tão viciante que eu não conseguia me afastar mesmo depois de já tê-la curado. — O sorriso dela se alargou, sobressaltando suas bochechas. — Ama, sim.

— Então por que não conseguimos? Por que...

— Porque tem alguma coisa errada nessa história, Nina. Eu só não consigo juntar os pontos. — Ela apertava as têmporas.

— Ele sabe disso, Brita? A senhora contou a ele o quanto eu... — Trêmula, segurei sua mão e o sorriso desapareceu de seu rosto.

— Não houve tempo. — Ela apertou os lábios. — Ele esbravejou como um animal selvagem e partiu assim que descobriu que eu a ajudei a fugir com o filho de Kaller — murmurou e tornou a me olhar com profundidade. — Eu não acredito no que estou prestes a dizer, mas acho que Tyron está nos testando.

— Hã?

— Eu não conseguia entender antes, mas agora sei que John também tem fortes sentimentos por você. Talvez seja isso que esteja complicando as coisas...

— Como assim? A senhora quer dizer que...— engasguei. — Que eu posso estar interessada em John também? Que essa foi a causa de eu quase ter morrido quando eu e Richard... quando nós...

— Pode ser. Eu sei que você ama Rick, mas será que também não tem fortes sentimentos pelo filho de Kaller e não se deu conta? — Ela me estudava. — Já ouvi histórias nas quais o humano era capaz de amar duas pessoas ao mesmo tempo e...

— Não! Eu não amo John. — Perdi a cor e as palavras saíram cambaleantes.

— O tempo é o senhor de todas as coisas e ele vai nos dizer — murmurou para si mesma. — Só espero que eu não esteja cometendo um erro após o outro.

— Rick ia me levar para Shakur, Brita. A senhora fez o que era certo.

— Não sei mais. Apesar de tudo, algo me diz que você estaria mais protegida com ele em Thron do que aqui — suspirou infeliz. — Richard é um guerreiro excepcional e um estrategista nato, Nina. Ele já devia ter um esquema traçado para qualquer que fosse a situação em que você se encontrasse. Eu ter ajudado você a fugir devia estar fora dos seus planos. Posso ter atrapalhado tudo.

— Fui eu quem estragou tudo, Brita. Ele veio me buscar, mas eu o rechacei como um animal sarnento. — Minha armadura caiu e senti o ar do arrependimento escapando por todos os poros do meu corpo. — Eu não sabia que ele havia se arriscado por mim, não tinha noção de tudo que ele havia abdicado por mim, fui grosseira, injusta e não fui...

— Não se condene, querida. Todos nós temos uma parcela de culpa nessa história. — Sua voz vacilou. — Eu o criei. Sei perfeitamente o quanto aquele cabeça-dura é difícil. Mas, quando se ama, perdoa-se. Não é isso que os livros dizem?

— Mas e se... — O medo da resposta era tão avassalador que a pergunta não conseguia sair, aprisionada em minhas cordas vocais. — E se você não conseguir encontrá-lo? E... e se for tarde demais?

Ela abaixou a cabeça e começou a remexer os dedos.

— Então, ao menos, eu terei salvado um dos dois. Tenho certeza de que ele ficaria satisfeito com isso — murmurou com a voz rouca e, sem que eu pudesse esperar, abraçou-me novamente. — Sinto muito, filha.

— Eu que peço desculpas, Brita. Não tive a intenção, eu...

— Shhh! — Ela se recompôs, visivelmente emocionada. — Não temos mais tempo, meu amor. Venha!

De maneira acelerada, ela me conduziu até um pequeno jardim afastado da construção principal. Uma frondosa árvore se destacava solitária por entre amontoados de pedras e girassóis. Apreensiva, a sra. Brit olhava para todas as direções. Após sondar o tronco da árvore de cima a baixo com batidinhas aceleradas, empurrou duas raízes salientes para o lado, uma alavanca camuflada, e uma rocha mais adiante se deslocou, dando-nos entrada para um túnel escuro. Eu estanquei assim que me deparei com o bolor insuportável que exalava de lá.

— Entre — pediu, mas, diante de minha apatia, me empurrou buraco adentro.

A enorme pedra se fechou atrás de nós. De dentro de sua capa cinza a sra. Brit sacou uma vela e uma rústica caixa de fósforos. Após acendê-la, fez o mesmo com duas calhas repletas de querosene, cravadas nas irregularidades das paredes rochosas.

— Sra. Brit, cuidado! — berrei ao ver a silhueta de duas figuras encapuzadas paradas à nossa frente. Dei um pulo para trás, puxando-a para junto de mim.

— Calma, minha querida! Não tive tempo de lhe explicar...

Não precisava mais de explicações. Os capuzes dos dois homens se abaixaram e evidenciaram rostos amigos. Corri ao encontro de ambos, abraçando-os com emoção.

— Vocês?! Graças a Deus!

— Nina! Você está bem? — John ficara feliz em me ver. A sombra da mágoa que havia coberto suas feições após o duelo com Richard parecia ter desaparecido.

— Sim. Eu só estou muito confusa com tudo. Eu não compreendo...

— Resolvemos tudo às pressas, minha querida — intrometeu-se a sra. Brit. — A situação é bem pior do que poderíamos imaginar. Windston não terá a mínima chance. — Captei tristeza em sua entonação. — Pedi a John e seu escudeiro que a levassem de volta à sua dimensão.

— Não! Você me enganou — disparei com ira e com os punhos cerrados. — Eu não posso ir embora! Não vou deixar meu avô!

— Wangor não tem real dimensão da gravidade da situação e aqui você não teria chance de sobreviver, Nina — esbravejou. — Zymir está ciente dessa fuga e de total acordo. Ele goza de prestígio com o seu avô e, no momento oportuno, ele se encarregará de lhe explicar tudo.

— Que ótimo! Uma guerra vai estourar por minha causa e a covarde aqui vai fugir?

— É o melhor a se fazer no momento. Só até as coisas acalmarem.

Novos estrondos do lado de fora. Os apavorantes uivos de outrora agora pareciam ainda mais altos e ameaçadores. Os três se entreolharam, mas nada comentaram. Seus ânimos evidenciavam perturbação. *O que estavam escondendo de mim?*

— Ela tem razão, Nina. Não há o que fazer. Windston está cercada — Tom afirmou acelerado. — Sabedoria, sabedoria — pediu.

— *Zyrk* está em caos por sua causa, Nina. Ninguém sabe o que acontecerá nas próximas horas. Você tem que sair daqui, se não quiser morrer. É a única saída. — John olhou bem dentro dos meus olhos.

Recuei, atônita com os novos acontecimentos. *Mas que droga! Por que tudo tinha que mudar de uma hora para outra na minha já conturbada vida?*

— Só por um tempo? — inquiri, e John assentiu. — Ok.

— Fiz essas broas de milho para você, minha querida. — A sra. Brit não perdeu tempo e me estendeu uma trouxinha de pano. — Caso tenha fome.

— Obrigada. — Pisquei várias vezes para segurar a ardência em meus olhos. Eu não ia chorar. — Só faltou sua limonada para completar o lanchinho — brinquei sem muito ânimo e a sra. Brit arregalou os olhos.

— Corram! Já vai amanhecer — finalizou ela e, após uma enigmática piscadela para os rapazes, saiu mais depressa ainda.

— Venha, Nina. Nós vamos conseguir — John tentava me acalmar ao ver minha fisionomia petrificada.

— Não temos tempo a perder! — reclamou Tom impaciente.

O túnel era bem maior do que eu poderia imaginar. Ratazanas passeavam tranquilamente pelos inúmeros orifícios daquela galeria com aspecto de queijo suíço carbonizado, ziguezagueando pelos nossos pés sem o menor constrangimento. Em outra época eu teria berrado, pulado, enfim, dado um típico chilique feminino, mas, diante do que estava em vias de acontecer, as ratazanas pareciam brinquedinhos de pelúcia com controle remoto.

— Tenho ao menos o direito de saber para onde estamos indo?

— Para o portal na divisa entre Windston e Marmon, o mais perto daqui. — John tinha a respiração ofegante, evidência de sua forte tensão.

— Isso se conseguirmos chegar até ele! — Tom esbravejou.

— O que há com o valente Tom?

— Medo das feras que poderemos encontrar, caso anoiteça antes de chegarmos ao portal — John confessou, constrangendo o amigo.

— Feras?!?

— Os uivos que acabou de escutar — respondeu com semblante sombrio e meu queixo despencou. — A nossa maldição — emendou de forma cautelosa ao perceber minha dificuldade em assimilar essa parte do enredo. — Existem criaturas sinistras em *Zyrk*, Nina. Bestas que tomam vida à noite. Portanto, não é sensato vagar pelas superfícies de *Zyrk* ao anoitecer, compreende?

Era óbvio! Eram dessas bestas que Max e seus mercenários fugiram desesperadamente!

— Ahhh... Então é por isso que os exércitos ainda não atacaram Windston — balbuciei, finalmente começando a compreender o que ocorria ao meu redor.

— Exato. Eles estão escondidos, apenas aguardando os primeiros raios de sol para saírem de seus abrigos e começarem o ataque. Aproveitaremos esse momento para alcançarmos os campos neutros, mas ainda assim deveremos fugir das minas.

— Minas?

— Locais dentro dos campos neutros que são continuamente vigiados por olheiros de todos os clãs. Acabaríamos sendo descobertos e mortos! — intrometeu-se Tom, com os nervos à flor da pele enquanto se afastava de nós para checar através de um rudimentar periscópio estilo steampunk situado no fim do túnel. Quando retornou, seu semblante estava sem uma única gota de sangue.

— O que houve? — John rapidamente o interpelou.

— Ainda não clareou — balbuciou o gigante.

— O quê?! — Havia pânico na voz de John.

— Ainda está escuro, merda! — Tom berrou, arrancando tufos de seus já escassos cabelos ruivos.

— Não é possível. Já deveria ter amanhecido!

Os dois se entreolharam por um longo momento e havia pavor em suas feições. Maldição!!!

CAPÍTULO 25

— John, o que está acontecendo? — perguntei completamente perdida diante dos inesperados fatos.

Mesmo dentro daquele escuro subterrâneo era possível constatar sua mórbida palidez. Ele deixou o corpo desanimado escorregar por uma das paredes bolorentas enquanto Tom uivava, pisoteando dois roedores que resolveram passear por ali naquele inoportuno momento.

— Há dias em que a claridade chega mais tarde ou anoitece mais cedo em *Zyrk*. Parece que, para nosso azar, hoje é um desses dias — confessou-me John com a voz arrastada.

— Então ficaremos escondidos aqui até clarear — tentei disfarçar minha decepção, dando um ar de bravura àquela frase.

— Infelizmente não é tão simples assim — lamentou-se e percebendo meu olhar de incompreensão, continuou: — Dizem que é magia negra, sei lá! Só sei que duas ou três vezes por ano acordamos sem o nosso lânguido sol, prisioneiros em nossos reinos até que alguma claridade venha nos libertar.

— Mas...

— Atrasada, mas ela sempre vem — apressou-se em explicar. — Se demorar demais a clarear, não conseguiremos completar nosso percurso ainda de dia. E, se ficarmos escondidos aqui até amanhã, seremos descobertos pelo exército que invadir Windston. Não temos saída, percebe? Nossas vidas dependem única e exclusivamente desse caprichoso sol de *Zyrk*.

— E se Windston não for invadida? — argumentei, observando Tom checar o periscópio a cada meio segundo.

— Tendo você como prêmio? — John me lançou um sorriso irônico. — Nós não acreditamos em milagres, Nina. Nas condições em que estamos a batalha é certa.

Tive que concordar com seu argumento. Quando você perde todas as pessoas que ama, quando se é proibida de amar alguém porque o estará condenando à morte, você deixa de acreditar em estúpidos milagres.

Com a cabeça girando a mil por hora, encolhi-me ao lado de John, incapaz de ter um mísero pensamento razoável. Eu sabia que tinha que pensar grande. Pensar não apenas no meu destino, mas no futuro de *Zyrk*. Deveria lutar para compreender o porquê de ter chegado até ali, mas não era assim que meu raciocínio se processava. Querendo ou não, o fato é que ele me direcionava o tempo todo para Richard. Sabendo da sua terrível fama, doía-me a alma imaginar que, enquanto ele era vil, frio e egoísta, o mundo caminhava aos seus pés, ele era amado e idolatrado. Porém, quando finalmente deixou seu egocentrismo de lado e se deixou levar por um sentimento maior, o pobre coitado se afundou em erros e se condenou ao *Vértice*. Imaginar que a essa altura ele já podia ter se entregado a Shakur fazia a dor em meu peito ficar intolerável. Eu ia perdê-lo e sabia que era por minha culpa. Não me importava mais se ele era rude ou não, de caráter duvidoso ou não. Tudo que eu queria era ele ali do meu lado. Nem que fosse por pouco tempo ou uma última vez. Segurando o choro, afundei meu rosto entre as pernas.

— Não sofra — sussurrou John, afagando meus cabelos. *Pobre John*. Ele achava que eu estava sofrendo por meu avô ou por todos eles. Em parte era verdade. Em parte. — Bert conseguiu cavalos. Vamos escapar.

Escapar? Como não pensei nisso antes?

— Você mentiu para mim — sibilei num sussurro para que Tom não nos escutasse. A dor é amiga íntima da cólera e, naquele momento, eu tinha raiva de mim, do mundo, de todos.

— O quê?

— Você sempre soube como eu escapei de Thron e fui parar em Storm — rosnei entre os dentes, encarando-o ferozmente.

— Aonde você quer chegar? — John fechou a cara e um discreto trepidar de suas pupilas confirmou que eu o encurralara.

— Você sabia que Richard havia pago Max para me levar até Storm e se fez de desentendido. Enganou até seu pai. Por quê?

John abaixou a cabeça.

— Responda!

— Nina, eu...

— Está clareando! Hora de correr! — trovejava Tom, vindo satisfeito em nossa direção. — O que houve? Tudo bem com vocês? — Ele havia notado nossos semblantes modificados, mas deve ter acreditado que era devido à terrível situação em que nos encontrávamos. Espero.

— Tudo — respondeu John, levantando-se com urgência. Eu queria imprensá-lo, mas não tínhamos tempo para discussões que não levariam a nada. Principalmente se estivéssemos mortos no dia seguinte. — Os cavalos estão no acampamento de Bert.

Pinceladas de claridade e otimismo surgiram no horizonte, dando vida ao mórbido cinza-escuro do céu zirquiniano. Mesmo assim, o dia acordava de má vontade à medida que travávamos nossa insana corrida contra o tempo. O caminho também em nada ajudava. O solo irregular de *Zyrk*, lotada de pequenas crateras, fendas e depressões, tornava o percurso ainda mais penoso. Por vezes, diante de um mínimo sinal de cansaço de minhas pernas, um impaciente Tom me jogava nos ombros e me carregava como quem leva uma mochila vazia nas costas. Indiferente para ele.

— Já descansei! Pode me colocar no chão! — berrei irritada após algum tempo daquele nauseante sacolejo e com o sangue de todo o corpo congestionando meu crânio. No momento em que Tom me pôs de volta à superfície percebi uma alteração no seu semblante, uma espécie de tremedeira em sua córnea esquerda.

— O que houve? — especulei.

— Quieta. Siga-me sem olhar para trás — ordenou apressando o passo para alcançar John. — Estamos sendo seguidos.

— Eu já havia notado — John respondeu sem esboçar reação.

— E agora? — retruquei.

— Continue andando o mais rápido que conseguir. A tenda de Bert aparecerá logo após aquela pequena colina.

E assim aconteceu. Chegamos a um amontoado de tendas, como um pequeno mercado de pulgas. Bert era um senhor gordo e de baixa estatura, tinha a cabeleira grisalha e um volumoso bigode preto.

— É a garota?! — Ele me observava vidrado.

— Não temos tempo para conversinhas, Bert — John o alertava áspero.

— Ah! C-claro. Que azar! — O homem tropeçava nas palavras ao nos conduzir até os cavalos. — Logo hoje tinha que demorar a amanhecer? — resmungou. — Aqui estão. São os melhores que consegui nas atuais circunstâncias. — Ele apontou para dois animais. — O malhado foi Max quem me arrumou. Acho que pertenceu a um dos seus homens. O pobre animal ainda está muito arredio, sabe?

O tal do Bert gostava de um papinho.

— Max não confirmou, mas eu acho que esse animal sobreviveu a um ataque da besta. Está traumatizado, isso sim — continuava ele.

E de uma fofoca também.

— Tudo bem. Fico com ele. — Impaciente para sair dali, John checava as patas e os cascos do animal.

— Ou talvez tenha a ver com a morte de Collin. — Bert não conseguia segurar a língua.

— Chega! — John rugiu e o sujeito se encolheu. — Temos pressa, homem!

Nervoso, John tentava liquidar o assunto de qualquer maneira. Tão óbvio, mas só naquele momento eu compreendi o real motivo de suas mentiras: ciúmes. John não queria que eu soubesse que Richard armara a minha fuga de Thron e ficasse com os louros para si. No fundo, desconfiara de algum sentimento que eu nutria por Richard e não queria que eu o alimentasse. Teria inventado aquela história sobre ele ser o filho do mal? De início fiquei furiosa, mas logo a seguir fui tomada por pena. Pobre John! Ele também arriscara sua vida e abdicara do trono de Storm por mim.

— Aqui está parte das suas moedas de ouro, conforme combinado. — John entregou-lhe um saquinho de feltro na cor carmim. — O restante chegará após termos certeza de que permanecerá de bico calado.

— Oh! É claro! Mas e se vocês não conseguirem... O tempo está escasso e...

— Você as ganhará de qualquer jeito desde que cumpra com a sua parte.

— Sim... É que... Tudo bem.

— Vamos, John! — interrompeu Tom. O gigante vigiava cada movimento ao nosso redor, girando tanto o pescoço de um lado para outro que em pouco tempo acabaria tendo um baita torcicolo.

— Grato, Bert.

— Por nada, John. Sempre é bom fazer negócio com pessoas honestas e...

Muito antes de ouvirmos o término de sua frase, acelerávamos em direção ao nosso destino. Agarrada à cintura de John, via o pobre cavalo malhado ser castigado por incessantes chicotadas. John cavalgava com extrema agilidade, seguido por Tom que, em posição estratégica, dava-nos cobertura.

Após algum tempo de percurso, Tom emparelhou ao nosso lado.

— Ainda estamos sendo seguidos!

John não respondeu e parecia procurar a resposta olhando para o céu a cada minuto.

— John? — insistiu Tom ao ver a expressão aflita do amigo.

— Vamos para a Floresta Alba. — A resposta saiu baixa, mas não precisou ser repetida.

— O quê?! Nunca! Não ponho os pés dentro daquela floresta amaldiçoada! — Tom rugiu ao puxar as rédeas do seu cavalo com violência. O animal relinchou sob o ataque de seus chutes e inclinou-se para trás, apoiando-se apenas nas patas traseiras. Ambos empacaram: cavalo e cavaleiro.

— Não temos outra opção! Não vê? O tempo está contra nós! — John deu meia-volta a contragosto e parou diante do fiel escudeiro.

— Não vou! — bradou Tom de forma desesperada.

— A Floresta Alba ou as feras? Você escolhe! — John revidou de forma hostil.

— Não sabia que existia uma floresta aqui em *Zyrk* — interrompi, tentando abrandar o momento de tensão entre os dois.

— Não é bem uma floresta, Nina — John justificou-se, ainda em um nada usual tom áspero. Parecia angustiado com a perda daqueles preciosos minutos.

— Claro que não é uma floresta! É um cemitério maldito! — disparou Tom.

— Como assim?

— Chama-se Floresta Alba, ou simplesmente Frya — adiantou-se John. — Dizem os antigos que é uma floresta que tem vida própria e que...

— Frya mata todos que nela entram! — berrou Tom, balançando a cabeça de um lado para outro.

— Não é isso! — John argumentou. — Ela era uma linda floresta antes da nossa maldição: era verde, quente e cheia de vida. Segundo a lenda só o bom sentimento seria capaz de passar por ela, sobreviver a ela e...

— Nós não temos esses sentimentos, John! — rebateu Tom em desespero. — Nina até pode conseguir, mas nós vamos sucumbir!!! É suicídio!

— De lá existe um atalho até o portal!

— De que adianta atalhos se estaremos mortos? — Tom contra--atacou.

Após um longo dia cavalgando, cavalos e cavaleiros exaustos, Frya se aproximava. E ter consciência disso fez Tom voltar a questionar o amigo:

— É isso mesmo? Vamos escoltar a híbrida em troca de nossas próprias vidas?

— Como assim, Tom?

— Ela até pode vencer Frya, mas nós...

— Nós somos guerreiros — interrompeu John. — Guerreiros não desistem nunca!

— É suicídio — repetiu Tom.

— Podemos enfrentar as bestas, se preferir! Morrermos dilacerados por suas presas me parece bem mais interessante! — John rosnava e, como nunca antes vi acontecer, perdeu a paciência com Tom. *Estaria tentando disfarçar o próprio medo?* — Confiança, companheiro.

Visivelmente aborrecido, Tom calou e assentiu. Cavalgamos mais algum tempo em silêncio, sempre seguidos a distância por um pequeno grupo de homens encapuzados, assim como nós estávamos. Travávamos uma corrida particular.

— Eles estão cada vez mais próximos, John.

— Eu sei, mas vai anoitecer e terão que se esconder.

— Por que nós também não podemos fazer o mesmo? — indaguei.

— Porque, a esta altura, destacamentos dos três exércitos inimigos já estão à sua procura.

— Mas e as criaturas da noite?

— Eles terão que contar com a sorte. — John deu de ombros.

— É uma espécie de roleta-russa! — Tom tinha a testa lotada de vincos.

— Alguns deles serão devorados pelas feras? É isso que vocês estão querendo me dizer? — questionei atônita.

— Eles já sabem disso. — John não me encarava mais.

— São tão suicidas quanto nós — acrescentou Tom, sarcástico.

— Pela manhã, aqueles que tiverem sobrevivido tentarão nos matar e te capturar. Percebe? Não temos muitas alternativas — concluiu John.

— Então, quando resolveram me ajudar... Vocês já sabiam que *iriam...*

— Morrer? — suspirou. — Sim. Nós poderemos não estar vivos amanhã, assim como poderíamos morrer em batalha.

— Morrer em batalha é diferente! — bufou Tom. — Seria bem digno.

— Você não pode fazer isso, John — rosnei.

— Não. Há. Alternativas! Fui claro?

— Eu quero descer. Pare esse animal — ordenei.

— Não. — Ao contrário, John parecia estar acelerando ainda mais.

Ok. Se não quer parar por bem...

Propositalmente, dez minutos depois, joguei no chão a trouxinha com as broas de milho que a sra. Brit havia me presenteado.

— Pare, John! Minha sacola caiu — gritei, fingindo desespero.

— O quê?! — Ele diminuiu o ritmo e parou.

Antes mesmo que ele olhasse para trás eu já havia pulado do cavalo. Levantei-me da queda e comecei a correr em sentido contrário. Percebi a paralisação imediata do grupo de homens que nos seguia ao longe.

— Nina, volte! O que está acontecendo? — John berrava sobressaltado.

— Vá embora! Não venha atrás de mim.

— O que você está fazendo? — Ele ladeava-me ainda montado. A expressão de incompreensão estampada nas sardas de seu rosto.

— Estou poupando a sua vida e a de Tom!

— Ah! — Ele esboçou um sorriso. — É isso?

— É, John! É isso! — esbravejava enquanto tentava imprimir um ritmo mais veloz em minha corrida. *Maldito vestido!*

Em um segundo achei que ele havia ficado pensativo e para trás, em outro já tinha saltado do cavalo e me alcançado. Ele paralisou minha corrida, segurando meu braço com força. Tentei me desvencilhar, mas minhas pernas não resistiram e, trêmulas, acabaram cedendo ao meu horror. Aos prantos, caí de joelhos naquele chão arenoso e inóspito.

John se ajoelhou ao meu lado e me abraçou com vontade, enxugando minhas ininterruptas lágrimas.

— Eu sou a desgraça dos que me rodeiam, não percebe?

— Você não deve pensar assim, Nina.

— A lista dos que matei é enorme. Eu causei a morte de meu pai, de minha mãe, a esta altura já posso ter matado meu avô e...

— E?

— Ainda vou matar... — tentei consertar o estrago feito pela minha língua enorme, mas John me interrompeu.

— Matar?

Ele havia me encurralado. Senti o corpo de John se enrijecer e se afastar.

— Richard? — murmurou ele. A sensação que tive foi de que John fez uma força descomunal para pronunciar o nome do adversário. Como se a simples menção daquela palavra pudesse lhe causar um dano físico terrível, uma ferida em sua garganta. — É a morte dele que a aflige, não é? — A voz estava áspera, o olhar, frio.

— Eu não quero que você e Tom morram por minha causa. Eu seria egoísta demais se permitisse que isso acontecesse.

— Mas não é por nós que você está chorando, é? — Suas perguntas estavam afiadas. Ele me espremia, me encurralava.

— Também.

— Também, mas não *principalmente*. Não é? — ele insistia e me deixava atordoada.

— John, eu... — Ele havia entendido muito bem a razão do meu desespero. — John, eu não queria, eu juro, mas eu... — Então liberei o ar e a dor que estavam aprisionados em meu peito e confessei: — Eu gosto dele. Como nunca gostei de ninguém em toda a minha vida.

Os olhos cor de mel de John ficaram enormes porque suas pupilas se contraíram ao máximo e se tornaram uma estreita linha vertical. Era cristalino o sofrimento em sua face.

— Eu não devia ter dito isso, eu...

— Eu sempre soube. — Ele tentou disfarçar a decepção que o tomava.

— Como assim?

— Eu percebia que suas expressões se modificavam sempre que alguém comentava sobre ele e tive a certeza ontem à noite. — Sua voz falhou ao olhar para o curativo no próprio braço.

— Sinto muito, John. — Foi tudo que consegui dizer.

— Eu também — murmurou olhando para as próprias mãos. — Sobre o episódio da sua fuga de Thron para Storm, eu... eu queria que você esquecesse Richard, que me admirasse, eu...

— Shhh! — Coloquei um dedo em seus lábios trêmulos. — Eu entendo. Você é um homem extraordinário.

Para minha surpresa e pouco se importando com a presença de Tom, ele começou a secar as lágrimas do meu rosto enchendo-o de afagos e beijos delicados. Uma sensação quente e prazerosa tornou a me invadir.

— Tudo tem seu tempo. As nossas verdades nem sempre são definitivas, Nina. E isso vale também para os nossos sentimentos — disse ele com firmeza, puxando-me pelos braços e me abraçando por um instante. — Vamos! Está anoitecendo. Até nossos colegas já se dispersaram — comentou agitado ao constatar que o grupo de possíveis saqueadores que nos seguia havia desaparecido.

Espertos foram eles.

CAPÍTULO 26

— **Soltem os cavalos.** Teremos que correr para nos aquecer.

John dava os últimos comandos enquanto Tom e eu permanecíamos boquiabertos, verdadeiramente congelados por aquela visão tenebrosa. Uma densa névoa branca criara uma muralha ao redor da sinistra floresta, tornando-a ainda mais fantasmagórica e impenetrável. Era impossível avistar qualquer coisa a mais de um metro à nossa frente.

— Coloquem suas mantas. Nina, siga-me sem olhar para os lados, fui claro? — John dava as ordens de forma incisiva.

— Por quê?

— Porque sim! — ele trovejou e vi uma veia latejar em seu pescoço. — Tom, eu vou à frente de Nina e você vai atrás.

Tom balançou a cabeça. O coitado conseguia estar mais branco do que a névoa que nos cercava. Por fim, sua voz saiu rouca, quase incompreensível:

— Nina?

— O que foi, Tom?

— Desculpe o meu nervosismo, ok? Eu sei que tudo que estamos fazendo é para o bem de *Zyrk*. — E, dando-me um tapinha que mais pareceu um empurrão, soltou: — Mesmo que não fosse, eu ainda assim estaria dentro dessa maluquice toda. Você vale a pena, garota.

— Obrigada, Tom. — Segurando a emoção, banquei a durona e lhe lancei um sorriso amarelo. — No momento não estou em condições de memorizar nada. Vai ter que repetir essa frase amanhã.

— Tudo bem. O que foi mesmo que acabei de dizer? — Ele também tentava fazer piada da nossa desgraça iminente.

— Posso fazer duas perguntas estúpidas? — indaguei assim que os vi liberando os animais. — É só uma questão de tempo, não? Quero dizer que... Mesmo que a gente consiga, outros resgatadores irão atrás de mim assim que eu voltar para a minha dimensão, certo?

— Isso não ocorrerá por algum tempo.

— Como assim?

— Não sei explicar. Foi o que Zymir pediu que lhe dissesse — John replicou meio afoito.

— Mas e...

— Rápido! — ordenou. — Qual a segunda pergunta?

— Por que as feras não entram nessa floresta?

— Porque, assim como Ygnus, esse lugar também é assombrado por algum tipo de feitiço. É bom que saiba que cada portal é como um ninho de bestas durante a noite. São misteriosamente protegidos por elas. Por isso esperaremos até o amanhecer. Acabou?

Assenti com um tremor involuntário.

— Ótimo. Então, antes de entrarmos, é preciso que a nossa estratégia esteja clara. — Ele tinha a expressão concentrada. — Assim que amanhecer nós teremos uma vantagem de uns trinta minutos em relação aos nossos adversários. Frya é o ponto mais próximo desse portal. Mas, ainda assim, precisaremos ser rápidos.

— Você não acha que os exércitos também enviarão homens para... Frya?

— Não — respondeu categórico. — Lá fora ainda existe alguma chance para nós, zirquinianos. Já aqui dentro... — John não precisou completar a frase. Eu havia entendido: chance zero.

Cobertos com nossas mantas, começamos a horripilante corrida contra o tempo em seus dois sentidos. John apertava o passo e eu ia logo atrás, seguida por um Tom restaurado. Parecia que ele tirava forças das situações mais difíceis. Como John me ordenou, não olhei em hipótese alguma para os lados, mantendo-me concentrada ao sincronizado ranger de neve provocado pelas nossas passadas. A névoa havia se dissipado, dando lugar a um branco absoluto que fazia questão de queimar nossas retinas. O frio começava a incomodar. À medida que adentrávamos no coração daquele freezer, ele começava a nos castigar de forma impiedosa. A sensação era de que a floresta nos enviava um sombrio aviso. Os finos flocos de gelo que nos atingiam foram rapidamente substituídos por uma forte nevasca, dificultando sobremaneira o percurso traçado. Em fração de minutos nossas pernas afundavam em camadas de neve fofa, exaurindo nossas forças com brutal velocidade. Pouco tempo depois, a nevasca começava a se modificar, transformando-se em uma chuva de afiados granizos gigantes. O *exército frio* havia nos advertido para não continuarmos nossa marcha suicida, e como não lhe demos ouvido, iniciava seu feroz ataque contra nós. Sua artilharia de pedras de gelo nos feria sem a menor hesitação.

— Rápido! Ali! — berrou John. — Para debaixo daquele tronco!

Enquanto me arrastava para um local mais protegido, desobedeci à ordem de John e finalmente olhei ao redor. Meus olhos avistaram o pavor que nos envolvia. Não havia uma alma viva sequer! Não apenas as árvores, mas absolutamente tudo estava morto e congelado. Tom tinha razão: era um cemitério a céu aberto, só que com requintes de morbidez. Os corpos dos animais silvestres, pássaros de todos os tipos e tamanhos, e, principalmente, das pessoas caídas e congeladas pelo caminho tinham a expressão de sofrimento. Muitas delas retorcidas, outras encolhidas como fetos. Teriam sido atacadas por uma tempestade de granizo como essa? Atordoada, eu me via dentro de uma cena de terror que parecia ter sido solidificada de forma abrupta. Eu tremia e não era só de frio.

— Droga! Era só o que me faltava! — Tom praguejava de dor enquanto estancava o sangue em seu ombro. Tinha sido alvejado por um granizo em forma de estalactite, enquanto me dava cobertura. — Esses granizos são afiados como lâminas!

— Vamos aguardar aqui! — John tentava, de forma inútil, imprimir um tom de normalidade em sua voz.

— Não poderemos ficar neste local por muito tempo. Logo estaremos soterrados! — bradava o gigante.

— Eu sei — retrucou John com a testa lotada de vincos e sem conseguir parar de olhar para os lados. Estaria procurando uma saída? No fundo ele sabia que não possuíamos armas que pudessem nos defender daquele ataque sobrenatural.

— Vamos voltar! — soltei determinada. Era a primeira vez que eu dizia alguma coisa desde que começáramos nosso horripilante trajeto.

— O quê?! — os dois responderam em uníssono.

— Não percebem? Não temos como continuar! — guinchei. — Ou voltamos ou morreremos!

John evitou olhar para seu escudeiro.

— Negativo — rebateu, inflexível. — Vamos em frente.

— Mas, John, nós...

— Não adianta! — trovejou. — Não podemos mais voltar atrás! Vamos! — Agarrando-me pelo braço, precipitou-se para o deserto branco enquanto protegia o meu corpo com o dele.

— Por Tyron! Por que eu não trouxe meu escudo? — reclamava Tom, vindo logo atrás de nós.

— Era muito peso e acabaria atrasando a nossa corrida. Além do mais, não contávamos ter que entrar neste lugar! — A irritação crescia no tom de voz de John.

— Aiii! Inferno! — O gigante era ininterruptamente alvejado. — Parece que tenho ímã para esses malditos granizos!

Tom era, sem sombra de dúvida, o mais atacado pelo *exército de gelo*. John por vezes reclamava de uma ou outra ferida, enquanto eu permanecia ilesa até então, quer por uma inusitada sorte, quer por proteção dos dois. Como chicotadas afiadas, as feridas cresciam de forma rápida à medida que se uniam umas às outras e começavam a abatê-los com maior intensidade. As rajadas de pedras de gelo cortantes me ladeavam, mas nunca me atingiam.

— Vocês voltam e eu continuo! — ordenei decidida ao perceber que a nossa corrida ficava cada vez mais difícil e desencontrada.

— Não. — John fechou a cara, mas não conseguiu disfarçar seu estado de tensão.

— Não percebem? Por algum motivo esses granizos não me atingem!

— Arrrh! — Tom gemia, o braço direito já bastante ferido. John estava atordoado com o sofrimento do amigo. Não havia lugar onde pudéssemos nos proteger.

— Mostre-me a direção e vocês retornam daqui! — Eu berrava em meio ao pânico. Estava difícil sobrepujar os urros de dor de Tom.

— Nós não podemos... — Olhando sem parar de mim para o companheiro que era ferozmente atacado, John não tinha condições de me contradizer.

— John, por favor! Eu não quero que vocês morram. É a nossa única chance.

— Vamos em frente!

— Não vê que vocês dois é que estão me atrasando? Eu já poderia ter cruzado o portal a uma hora dessas! — esbravejei.

— É verdade! Nós dois é que estamos na mira. Nina está sendo poupada — arfava Tom com a voz impregnada de dor.

— Nina, ainda falta muito e...

— Mostrem a direção! — rugi impaciente. Não suportava mais vê-los sendo incessantemente feridos e não fazer absolutamente nada. Para piorar a nefasta situação, a névoa tornara a aparecer. — Fale logo, John!

— Você seguirá para o sul — disse ele, finalmente.

— Como saberei qual é o lado sul? — Pergunta óbvia para uma garota criada em metrópoles.

— Você deverá acompanhar as cores do céu de *Zyrk*. Se não reparou, nosso céu tem vários tons de cinza — explicava-me com pressa. — O mais claro é o de Storm, e vai escurecendo. Como um degradê.

— Qual é a ordem?

— Storm, Windston, Marmon e Thron. O céu de Thron é muito escuro, quase negro. O anterior a ele será Marmon. O portal estará entre o cinza-médio de Windston e o cinza-escuro de Marmon.

— Entendi.

— Desculpe, Nina — John murmurou com sangue escorrendo pelo rosto. Seu semblante era de frustração. Ele sabia que era impossível lutar contra aquele tipo de adversário.

— Obrigada — sussurrei.

— Eu que agradeço — respondeu com jeito tímido e, sem que eu percebesse, já havia me jogado sobre ele. Ele retribuiu o abraço com vontade e, por entre meus cabelos, fez uma declaração que mexeu com meu coração: — Eu nunca trocaria você por dinheiro algum.

— Hã?

— No Saara... — ele tentava se explicar. — Quando eu disse que também a trocaria pelas moedas de ouro... Não era verdade. Você vale muito para mim. Por você valeu tudo o que eu fiz. E faria de novo, tantas vezes quanto fosse preciso. — Seus lábios tremiam. — Você é o maior presente que alguém como eu poderia receber.

— John, eu não valho esse seu sentimento, eu...

— Shhh! — Pôs um dedo em meus lábios e secou uma lágrima. — Ei! Eu sou o que vocês humanos chamam de morte, lembra-se? Não preciso de palavras que me confortem. Eu só preciso de você. E bem viva, compreendeu? — John abriu um sorriso que chegou a me aquecer por um instante, um lindo e breve instante.

— Ai! — Uma dor lancinante fez meu braço esquerdo arder.

— Abaixem-se! — gritou Tom a distância.

John se jogou no chão comigo, protegendo-me sob seu corpo.

— É uma emboscada! — berrava o escudeiro, escondendo-se atrás da carcaça de uma árvore congelada.

— Nina, você está bem? — John interrogava-me aflito.

— Meu braço está queimando!

— Uma flechada! — John verificou o ferimento com absurda rapidez. — Foi só de raspão.

Novas flechas atingiram a neve ao nosso lado.

— Rápido! Saiam daí! — bradava Tom.

— Você tem que fugir, Nina. Agora! — Naquele momento era John quem me impulsionava. — Ahrrr!

Urrando de dor, ele se contorceu sobre mim e levou uma das mãos à perna.

— John?! Meu Deus! Você foi atingido!

Ruídos de passos farfalhando nas folhas semicongeladas ficavam cada vez mais altos.

— Saiam já daí! — trovejava Tom apavorado.

— Tome. Pode ser que precise. — John me passou um reluzente punhal. — Eu cometi o erro em ter te negado lá no pântano. Você é que deverá decidir. Não hesite, é você ou eles.

— Obrigada — murmurei. — Por tudo.

— Corra! O mais rápido que puder. Lembre-se de que tem pouquíssimo tempo assim que clarear.

— John, se eu não conseguir...

— Você vai conseguir. — Ele me interrompeu. — Eu sei que você é durona quando precisa e é por isso que eu te acho especial. — Erguendo meu queixo, deu o apito final: — Escute bem, assim que eu me levantar você se manda, ok? — Nós nos olhamos uma última vez e eu acenei a cabeça, obstinada. Ele sorriu com os olhos e berrou: — Agora!!!

Em minha corrida ensandecida, deixei uma erupção de silvos, gemidos e berros ferozes para trás. Não me permiti olhar. Se olhasse, perderia a minha determinação. Tudo haveria de ser por um motivo nobre. Tinha que ser. Não queria acreditar que aquele horror seria parte de um grande castigo a mim empregado, uma dívida a ser paga com juros de morte.

O pavor gerado pelos rumos dos terríveis acontecimentos havia me feito esquecer completamente do ambiente em que me encontrava. A trégua do frio chegara ao fim e ele voltara a me assolar. Redemoinhos de granizo acompanhados por uma nevasca incessante me envolviam em uma execrável tentativa de confundir meu solitário trajeto. Quase conseguiram. O céu, numa primeira impressão, era todo nanquim. Com insistência, ele me confessou seu peculiar e salvador degradê. À medida que eu avançava, o número de corpos congelados pelo caminho reduzia de maneira expressiva até desaparecerem por completo. O pavor foi substituído pelo alívio de não ter permitido que John e Tom me acompanhassem. O silêncio se avolumava como pancadas estrondosas de medo em minha mente. *Eles teriam sobrevivido? Richard teria sobrevivido? Algum dia tornaria a vê-lo? De que adiantaria sobreviver se não havia um motivo, se não haveria alguém por quem viver? Por quanto tempo os zirquinianos me deixariam em paz? Como poderia vir a ter uma vida normal depois de tudo pelo que passei e presenciei?*

Eu não sou normal, afinal de contas.

Eu sou uma híbrida.

Eu sou Nina Scott.

CAPÍTULO 27

O que eu não daria por um relógio? Há quanto tempo estaria ali aguardando? Minutos? Horas? Não ter noção do tempo é simplesmente enlouquecedor quando o que lhe resta de esperança se resume a alguns míseros e decisivos minutos. Some-se a isso o fato de que o pavor potencializa o pânico e a expectativa, de uma forma incomensurável. Estava claro que meus neurônios em combustão seriam mais eficazes em me incapacitar do que minhas pernas congeladas. Assim que amanhecesse, conseguiria correr rápido o suficiente para me desvencilhar de meus inimigos e chegar ao portal em segurança? E se eu não conseguisse identificá-lo? Um turbilhão de perguntas me açoitava com violência e não possuía resposta para nenhuma delas. Decidi não pensar mais, agiria por instinto. A lua de *Zyrk* estava alta e, apesar de brilhante, a claridade que fornecia era insuficiente e uma penumbra sinistra envelopava tudo. O céu desanuviado e sem estrelas me dava permissão para estudá-lo em seus mínimos detalhes, conferindo a cada segundo se realmente estava na direção da junção entre o cinza-médio de Windston e o cinza-escuro de Marmon. Inspirava grandes goles de ar tentando encontrar um meio de me acalmar enquanto aguardava o tempo caminhar a passos de cágado.

Devido a alguma magia ou poder sobrenatural, eu estava relativamente bem: sem ferimentos e capaz de suportar o freezer que me envolvia. Mas John deixara claro que os zirquinianos não conseguiriam resistir àquela floresta assassina. Era verdade. Eu vi. Ela não tinha misericórdia com os intrusos daquela dimensão, eliminando-os sem hesitação, quer através das graves feridas, quer congelando seus corpos e almas até a morte. Paradoxalmente, Frya era a minha guardiã agora.

Um ruído distante me resgatou do transe momentâneo.

Forcei a audição e nada. Como tudo estava congelado ao meu redor, calculei que poderia ter sido um pedaço de granizo deslocado pelo vento. Três respirações depois, outro ruído bem mais forte que o anterior me fez dar um salto, deixando-me em estado de alerta máximo. Aguardando pelo pior, saquei o punhal que John me dera e me escondi atrás de um enorme tronco congelado. Em meio à penumbra e ao tenebroso silêncio que me envolviam, segurei a respiração, mas meu coração me traiu, incriminando-me com um batuque de tique-taques acelerados a altíssimos decibéis.

— NÃO! — berrei apavorada.

— Cuidado com isso!

Foi tudo tão rápido que mal consegui compreender o que se passou nos instantes seguintes. O tempo de apenas uma pulsação foi o suficiente para que me visse dominada. Uma voz grave e arrastada emergiu por trás de minhas orelhas descobertas, sacando meu punhal com agilidade. Senti minha alma regozijar dentro do peito e meu corpo ferver em sincronia. Era *ele*! Olhei por cima do meu ombro esquerdo e lá estava Richard, suas hipnóticas gemas azul–turquesa imobilizando-me mais do que suas enormes mãos.

— Richard! Graças a Deus! — Eu me joguei sobre ele, abraçando-o sôfrega e desesperadamente. Pego de surpresa, ele arregalou os olhos e deixou os braços tombarem frouxos ao lado do corpo. No instante seguinte, repelia-me com olhar duro, tão congelado quanto tudo ao meu redor. Engoli aquela decepção em seco. Eu a merecia.

— Vim apenas escoltá-la até o portal.
— Você conseguiu! — arfei feliz.
— Não tão bem quanto você. — Ele me checava de cima a baixo, como se estivesse fazendo um *check-list*. — Parabéns. — A frieza de sua voz deixava o ambiente ainda mais gélido.

Passada a euforia inicial, fui trazida à compreensão dos fatos: Richard estava péssimo! Completamente pálido, havia sangue cobrindo a parte superior de sua camisa rasgada. Os cortes assimétricos em seus ombros e costas confirmavam que ele havia sido castigado pelo *exército de gelo*.

— Meu Deus! Você está ferido. Está tremendo demais!
— Não é nada sério — retrucou indiferente, mas sua aparência dava sinais claros de exaustão e hipotermia. Respirando com dificuldade, ele se deixou afundar na neve fofa.
— Graças aos céus a sra. Brit conseguiu te encontrar!

Ele abriu um sorrisinho irônico, mas não disse nada.

— Você veio só? — perguntei.
— Esperava mais alguém? — rebateu com o semblante ao mesmo tempo sarcástico e inquisidor.

Eu mordi a língua. Era óbvio que estava se referindo a John.

— Eu não quero ir — fingi não entender a pergunta e implorei enquanto me sentava ao seu lado. — Eu não tenho por que ir.
— E tem por que ficar? — Suas perguntas estavam mais ácidas do que nunca.
— Tenho — confessei enquanto agarrava uma de suas mãos e olhava bem dentro de seus magníficos olhos.
— Se não for, morrerá. — Ele desviou o olhar de mim.
— E se for também!
— Sim, um dia. Mas não agora.

Novo nó em meu estômago.

— Homens de Windston devem estar liberando a entrada desse portal neste momento e você conseguirá entrar assim que clarear.

— Estão matando os soldados de outros clãs para que eu possa fazer a passagem?

— Exato. E você ficará imune por algum tempo — confessou de olhos fechados e a cabeça inclinada para trás.

— Por quanto tempo?

— Não sei. — Ele apertou os lábios. — Seu tempo ainda não foi definido.

— Meu tempo...

— Não se preocupe com isso. Sua vida será igual à de qualquer humano: sabe-se apenas o dia de chegada e nunca o de partida — acrescentou. — Vou levá-la até o portal de saída. De lá em diante você tem segurança garantida. Já está tudo acertado.

O que estava camuflado na sua voz mais seca que de costume? Mágoa? Preocupação? Dor? Aquela sensação me deixou agoniada. Alguma coisa errada pairava no ar, pesada.

— O que está me escondendo? — Envolvi uma de suas mãos e pude sentir o porquê de ele estar estranho. — Você está congelando, Rick!

— Eu aguento.

— Pare de bancar o durão! Você vai desmaiar e não vai demorar a acontecer.

Tremendo, ele se encolheu, mas não me contestou.

— O que você está fazendo? — Ele tentou rugir quando me viu levantar e retirar a manta, mas seu rugido saiu fraco. — Você precisa se manter aquecida. Recoloque a manta, Nina! Agora!

— Você não manda em mim e eu não quero mais essa manta. Estou com calor! — Tinha que saber a real gravidade da situação. — Se quiser, venha me impedir.

— Recoloque a manta, Nina! — Richard ameaçou se levantar, mas suas pernas vacilaram.

Eu sabia! Mesmo sendo tão forte e destemido, ter sobrevivido à batalha contra aquela floresta assassina tinha ultrapassado o limite da sua resistência. Fiquei compadecida. Ao seu jeitão cabeça-dura, essa era a sua demonstração de afeto, de carinho. Eu tinha que começar a entendê-lo melhor. Mesmo ali, quase desfalecendo de tanto frio, ele ainda pensava em mim. Preferia morrer congelado a retirar a manta que me protegia. Era um touro, mas não um imortal.

— Deixa eu te aquecer com ela. Por favor? — implorei, oferecendo-lhe a capa. Por incrível que pudesse parecer, eu não sentia frio naquele momento. Meu corpo estava mais quente do que nunca.

— Eu não preciso. Estou bem — objetou ele com os dentes se chocando incessantemente.

— Então vamos morrer os dois congelados porque eu também não vou usá-la.

— Pare de bobe... — Sem me olhar, ele se encolheu e começou a reclamar baixinho, a consciência falhando. Era hora de agir.

— Ah, Rick! — sussurrei, precipitando-me sobre ele. Dessa vez, ele não me repeliu. Abracei-o com desespero e envolvi nossos corpos com a manta. Coitado! Seu corpo parecia um picolé e ele tremia sem parar. Eu também tremia, mas era um tremor diferente, maravilhoso. O tremor que só ele conseguia gerar em mim. Fraco e sem opção, aceitou minha ajuda e, pouco tempo depois, senti que o abraço não era mais unilateral. Ele também me envolvia com vontade. O contato que começou tímido foi ficando cada vez mais forte e... quente! Nunca poderia imaginar que teria uma aula de Física *in natura*. Eu estava praticando calorimetria na própria pele!

Ficamos ali, paralisados e grudados por alguns minutos. Richard mantinha os braços ao redor de minha cintura, enquanto sua cabeça estava afundada na minha clavícula. Eu me deliciava passando os dedos pelos seus fartos cabelos negros. O calor que emanava dos nossos corpos não condizia com o ambiente que nos cercava. Fechando os olhos, eu poderia jurar que estava num lugar quente, uma praia tropical. Richard aos poucos foi retornando ao seu estado habitual: fervente.

— Desculpe, Rick. Eu não sabia, eu não fiz por mal, eu... — Eu o segurei pelo braço quando percebi que ele começava a se afastar. Ele fechou os olhos e franziu a testa, como costumava fazer quando estava contrariado. — Tem algo que preciso lhe contar, eu...

— Obrigado — disse ele, libertando-se de mim e me devolvendo a manta. Apesar de já estar corado e alerta, seu semblante permanecia frio. — Não se preocupe. Está tudo acertado.

Ele fingiu que não me ouviu.

— Sobre o que você está falando? O que está acertado?

— Estou falando sobre passaporte, passagens etc. Os homens que aguardam você são de inteira confiança de Zymir.

Levantei-me também e, aflita, retornei ao assunto que me atormentava:

— Me desculpe, Rick. Se você tivesse me dito... — Afoita pelo seu perdão, acabei engasgando e tropeçando nas próprias palavras. — Eu não tinha conhecimento sobre tudo que fez por mim, sobre o que aconteceu naquela noite horrorosa em Thron.

Ele estreitou os olhos de falcão em minha direção, mas nada disse.

— Collin... — continuei. — Você matou o crápula por minha causa, não foi?

Ao ouvir aquela afirmação, seus olhos se arregalaram e as pupilas se contraíram.

— Foi por causa do que aconteceu com ele que você me tirou às pressas de Thron, não foi? Tinha medo de alguma represália de Shakur? Foi por isso que me mandou para Storm?

Ele levou as mãos à cabeça e, ainda sem dizer uma só palavra, começou a andar de um lado para outro.

— Eu não me lembrava de nada até ontem — confessei. As palavras saíram arranhando minha garganta. — Juro por Deus.

— Do que você se recorda, Nina? — Ele parou e me indagou quebrando o silêncio com a voz rouca, olhos entreabertos e especulativos, a boca contraída formando uma linha rígida.

— Até hoje não consigo me lembrar com nitidez do que ocorreu naquela terrível noite com Collin. Depois que ele me atacou... apenas flashes, vozes aflitas, uma voz alcoolizada... Me lembro ainda de alguém esmurrando a porta do quarto onde eu estava e de Morris me carregando às pressas até outra pessoa. Era Max, não era? Você pagou um mercenário para me levar até Storm?

— Isso é tudo que você se lembra? — A luz da lua se intensificou e atingiu Richard em um ângulo perfeito. Rosto e músculos banhados em prata e tensão.

— Eu me lembro de Morris comentando algo sobre um "filho do deserto". Ontem à noite Zymir deixou escapar que esse é seu apelido e...

— Zymir?! O que mais aquele anão disse? — interrompeu com os dentes trincados. *Droga! Minha boca enorme tinha que comprometer Zymir!* — Pelo visto, ele andou falando o que não devia!

— Não. E-ele não disse nada de mais — gaguejei. — Rick, por favor, só te peço que me escute.

— Não preciso de explicações. Aliás, você não quis conversar comigo quando eu pedi. Por que ia querer agora?

— Perdão, Rick. Eu só te peço que...

— Fique tranquila. — Hostil, ele mal me ouvia. — Eu não sou mais uma ameaça, garota. O "assassino sanguinário" à sua frente não pretende matar você. Não gaste sua energia com explicações desnecessárias.

Eu sabia! Ele estava magoado comigo! Magoado, e com toda a razão do mundo.

— Desculpa por ter chamado você assim, Rick.

— Sou um assassino mesmo. — Lançou-me um sorriso frio.

— Se eu soubesse...

— Se você soubesse o quê, Nina? — interrompeu impaciente, seu olhar tão perfurante que chegava a doer.

— Se eu soubesse que você havia largado tudo por mim... — Travei.

— Você o quê, garota? — rugiu.

— Eu não teria fugido com John, droga! Mesmo conhecendo seu gênio difícil e inconstante e apesar do que aconteceu conosco lá na casa da sra. Brit, eu teria largado tudo para ficar com você, Rick! — Eu tremia de nervoso, mas agora era a hora. Talvez não o visse nunca mais. Ele tinha que saber. Precisava saber que eu o queria acima de tudo. — Você sabe que eu gosto é de você, Rick!

— Eu vi o quanto...

— Queria que eu fizesse o quê, hein? Ficasse parada como uma estátua imbecil esperando você me levar de volta para Thron? Você me assustou!

— Ei, ei! Pode parar! — rebateu num rompante. — Estou cansado disso tudo!

— O que está te magoando foi o que aconteceu ontem à noite, não é? Sobre John?

— Além do fato de você ter ficado fria como um defunto lá na casa de Brita e ter fugido duas vezes com ele? — devolveu ácido. — O que mais poderia ser? — Repuxou o lábio de um jeito provocativo. Em outro momento eu vibraria de emoção ao vê-lo se morder de ciúmes de mim, mas definitivamente aquela não era a hora e meu coração encolheu no peito, agoniado. — Foi uma linda cena de amor... Você se jogando para defender seu cavalheiro caído. Tocante mesmo.

— Você ia matar John e eu não poderia deixar!

— Já entendi.

— Você não entendeu nada! Eu não gosto de John! Não do jeito que gosto de você, seu cabeça-dura! — Senti meu corpo todo enrijecer. — Quer me ouvir? Até ontem à noite eu não sabia de nada do que você havia feito por mim, Rick! — grunhi e agarrei seu braço com toda força. — Eu estava assustada! Você tinha acabado de matar o soldado de Windston e na véspera tinha ameaçado me levar de volta para Thron! Sem contar que eu não sabia que Collin estava morto! Suas atitudes dúbias e seu temperamento me fizeram imaginar que você livraria a própria pele e me entregaria para o filho do seu líder, droga! Eu preferiria morrer a permitir que Collin encostasse um dedo em mim novamente.

Visivelmente transtornado, Richard se soltou de mim e voltou a andar de um lado para outro, balançando a cabeça sem parar.

— Eu quis te esquecer... Ah, como eu quis! Mas quanto mais força fazia, mais eu me apaixonava por você — confessei baixinho e, oferecendo minha rendição, deixei meus braços tombarem ao lado do corpo, impotentes. — Eu ainda te odeio por alguns instantes, Rick. Mas eu sempre te amei. Desde o início.

Ele estancou o passo. O oceano azul e revolto dos seus olhos encontraram os meus.

— Mentira — murmurou com as sobrancelhas cerradas, a cabeça espremida entre as mãos trêmulas. Seu semblante de dor confirmava que ele estava sofrendo.

— Você não teria feito tudo o que fez se não gostasse de mim. — Cautelosamente me aproximei dele. — Rick, eu sei que você também me deseja.

— Mas não desejo te matar! E é o que vai acontecer se ficarmos juntos. — Soltou a respiração e me encarou com o olhar sombrio.

— Não quero ir. Não tenho mais nenhum motivo para voltar. É aqui que quero ficar. Com meu avô, com o homem que eu amo.

— Você não sabe o que está dizendo. Eu não sou para você, Nina — desabafou com a expressão atormentada enquanto balançava a cabeça. — Apenas ontem à noite, após... após aquilo, entendi que você merece alguém decente, que tem direito a um futuro bem diferente do que eu ou qualquer zirquiniano pode te oferecer.

— Eu não quero um futuro sem você, Rick.

— Você ainda não sabe o que quer, Nina. — Seus olhos não conseguiam esconder a aflição que refletiam. — Você é muito nova e logo me esquecerá. É o que sempre acontece e... vai ser melhor assim.

— Eu não vou te esquecer. — Tentei tocar seu rosto, mas ele se esquivou. Um véu de angústia camuflava sua face perfeita.

— É melhor acabarmos logo com esse assunto — rugiu, mas seu rugido não me atingiu. Ele parecia querer se convencer e não a mim.

— Tem algo afligindo você — afirmei. — O que está escondendo de mim?

— Estamos nos enganando, Nina. — Ele afundou o rosto nas mãos. — Nós... Quero dizer, eu e você... Droga! — bradou. — Será que não consegue enxergar? Que ódio, você viu o que aconteceu! Nós não poderemos ficar juntos! É torturante demais prosseguirmos...

— A gente pode ir devagar. Você disse que esperaria — retruquei com o coração batendo rápido demais.

— Eu pensei que seria capaz de captar sua energia, mas falhei. Quase matei você novamente, Nina — disse com a testa talhada de vincos e as veias saltando de seu pescoço. — Não posso e não vou arriscar uma terceira vez.

— É você quem eu quero para mim, Rick. — Não percebi que uma lágrima rolava por minha bochecha. Ao visualizá-la ele titubeou.

— Você diz isso agora, mas e depois de meses? Depois de anos em que eu não puder satisfazer seus desejos humanos, suas vontades de mulher? — retrucou com a respiração entrecortada.

— Eu não me importo — balbuciei.

— Como não? — Estranhou. — Eu me importo!

— Eu só quero ficar com você, Rick — sussurrei cabisbaixa. Ele levantou o meu queixo com delicadeza e senti a corrente de eletricidade passear pelo meu corpo.

— Nós, zirquinianos, fomos moldados para ter essa existência fria, Tesouro. Mas você é capaz de sentir, de amar. Eu não posso privá-la do melhor dom da sua raça. Simplesmente, não posso. — Sua voz estava trepidante.

— Você não estará me privando de nada, Rick. Eu sinto amor por você — rebati irredutível. — Se meus pais conseguiram, nós também podemos, e...

— Não, Nina! Nós não podemos, merda! — Ele me interrompeu tenso. — Seus pais foram uma... — Richard travou.

— Uma o quê, Richard?

— Uma aberração — confessou em tom baixo e sem me olhar, o rosto mirando um lugar distante.

Meu coração disparou. Atônita, segurei sua camisa e o fiz olhar de novo para mim.

— O que você quer dizer com isso?

— O que eles fizeram foi errado, muito errado. — Richard me presenteou com um sorriso sardônico. — E olha que eu não sou santo, muito menos alguém fácil de ser surpreendido.

— Errado? — indaguei atordoada.

— O que eles fizeram foi simplesmente abominável, Nina. Seu avô não sabe a verdadeira versão dos fatos. Ele não suportaria.

— O que meus pais fizeram? — Meus pensamentos entraram em total confusão, ricocheteando loucamente no interior de minha cabeça.

— Não adianta — soltou contrariado. Ele balançava a cabeça com um fervor irredutível. — Não vem mais ao caso.

Dentro de mim algo dizia que era muito sério o que acabaria por ouvir e que não havia tempo para mais desgraças naquele jogo. A partida terminaria em breve.

— Nós temos que aceitar a verdade, Nina. Foi um grande erro. Sem intenção, mas foi um erro terrível — ponderou. Seu semblante tenso deu lugar a um abatido.

— O que você quer dizer?

— Que eu me deixei levar pelo que você gerava em mim — disse com tom amargo enquanto esfregava o rosto com as mãos. — Apesar de já ter passado por situações que você não acreditaria, eu nunca havia vivenciado nada igual. O que você provocava em mim... — suspirou. — A sensação era... era...

— Era?! — Agora era eu quem o fuzilava. — Está me dispensando porque está com raiva de mim?

— Eu não tenho raiva de você, Nina. Eu tenho raiva... de mim mesmo — murmurou com dificuldade. — Na realidade, tenho raiva de tudo. De ser o que sou, de pertencer ao mundo que pertenço. Daria tudo para ter a vida que aqueles seus coleguinhas infantis da segunda dimensão possuem. Como os idiotas a desperdiçam! E, principalmente, sinto um ódio irracional por não poder te querer, não poder te *possuir*... — Sua voz estava pesada, sofrida. Richard parecia ter envelhecido uns mil anos. — Quem diria...

— O que foi? — perguntei com o coração apertado com o rumo que aquela conversa estava tomando. *O frio ao redor tinha se intensificado, mas eu tremia era de medo!*

— Finalmente estou sendo castigado. — Fechou os olhos e estampou um sorriso meio amargurado, meio irônico. — Eu tenho um passado e tanto, Tesouro — arfou. — Já me aproveitei de muitos e perdi a conta dos que matei, mas agora estou pagando pelo que não fiz — seus ombros curvaram —, porque, ao contrário do que possa parecer, nunca usei você.

— Agora eu sei, Rick. Eu acredito.

— Será? — hesitante, ele tornou a levantar meu queixo e ameaçou um sorriso verdadeiro. Bastou. Eu me joguei em seus braços e afundei meu rosto em seu tórax asfixiante.

— Richard, fica comigo — implorei num sussurro.

— Ah, Tesouro! — ele gemeu. — Meu tesouro.

Ele afastou minha cabeça de seu peitoral de aço e deixou que seus olhos ardentes mirassem os meus. Uma rajada prata-azulada preencheu todo o meu campo visual e me fez estremecer. Ele era ainda mais bonito do que conseguia me recordar. A perfeição dentro da imperfeição. Percebi que suas mãos tornaram a tremer, mas não era de frio. Sua face estava rubra e seus poros conseguiam suar de maneira copiosa dentro daquele mar de neve. Ele fervia.

— Eu lutei muito para não querer você, Tesouro. Tyron sabe o quanto eu lutei. — Ele me fitava com ferocidade. — Em pouco mais de dois meses você virou minha vida de cabeça para baixo. Consegue ver que meu mundo ruiu? — Havia dor nas suas palavras. — É a primeira vez que falho em uma missão. Eu não sou confiável, Nina, mas nunca havia enganado Shakur ou trapaceado os meus próprios homens. Eu briguei até com o pobre do Ben! Por sua causa, venho brigando comigo mesmo, com tudo e com todos! — Tornou a abaixar cabeça, o olhar perdido.

— Eu sei que prejudiquei você. Eu não queria que fosse assim...

— Shhh! — Richard me interrompeu com candura e tornou a me encarar, seus olhos vidrados nos meus. — Não me arrependo de absolutamente nada do que fiz, Tesouro. — Sem que eu esperasse, ele delicadamente beijou uma de minhas mãos e me emocionou com o que confessou logo a seguir: — Pode não ser o suficiente para quebrar a maldição, mas o sentimento que tenho por você é gigantesco, Nina. Pode até ser pouco para um humano, mas garanto que é forte demais para um zirquiniano. Eu jamais poderia imaginar que tamanho prazer causasse tanta dor — ponderou, mas havia urgência em suas palavras. — Nasci com uma qualidade incomum e, devido a essa característica, sou tachado de amaldiçoado por muitos dos meus. Talvez eu seja mesmo...

— O que você quer dizer? Que qualidade?

— Dor. — Deu de ombros. — Sou muito resistente à dor. E isso faz de mim um pouco... inconsequente em minhas atitudes.

— Aonde você está querendo chegar, Rick?

— Veja todas essas cicatrizes no meu corpo. — Eu acompanhei seu olhar. Ele fitava as próprias mãos. — Por acaso acha que me fizeram sofrer? — Levantou uma sobrancelha e tornou a olhar para mim, o olhar inquisidor. — Não, Tesouro. Foi você quem me fez conhecer a dor bem de perto — confessou e abriu um sorriso amargurado. Eu me retraí. — O que eu quero dizer é que, mesmo sendo resistente à dor, foi você, minha linda menina híbrida, o único adversário que realmente me fez sofrer.

— Eu não queria...

— Por que está se desculpando? — Ele me interrompeu novamente. — Eu sofri pela primeira vez e foi você que me presenteou com algo que eu julgava intangível e inimaginável: sentir! Eu passei a viver, Nina. Antes de te conhecer, eu apenas existia, mas não vivia.

— Por que está dizendo isso tudo? Isso... isso é uma despedida, não é? — murmurei segurando a dor que começava a me paralisar.

— Da minha parte é apenas um até logo, Tesouro. Não se esqueça de que sou um sujeito bem egoísta — respondeu, lançando-me uma piscadela marota após um momento de introspecção.

— Por que você não pode vir comigo?

— Porque os portais estão sendo fortemente vigiados e sou um homem com sentença de morte decretada.

— Sentença de morte? — soltei, infeliz.

— Mas vou dar meu jeito.

— E se você não conseguir?

— Me dê algum tempo. Se eu não aparecer...

— Se você não aparecer? — insisti, mas ele se calou.

O que ele quis dizer? Que estaria morto?

— Você me promete? — eu praticamente implorava. — Promete que irá atrás de mim?

Sua reação me pegou desprevenida. Com semblante modificado, triste talvez, ele afundou o rosto em minhas mãos por um instante e, após beijá-las com vontade, colocou um objeto dentro delas e as envolveu com carinho. Suas cicatrizes ardiam em minha pele. Aquele gesto me deixou agoniada. Ele não me respondeu e não tive coragem de perguntar novamente. O medo de ouvir o que aniquilaria todas as minhas esperanças me fez calar.

— Trouxe isso pra você — murmurou sem força e sem me encarar, liberando as mãos das minhas.

Atordoada, olhei para baixo: um fino colar de ouro com dois pingentes feitos de duas pedras marrons cintilantes pendia por entre meus dedos trêmulos. Ele era tão leve que as pedras pareciam ocas.

— Obrigada — balbuciei com o coração ameaçando sair pela boca e sem compreender o significado daquilo.

— É para proteção — ele explicou em tom baixo, como que adivinhando meus pensamentos. — Já que perdeu o seu cordão.

— Ah! — Liberei um sorriso triste e o apertei contra o peito.

— Mas agem de maneira diferente — sibilou.

— Como assim?

— Elas precisam ser friccionadas para produzir efeito. Assim que sair pelo portal, você deverá friccionar essas pedras entre si com a maior força que conseguir empreender, entendeu?

— Mas eu...

Um ruído discreto. Apenas uma folha sendo deslocada pelo vento frio, o suficiente para deixar Richard em alerta.

— Ficará protegida dos nossos, pelo menos por algum... — interrompeu agitado. — Não temos tempo para explicações. É muito importante que se lembre disso. Compreendeu?

Eu assenti.

— Por via das dúvidas... — Piscou e, antes que eu pudesse pensar em qualquer coisa, Richard removeu o cordão das minhas mãos, passou por trás de mim e, com delicadeza, o colocou em meu pescoço. — Não posso correr o risco que o perca — acrescentou e sua respiração atingiu minha nuca, fazendo-me arrepiar por inteira. Um arrepio bom, excitante. Eu me virei e nossos olhares se encontraram, perdidos um no outro.

O azul em seus olhos escureceu e, sem que eu esperasse, ele me puxou pela cintura para junto dele. Jogando meus cabelos para trás dos ombros, bem lenta e delicadamente, começou a envolver meu corpo com seus braços de ferro e percebi que sua respiração estava tão acelerada quanto a minha. Então ele se afastou para me encarar e, tornando a se aproximar, tocou levemente seus lábios nos cantos dos meus. Senti sua respiração penetrar em meus poros e me inundar de um calor entorpecente. Richard fazia com que eu sentisse coisas dentro de mim que jamais poderia imaginar que existissem. O calafrio de prazer se espalhava, impiedoso e arrasador. Assim como ele, assim como tudo nele. Mas aí ele estancava e me matava de agonia ao interromper seus carinhos para me estudar com fascínio, observando atentamente cada detalhe de minha face. Seus dedos gentis abandonaram o cordão e começaram a percorrer meu pescoço, meu queixo e pousaram em meus lábios.

— Ah, Tesouro! — suspirou. — O que você fez comigo?

— Me beija, Rick — pedi agitada e cada segundo mais aflita pela espera daquele beijo.

— Eu avisei que não ia arriscar sua vida novamente — relembrou-me com o olhar transbordando malícia.

— Se não me beijar, quem vai estar correndo risco de morte é você — ameacei sedutora e mordisquei o lábio inferior. — Me beija! Agora!

Satisfeito, ele abriu um sorriso travesso. Agarrou-me com cuidado e seu olhar se transformou naquilo que eu mais desejava: voraz. Ele me fuzilava, deixando desejo ardente fluir em suas expressões. Aproximei-me ainda mais de seu rosto perfeito, mas não fui adiante. Queria que ele desse o passo seguinte e ele entendeu meu desespero. Lentamente, mas muito lentamente, ele me prendeu com firmeza entre os braços, deixando seu corpo quente me cobrir por inteira e se inclinou sobre mim. Seus beijos ardentes inundaram meu pescoço, foram subindo sem pressa até a base de minha mandíbula e deslizaram pelas minhas orelhas. Ele estava me deixando agoniada e, quando nossos olhares se cruzaram por um instante, percebi que era isso que ele queria: preparar-me para o beijo que estava prestes a me presentear. Talvez quisesse preparar meu corpo contra um possível desmaio ou tonteira, mas se ele soubesse que estava me deixando mais louca ainda...

— Quieta! — murmurou de repente, tentando abafar meus suspiros.

— Hã? — Quando reabri os olhos, vi que suas pupilas estavam verticais. Ele estava em estado de alerta máximo. *Ah, não!* Fui arrancada de maneira abrupta daquele mágico momento.

Novos sons de neve rangendo.

— Shhh! — Richard fez um gesto com o indicador de uma das mãos, enquanto com a outra ordenou que me deitasse na neve. — Aqui! — Apontou para que me acomodasse ao lado de um amontoado de troncos retorcidos. — Cubra-se com a manta e não se mexa em hipótese alguma — sussurrava, enquanto camuflava meu corpo com a neve fofa. Então ele se levantou e, como um animal que percebe a caça no ar, começou a farejar o lugar.

— Rick, não me deixe — pedi apavorada. Não podia imaginar ficar sozinha ali. Não naquele momento.

— Eu vou estar por perto. Fique tranquila — sussurrou e se afastou. Paralisada, eu o vi caminhar até a margem da floresta como um felino.

O tempo passou e não ouvi mais nada desde então. Richard desapareceu e foi substituído por um silêncio e frio angustiantes. Eu comecei a congelar. Tudo por ali começou a congelar. Queria pular para me aquecer, mas, como ele ordenou, não me mexi. Uma nova tempestade de neve desabou. E veio violenta. Imóvel, senti os flocos de gelo taparem meu nariz e boca. *Eu estava sufocando!* Desobedecendo à ordem de Richard, e quase em câmera lenta, limpei a neve do rosto e dei uma enorme tragada de ar. Berros nervosos fizeram meu coração pulsar desenfreado no peito. Eles vieram do lugar para onde Richard havia se dirigido. O que poderia estar acontecendo? Aflita, corri em direção à margem da floresta e levei um susto ao me deparar com um cavalo preso a um tronco congelado. Ele bufava nervosamente e arrastava uma das patas no chão. Passei por ele e, ao abrir caminho pela densa neblina, quase tombei ao identificar o motivo dos ruídos.

— Rick! — berrei ao vê-lo comprimir a coxa esquerda. Havia sangue em suas mãos. Meu coração veio à boca ao detectar poças de sangue crescendo ao redor dos corpos de dois homens caídos a poucos metros de onde ele estava. Uma discreta claridade azul-alaranjada surgia no horizonte. O sol de *Zyrk* espreguiçava-se de seu sono profundo e me permitia distinguir o vermelho vivo do sangue quente se espalhando rapidamente pela superfície branca e congelada próxima aos corpos. Identifiquei o brasão em seus braços: Thron. Richard havia matado dois homens do próprio clã para me proteger. *Pobre Rick! No que eu havia transformado a vida do homem que eu amava?* — Meu Deus!

— Está tudo bem. Foi só de raspão — explicou ele acelerado, balançando a cabeça de maneira inconformada. Olhei para o sangue que jorrava em abundância de sua coxa esquerda e vi que ele estava mentindo para me acalmar. — Eu sabia! Se algo der errado, juro que vou acabar com John por ter nos colocado nessa situação estúpida.

— Não diga isso, Rick. Foi o que ele pôde fazer, ele...

— Você ainda tem coragem de defender aquele m... Só um idiota para trazer você para cá! — trovejou enquanto limpava as mãos ensanguentadas na camisa rasgada. — Provavelmente vários grupos de soldados devem estar margeando Frya, Nina.

Ele levou as mãos à cabeça e, após um tempo de introspecção, disse com a voz sombria:

— Terei que alterar os planos.

CAPÍTULO 28

— Como assim?

Ele não me ouviu. Estava tenso demais.

— Está clareando mais cedo do que previ. Por sorte temos algum tempo de vantagem porque esse é o local mais próximo do portal. Vamos para lá agora mesmo. O cavalo veio bem a calhar — explicou agitado.

Uns discretos estalidos o fizeram fechar os olhos e inclinar a cabeça para trás e, como um felino selvagem, Richard parecia captar o cheiro de intrusos no ar. No instante seguinte ele estava rígido e os olhos abertos exibiam suas pupilas completamente verticais. *Ah, não!*

— Merda! — ele excomungou.

— O que houve?

— Homens. Muitos — explicou puxando-me acelerado para junto dele. — Não temos tempo para absolutamente mais nada. Preste atenção: eu vou distraí-los enquanto você foge.

— Não! — gemi apavorada. — Eu não vou sem você, Rick!

— Shhh! — Ele pousou os dedos em meus lábios e, apesar de suas pupilas terem retornado ao tamanho normal, não conseguiu camuflar o temor que o invadia. — Você vai montar naquele cavalo e cavalgar com a maior velocidade que conseguir em direção ao portal. Vai distingui-lo porque é uma pedra reluzente dentro do único rochedo dessa planície árida.

— Por favor!

— Não temos opção, Tesouro. — Ele segurou meu rosto com as duas mãos.

— Mas você disse que são muitos, Rick! — Eu me adiantei, aflita, esfregando as palmas de minhas mãos suadas no vestido. — Como vai se livrar de todos eles?

— Eu dou o meu jeito.

— Vem comigo — implorei e uma lágrima rolou por minha bochecha.

— Se eu for, eles vão me matar e você será capturada. Vou me proteger em Frya. Sou forte o bastante para resistir, eles não. Espero.

— Você estava quase morrendo de hipotermia quando me encontrou, droga!

— Mas eu te encontrei, minha linda — suspirou e, por um breve segundo, um sorriso cheio de ternura abrandou seu rosto febril. — Enfim — chacoalhou a cabeça —, vou entrar nessa floresta. Eles sentirão seu cheiro, pensarão que você é minha prisioneira e irão atrás de nós. Rogo a Tyron que isso te dê tempo suficiente para fugir.

Eu estava paralisada. *Nada era como eu pensava que haveria de ser, droga!* Sempre que alguma estratégia era desenhada, num piscar de olhos ela era apagada e um novo e assustador plano era traçado às pressas.

— Rick, por favor, vem comigo — pedi desolada. — Eu te amo.

— Shhh! Não faz isso comigo, Tesouro. — Seu olhar suplicante quase me nocauteou ali mesmo. — Me perdoa — sua voz saiu rouca e ele mirou a perna ferida. — Eu imploro que me perdoe... por tudo.

— O que está havendo, Rick? Você está me escondendo alguma coisa, não está? — Minha garganta estava fechando e a sensação é de que haviam jogado álcool em meus olhos de tanto que eles ardiam.

— Diz que me perdoa, Nina. Por favor?

Richard implorando? Céus!

— Eu te perdoo se você prometer que vai atrás de mim, que vamos ficar juntos assim que toda essa loucura acabar — ameacei, afastando-me para olhar bem dentro de seus olhos. Ele quis desviar o rosto, mas segurei seu queixo. Percebi o azul dos olhos escurecendo a ponto de ficarem negros. — O que foi, Rick?

— As pedras... não... não... — Ele segurou as pedras pingentes do meu cordão. Seus dedos tremiam. Tornou a inspirar e soltou desanimado: — Não se esqueça de friccioná-las ao sair pelo portal. Eu vou fazer tudo que estiver ao meu alcance, Tesouro — disse baixinho. — Vá, agora! Logo um mar de soldados estará aqui e eu não terei como proteger você. — Sua voz saiu fraca, arranhando um discreto choro. Foi o suficiente para que eu o abraçasse de forma tão desesperada como um náufrago ao encontrar uma tábua flutuando no mar. Ele retribuiu meu abraço de um jeito caloroso e demorado. — Eu — engasgou e me apertou com desespero, deixando sua respiração sair por entre mechas dos meus cabelos. — E-eu... — Ele parecia não ter forças para liberar as palavras aprisionadas e aquilo estava começando a me agoniar. — Eu também te amo, Tesouro.

Ele disse! Richard finalmente confessou que me amava!

— Ah, Rick! — Abri um sorriso maior que o mundo.

— Você arriscaria...? — Sua voz estava fraca. Ao levantar a cabeça, assustei-me com o que vi: as linhas de expressão de sua face estavam trituradas, deixando transparecer uma mistura de aflição e desespero. Desorientado, essa era a palavra correta. *O prático e determinado guerreiro havia perdido o rumo? Perdera-se dentro de sua própria batalha?*

— Hã? — Fiquei sem ar ao vê-lo tão atordoado.

— Mesmo sabendo que nunca poderíamos terminar essa história... *juntos*, que é um erro? — perguntou agitado, as pupilas vibrando. — Você realmente esperaria por mim? Esperaria mesmo sabendo que o que posso te oferecer é tão... tão *limitado*?

Ele percebeu meu estado de perturbação.

— Nina? Sinto muito, eu não quis...

— Não é questão de poder ou não, de certo ou errado, Rick — recuperei o raciocínio e, feliz, soltei sem respirar: — É apenas uma questão de escolha. E eu escolho você. Eu esperarei por você o tempo que for necessário!

— Mas sabe que...

— Tudo que você puder me dar me bastará! — Eu o interrompi, colocando meus dedos em seus lábios trêmulos.

No entanto, os dedos não permaneceram ali nem por um segundo sequer. Com a fisionomia restaurada e um olhar arrebatador, ele os afastou e, segurando meu rosto entre as mãos, se inclinou sobre mim. Sedenta e nervosa, sua boca se afundou na minha. O fogo estava de volta e eu queimava por dentro. Com Richard, a próxima vez conseguia ser sempre melhor que a anterior e eu sentia que estava ficando completamente viciada nele. Precisando cada vez mais de seu corpo me envolvendo e seus lábios me asfixiando para me sentir viva. Pressa, tensão, desejo ardente penetravam por minha pele e se infiltravam por dentro de minhas membranas, minando-as sem compaixão. Por um breve momento não havia a minha dimensão ou a dimensão dele. Tudo que existia era o nosso mundo, nossa paixão avassaladora.

— Nina? — Senti uns tapinhas em meu rosto quente. — Nina, você está bem? — Ele me sacudia preocupado. Eu sorri.

— Nunca estive melhor em minha vida — respondi ainda de olhos fechados. Ele estava preocupado em não sugar minha energia vital, mas mal sabia que era sua presença que me recarregava.

— Graças a Deus! — Ele suspirou aliviado enquanto tornava a me abraçar com vontade.

— Você disse Deus em vez de Tyron! Já é alguma coisa — brinquei enquanto reabria os olhos.

— Droga! — rosnou surpreso. — Já não consigo mais ser zirquiniano quando estou perto de você! A gente não podia ter perdido tanto tempo, Tesouro — reclamou olhando para o céu que clareava rapidamente. Já era dia. — Não posso te ajudar porque preciso me afastar agora. Vá! — explicou, apontando-me o animal. Eu gelei e ele percebeu. — Fique calma. Use troncos como calço para conseguir montar. Leve esta vara como chicote, mas não precisa bater para que ele acelere. Todo cavalo capta a essência do seu condutor. Mostre determinação nas palavras. Ele entenderá. Vá agora! — ordenou dando um rápido beijo em minha testa. — Tenho trabalho a fazer!

— Até logo, Rick — sussurrei e ele me lançou um sorriso triste em troca. Quando pisquei novamente ele já havia desaparecido através da muralha de gelo atrás de nós.

Mesmo sem compreender a emoção que se agigantava em meu peito, sabia que era hora de partir. Corri até o cavalo e agi exatamente como Richard me explicou: tentando fazer o menor barulho possível, levei minha montaria até um toco de árvore e consegui montar sem grandes dificuldades. O problema veio a seguir: o animal começou a andar lentamente, como se estivesse passeando, e em direção oposta à que eu deveria tomar. Eu falava com ele e nada. Quanto mais tentava colocar determinação em minhas palavras, mais o cavalo parecia me ignorar. Entrei em pânico à medida que começava a me afastar do meu objetivo e via o tempo ser desperdiçado estupidamente. *Aquele bicho era louco!* Ao contrário de todos os demais que fugiam daquele lugar macabro, meu cavalo parecia estar tentando cometer suicídio, cavalgando tranquilamente para dentro de Frya. A floresta, por sua vez, tornava a dar seus sinais de advertência lançando uma repentina nevasca sobre nós. Desesperada, desobedeci às ordens de Richard e dei batidinhas em seu dorso malhado. Sem efeito. Meu desespero se transformou em angústia e minhas mãos começaram a formigar. Aumentei a força das chicotadas. O bicho arregalou os olhos, reclamou num relinchar, mas acelerou. Senti um misto de pena e alívio com a sua reação. *Ótimo! Agora ele sabia quem estava no comando. Era apenas questão de colocá-lo na direção correta.* Joguei o braço ao ar e, quando estava prestes a acertá-lo novamente, ouvi o tilintar de espadas se chocando, xingamentos, urros de dor e berros de cólera. Meu coração veio à boca.

Cristo! Era Rick!

O animal me olhava, como se esperando uma nova ordem.

— Desculpe. — Eu me abaixei e sussurrei em sua orelha. — Não vou fazer isso novamente se você cooperar. — O cavalo inclinou levemente a cabeça e pareceu entender o que eu estava lhe dizendo. Eu sorri. — De acordo? — indaguei, sentindo-me poderosa e ao mesmo tempo um tantinho idiota. Para minha grata surpresa, ele virou a cabeça para mim e me "encarou" de maneira calma e profunda.

Uau! Ele havia entendido!

— Nós temos que ir para o portal, mas antes preciso que você me leve até o lugar de onde vêm esses sons. Não podemos ser vistos, entendeu?

O cavalo não acenou com a cabeça, como eu esperava, mas começou a trotar lentamente em direção ao lugar de onde os berros se originavam. Ele não fazia os caminhos mais fáceis e, por consequência, os mais prováveis de serem utilizados. Pelo contrário. Cuidadosamente os ladeava, embrenhando-se por áreas de difícil acesso, saltando sobre amontoados de neve, troncos e pedras de gelo. Ele era mais que esperto.

Paramos.

Camuflados atrás da vegetação congelada, tive que morder a língua para não soltar um berro de pavor com o que meus olhos acabavam de se deparar: vários homens mortos ou seriamente feridos caídos no chão, bem próximos de onde a luta prosseguia. A grande maioria dos corpos utilizava brasões de Storm, mas identifiquei outros dois com o brasão de Marmon. Visivelmente exausto e puxando o ar com dificuldade, Richard mancava. A mancha de sangue na coxa estava bem maior e ele apoiava o peso do próprio corpo apenas na perna direita enquanto bravamente lutava contra nove homens. Frya ajudava na sua luta porque, apesar do *exército de gelo* continuar seu ataque, ele parecia mirar principalmente os seus adversários, dando-lhe a chance de se aproveitar dos momentos em que estes últimos se distraíam ao serem seriamente atingidos pelos granizos afiados.

Ainda assim a luta era injusta! Contei os corpos abatidos: dez. Nem todos por Richard. Dezenove adversários! Mesmo com a ajuda de Frya, Richard não ia aguentar por muito tempo.

Senti o ar ser drenado dos meus pulmões, escapulir por minha boca e se congelar à minha frente. Quis desesperadamente avisá-lo quando avistei um dos homens caídos rastejar sorrateiramente em sua direção. Segurei meu grito ao vê-lo se aproveitar do fato de Richard estar concentrado na luta e agarrar a perna direita dele, fazendo-o desequilibrar e cair sobre a perna ferida. Richard emitiu um berro de dor e se arrastou para o lado, esforçando-se para se levantar rapidamente. Seu tombo o fez perder segundos preciosos e, no instante seguinte, já estava cercado. Traiçoeira, a floresta amaldiçoada interrompeu a nevasca por um momento. Na certa não queria obstáculos que pudessem atrapalhar seu prazer em assistir àquele covarde confronto prestes a acontecer. As pupilas de Richard trepidavam, prova incontestável do perigo iminente. Eu não podia deixar aquilo acontecer. Pulei do cavalo e, tremendo da cabeça aos pés, dei um passo à frente. Por entre as folhagens congeladas, vi Richard ser encurralado. Não havia como sobreviver. Dei outro passo e o cavalo fez um barulho estranho. *Seria ele capaz de sentir o cheiro da maldade exalando no ar? Estaria ele tentando me advertir sobre o perigo?* Eu precisava ajudar Richard e tinha que ser naquele momento. Se eu chamasse a atenção para mim, talvez os distraísse e lhe conferisse tempo para atacar seus adversários. *Dera certo com John no Saara.*

Meu corpo estremeceu quando o vi eliminar um dos homens, mas ser acertado de raspão nas costas. Fechei os olhos. *Não, Nina! Não, não, não! Volte! Você é a fraqueza dele, garota! Vá embora daqui! Monte naquele cavalo e corra para o portal! Não o deixe morrer em vão, sua estúpida!*, berrava a voz da minha consciência. Inútil tentativa. Eu ia desobedecê-la.

Antes de correr em sua direção e acabar com aquele sofrimento de uma vez por todas, olhei uma última vez para Richard. Mesmo muito machucado, ele ainda tinha a audácia de lançar um sorrisinho debochado para os adversários. *Cristo! Ele era corajoso demais!* Abri um sorriso de orelha a orelha, orgulhosa por amar e ser amada por um guerreiro valente como ele. Uma sensação de esperança me aqueceu e dei um passo para trás. Agora eu tinha certeza: Richard ia derrotar aqueles infelizes! Dei outro passo para trás, mas pisei num buraco, me desequilibrei e caí sentada.

Droga!

— O que tem lá? — Ainda caída, ouvi um dos homens berrar. Ele tinha sua espada apontada para Richard e olhava em direção ao lugar onde eu estava.

— Vá checar! — ordenou o que parecia ser o chefe deles para o que estava mais próximo de mim.

Levantei-me rapidamente e, ao fazer a varredura do lugar, não encontrei o cavalo. *Só me faltava essa! Ele havia se mandado!* Escutei o som de neve rangendo.

— É a híbrida!!! — O alerta foi dado e, antes mesmo que eu começasse a correr, senti uma mão segurar meu vestido com selvageria. Eu me virei e vi o sujeito salivando atrás de mim, olhos faiscando um desejo sedento e demoníaco.

— Me solta! — rugi e ouvi um berro de cólera ao longe. Era de Rick. O sujeito me puxou e segurou meu pescoço com força. — Arrrh! — Senti um solavanco e, quando dei por mim, o homem tinha os olhos arregalados e perdidos. Atordoada, pisquei com força e entendi o que acabara de acontecer: um punhal trespassara a nuca do infeliz, a ponta afiada no lugar do pomo-de-adão. Os membros frouxos ao lado do corpo e caiu retorcido aos meus pés. Reconheci aquele punhal. Ele pertencia a Richard.

— Pegue a garota, Esmil! — ordenou o chefe.

— Com prazer! — Foi a resposta berrada, mas, antes que o rapaz desse três passos em minha direção, vi Richard assumir sua assustadora fisionomia mortal. Com as pupilas completamente verticais e as feições deformadas por ódio avassalador, ele levantou as duas espadas. Rodopiando-as no ar com absurda rapidez, girou sobre o próprio eixo e se desvencilhou dos inimigos, que se esquivaram para se protegerem do ataque inesperado e furioso. Então Richard se jogou no chão e deslizando velozmente atingiu o joelho do inimigo com a lâmina de uma de suas espadas. A amputação fez o homem urrar e, em câmera lenta, o gigantesco Esmil contra-atacou, lançando uma adaga negra em direção ao rosto de Richard que tentava ficar de pé.

— Nããão! — Richard berrou. Levei as mãos à boca para segurar meu coração que ameaçou se jogar e correr em sua direção, mas, quando meus sentidos conseguiram captar novamente a velocidade dos movimentos, entendi que o berro de Rick não havia sido de dor, mas sim de ira. A adaga negra atingiu um tronco caído ao lado do rosto de Richard, que agiu com tanta destreza que foi capaz de sacá-la e revidar o ataque. Num movimento contínuo, ele fincou a espada menor na neve, retirou a adaga do tronco e lançou-a de volta contra Esmil. A lâmina o perfurou entre os olhos e o inimigo, enfim, desabou. Olhei para Rick e ele tinha o pescoço coberto de sangue. Seu incrível reflexo o tinha salvado e a adaga de seu inimigo havia apenas passado de raspão por sua orelha.

Em fração de segundo e aproveitando-se do momento de hesitação e choque dos adversários, Richard alcançou novamente a espada e me fulminou com seu olhar felino. Suas feições não omitiam o que ele estava sentindo: raiva. Ele estava uma fera comigo. *Droga! Eu havia arruinado tudo e sabia disso.*

— Rick, me desculpe, eu... — comecei a balbuciar.

— Quieta, Nina!

— Rick? Nina? Estão tão íntimos assim? — O chefe, um homem lotado de piercings no rosto, soltou uma gargalhada forçada. — Então o boato era verdadeiro. A vadia híbrida e o desertor estão...

Eu pensei que Richard já havia alcançado sua cólera máxima, mas então, ao ouvir a palavra *vadia*, seus olhos se contraíram, seus pelos se eriçaram e ele arqueou o corpo como um guepardo prestes a dar o bote. Antes de atacar, piscou para mim e balbuciou com a voz grave:

— Vou acabar com eles de uma vez por todas. Não saia daqui.

E foi o que ele fez. Com uma velocidade absurda, partiu sem hesitar para cima dos cinco que ainda restavam — afinal Frya também tinha seu próprio *exército* — como se aquele confronto fosse a coisa mais banal que pudesse existir. Chegava a assustar a facilidade com que Richard ia eliminando seus inimigos. Senti uma pontada de alívio quando vi o corpo do terceiro homem tombar no chão. Agora restava apenas o chefe e um soldado franzino, ambos visivelmente acuados. Richard se preparava para o xeque-mate...

Então tudo aconteceu.

De novo.

Eu senti o calafrio rodopiar como um ciclone dentro do meu corpo e se espalhar por minha pele, arrepiando-me da cabeça aos pés. Uma respiração fria e venenosa me atingia pelas costas. Tentei me virar, mas a ponta afiada de um punhal tocou a pele do meu pescoço e me impediu.

— Acabou, Richard! A híbrida é minha. — A frase de Kevin fez Richard congelar. Com as espadas apontadas para seus inimigos, ele virou o rosto sem cor em nossa direção. — Como é que dizem os humanos mesmo?... Ah, sim! — Kevin fingiu se recordar, falando animadamente com os cinco capangas que lhe davam cobertura. — Quem ri por último, ri melhor, os últimos serão os primeiros, blá-blá-blá. Nesse quesito tenho que dar crédito a essa raça inferior. Eles sabem fazer ótimos ditados. — Kevin gargalhou. — Solte suas armas.

Richard achou graça, mas não conseguia esconder a tensão que o tomava esculpida nos vincos de sua testa. Agora eram sete contra um. Frya acabava de abater o franzino com um corte profundo no pescoço.

— Largue as espadas — tornou Kevin a ordenar.

— Você não vai matar a híbrida. — Richard balançava a cabeça e começou a se aproximar lentamente de nós. Ele tentava parecer calmo, mas suas pupilas o traíam. — Burro eu sei que você não é, Kevin.

— Grato pelo elogio. — A víbora parecia não se importar com a aproximação de Richard. Na certa já havia analisado seu estado deplorável e acreditava que seus homens o aniquilariam com facilidade. — Mas elogios não te livrarão do *Vértice*! Pensou que conseguiria se safar se ficasse com a híbrida?

Pegando a todos de surpresa, Richard abaixou a cabeça e começou a rir. De início era um riso baixo, mas logo a seguir ele foi crescendo e acabou se transformando numa sonora gargalhada. *Céus! O que estava acontecendo com ele?*

Sob a ponta afiada daquele punhal, eu permanecia atordoada com o desenrolar dos fatos. Kevin e seus homens estavam paralisados, completamente perdidos diante da impensável reação do adversário. Richard não parava de gargalhar. Um minuto. Dois. Vinte respirações entrecortadas. Em uma fração centesimal de segundo compreendi o que acontecia ao meu redor: Rick arrumava um meio de se aproximar ainda mais de nós, pois percebeu que o punhal de Kevin já não pressionava meu pescoço. Tudo levava a crer que Kevin não me queria morta senão já teria me eliminado. Na certa ele precisava de mim como moeda de troca, mas Kevin era um covarde antes de tudo. E, como eu sempre soube, covardes nunca arriscam a própria vida. Nunca.

Zap! O *exército de gelo* fez mais uma vítima. Um dos guerreiros de Kevin foi alvejado no olho por uma fina e comprida estalactite. Convulsionou por uns segundos e... já era. Agora eram seis homens no total.

Em meio à gargalhada enlouquecida de Richard, aguardei até que suas pedras azul-turquesa encontrassem com os meus ávidos olhos castanho-claros. Sorri discretamente, fiz um gesto sutil indicando que ia agir e vi as pupilas dele tremerem em resposta. *Ele havia entendido!* Então tudo aconteceu em flashes: eu dei um solavanco e me abaixei —John, com suas aulas e técnicas, estava indiretamente me salvando mais uma vez—, livrando minha cabeça do alcance da lâmina. Kevin se desequilibrou, Richard aproveitou o instante de distração do adversário e voou como um bicho para cima de nós, meu corpo foi lançado a uma enorme distância e Richard caiu sobre Kevin. Bati com a cabeça no chão e vi tudo girar. Quando minha visão se restabeleceu, Richard estava de pé e, apontando uma das espadas para o pescoço de Kevin, imobilizava-o no chão. O rosto do resgatador de Marmon se encharcou de suor e pavor em meio ao gelo. Senti nova fisgada. *Droga!* Tentei reagir, mas um dos asseclas de Kevin, o cheio de piercings que ficara como chefe do grupo, agarrava-me com estupidez pelo cabelo e passava o punhal na minha pele. Senti uma ardência e gemi.

— Se machucar a híbrida outra vez, você morrerá antes de Kevin, Ivan — Richard o advertiu num rugido. — E com requintes de crueldade.

— Eu não tenho medo de você! — Ivan o enfrentava.

— Se quiser que Kevin viva, solte a garota agora! — Richard tornou a comandar.

— Solte a híbrida, Ivan! — ordenou o covarde do Kevin.

— Não! — reagiu o sujeito dos mil piercings.

— Solte a híbrida ou ele morre. — Richard começava a perder a paciência.

— Obedeça, Ivan!

— Não! Não vê que é isso que ele quer, Kev! Se soltarmos a vadia ele nos atacará na mesma hora! Eu prefiro matá-la! — Tomado pelos nervos, Ivan estava perdendo a lucidez. Richard percebeu a gravidade da situação. Aquele sujeito desequilibrado poderia enfiar o punhal em meu pescoço a qualquer instante.

— Solte ela e Kevin vive. Faremos uma luta limpa. Eu contra todos — Richard tentava barganhar.

— Perfeito — disse Kevin num jorro de alívio. — Solte a garota, Ivan!

— Não, Kev!

— Obedeça, infeliz! — Kevin bradava.

— Você tem cinco segundos antes de seu líder morrer, Ivan. — As feições de Richard começaram a se modificar. — Cinco. Quatro...

— É uma ordem, soldado! — Havia pânico na voz de Kevin.

— Três.

— Não! — O homem tremia e tornou a me tocar com a lâmina do punhal. — Você precisa saber de um fato importante, Kev!

— Dois! — Richard bramiu e levantou a espada no ar. Ele iria decapitá-lo!

— Me obedeça, Ivan! — Kevin fechou os olhos e soltou um berro que era uma mistura de choro e gemido.

— Se matar meu líder, a híbrida morre na mesma hora. Estou falando sério! — ameaçou Ivan, tornando a passar o punhal afiado em meu pescoço.

— Ai! — gemi com a nova fisgada e a espada de Richard flutuou no ar, paralisada.

— Se tentar me matar, Trevor terminará o serviço — acrescentou Ivan chamando um colega para perto de mim. — Aponte sua espada para ela também e, se ele correr em nossa direção, corte a cabeça da vadia antes mesmo de se defender. Fui claro? — ordenou ao colega.

O tal do Trevor plantou-se atrás de mim, segurando sua espada com ambas as mãos, em posição de ataque. Kevin reabriu os olhos, atordoado. Richard contraiu os dele.

— Eu sabia! — O tal do Ivan se vangloriava. — Era isso que eu queria demostrar, Kev! Richard se importa com ela.

Os olhos da víbora se arregalaram e agora faiscavam, excitados.

— Exponha o pescoço dela novamente, Ivan! — bradou Kevin.

Perdi o ar e vi Richard tornar a abrir os olhos, as pupilas completamente felinas agora. Sua espada ainda estava parada no ar.

O capanga ficou desorientado por um instante, mas, assim que compreendeu a ordem, não conteve o sorriso de satisfação. Eu tentei me soltar, mas Trevor me impediu, afundando a espada nas minhas costas. Ivan inclinou minha cabeça para trás, puxando-me pelo cabelo, e levantou o punhal a alguma distância.

— Mata ela!!! — Kevin comandou com um sorriso incerto nos lábios e uma sobrancelha arqueada.

— Com prazer, Kev. — Ivan me olhou com ódio e aprumou o punhal na mão.

— Não! — A voz de Richard saiu trôpega.

— Espere, Ivan! — ordenou Kevin, ainda sob a sombra da espada de Richard. Ivan diminuiu a tensão em meus cabelos e empurrou minha cabeça de volta a seu lugar. — Então você se preocupa mesmo com ela? — As pupilas de Kevin vibravam. — Largue suas armas e eu permitirei que a híbrida viva, Richard.

A expressão de falso triunfo no rosto de Kevin não deixava dúvidas: ele morria de medo de ser decapitado pela lâmina de Richard assim que meu corpo tombasse sem vida nos braços de Ivan. Mas Kevin sabia jogar e seu blefe foi perfeito.

— Larga. As. Espadas! — tornou a comandar para um Richard completamente atordoado. Ele olhou para mim por um instante, o olhar triste, quase perdido. *Oh, não!* Uma enxurrada de compreensão. As frases de Guimlel sendo berradas em um alto-falante dentro de minha cabeça. Seus temores se confirmando: eu me tornara o ponto fraco de Richard e agora seus inimigos se aproveitariam disso. Por amor a mim, o maior guerreiro de *Zyrk* ia perder a vida. Aflita, olhei bem dentro dos seus olhos e comecei a balançar a cabeça. Ele desviou o olhar de mim.

— NÃO! — berrei, por fim. — Rick, não! Eles vão te matar!

Uma das espadas de Richard, a mesma que ele havia recuperado, escorregou da sua mão e caiu ao lado de Kevin. Como a outra estava encostada em seu pescoço, a víbora não ameaçou se mexer.

— Não, Rick! — implorei em desespero. Ele fingia não me escutar e encarava Kevin com a fisionomia taciturna. — Rick, não! Por favor, não faça isso! Por favor!

Um choro fino. Foi o que tive a sensação de escutar quando a segunda espada se desprendeu das mãos do seu dono e tombou combalida no chão. No instante seguinte ela já estava nas garras asquerosas de Kevin, que se levantou num rompante, levando-a junto consigo para um ataque contra Richard. Rick foi rápido e, jogando o corpo para trás, conseguiu se desviar da lâmina afiada da própria arma. Agora eram cinco guerreiros armados contra um desarmado. *Zap! Zap! Zap!* Três lâminas de gelo voaram, ferindo um e matando outro. Cinco.

— Fique com a híbrida, Ivan! Quero que ela assista o que vai acontecer com seu suspeito protetor. *Suspeito? O que ele queria dizer com aquilo?* — Os demais para cá! — comandou Kevin para os três sobreviventes. — Devagar — ordenou gesticulando como um maestro. — Vamos saborear. Preciso sentir o cheiro da vitória e do sangue no ar. — O resgatador de Marmon salivava com prazer demoníaco.

Mesmo Richard estando completamente desarmado, seus adversários não partiram de imediato para o ataque. Os quatro o cercaram e começaram a minar seu corpo e suas forças, acertando propositadamente golpes de raspão em seus braços, pernas, costas e peitoral. Exausto e sem ter por onde escapar, toda vez que Richard avançava sobre um deles este recuava e os outros três o acertavam covardemente por trás. *Era esse o showzinho macabro que Kevin queria que eu assistisse?* Cada ferida que eles causavam no corpo de Richard gerava fisgadas lancinantes na minha própria pele. Vê-lo ter seu corpo e espírito cruelmente torturados era demais para mim. Rick começava a dar sinais de que não aguentaria por muito tempo. Completamente ferido, seus movimentos estavam cada vez mais lentos e desencontrados. Paralisada pelo pânico, fui abatida por uma dor terrível que se espalhou pelas minhas entranhas e dilacerou-me a alma. Meu corpo queimava e minhas mãos ardiam. Captei três ruídos em sequência. Os dois primeiros me fizeram despertar daquele terrível transe, o terceiro me resgatou da minha vergonhosa apatia. Olhei por cima do ombro ao escutar um relinchar conhecido, mas rapidamente meus sentidos foram puxados de volta para a luta, ou melhor, para o som do ar sendo rasgado pelo voo impiedoso de uma adaga traiçoeira. O terceiro som esfacelou minha fé e fez meu coração sangrar.

— Arrrh! — Richard soltou um gemido de dor agonizante que me rasgou por dentro. Com o rosto crispado de dor, levou as mãos à perna sã e tombou arruinado no chão, afundando parte do corpo na neve fofa. A adaga havia trespassado sua coxa ilesa. A luta havia acabado. Rick parecia saber disso e, abaixando a cabeça, deixou os braços tombarem ao lado do corpo. Seu peitoral subia e descia com absurda rapidez, comprovando a tensão do momento. *Jesus! Ele havia se entregado.* Ivan aplaudia, emitindo risinhos de delírio ao meu lado. Pregos em brasa eram enfiados à força em minha garganta. Eu estava sufocando.

Não, Rick! Por favor, não desista! Você não pode se entregar! Não, Rick!
Descontrolada, senti minhas mãos em chamas e não consegui encontrar meus berros ao presenciar Kevin se aproveitar do momento de fraqueza de Richard e crescer sobre ele. A espada empunhada na direção de seu pescoço deixava claro seu intento: ele queria decapitá-lo assim como Richard ameaçou fazer com ele. *Eu precisava agir!*

— NÃO! — Meu berro de dor forçou passagem e abriu caminho, achando uma saída por entre as mordaças de anestesia que envolviam meu espírito esfacelado. Ele foi tão alto que reverberou por todo o lugar e poderia jurar que aconteceu em sincronia com a violenta nevasca que se abateu instantaneamente sobre nós.

— Demônio!!! — Ivan berrou e largou a espada quando, ao tentar me desvencilhar dele, arranquei-lhe o polegar com uma mordida alucinada. Desesperado, levou a mão ao rosto e se contorceu sobre o próprio corpo. Tomada por cólera extrema, no instante seguinte eu cravava aquela mesma espada em seu abdome. Ele urrou mais uma vez e caiu morto ao meu lado. Os demais soldados estavam catatônicos. Kevin havia congelado e Richard me encarava com seus lindos olhos azuis arregalados. Escutei o cavalo relinchar novamente e sorri.

— Você me quer, Kevin? — Tomada por uma força sem precedentes, enfrentei-o com sarcasmo e assoviei alto. No segundo seguinte o cavalo malhado parava ao meu lado e eu me jogava com um impulso extraordinário sobre ele. — Sugiro que pare o que está fazendo e venha me pegar! — Abri um sorrisinho mordaz. — Para o portal! — bradei e meu animal entendeu perfeitamente, relinchando alto e saindo acelerado dali.

— Capturem ela! — Foi o berro de Kevin que deixei para trás.

Agora, era tudo ou nada!

CAPÍTULO 29

Pedindo a Deus que Kevin tivesse desistido de matar Richard para vir atrás de mim, comecei a cavalgar alucinadamente em direção ao portal. Com o sol escondido atrás de nuvens pesadas, o dia acordara de luto. Nebuloso demais. Cinza demais. Como meu coração. Rechacei qualquer pensamento negativo de minha mente e, inclinando meu corpo sobre o animal, envolvi seu largo pescoço em um abraço agoniado.

— Obrigada — disse perto de sua orelha. Assumi o discreto tremor na musculatura dele como um "de nada". Olhei para trás de relance e vi que estava sendo seguida por quatro cavaleiros. Pareciam cavalgar mais rápido do que eu. Vasculhei o horizonte e detectei, ao longe, outro grupo de soldados nos perseguindo. Arcos apontados em nossa direção me fizeram estremecer. — Mais rápido! — berrei para o meu animal, mas o coitado já estava dando o seu máximo. — Acelera! Voa!!! — O pobre do cavalo se esforçava, mas não era o suficiente. Não precisava checar para sentir a aproximação de meus inimigos. A certeza que me invadiu era de que eles não queriam arriscar me ferir mortalmente, pois senão já teriam me acertado com suas flechas. Eles desejavam me capturar e isso parecia muito pior do que morrer.

Perdida em meus martírios, finalmente notei o enorme rochedo que crescia rapidamente à minha frente. Uma pedra destacava-se dentro dele e reluzia para mim. *O portal!*

Um relinchar alto e meu cavalo empinou nas patas traseiras. Uma flecha o havia acertado de raspão e ele estava assustado. *Teriam mudado de ideia e resolvido me matar de uma vez por todas?*

— Ôôôô! — berrei apavorada, segurando-me em sua crina para não cair. Meu animal continuava nervoso. — Calma, amigão.

Agitado, ele recuperou o fôlego e tornou a cavalgar em velocidade máxima. O número de flechas que nos ladeavam aumentou exponencialmente à medida que nos aproximávamos do portal. Meu cavalo continuava nervosíssimo. Foi quando percebi o que estava acontecendo. *Malditos! Era por isso que as flechadas eram sempre baixas! Eles queriam acertá-lo e não a mim. Queriam me impedir de alcançar meu objetivo.* Nova rajada de vento. Essa veio mais forte que as demais. A flecha passou raspando pela cabeça do animal. Olhei para a frente e vi o portal a uma pequena distância.

— Pare! — comandei, puxando sua crina. O animal bufou e freou bruscamente. Pulei de cima dele. — Não vou permitir que te matem também. — O cavalo me fitava com seus olhos grandes e assustados. Havia um brilho diferente neles: uma mistura de incompreensão e agradecimento. — Adeus, amigo. Obrigada por tudo.

As flechadas cessaram, dando-me oportunidade de acariciar de leve seu focinho antes de sair desabalada em direção ao salvador portal. Corri como nunca antes na vida. Meus cabelos se embrenhavam no rosto suado e me atrapalhavam. Os sons dos cascos dos cavalos dos meus inimigos ficavam cada vez mais audíveis. Seus berros também. Com o coração tamborilando, cheguei à base do rochedo. O portal reluzia um pouco mais acima. *Céus! Teria que escalar duas sequências de pedras desniveladas até chegar a ele!* Sem olhar para trás, comecei minha jornada de vida ou morte. Para minha surpresa, venci o primeiro nível sem grandes dificuldades. Faltava pouco. Avancei confiante pela segunda sequência de rochas e vi o portal crescer, admirável e poderoso, à minha frente. De repente meu corpo reduziu o ritmo. Eu deveria correr, mas minhas pernas caminhavam para o portal como quem marcha para a forca. Por mais que fizesse força contra, meus pesados pés arrastavam-se, como se tivesse chumbo nas sandálias de couro, como se uma energia trabalhasse em sentido contrário ao rumo que eu havia tomado. Rechacei aquela ideia da cabeça e, a cada passo dado sem olhar para trás, convencia-me de que tudo ficaria bem e que havia tomado a decisão correta. Que, de fato, eu devia voltar para o lugar a que pertencia, minha velha e conhecida dimensão, que Richard era forte e sobreviveria, que ele arrumaria um jeito e viria atrás de mim. Podia sentir uma brisa quente e agradável vindo daquele amontoado de pedras resplandecentes. *Seria o vento do Saara dando boas-vindas?* Cinco passos da entrada. Quatro. Três. Dois...

— Se der mais um passo ele morre, híbrida! — O grito me congelou e uma corrente polar percorreu minhas veias gerando calafrios. Os piores que já havia sentido. Não precisava me virar para saber quem me ameaçava.

Kevin.

— Vá agora, Nina! Arrrh! — Um apavorante ganido de dor.

— Richard! — gritei ao vê-lo de joelhos, com os olhos contraídos e maxilares trincados. Ele não tinha condições de ficar em pé. Três homens o imobilizavam, puxando violentamente seus braços para trás. Uma ferida em seu ombro jorrava sangue.

A ficha caiu: eles demoraram a me alcançar porque traziam ninguém menos que Richard. Ele era a moeda de troca de Kevin. *Crápula!* Ele o usaria para me chantagear, assim como havia feito com Richard em relação a mim.

— Se quiser que ele viva, venha cá, híbrida — ameaçou Kevin. Ele obtivera reforços e agora liderava um grupo bem maior, uns vinte homens talvez.

— Ele vai me matar de qualquer forma, Nina. Fuja! — Richard bradou nervoso, suas pupilas tão finas quanto um fio de cabelo. — Arrrh! — tornou a gemer quando Kevin chutou violentamente sua perna ferida e, curvando-se de dor sobre o próprio corpo, Rick caiu com a testa de encontro ao chão.

— Ele viverá se você voltar — rebateu Kevin, a voz ofídica, perigosa. — Dou minha palavra.

— Você não tem palavra.

— Fique então com o benefício da dúvida. — Abriu um sorriso ilegível. — Mas saiba que ele morre no mesmo instante que você atravessar o portal.

O pavor secou minhas lágrimas e paralisou meu raciocínio. *Cristo! O que fazer? Se eu fosse embora, Richard seria assassinado?*

— Está bem — murmurei dando um passo em direção a Kevin e seu grupo.

— Não! — Richard conseguiu forças para um último grito de advertência.

Um dos comparsas do crápula puxou a cabeça de Richard pelos cabelos para que Kevin pudesse lhe acertar uma sequência de socos. Uma ferida abriu em seu supercílio e mais sangue jorrou pelo seu rosto lindo.

— Chega! Vou acabar com ele agora! — bradou Kevin, sacando um punhal da cintura.

— Não! — implorei em pânico.

— Soltem-no! Quem vai matar o traidor sou eu! — trovejou uma voz imponente vinda de outro grupo, escondido pelo grande rochedo, que se aproximava. Senti novo aperto no peito.

Shakur.

Ele vinha à frente de um pelotão fortemente armado. Vestidos de negro como o líder, Shakur trazia consigo o triplo de homens que Kevin possuía. A visão daquela figura montada sobre seu cavalo negro era assustadora. Os soldados de Kevin recuaram e minhas pernas cambalearam. Meus olhos estavam perdidos, dançando preocupadamente entre o punhal na mão de Kevin, a máscara negra de Shakur e a cabeça de Richard tombada sobre o pescoço.

— Fique onde está — advertiu Kevin, mas Shakur não se intimidou. Sua presença ali era a prova contundente da severidade da situação.

— Liberte-o, seu desprezível — tornou a ordenar Shakur. — Do contrário, você vai acabar pagando pela dívida de outro. Se me tirar esse prazer, garoto, você e seus homens serão reduzidos a pó.

— Nunca! — retrucou a víbora. Ele tornou a levantar a cabeça combalida de Richard e, pondo-se atrás dele, posicionou a lâmina afiada de seu punhal no pescoço do adversário. — Venha para cá, híbrida! — rugiu para mim.

— É meu último aviso, resgatador — ameaçou um feroz Shakur.

— É melhor ficar onde está, mascarado. Você não tem a arma que eu possuo — alertou com ar triunfante, exalando seu usual veneno.

O que aquele monstro queria dizer com aquilo?

Shakur soltou uma sonora gargalhada, e, nesse momento, detectei Richard abrir lentamente os olhos azul-turquesa e movimentar os lábios em mímica. Não era mais uma ordem, como costumava fazer, mas um pedido desesperado, quase me implorando: *fuja, por favor!*

Com o coração sangrando mais que o corpo do meu amado, finalmente concordei. Minha presença de nada adiantaria ali. Eu sabia. Ele sabia.

Vagarosamente dei um passo para trás em direção ao portal. Nenhum dos grupos percebeu, de tão concentrados que estavam entre si, imersos na tensão perturbadora que antecede uma batalha. Dei um segundo e um terceiro passo, que também passaram despercebidos. Richard assentia em mímica, seus olhos atentos emitiam um discreto brilho de satisfação.

Só mais um passo...

— Espere, híbrida! Você não reconhece esse cordão? — indagou Kevin, estendendo uma das mãos na minha direção e deixando claro que não estava tão distraído assim.

Travei.

Ah, não! Ele havia encontrado meu amado amuleto da sorte.

— Basta! Você pediu, Kevin — Shakur sacou a fulgurante espada negra da cintura.

— E que tal esse cabelo? — insistiu Kevin, levantando o outro braço. Ele segurava uma mecha de cabelos com as pontas dos dedos e a exibia como um troféu. Exultante, a víbora encarou o líder de negro por um momento e depois se voltou para mim.

A espada de Shakur paralisou no ar. Meu corpo tremeu da cabeça aos pés. Richard franziu a testa e dizia *Não! Não! Não!*, em mímica ao me ver titubear.

— Tem ideia de quem seja, Nina? — provocou Kevin, reprimindo um sorriso.

Minhas pernas quase dobraram de emoção e meu coração veio à boca. *Aquilo era algum truque? Não podia ser verdade...*

— E essa fotografia? Por acaso a reconhece? — Kevin vibrava com o próprio show. Ele abandonou a posição e, fazendo sinal para que seus homens continuassem a imobilizar Richard, mostrou rapidamente a foto para Shakur, que pareceu ficar em choque. Em seguida, veio na minha direção. Os olhos de Richard se fecharam e, sem esboçar a menor reação, seus ombros tombaram. Sua atitude me fez perder o chão.

Como assim? Ele não precisou olhar? Já sabia do que se tratava?

De onde eu estava não dava para enxergar o retrato que Kevin exibia na outra mão. Os homens ao redor pareciam tão atordoados quanto eu, e a metade exposta da face de Shakur havia perdido a cor, como se ele tivesse visto um fantasma. O líder de Thron estava petrificado.

— Olhe com seus próprios olhos, híbrida — Kevin continuava a se aproximar, escalando lentamente o caminho de pedras, como se tivesse medo de alguma atitude inesperada da minha parte. Meu coração dava pancadas frenéticas contra o peito. O calafrio subira todos os patamares suportáveis e meu corpo não mais tremia, era chacoalhado com violência.

— O que... O que está acontecendo? — zonza, dei um passo em falso para trás e senti o sopro ardente que exalava do portal acertando minha nuca gelada. Ciente do meu estado perturbado, Kevin levantou as mãos e pediu que eu me acalmasse. *Por que ele parecia temer que eu atravessasse o portal?*

— Seu *protetor* não lhe contou? Ele escondeu isso de você?

— O que... O que Richard não me contou? — indaguei sem forças, sentindo meu corpo inclinar para trás. Meus náufragos olhos procuraram pelas ilhas azul-turquesa, mas elas haviam afundado e me levado junto consigo. De cabeça baixa, Richard afogava todas as minhas certezas.

— Shhh! Calma. Não se mexa — Kevin insistia num falso sussurro. — Não vou me aproximar de você, ok? Deixo a fotografia aqui e me afasto.

— Eu não... Eu não... — Atordoada, sentia o vento quente do Saara me envolver sedutoramente e oferecer seus braços a meu corpo e alma desamparados.

— Aqui. — Kevin se abaixou e depositou a mecha de cabelo junto com um pedaço de papel na depressão de uma pedra a uns três metros de distância de onde eu estava. O vento parou e o dia pareceu desbotar ainda mais. A atmosfera estava mais cinza e mórbida do que nunca. — Veja com seus próprios olhos, híbrida — pediu e se afastou.

Meus pés começaram a se arrastar por conta própria. Não havia cérebro naquele instante que pudesse comandá-los. Um estranho magnetismo puxava meu corpo ao encontro daquilo que parecia ser a explicação da cena dantesca: Kevin exultante, Shakur paralisado num semblante de dor e perturbação, os soldados tensos, e Richard dobrado sobre o próprio corpo. Rechacei a ideia, mas algo dentro de mim afirmava que o que ele tinha sobre os ombros curvados não era apenas sofrimento gerado pelas terríveis feridas.

Senti novo aperto no peito. *Não, Rick! Diga que não me traiu novamente. Por favor, não faça isso comigo.*

— Richard? — No meio do caminho parei, hesitante, e, sem conseguir segurar a palpitação enlouquecida no meu peito, berrei por ele: — Richard, por favor, olhe para mim! O que está acontecendo?

Kevin soltou uma risada prazerosa e ordenou:

— Levantem a cabeça desse infeliz e façam-no responder!

Os homens tornaram a envergar a cabeça dele para trás, puxando-a pelos cabelos sujos de suor e sangue. Destroçada. Essa era a imagem do meu nobre guerreiro. Richard mal conseguia manter a cabeça erguida e os olhos semiabertos fizeram questão de fugir dos meus.

— Rick, por favor? O que está acontecendo? — implorei sem conseguir segurar as lágrimas que rolavam por minha face.

Sem resposta.

— Eu vou acreditar em você. Por favor, diga que tudo isso não passa de uma grande armadilha. Diga, Rick, e eu não vou sequer olhar essa fotografia e partirei para a segunda dimensão agora mesmo. — Minha voz saía entre soluços. O ar estava estático e tão pesado quanto tudo por ali. Richard finalmente se virou em minha direção, deixando que nossos olhares febris se encontrassem por um mísero segundo. No instante seguinte vi o azul-turquesa ficar negro. Ele tinha a fisionomia mortal ao mirar Kevin.

— Eu. Vou. Matar. Você! — Com a voz rouca, Richard fez questão de destacar cada palavra.

— Só se nos encontrarmos no *Vértice*, porque em *Zyrk* suas chances se esgotaram, camarada — rebateu Kevin achando graça da situação.

Senti um soco na boca do estômago. *Culpa!* Aquela reação de Richard era uma confissão de culpa. *Mas do quê?*

— Veja com seus próprios olhos, Nina. — Kevin me seduzia e, sentindo que seria estraçalhada com o que veria em seguida, estava difícil demais conseguir dar aqueles passos finais.

Chega, Nina! Deixe toda essa loucura para trás e se mande daqui!

Mas a energia pulsante que crescia em minhas veias não me permitia recuar, convencia-me de que eu precisava ver o que estava causando tamanha comoção entre eles. Poderosa e instigante, ela venceu. Trêmula e em câmera lenta, aproximei-me daquilo que Kevin havia depositado na ranhura da pedra. O pedaço de papel foi tomando forma. De fato, era uma fotografia. Cheguei mais perto. O retrato foi começando a ganhar definição. Nova descarga de adrenalina. Algo em mim dizia que eu o conhecia. A mecha de cabelo ao seu lado... *Cabelos negros encaracolados? Cristo! Aquela mecha de cabelo pertencia a... minha mãe? Como o cabelo de Stela estava ali se nada da segunda dimensão poderia entrar em* Zyrk?

Olhei para Kevin e seus olhos faiscavam uma excitação demoníaca. *Como assim? O crápula a havia matado e cortara uma mecha do seu cabelo só para me torturar? O que ele ganharia com isso que pudesse deixar todos ao meu redor tão desorientados quanto eu?* Aquela atitude não tinha lógica, nada fazia o menor sentido. Levada pela emoção, apanhei o retrato com meus dedos trêmulos. A resposta ardia na palma de minha mão, mas eu ainda não tinha coragem de olhar. Uma batalha sangrenta era desenvolvida por dois sentimentos em meu peito: medo e curiosidade. Medo de ver o que não gostaria, medo de sepultar definitivamente meu passado e aniquilar meu futuro, medo de me ver na pele de uma garota condenada a uma terrível maldição.

Se não enfrentasse aquele pedaço de papel, talvez não sofresse tanto, talvez conseguisse reerguer minha nova vida sobre as ruínas do meu passado... Mas como passaria incólume ao fantasma daquele retrato em minha mente? Com certeza ele me assombraria pelo resto de meus dias. No fundo, eu sabia que aquela atitude nada mais seria do que um anestésico a curto prazo, uma fuga provisória. Estaria disposta a viver com a sombra da covardia me seguindo aonde quer que eu fosse?

Não! Eu ia enfrentá-lo!

Esfreguei meus dedos pelo papel de textura lisa e senti uma onda de calor se espalhar pelo meu corpo. Uma energia quente pulsava dele para minha pele. Levei-o até bem perto do meu rosto, fechei os olhos e puxei o ar com força. No instante seguinte eu encarava a foto como um viciado em período de abstinência ao ver seu objeto de vício por trás de uma parede de vidro blindado. Minha boca secou, perdi a respiração e vi meu mundo girar. Zonza e sem forças, caí de joelhos no chão e comecei a chorar. Um choro compulsivo, profundo, dilacerante.

Um uivo de cólera e amargura me atingiu: Richard. Naquele momento nem seu berro conseguiria transpor a bolha de sofrimento que me envolvia, deixando-me alheia a tudo ao meu redor e curvada sobre o meu próprio corpo.

Tremendo incessantemente, tornei a examinar a fotografia.

Era uma foto minha entre meus três ou quatro anos de idade sentada no colo de uma sorridente Stela. Sua bela fisionomia ainda não havia sido afetada pelas rugas da angústia que carregara durante toda a nossa vida de fugitivas. Atrás de nós, um homem forte, moreno, de olhos azuis brilhantes sorria um sorriso de tirar o fôlego de tão bonito. Ele parecia tão feliz quanto ela e tinha os braços musculosos envolvendo nós duas num abraço cheio de ternura e felicidade.

Aquele homem não... Aquele homem não era o meu pai!

Eu não era em nada parecida com ele. Eu vi Wangor, meu avô, e reconheci minhas características físicas nele. Nossos cabelos castanhos, nossa pele clara, nossos traços longilíneos em nada se assemelhavam aos daquele homem corpulento e bronzeado da foto. *Quem era aquele sujeito, afinal de contas?* Senti meu estômago nausear e uma tontura ameaçar me dominar.

— Quem é esse homem, Kevin? — Levei as mãos ao pescoço e perguntei em meio às lágrimas.

— Pensei que *você* pudesse me dizer, afinal encontrei essa daí entre as coisas dela — soltou sarcástico, aproximando-se de mim.

"Coisas dela?"

— Pretendia nunca mais voltar, híbrida? Que estranho!

O sorriso exultante do crápula foi rapidamente substituído por um frio. Poderia jurar ter visto uma pitada de preocupação nele.

— Nunca mais voltar? — questionei desorientada.

— Ora, ora... — Arregalou os olhos verdes e, visivelmente surpreso, soltou uma risada debochada. — Também não sabia?

— Aonde você quer chegar? — balbuciei em meio ao pranto devastador.

— Essas pedras do seu cordão... — ele matutava em alto tom. — Como conseguiu?

Perdi a voz. Mesmo leves como uma pluma, as pedras pesaram em meu pescoço. *Eu sabia! Senti que Richard estava diferente quando as colocou em minhas mãos.*

— Foi seu suposto salva-vidas quem deu, não? — Kevin balançava a cabeça, como se não conseguisse acreditar no que estava acontecendo.

— O que há com essas pedras? — perguntei, apertando-as entre meus dedos suados.

— Por que não pergunta a ele? — indagou mordaz.

Eu não quis olhar para Richard. Podia sentir a decepção e o rancor multiplicando-se como um terrível vírus dentro de minhas células. A voz da razão berrava dentro de mim e afirmava que ele havia me traído. De novo.

— O que Richard me escondeu, Kevin? — tornei a indagar, aflita.

— Como as conseguiu, hein? — ele gritou para Richard, mas não houve resposta. — Tem alguma ideia, Shakur?

Encarei o líder de preto e ele estava tão paralisado, tão em choque, que tive a certeza de que algo hediondo estava acontecendo bem diante de meus olhos. Só não conseguia enxergar o que era.

— O que você carrega em seu pescoço são Hox, também chamadas de pedras-bloqueio. São pedras raras, amaldiçoadas — Kevin finalmente explicou. — Como tudo que vem do *Vértice*, possuem um feitiço irreversível.

"Do Vértice? *" "Irreversível?"*

— Eu não... eu... — engasguei.

— Richard não lhe disse para que serviam? — Kevin concluía seu massacre, não mais conseguindo esconder o sorriso de satisfação. — Não explicou que, ao friccioná-las após passar por esse portal, você jamais poderia retornar a *Zyrk* e que seria envolta por uma magia tão forte que nunca mais nenhum dos nossos conseguiria vê-la, senti-la ou tocá-la e vice-versa?

Nunca mais...

Outra mentira. Nova dor. Richard sabia que nunca mais nos veríamos. Sempre soube e me fez acreditar que iria ao meu encontro, que tentaríamos, que haveria a possibilidade de um futuro para nós...

Um futuro... Eu teria um futuro... Só meu e onde ele não estaria... Talvez, nesse futuro incerto, tê-lo amado loucamente não fizesse a menor diferença, talvez...

— Nina? — A voz de Kevin estava distante. *Ou era eu quem estava longe demais?*

Pouco importava e, de onde eu menos poderia esperar, surgiu uma força que me fez levantar. Uma ideia começou a reverberar em minha cabeça em frangalhos: se eu sair daqui agora e raspar essas malditas pedras entre si ao entrar na minha dimensão, eles nunca mais poderiam me trazer de volta. Talvez, longe da cáustica presença dos zirquinianos, eu poderia resgatar minha vida, voltar a sonhar e, quem sabe um dia, amar alguém em quem eu pudesse confiar cegamente.

Tentei disfarçar o tremor em minhas pernas e dei um passo para trás. Kevin titubeou. Dei outro passo e a fisionomia dele se transformou em uma ameaçadora. *Eu conseguiria correr? Conseguiria ser mais rápida do que ele e me mandar dali? Eu estava a poucos passos do portal... Sim, eu ia tentar.*

Dei mais dois passos para trás e Kevin outros dois para a frente. Conseguiria ele saltar sobre mim a tempo de me impedir? Só mais dois passos... Dois passos e estaria de volta à minha dimensão, ao meu mundo, à minha antiga vida.

Era agora!

Inspirei fundo e, enquanto girava nos calcanhares para dar o impulso final, Kevin me paralisou com uma ameaça sutil e, ao mesmo tempo, poderosa:

— Se eu fosse você, não iria embora sem antes dar uma olhada na foto de trás, híbrida. Vai se arrepender amargamente pelo resto da sua existência.

Congelei.

"Foto de trás?"

— Fique onde está, Kevin! — guinchei trôpega.

Parada a meio metro do portal e ameaçando entrar a qualquer instante caso ele se aproximasse, fechei os dedos ao redor da fotografia e pude sentir que não havia diferença de textura entre frente e verso. Senti que não era apenas uma única folha de papel. Havia espaço nos locais onde a cola tinha falhado. *Dois retratos? Eram realmente dois retratos com seus versos colados entre si ou mais uma jogada de Kevin? Eu entraria naquela aposta? Ele podia estar blefando novamente e aproveitaria meu instante de distração para saltar sobre mim e me impedir de fugir. Mas e se eu arriscasse ir embora? O que haveria de tão importante ali a ponto de deixar Richard, Shakur e todos os restantes daquele jeito apático? Será que eu me arrependeria pelo resto dos meus dias por não ter visto o conteúdo daquela segunda fotografia?*

Completamente aturdida, traguei novo gole de ar e, muito lentamente, girei a fotografia na palma da minha mão encharcada de suor e a trouxe até o alcance de minha visão. Quando meus olhos pousaram sobre o que ali estava, meu coração deu uma quicada tão violenta dentro do peito que quase me fez cair de boca no chão. A náusea ficara avassaladora e fui tomada por sensações contraditórias. Uma dor terrível me fez entrar em choque, como se tivessem rasgado minha alma a dentadas, e, paradoxalmente, uma felicidade transbordante, daquelas que você é capaz de se jogar do Empire State e plainar no ar, surgiram como um tsunami e turvaram meus sentidos.

Não podia ser!

O retrato mostrava uma mulher muito abatida, montada num cavalo, e envolta num tipo de manta utilizada pelos zirquinianos. Até aí nada de mais, se, atrás do cavalo, não estivesse evidente uma branca muralha de gelo e névoa inesquecível — Frya —, se, no céu, um astro em forma de pupila contraída não fizesse o papel de lua e, principalmente, se aquela mulher não fosse...

Stela!

Cristo Deus! Minha mãe estava viva! Viva e aqui em Zyrk?

E, se eu fosse embora, nunca mais a veria?

O céu trincou e o peso do mundo desabou sobre minhas costas.

Mas eu não tombei.

Pelo contrário.

Senti-me forte, verdadeiramente viva pela primeira vez.

Uma fênix.

Minhas cinzas...

Complexas, defeituosas, lindas.

Aquelas que me fariam reerguer:

Minha mãe.

Meu avô.

Richard.

Dos sinais que custei a entender...

Eu tinha que ficar e lutar.

Eu era parte de *Zyrk* e *Zyrk* de mim.
Maldição ou milagre?
O que eu era? Quem eu era?
Minhas ações haveriam de determinar.
Afinal, eu era uma híbrida.
A única entre todas as dimensões.
Única!

Senti um puxão e os dedos gelados de Kevin afundaram no meu braço.

— Pensou demais, híbrida. Perdeu sua chance de escapar — destilou seu típico veneno.

Eu sorri.

— É aí que você se engana.

Papel: Pólen soft 70g
Tipo: Bembo
www.editoravalentina.com.br